U0164046

兒童文學的遊戲性

——台灣兒童文學初旅

黃秋芳 著

星垂平野闊

那一年暑假，我在秋芳班上開了一門「童年史」的課。對我來說，授課也者，愉人悅己之務也，正襟危坐，開壇論道在我看來未免滑稽，而經年累月，唇舌反覆，殊何可忍？何況這是第一節課，嚴肅起來等於為課程定了調，但我又不願離題太遠。教書的人總是難以抗拒溢題的誘惑，言者諄諄，自以為是海濶天空，而聽者藐藐，譏之為天馬行空。面對著一群更似朋友的學生，我腦中浮現了希臘的星空……

於是，我們就神遊到西方文明的搖籃。先是到最古老的克里特島，走進米諾斯的迷宮，這世界屬於神與獸，藝術品充斥著動物的圖騰，慵懶的樂曲，洋溢出地中海的深邃。然後我們到了培羅奔尼撒，見識了邁錫尼古代的榮光，朝拜了德爾菲神殿；遙想伊底帕斯的淒苦，在奧林匹亞小鎮，看聖火如何點耀和平。到了雅典，我們從諸神降臨的衛城俯視當年蘇格拉底赤足論學的市集，柏拉圖學園頂上聳立著雅典娜的英姿，而考古博物館任你徜徉一尊尊栩栩如生的神人、英雄。幾千年的遞嬗，才歸結出這以神人、英雄為中介，充斥著人文精神的雅典文明。而人文思想不興，焉有童年？

其後，我們又走進了羅浮宮，目睹人文主義浩浩蕩蕩地掀起文藝復興，帶動啟蒙運動，在奧賽美術館，文明堂而皇之地步入既浪漫又寫實的工業時代。末了，置身於龐畢度中心，終結到似驢非馬，眾聲喧嘩的現代與後現代……

我一向主張學問必先立其大，先瞭望浩瀚的蒼芎，再去端詳屬意的那幾顆星座，天體才能瞧得真切。論學伊始，若以顯微鏡格物，只能細察吉光片羽，目光固著而趣味全失。再怎麼艱深的學術活動、多麼刻苦的創作歷程，思想家與作者在落筆之時，多少由玩心所悸動。其實上課也是一樣，每次步入課堂，我總是帶著遊戲之情，一樣的棋盤，不同的奕者，端看你怎麼落子。對手越是旗鼓相當，那盤棋越能淋漓盡致。

所以，是文化孕育了遊戲嗎？非也，是遊戲造就了種種的文化風貌。宗教、藝術、戰爭、文學……莫不如是。懷金格（Huizinga）真是一語道盡文明的奧秘。秋芳從遊戲精神出發，拆解台灣文學的建構與演現，確實掌握到了兒童文學最核心的一項本質。Apollo 與 Dionysus，理性與激情，古典與浪漫，節制與狂歡這亙古不變的二元對立，通通在遊戲中體現出兩者的互為表裡。

在多數人看來，兒童文學，小道也。儘管各種文類俱備，但皆具體而微，卓然成家者並不多見。偶有大家參與，大都為隨興之作。沒有巨構，何來宏論？小題而大作，僅止豪氣絕不可恃。必須具備學術的宏觀，才氣縱橫，始能波瀾壯濶。那就何彷敞開歷史的視野，任各種思維在文中激盪。

秋芳的文章，初看之下，唯六章之後始入本題，細審之後則又無處不合題。這種統攝的功力與氣魄，在本地的兒童文學圈裡可謂唯無僅有。原來這條秀麗的文學支流，竟得自那麼多川海的浥注。好比聚沙之斗，歸結為一束。奔流成原，終有星垂平野濶的舒暢。

本書誠屬長篇大論，讀者卻宜以遊戲之情窺之，以如此的嚴肅與虔敬來論述遊戲，不無弔詭。好在秋芳究竟不失作家本色，文字大可賞玩。是以，本書可莊可諧，以「行於所當行，止於不可不止」的隨性態度閱讀，方能盡其佳妙，是為序。

〔序〕

攀向喜悅與感謝的天梯

二十歲以前，很怕自己停頓下來。寫書、演講、採訪、在異地異國流盪、生養「黃秋芳創作坊」……，在別人忙著結婚、生子、購屋、升職的三十歲到四十歲這段慌亂歲月，我教作文，辦讀書會，經營研習營隊，籌辦大型親子活動，同時以「十年」、「十年」做單位迅速老去。

2000 年夏日，放下重複十年的創作坊生活，終於空下來，像一個空瓶子，靜靜等待著生命的任何安排，並且相信，生命的任何安排都是一種幸福。

在大部分人都進步到不知道如何形容的「視聽先進」狀態下，終於，第一次買了光碟機，很少看電視的我，在日劇裡發現新天地，著魔似地，看了幾百片幾千片的 VCD。好友碧春在「怕我瞎掉」的前提下，上網搜尋足以逼迫我「從電視前拔開」的各種可能。後來，她發現兒童文學研究所，在距離考期只剩下二十幾天的緊迫期限裡，到各個誠品據點大肆搜購考試指定專書，一股腦兒塞給我。

也許這就是「生命的安排」。就這樣，2001 年夏日到了台東，和兒童文學相遇。那時候的我還不知道，在跨進兒童文學場域同時，我也攀向喜悅與感謝搭築出來的天梯。一直到四年的學習歷程即將告一段落，二十一萬字的論文，具體演示著一千多個日子以來的飽滿與豐富，我才忽然確定，曾經有過這麼多人的照顧與成全，讓我一步一步，華麗地走向幸福。

回想起在《兒童文學學刊》發表的第一篇論文，其實是蔡尚志老師「童話研究」課的作業，蔡老師對「創見」與「證據」的要求，成為我那漫長而絢麗的論述旅程起點。而杜明城老師「我說了算！」的氣魄與格局，以及為這本其實不算周密的論述寫了篇精緻而生動的序，讓我在論文書寫上得到極大的自由與樂趣，在「議論的判斷與創見」與「證據的蒐集與分析」之外，分外重視「外在的滲透與回應」，並且反覆確定，深邃論述的意義在於：

1. 具有想像性與原創性的判斷。
2. 合理且環環相扣的證據。
3. 文化能見度的拉高與推廣。

隨著「文化能見度」的位移，我才徹底地在兒文所經歷著不斷「拆解」、同時也不斷「建構」的智識上的成長。從入學時遞送的研究計畫〈兒童文學的教與學〉；到因應少年創作熱潮引發的〈少年寫的少年小說〉思考；而後在阿寶老師建議下，從「實證」議題換成「理論」，以遊戲性建構的台灣視角，把遊戲討論放入世界兒童文學的平台，放入人類文明建構與演化的有機討論。

深夜裡即將入睡前，我會特別覺得自己幸福的原因，並不只是因為學院高牆裡的呵護，更多的是那些並不為了特別原因就能真摯為我付出的各種各樣的「貴人」們。

邱各容先生致贈一整套「靜宜大學兒童文學與兒童語言論文發表會」論文集，讓我得以從成人文學初初跨界兒童文學時，以台東師院《兒童文學學刊》和靜宜大學學術論文集，做為「台灣兒童文學研究建構與發展」的理解捷徑。他在台灣兒童文學史的戮力經營，對我形成一種典範；在還沒看過我的學位論文初稿前，慨然邀約我在富春出版，雖然最後還是不忍在論述出版上增加他財務上的負擔，還是有一種被尊重與被珍惜的感激，日益豐富；論文正式出版前，他在執行財團法人國家文化藝術基金會《台灣兒童文學發展研究》獎助計畫研究報告之前，特別又為這本書的校訂，挪出大量的時間，費盡心力，每一想起如此盛情，常興起「結草銜環」之慨。

趙天儀先生第一次在論文研討會上讀到我的〈拓展少年小說的台灣風貌〉一文，就嘉許這篇論文是「台灣文學和兒童文學接軌的起點」，他常和我談起研究計畫，推薦我去參加兒童文學國際會議，不斷給予我許多原來不敢臆想的打氣與激勵；李南衡先生對台灣文學的真情摯愛，以及一種接近瘋狂的無私奉獻，照亮我在研究與學習上的疲倦與怠惰；林武憲先生一絲不苟的素樸認真、專注嚴謹，我力雖不逮、心嚮往之；方衛平先生遠從大陸寄贈他精彩的論述，在論述不斷、又要兼顧浙師大兒童文學研究所瑣務的百忙之中，仔細為我校訂中國兒童文學專章，並且提出非常多精彩的針砭，我雖力不能逮，仍然努力刪修；還有論文研討會上無私提攜照顧的所有兒童文學界的前輩們，此時此刻，真有不能勝數的感謝。

為了確定台灣兒童文學萌芽期的養分，我在夙不相識、也沒有任何推薦背景的情況下，發函給整編台灣民間文學的全台文化局與民間文學研究學者。苗栗縣文化局長周錦宏在兩天內回覆，不但惠贈民間文學整理專著，並且委請專員秀美全力配合我的研究；陳益源先生在母喪中還體貼地通知我，待繁瑣諸事告一段落，隨即寄書。他們所示範的寬容、真摯，以及在學術殿堂裡相互依存、提攜的恢弘格局，深深叫我動容。

論文撰述中一遇到電腦問題就儘速趕到我家的昱威電腦公司老闆林文德先生，對於幾近電腦文盲的我來說，其實扮演著「平安燈」和「護身符」的角色；替我跑圖書館、做英譯摘要的Witt，讓我重回一種素樸的人際互動；熱愛學術的耀聰，對有機發光二極體（OLED）的說明與闡述，讓我的有機論述，掙脫了人文發展的侷限。

兒文所的同學，在各自焦灼忙碌的研究歷程裡，還有餘力給予我各種支持與幫助，我一直把這些福分當作一種「老天爺的禮物」。在誠品上班時的淑娟，替我查註解、訂英文書、找各種華文參考書，離開誠品後的淑娟，又在生活上給予我持續而有效的細節管理，我永遠不會忘記，當她夾纏在龐雜的凱迪克獎論述整理中，仍抽出時間連夜替我製作複雜的台灣文學建構分期表格；德姮對論文的嚴苛挑剔，始終是我最珍惜、也最害怕的「鏡子」；美雲經常快遞慈濟薏仁粉的厚愛；瑞霞、雅蘋和公元的精神打氣；班長佳秀在畢業前的忙碌付出；順弘的電腦教學，以及千里迢迢「宅急便」指導教授到府服務的盛情；竣堅的 Power Point，給足了這篇論文美麗的「面子」。

當然，在這篇論述背後，有更多的形影與印記，已經不只是感謝可以盡說。指導教授林文寶老師對我的無限支持，從來不曾在我的張望與計畫中侷限我。當我跨入嶄新的論述場域時，他就一次又一次、一箱又一箱地遠從台東寄書給我，在買書不便的山居生活久了，忽然拆開一箱書，那種感覺，分外豪奢；每一次論文討論，他輕描淡寫的一兩句話，像禪宗對話，總是精確而具體地點出我的問題，我必須花更多的時間，讀個十幾本書消化後才能補足缺隙；我對他最深沈的感謝是，這四年沒有工作的專業讀書生涯，只要和老師一起吃飯，他就請客，常讓我想起台大中文系的恩師裴溥言對我的親密叮嚀：「秋芳啊！這世界上只有父母親和老師，可以最無條件地愛你。」

剛考上律師的賜珍，在台北實習這半年間，不斷為我找書、買書，甚至在論述行進到緊要關頭時冒著狂風暴雨到五南書城連夜把我要的書買回來；至於那些年代久遠的參考書，賜珍在律師公會全聯會研習受訓那一個月，剛好在國家圖書館對面，她所有的休閒時間和約會時間都埋在書庫裡，替我找書、替我影印，直到現在，我對圖書館的想像仍然停留在幽深黝暗的長廊，有工作人員的腳步聲，從深深的、遠遠的地底傳來。很像童話故事吧？朋友們都在笑：「秋芳，你可能是唯一不用上圖書館的論述研究者。」

不斷支持著我的家人，從我放下工作、重新讀書那天開始，就怕專注在論文裡的我斷糧斷炊，每到生日、過年過節和開學時候，都不忘包個大紅包當作我的「獎助學金」；冰箱裡永遠有家人的「愛心食物」，一次包足兩三百個的水餃、上百個培果、盒裝米粉、我愛吃的南台灣碗粿、新竹肉圓……，鄰居、朋友們相繼送來的蘿蔔糕、茶葉蛋、一整鍋香噴噴的滷肉，連碧春的家人也加入紅包與食物交錯的「獎助」行列；畢業時，無論我將來會成為什麼，或者什麼都沒有，他們好像又根本不在乎似地，包給我兩萬元的紅包，讓我像一個「永遠的小孩」，可以一直只做自己想要做的事。

當然，深深了解我的碧春，不斷接受我的 24 小時「論文口頭發表」，並且在我荒殆時加緊督促我的進行速度，在我著魔似地固黏在電腦前瘋狂敲打時，又不顧一切地拖著我出去散散步、吹吹風，喝杯咖啡、溫一壺茶、放慢速度讓腦子澄明清醒，小心護持著我，讓我一直處在豐富飽滿的撰述狀態下。

每天一打開眼睛，腦子裡就浮起這一天準備要進行的書寫內容，條理清楚，並且章節分明，直到臨睡前的模糊意識又會把已然完成的章節並置對照，自然地導向下一個議題。這樣夾纏在論述裡兩年多，生活變得很單純，書寫中每遇有浮躁時刻，我多半會停下來，神奇的是，總會在一兩天之內發現新的可能、或者是找到更準確的證據。

現在回想起來，這一段長途跋涉的論述旅程，好像有一種超越詮釋可能的「非理性磁場」，一直在真摯運作。心中感恩，一如日昇月起，從來不曾停息。

這篇論述，從非理性建構中叛離長期以來的理性秩序，尋找人文發展裡生機無限的遊戲創意，藉由相接相續的「拆解與建構」，理解不同文學體系的參考、鑑照，進而檢討、整建、論述台灣兒童文學發展的過去與未來。我真的很希望，專注地，為這塊心愛的島嶼，留下一點點值得凝視的成績。

然而，整體來看，這樣的努力還是不夠的，從遊戲性必然開展出來的「創意與樂趣」，其實還需要更豐富、更細膩的舉證分析，結合具體相關的作家、文本與文學現象進行討論，才能真實而細節分明地嶄露出充滿歡愉的想像與自由，這是本文未完成的課題。

冀望未來，我還能有足夠的時間和勁力，進行「下一個階段」的計畫與努力，得有機會完成創意與樂趣的完整論述。

而這漫長的耙梳過程，對我來說，真的就是充滿想像與自由的遊戲過程，攀向喜悅與感謝的天梯，通往目前我還不知道的，很高很高、很遠很遠的「他方」。

黃秋芳

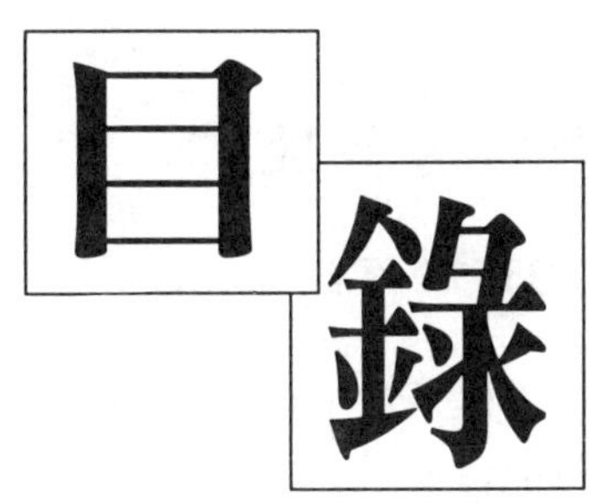

第壹章 緒 論

如果把地球的演化算成一天，人類文化生活的出現，不過是最後一、兩個小時；文學的生成，時間更晚；從文學舞台上分化出來的兒童文學，併入地球演化的這一天來看，也許只有幾分鐘。從這個角度來看，兒童文學的建構與演現，其實還非常青澀。

然而，從錯綜複雜的人類行為、文化模式和歷史的沈積與演化來看，兒童文學的建構與演現，雖只短短兩、三百年，卻富含隨機與不可測的變化，以及豐富的文化可能，並且因應各種視角，導向不同的解理解模式。從「遊戲性」出發，探討台灣兒童文學的建構與演現，只是其中一個可能。

必須事先說明的是，從兒童文學特性中抽取「遊戲性」做為檢視向度，純粹是一種華文思考模式，奠基於台灣學者的論述框架，試圖以秩序化的規則，釐清一種超越秩序、非理性的「人文發展軌跡的有機性」，在充滿不確定與無限可能的有機演化中，把兒童觀的演變與兒童文學的建構，納入人類文化生活的一部份做整體探索。

本章分成三節。第一節「憂心與期盼」，提出本文的研究動機與目的；第二節「摸索與確定」逐步歸納、演繹，說明研究問題與相關文獻探討；最後，在第三節「侷限與展望」中，清楚說明研究方法與研究限制，而後聚焦於「遊戲性」，做為切入台灣兒童文學發展討論的特殊視角。

第一節　憂心與期盼——研究動機與目的

一、歷史的流動遠超過我們的預測與規劃

1978 年底台美斷交、1979 年初中美建交的特殊紀年，可說是現代台灣的鮮明印記。七〇年代「經濟奇蹟」帶來的生活水平，讓我們有一點點生活的餘裕去思考生命可能，偏安政府的神話解構，依賴美國的翼護卸下，二二八和白色恐怖的傷痕稍稍褪色，年底即爆發「美麗島事件」。

彷彿從一片空白中急切抒張出自己的顏色，台灣在進入八〇年代同時，擠入風起雲湧的文化推翻與建設。1979 年，堅持本土理想的「鹽分地帶文藝營」開辦；1980 年，第一屆「巫永福評論獎」肯定小說家葉石濤在文學評論上的努力、「鍾理和紀念館」破土開工、竹科成立加速台灣產業升級；1981 年，行政院文化建設委員會成立……。

就是在這樣充滿不確定和無限可能的 1981 年，趨勢學家詹宏志在元月號《書評書目》雜誌發表〈兩種文學心靈──評兩篇聯合報小說獎〉提及：「我們卅年來的文學努力會不會成為一種徒然的浪費？如果三百年後有人在他中國文學史的末章，要以一百字來描寫這卅年的我們，他將會怎麼形容，提及那幾個名字？」隨後引用小說家東年的話作結：「這一切，在將來，都只能算是邊疆文學。」（詳見詹宏志《兩種文學心靈》，1986，頁44）

同一年《台灣文藝》刊出宋澤萊的〈文學十日談〉（詳見革新第 20 號，第 73 期，1981.7，頁 223－255），從台灣文學的自信、責任、價值，到台灣經濟、生活、省籍、政治的多面探討，公然挑開「中國結」與「台灣結」的內在認同糾葛，並且在一連串筆戰論爭中，推波助瀾地興起「邊疆文學」的辯證，以及「台灣文學自主性」的思考，為台灣文學研究準備了土壤。

進入九〇年代後 先後有單德興翻譯《知識份子論》（1993.1），廖炳惠在《回顧現代：後現代與後殖民論文集》（1994.9）介紹薩伊德（Edward W. Said，1935－2003），「後殖民理論」很快為台灣文學研究注入了活水。

二十年後回顧 1981 年的「邊疆文學」論戰，歷史的自由流動，常常遠超過我們的預測和規劃。台灣文學研究在九〇年代發展為一門獨立學科。1990 年，「新史學」張起旗幟，確立台灣觀點；1997 年，私立真理大學台灣文學系招生，台灣文學研究正式進入學院體制；2000 年國立成功大學成立台灣文學研究所招收碩士生，2002 年大學部及博士班成立[1]，進一步深化並推廣台灣文學的耙梳整理，研究範疇包括原住民與漢系民間文學、明清日治時期的古典文學、日治時期新文學、女性文學、戰後各階段文學……；2003 年，國立台灣文學館開館，文學源流溯自原住民神話傳說、日治時期日文書寫、福佬歌謠，直到反共文學、鄉土文學、現代文學，甚至未來文學思潮……，成為台灣文學研究、典藏和展覽的重鎮[2]；2004 年，杜正勝在《新史學之路》提

1 參見成大台文所網頁http://www.twl.ncku.edu.tw/。博士班教學目標為：1.全面蒐集台灣文學的相關文獻；2.台灣文學全方位的研究；3.加強文學理論與研究方法之訓練；4.重視區域文學的比較研究。

2 參見《E 代府城 台南市刊》第三期，〈國家台灣文學館永立府城〉專

出「同心圓」歷史觀，強調從周遭熟悉的環境學習起，從土地本身自主性的認識開始，往外了解周邊，一圈圈擴大出去，成為一種開放的史觀（詳見頁 382－383）。

看起來台灣文學研究正如初春嫩芽蓬勃發展，然而，目前所謂「台灣文學研究」的專業區塊，在「兒童文學」的相關思考上，僅佔有極小的比例。

事實上，**培育民族精神、深化文化價值的兒童文學，必得與文學界與思想界主流保持密切關係**。可惜的是，目前台灣兒童文學研究的內在環境，並沒有這樣的自覺；外在環境又有中國大陸「代理發言權」的危機，一連串不同版本的各種中國兒童文學史的理解、分析與判讀，從蔣風、韓進《中國兒童文學史》的〈台港兒童文學概觀〉，到王泉根《現代中國兒童文學主潮》〈當代台灣童話創作的文化詮釋〉，以及其他論述偶有附篇介紹台灣兒童文學發展。

進入二十一世紀最初的台灣兒童文學研究，益發被擠壓為「邊疆文學中的邊疆文學」。我們更有「三百年後有人在他台灣文學史的末章，要以一百字來描寫兒童文學，他將會怎麼形容，提及那幾個名字？」的杞憂。

二、從弱勢體質中開展台灣兒童文學研究

萌芽於十八世紀的「兒童文學」，因為「兒童」概念發現較晚，「文學」的耕耘經歷過十九世紀的兒童文學黃金歲月，於十九世紀末傳入華文世界，很快又在二十世紀面臨電視發明、影像

號，2003.11，頁 13。國立台灣文學館現有研究員的研究方向包括原住民神話、民間文學、母語文學、古典文學、文學史料、近代文學等。

魅惑和電腦顛覆……等一連串艱難挑戰。台灣兒童文學的拓展，顯然蘊涵著多重危機：

1. 台灣意識定位。就在兒童文學研究新苗初萌芽時，因為特殊的政治情境，兩岸乖違，各自吸收了不同的文化營養，卻又面臨國族認同、意識形態、國際情勢複雜的拉鋸與角力，形成台灣意識定位與認同的複雜難題。

2. 兒童角色定位。在世界潮流轉型和文化模式框架上，兒童角色日漸變異：

(1) **兒童與成人界限泯滅**。電視排除兒童與成人的重大差別；電腦的無阻撓資訊又瓦解成人和兒童的威權，童年消失，成人世界也同樣消失，成人文學和兒童文學的界線不得不隨之模糊，從成人文學分化出來不過兩百餘年的兒童文學，無論是意義、本質和特性，重新都面臨檢驗。

(2) **中西文化迥異**。想像至上、趣味優先的兒童觀，在中國社會長期形成的「教訓主義」、「權威至上」的群體文化模式中掙扎奮鬥，難免發育得體質孱弱。

3. 文學式微，兒童文學相對受限。文化運作一直以不斷位移的循環模式前進，物質文明發展到一定極致，極簡風格和精神追求一定會受到召喚；精神嚮往走到極限，文明繁華又會成為努力的指標。十九世紀的文學高峰隨著時代更迭，重心慢慢轉移，影像刺激和物質享樂，替代了文學思索。

可以說，無論我們從任何角度切入台灣兒童文學的研究，勢必面對同時體現在「台灣」、「兒童」與「文學」三種面向的弱勢體質，需要付出更多的嘗試和努力。所以，本文聚焦於兒童文學「遊戲性」的基礎理解與延伸討論，在時間與空間的自由流動中，放大國際視野，呈現「台灣兒童文學」的特性、侷限與未來展望，藉以豐富台灣文學研究範疇，致力完成深化兒童文學研究的使命與價值：

1. **建立台灣主體性，填補台灣文學研究領地中不可或缺的「兒童文學」區塊。**奠基於台灣論述框架，從我們最熟悉的文化模式切入，以一種由近及遠的「同心圓」史觀，觀察人文發展與兒童文學的建構與演現，並且在全球化的集體前景與侷限中，省思台灣文化主體的覺醒與自決。

2. **深化兒童文學基礎理論。**試圖在人文發展的有機框架底下，釐清兒童觀與兒童文學的本質，深入兒童文學特性的整體討論，以及「遊戲性」本質理解與延伸討論，從古典理論、現代理論，到後現代理論，涵括哲學、美學、文化、經濟、教育、文學各層次，藉遊戲性這種「人類文明共象」，呈現文化發展上的「多元民族殊象」，做為兒童文學創作、閱讀、研究與推廣的基礎。

3. **以「遊戲性」的特殊視角，觀注兒童文學史的進程與發展。**張舜徽在《中國文獻學》[3]中述及，歷史在對文獻進行整理、編纂、注釋工作的基礎上，去粗取精，刪繁就簡，創立新的體例，運用新的觀點，論述為有系統、有剪裁的全面完整性總結（頁 5）。本文從「遊戲性」視角切入兒童文學發展的討論與呈現，無疑是一次足以替代兒童文學史的「新的體例」、「新的觀點」與「有系統、有剪裁的全面完整性總結」。

---

[3] 張舜徽的原文討論，多半以「中華通史」為主體。然則，「去粗取精，刪繁就簡，創立新的體例，運用新的觀點，有系統、有剪裁的總結性全面論述」，實為歷史通則，如以「兒童文學簡史」代之亦可。

4. 肯定華文兒童文學世界的多面風華。以「遊戲性」做判準，從西方回歸東方，肯定華文價值，檢視地理環境、族群文化、經濟風貌全然不同的中國兒童文學與台灣兒童文學的過去、現況與未來發展，重新分期、整理、對照，正視兒童文學發展過程中，兩岸的分歧與融匯，體認不同文化背景分別產生的特殊性，戮力在全球化兒童文學的危機與轉機中，注入活水，迎接契機，開展更具活力的未來。

第二節　摸索與確定——研究問題與文獻

一、「遊戲性」的理解與檢視

本文延伸林文寶兒童文學特性討論（1996）[4]，以「兒童性」、「教育性」、「遊戲性」和「文學性」為論述基礎，嘗試整理、釐清各種不同年代的台灣兒童文學理論研究，還原不同時期、不同階段目標的文化現象。不過，華文世界的哲學思辨與美學探討，其實延續了西方的理論架構，當我們聚焦於「遊戲性」的基礎討論，除了西方哲學的本質認識之外，更重要的是，理解從美學層次聯繫遊戲本質與外在世界的審美意識。

美學（Aesthetics）原是哲學探討的一部份，西方的希臘哲人、華文世界的先秦諸子，早已開啟美學探索途徑，直到 1750 年鮑姆伽頓（Alexander Gottlieb Baumgarten，1714－1762）創立

---

4 詳見林文寶．徐守濤．陳正治．蔡尚志合著《兒童文學》，林文寶〈總論〉第二節：兒童文學的特性，頁 12－27。

美學一詞後確立為獨立學科；康德（Immanuel Kant，1724－1804）納「Aesthetics」於哲學思辨，把遊戲視為藝術起源的美學探索；詩人席勒（Schiller，1759－1805）發揚光大，開啟古典時期遊戲討論。

從「狂飆運動」、「浪漫主義」開始，相信天性、追求歡樂衝動的「非理性主義」（irrationalism）形成影響，從機械論、有機論，發展到叔本華（Arthur Schopenhauer，1788－1860）、尼采（Friedrich Nietzsche，1844－1900）、柏格森（Henri Bergson，1859－1941）的非理性生命論；史賓格勒（Oswald Spengler，1880－1936）把歷史看成有機成長與腐爛的非理性過程……。這些集體累積的努力，慢慢拆解西方傳統裡不可撼動的理性秩序。然後，透過科學實證和人文自由這些不同的知識常模，促成遊戲學說分化，為遊戲的理性綑縛鬆綁，開闢出結合直覺與實證的另外一種「理性與非理性盤結交錯」的可能。

佛洛依德（Sigmund Freud，1856－1939）的精神分析理論（Psychoanalytic Theory），釋放無意識的深沈探討，形成古典遊戲理論跨向現代遊戲理論的轉捩點。皮亞傑（Jean Piaget，1896－1980）的邏輯思維機械發展時間表，開啟認知理論（Cognitive Theory）的遊戲詮釋，延伸出維高斯基（Vygotsky）的文化傳遞；布魯納（Bruner）、薩頓-史密斯（Sutton-Smith）和辛格（Singer）的社會適應；波爾林（Berlyne）、艾利斯（Ellis）的覺醒調節；發展到貝特森（Bateson）、加爾維（Garvey）、史瓦茲曼（Schwartzman）、沃爾夫和格羅曼（Wolf ＆Grollman）的遊戲腳本討論……。遊戲理論從古典時期的外在觀察、解釋與哲學思辨，發展到現代心理實驗辯證的假設、質疑與修正，從「精神分析」和「認知發展」的基礎探索開始，分岔得越多越細，遊戲的理論研究，不斷匯入更多思考與調整，以及相對而來地，更多的演變與分化。

從古典遊戲理論到現代遊戲理論，只是遊戲理論不同視野、不同研究方法的「物理改變」；遊戲討論從美學走向兒童教育，從生命價值的探索和人文的關注，徹底轉為兒童教育實用技術的研究與改進，才算是不可逆的「化學變化」。

隨著教育詮釋的分化，遊戲脫離抽象思辨，和真實生活中的具體人物、事件聯繫起來，被心理學家、社會學家、文學家、史學家們落實在具體現實和技術應用。直到懷金格（Johann Huizinga，1872－1945，亦譯赫伊津哈）在《遊戲的人》中，證明遊戲推動文化的成長與茁壯，文化就是遊戲，遊戲精神的重要性，第一次被放大到整個文化生活，不只促成遊戲研究邁向更成熟的階段，更確立遊戲理論的卓越地位。

本文的論述推展，即以懷金格觀點為基模，相信遊戲伴隨著文化又滲透著文化，文化的推進，本身就是一場遊戲；繼而站在維根斯坦（Ludwig Wittgenstein，1889－1951）的語言與遊戲規則基礎上，叛離凝固的秩序與結論，接受自由而具有擴散可能的「家族相似性」；並且透視古典時期過渡到現代社會中由「法國大革命」與「工業革命」所引起的階級流動和經濟轉型，以及兩次世界大戰迅速從顛覆、反叛、鬥爭中，孕養出虛無的存在主義、充滿批判精神的新馬克思主義，藉由「現代性」顛覆與反抗極度發展的結果，在短短幾年間推擠出過去幾十年難以想像的劇烈變動，使得一切思維、價值、規範、審美原則全然解體，轉型成利奧塔（Lyotard，1924－）稱為思想廢墟的「後現代時期」。

值得注意的是後現代並不與現代「對立」，現代中含有許多後現代因子，沒有時間先後順序，反而相互形成「對話」的存在形式。本文的遊戲討論，就在現代與後現代的替換、並置與拉鋸的迅速演化中，相繼探討法蘭克福學派阿多諾（Theodor W. Adorno，1903－1969）在藝術自治性與社會性的拉鋸相抗，激盪出「形象自身」遊戲化的啟蒙與救贖，從十九世紀現代性的理性規劃中，轉折到二十世紀非理性前衛主義間的深層傳遞與演化；延伸後結構學者傅柯（Michel Foucault，1926－1984）、德希達（Jacques Derrida，1930－Derrida）和利歐塔等人對語言遊戲與公正遊戲的討論，確認「公正遊戲」其實是為了傾聽那些「力爭被說出來的東西」，賦予所有「沒有發言權但在努力的人」實際的發言權，從權力、知識與意識形態中，辨識出「中心結構」與「強制封閉」系統裡的冷酷暴力，並且和後殖民與現代性聯結起來，轉向政治與社會的思索，借用權力關係、象徵資本、國家意識形態機制、中心與邊緣等觀念，探討性別、膚色、族群、認同與文化政策之間的關係，對「後現代」與「後殖民」理論，提供重要的視角與策略。

繼而從巴赫金（Mikhail Bakhtin，1895－1975）的對話與狂歡中看見向心與離心的拉鋸；從薩依德東方主義出發，省思文化與帝國主義的糾纏與影響。最後，拔高視野，站在文化人類學對「餘暇社會」（Leisure Society，或譯「休閒社會」）的整體關注與詮釋，從加藤秀俊《餘暇社會學》（1988，1989 中譯）、高田公理《遊戲化社會》（1988，1990 中譯）到約翰．凱利（John Kelly）的《走向自由──休閒社會學新論》（1990，*Freedom to Be：a New Sociology of Leisure*，2000 中譯），都在見證後現代的遊戲趨向已然改變文化版圖，並且為「遊戲化社會」找出意義和出口。

兒童文學的遊戲性，就萌芽於後現代的沃土中。整個時代、整個世界，以及我們生活著的此時此地，台灣，全都身不由己地捲入這場遊戲化社會的文化漩渦裡。現代性對「典範的建構與拆解」，已然跨向後現代理論的眾聲喧譁、多元並置。

「建構與拆解的活力」（Power）與「創意與樂趣的演現」（Performance），成為兒童文學「遊戲性」最重要的內在動能。透過「遊戲性」的理解與檢視，我們試圖建構「傾聽更多聲音」的公正遊戲，讓文化重新展現遊戲本質，同時在拆解與建構、中心與邊緣間，不斷拉鋸、替換、新生、演化出「文化的無限性」。

二、對照討論兒童文學的建構與演現

兒童文學理論與文學史的認識與理解，多半從文學欣賞、教育需要、心理學探討，慢慢進入文化研究範疇，其中涉及的議題輻射與演繹範疇，往往因為涉入一深，隨即擴散得一發不可收拾。所以，本文在討論最初即已確定，以「文學史」的整體理解方式，在指標事件的解說演繹上藉由「表格整理」，在理論的延伸討論上，儘可能藉由「條列說明」，做為制約框架。

所有的表格整理，循著時間縱座標與空間橫座標的位移，拉高視野，建立從世界、中國到台灣的國際兒童文學指標事件年表簡編，提供東、西方觀點的省思與對照，交錯討論兒童文學的建構與演化，呈現不同文化模式間兒童文學特性相互的聯繫、滲透與回應，因應全文脈絡，循序在各章節中，依地區、依國別分別探討。

表格的製作，奠基於前輩學者的辛苦經營。《大美百科》；《大英百科》線上版的發行，以及約翰·洛威·湯森（John Rowe Townsend）的《英語兒童文學史綱》，提供本文撰述上莫大的助益。湖南少年兒童出版社一系列的「世界兒童文學研究叢書」，集結諸多學者的研究精華；丹妮斯・埃斯卡皮（Denise Escarpit）《歐洲青少年文學暨兒童文學》、宮川健郎《日本現代兒童文學》、蔣風、韓進《中國兒童文學史》、王泉根《現代中國兒童文學主潮》、朱自強《中國兒童文學與現代化進程》……，各自有其不同的判讀見解；回到「台灣兒童文學史」的討論與建構，最重要的礎石以洪文瓊、邱各容和林文寶，成為篳路藍縷的開路前行者；文本選集則以林文寶總策劃、台北幼獅文化公司出版的《兒童文學選集 1949－1987》（全套五冊，1989）和《兒童文學選集 1988－1998》（全套七冊，2000）最為完整，編者儘可能囊括台灣兒童文學發展各種文類各階段的多樣面貌，並且提出總體解讀意見。

雖然，各種文類創作探討、作家個論與個別的理論批評，逐步填實台灣兒童文學理論的空隙，然則，整體兒童文學史的史識、史評、史論，仍然有待耕耘。所以，本文戮力於台灣兒童文學歷史分期的理解與討論。相關的背景認識，涉及全面性的「台灣文學整體史識」，在做分析判斷之前，勢必通過漫長時間做閱讀背景，基礎閱讀書目架構龐大，參考書目不能全部羅列，儘可能只列出文中有所引用或舉證的專書。

台灣歷史發展的表格整理，參考楊碧川《台灣現代史年表一九四五年八月—一九九四年八月》；李筱峰著《台灣史 100 件大事》；施懿琳、中島利郎、下村作次郎、黃英哲、黃武忠、應鳳凰、彭瑞金合著《台灣文學百年顯影》；蕭錦綿、周慧菁編《發現台灣》；黃智偉著《省道台一線的故事》；仲摩照久主編《美麗島身世之謎》；葉石濤著《台灣文學史綱》整編刪修。透過本文的表格整理與詮釋，以一種接近「使用手冊」的寫作模式做制約框架，試圖提供一份簡明、精確、具有清晰觀點的文學解說地圖，俾能有益於兒童文學理論與文學史研究的方便，提供這些研究價值：

1. 雖然實際不能、仍儘可能超越意識形態與刻板印象。不斷藉由遊戲性的建構與拆解，在不同國度、不同文化模式中聚焦與挪移，徹底瓦解凝固的意識形態與刻板印象。

2. 辨識差異。著重「地區的整體性」與「文化的特殊性」，在並置對照中，凸顯不同文化模式的特殊性，冀望在建立兒童文學史的背景知識同時，模擬一次美好的世界兒童文學旅行。

3. 提供深入研究的基礎。提供認識世界兒童文學的文化簡圖，裨益日後研究者尋找符合個人興趣的年代、主題和作品，做進一步的深入研究。

用表格整理來詮說「遊戲性」的內在動能，這當中一定會形成一種有趣的弔詭。看起來「表格」是一種簡化和歸納，趨向尋找共識與結論；事實上，在執行遊戲討論時，最重要的意義卻在於拆解與演繹，努力並置演化出多元可能。所以，本文在論述同時必須不斷提出警示，我們在表格中，必須隨時跳出抽樣，檢視表格外的更大部分的微細聲音；在論述中，必須隨時跳出框架，檢視論述背後的意識形態；在結論中，更必須隨時跳出凝固疆界，檢視結論外的無限可能。

王泉根在 1992 年《中國兒童文學現象研究》中表示：「台灣兒童文學是中國兒童文學不可或缺的組成部份。當代台灣文壇湧現了一大批兒童文學作家，創作了許多具有鮮明民族風格和濃郁的台灣地方特色、風格流派異彩紛呈的優秀作品，大大豐富了中國兒童文學（頁 140）。」；繼而又在 2000 年《現代中國兒童文學主潮》書中，夾雜在內蒙、江蘇、安徽、香港、巴蜀、新疆、東北、西南等「地域特色論」裡提及：「台灣文學包括台灣兒童文學與中國文化母體有著密切的淵源關係，是整個中國大文學不可分割的組成部份。但在其發展過程中，又有著與大陸不盡相同的歷史際遇與文化機緣，從而在其歷史演進中形成了某些特殊形態和特殊命題。正是這些特殊因素，才使我們有必要將其從中國當代眾多省區的兒童文學中分列出來，作為一個特殊分支單獨進行研究。（頁 817－818）」

面對這樣的命題，我們不必再像 1977 年引發的「台灣鄉土文學論戰」，或者是 1981 年「邊緣文學與台灣主體」的決裂。因為，文學的「視野地平線」，隨著時代的脈絡、文化的累積，不斷在拉高拉遠。本文並不特別要找出結論，只是鄭重提醒，我們其實可以選擇。相信「中國母體」的文學觀，涵蘊一種滄桑疏離的文化厚度；相信「多元台灣」的文學觀，則應該努力拓墾出蹣跚卻又充滿活力的嶄新可能。

此時此地的我們，面對中國已然完成的台灣研究，當然可以從容判讀：由於取得文本侷限以及社會條件差距，中國研究者往往在面對台灣作家、作品與文學現象的理解和詮釋上，出現落差。然則，三、五十年以後，真相隱去，人們在建構台灣文學發展歷史的過程中，勢必藉助這些「真偽難辨」的現有文獻，這是台灣文學研究不能疏忽、也不可怠慢的當務之急。

是不是一定要有共同的結論，對此時此刻的我們來說，其實並不是那麼重要。重要的是，每一位研究者，必須抽離失根的焦灼與情緒的對立，謹守一個向度，扎扎實實做一件清楚確定的工作，做為下一個延伸論述的基礎，而後才能以一種無從侷限的遊戲活力，無限擴張出去。

第三節　侷限與展望——研究方法與限制

一、科學方法仍須受閱讀基模制約

深受方塊字形象效用與非理性直覺侷限的華文論述，常須借重從西方辯證傳統裡發展出來的科學方法和理論體系。所謂科學方法，多半由兩個主要部份組成，亦即歸納（inductive method）與演繹（deductive method），循著既定步驟，從「建立假設」、「蒐集資料」、「分析資料」到「推演結論」。

在「建立假設」之前，我們受到舊有的閱讀基模制約，或多或少形成我們察覺得到或不能察覺的意識形態，影響我們對已蒐集資料的分析、比較與判斷，並且滲透到我們對文本的理解、批評與詮釋，最後決定出「力求客觀而其實仍侷限於個人意識形態和知識基模」的推演結論。

不過，即使是在最講究「實證」與「客觀」的科學判斷裡，也存在德國物理學家海森伯（Werner Heisenberg，1901－1976）提出來的「測不準原理」（1927，uncertainty principle），說明客體的位置和速度甚至在理論上都不能同時精確測定。任何一種試圖精確測定亞原子粒子（如電子）速度的努力，都會使該粒子受到無法預測的撞擊，從而使同時測定其位置成為不可能[5]。當然，平常經驗不能做為「測不準原理」的判斷線索。人們說一輛汽車的位置和速度容易測出，是因為對於通常客體，這一原理所

---

5 詳見《大英百科》線上版:http://wordpedia.britannica.com/default.aspx，「uncertainty principle」詞條。

指的測不準性太小而觀察不到，只有質量小到原子和亞原子粒子的量級時，測不準性的乘積才變得不可忽略。

同樣地，如果我們在人文研究上，承認必然存在的「不能完全客觀」同時，相對地，我們也可能為台灣兒童文學研究尋繹出一些特殊意義和價值。

在這裡必須承認，本文確實不能避免長期閱讀所形成的價值內化。無論是潘乃德（R. Benedict）從「文化模式」看待每一種生活差異；榮格（Carl Jung，1875－1961）和坎伯（Joseph Campbell）交錯出來的民族集體潛意識、原型、神話和文化基因；懷金格的文化遊戲與維根斯坦的家族相似性；阿多諾的顛覆反抗與並置美學，巴赫金在文化「向心力」與「離心力」角逐中形成的對話與狂歡，以及薩依德對文化殖民深沈的反省與同情……，這些知識背景，都深深影響本文的判斷視角與延伸論述。

從文化研究範疇再聚焦回文學本身，本文深受艾布拉姆斯（M.H. Abrams）影響，以《鏡與燈》一書中的四大藝術批評座標為軸心，深入「作品」、「作者」、「時代」與「讀者」做交錯討論（頁 5）。艾布拉姆斯極為強調「社會性」對文學形成與發展的意義與價值，「遊戲性」這個特殊視角，其實也是一場文化與社會的角力。

本文一面拉高視野，參看國際兒童文學的融匯與分歧，一面放寬視域，對照華文世界兒童文學現況，企圖建立一種幾近於「兒童文學史」的文化思考架構，繼而探究兒童文學的本質和趨向。全文網絡龐雜，交錯繁複，難免有一些不可推諉的問題和限制：

1. 關於「世界兒童文學版圖」的理解與說明，為了鮮明刻畫各個不同國家迥異的文化背景和地理條件，一定會因為資料取得與判讀上的侷限，帶進論述者的「個人偏見」和論述國的「刻板印象」。所以，**不能算是各國的兒童文學簡史，只能視為文化采風芻議**，藉由世界兒童文學參考指標的整理對照，期盼每一個閱讀者在論述背後，能夠深入思考兒童文學發展的時間縱座標和空間橫座標，建立基本認識，繼而根據各自的專業能力和閱讀興趣，深入比較、分析、判讀。個人所提出來的舉證和意見，如有任何錯誤或分歧，都是下一個研究者更好的功課。

2. 所謂的「中國兒童文學發展」，因為兩岸乖隔，資料蒐集受限，使得討論空間相對侷限壓縮。

3. 回到台灣兒童文學的檢視與展望時，無論是對於「時代的理解」、「作品的選樣」、「作家的評價」或「趨勢的詮釋」，本文不願侷限在「文學範疇」與「固定範圍的文本採樣」裡，儘可能放大到台灣歷史發展與文化塑造過程，雖然極力兼顧「歷史價值」和「文學成績」，想必不能跳脫資料侷囿、才學限制和個人偏見。

然而，論述研究本應是辛勞的爬樓梯工作，即使本文只是一塊粗磚，仍舊是一塊用心經營的踏板，期待有更多的腳印，踩踏在這樣的基礎上，繼續向上攀爬。

二、人格化魅力與鮮活趣味

朱自強以一種前所未有的閱讀視角，確定周作人在華文兒童文學論述裡的重要位置：「周作人兒童文學中的學問人們是都看到了的，但是，這一理論的人格化魅力和鮮活的趣味卻一直是盲點。在一臉嚴肅的中國文學傳統中，周作人的這種研究本色，本身就是現代的，兒童文學的，可是，周作人的空谷足音至今無人追跡，恐怕要成為世紀絕響了吧。」[6]

本文雖然在文學奠基的成就上力有未逮，「人格化魅力」和「鮮活趣味」的論述特質，一直成為個人研究、撰述時深深追摹的理想與目標。當然，在慢慢傾向確立科學與證據的社會學科研究規範的現代趨勢中，論述裡的「人格化魅力」和「鮮活趣味」，常常也淪為「個人偏見」。

當我們翻閱潘乃德在《菊花與劍》的文化論述裡：「日本人的育嬰方式，並不如自作聰明的西方人所想像者。」（頁 231）；坎伯在《神話的智慧》中直陳：「閱讀與佛典之神加薩羅，是我的選擇神。我所有的知識都來自於閱讀。每次遇到佛與瑜珈行者，我都會根據過去所閱讀的來解釋他們。」（頁 281）；以及約翰．洛威．湯森在《英語兒童文學史綱》中論《女鐵人》的結局：「最後一張黃色物質形成的網出現，罩在所有的垃圾場上，供應不會造成污染的能源。我不知道那黃色物質可能是什麼；要是它有什麼象徵意義，我也想不出來。」（頁 229）……。他們的個人情緒，以及充滿私密色彩的揭露與評價，即使充滿偏見，也因為充滿創意的「人格化魅力」和「鮮活趣味」，隨後翻譯成多國語言，影響千萬人的閱讀基模。

如果本文時而流露「偏見」，這是個人在理解「遊戲性」、實踐「遊戲性」同時，不得不受到制約的研究限制，謹視為一種靠向「人格化魅力」和「鮮活趣味」的敬意和努力。尤其，在文學轉型時刻，文化的總體意義與成績需要重新思索，同時又面臨文

---

6 參見朱自強著〈周作人：中國兒童文學的普羅米修斯〉《中國兒童文學與現代化進程》，頁 248。

學式微、文字將被圖像取代的立即危機，本文最後，仍然深切期盼，藉由「偏見論述」，多一點「人格化魅力」和「鮮活趣味」，讓文學論述多一種可能，可以不那麼「板著臉孔說教」，也可以不只是「小眾閱讀」。

第四節　小　結

本章概括說明《兒童文學的遊戲性——台灣兒童文學初旅》全文的研究動機、目的、研究問題、文獻探討、研究方法與侷限，從「遊戲性」出發，探討兒童文學的建構與演現。

確認台灣兒童文學研究的弱勢體質；提出「遊戲性」的嶄新視角，開展台灣兒童文學建構與演現的深入研究，藉以建立台灣主體性，填補台灣文學研究領地中不可或缺的「兒童文學」區塊；深化兒童文學基礎理論；觀注兒童文學史的進程與發展；肯定華文兒童文學世界的多面風華。透過文獻探討，檢視「遊戲性」的基礎本質與延伸討論，以「世界兒童文學史」的整體理解方式，藉由「表格整理」與「條列說明」做制約框架，成為下一個延伸論述的基礎；並且確認「科學方法仍須受閱讀基模制約」的研究限制，嘗試藉由「人格化魅力」，拓展出特屬於論述過程的鮮活趣味。

下一章，我們將從兒童文學特性的建構與發展，以及兒童文學「遊戲性」的討論開始，從而開展出整體論述。

第貳章

兒童文學的遊戲性

關於台灣兒童文學建構的理解與整理，還在摸索起步，兒童文學創作與研究的判斷也缺乏一定的規範與準則。本文試圖從人文發展軌跡的釐清開始，把台灣兒童文學納入世界兒童文學、納入人類文化生活的一部份做整體思考，在兒童觀與兒童文學的建構與演化過程中，尋找滲透與對話的可能，作為創作與研究的發展依據。

本章分成四節。第一節「人文世界的有機存在」，綜合整理文明開展歷程，做為人文論述的背景框架，並且提出文化演變綜合了人性必然和歷史偶然的「不確定性」，雖然人類文化史上不斷歧出各種不同的整理與詮釋，最後還是從機械理性走向一種「不斷移動、結合與分歧」的有機思考；第二節「兒童文學的有機發展」與第四節「兒童文學的特性」，逐步說明無論是童年概念、兒童文學的建構與分化、兒童文學特性的形成與掌握，都是一種有機存在；最後，在第四節「兒童文學的遊戲性」中，說明「教育性」、「兒童性」、「文學性」與「遊戲性」的融匯與分歧。即使未來的兒童文學特性還有其他發展可能，此時此刻，聚焦於「遊戲性」，做為切入台灣兒童文學發展討論的特殊視角，畢竟是一種較為準確的掌握。

第一節　人文世界的有機存在

一、文化開展的「不確定性」

在我們的生命經驗裡，得有機會，卸下負擔躺下，仰看闊無邊涯的天幕，是一件莫大的幸福。無論任何理由，不管是因為童年的無聊、成長的寂寞、青春時愛情的青澀、中年期生活的疲憊，或只是一小段生命裡的無所是事……。當我們從現實中抽身出來，專注、持續地仰看著闊無邊涯、無限變化的天幕，像牛頓在樹下因為一顆蘋果落下發現萬有引力，我們同時可以察覺，文明的奧祕，就藏在這無限延伸的天空裡。

影響天幕變化的風、雲、雷、電、陽光、雨水……，這些物質因素都是固定的，所以，有一些規律可能會一直重複，但又不是機械性的。從來都不靜止的雲，因為風，因為接觸溼透空氣裡的小水滴而恆常移動，陰鬱浮沈、陰晴雨霧，多半也只為一點點小小的變因，就在闊大的天空中翻演出令人臆想不到的風景，而一整片不能同時規則陰晴的天空，仍然持續地綿延著、聯繫著。

文明的開展也是這樣[1]。既不是興衰如日夜般的更迭，也不是東西方絕然的對立，更不是一連串建立與推翻宇宙中絕對理性——神聖邏各斯（Logos）的辯證過程。它只是人們生活的總和，具有一些人性上的重複特性、具有一些文化上的偶然巧合，

---

[1] 關於西方文明開展過程中的延續與變遷，以及各個階段文化特色的描繪，資料的整編與改寫，取材自張秉真、章安祺、楊慧林著《西方文藝理論史》；《大英百科》線上版 http://wordpedia.britannica.com/default.aspx「the history of Western literature」詞條。

這些徘徊在不同時間與空間裡的人性必然和歷史偶然，不能各自獨立，總是相互撞擊、滲透、回應，形成波瀾起伏的文化演變。

雖然在人類文化史上不斷歧出各種文學家、史學家、哲學家、美學家的不同判斷、整理、分類、詮釋與評價，總體來看，還是像天空的變化一樣，充滿不確定性。

根據《大英百科》對西方文學史的描述，歐洲文學雖然多種多樣，但跟歐洲語言一樣，都源出共同的文化傳統。除了共有古代五大文明中的古「希臘」和「羅馬」文明遺產做文化主體外，源於「亞述巴比倫」留下的第一部法典和其後不斷被重複的神話史詩原型;「埃及」超自然世界的神祕直覺引發的想像力；以及「猶太」希伯來文化的《舊約聖經》對基督教和西方文化的深刻影響，都在牽動這個文化傳統的演變與修正。

希臘文化雖受美索不達米亞、小亞細亞和埃及宗教神話影響，仍跳過直接承襲的文學淵源，散發一種接近「自己創造」的原始生命力；羅馬文化從希臘的教導裡尋找主題、表現方法和對詩體格律的選擇，又將這文化傳統延續到中世紀，通過基督教得以保存、改造和傳播，把基督教義和古典哲學融為一體，構成中世紀人們「從象徵意義出發分析生命」的習慣。

當歐陸先後歷經哥德人、汪達爾人、法蘭克人和古斯堪的那維亞人襲擊時，寺院成為唯一有效保存西方古典文學的地方。日耳曼語的頭韻體傳統，冰島的「詩體埃達」(Poetic Edda）和史詩薩迦（Saga），盎格魯・撒克遜人的英雄史詩「貝奧武甫」(Beowulf)，德語的「希爾德布蘭特之歌」(Song of Hildebrand)，都由基督教的經文抄寫者記載下來，把其中的異教成分和基督教的思想感情混在一起。

源自法國的傳奇文學（Romance）和宮廷愛情抒情詩，也把通俗的口傳文學和博學典雅的文學傳統結合在一起；充滿宗教色彩的中古戲劇，開始顯示出幽默、滑稽，有時甚至是淫穢的特質；表現庶民豐饒和日常的「城市文學」和「市民文學」興起，最後再綜合、演變，流傳到歐陸、美洲和其他由歐洲人遷徙殖民的不同地區。

中世紀後「文藝復興」（Renaissance）的覺醒，在文化主軸上，刻意從政治、宗教、哲學、文學各方面回歸古希臘、羅馬精神，由於「發展於 1450 年間的印刷術」這個偶然出現的變因，對復古文本的傳播大有助益，改變了文化存在的發展模式。古典文化學者提供古典文學楷模，讓文藝復興時期的文字和藝術達到前所未有的顛峰；馬丁・路德的新教改革，引導人們注意個人及內心感受；科學和天文學出現突破性新發展；十五世紀後期義大利城邦嶄露新的自由和探索精神；大探險家的各種航行，尤其在顛峰時期哥倫布發現美洲（1492 年），對發展海外帝國的強權國家，和當時最具天份的作家想像力與思想意識，產生深遠影響。

總體來看，文藝復興創造出一個勇於接受新思想的環境。

二、理性與非理性的撞擊

到了十七世紀，新思想加入了這個時代的組成並且成為主要部份。階級分明的政治結構拆解，在位七十二年的法王路易十四（1638－1715），提倡「君權神授」，拓展法國疆界，改變法國的生活方式、城鎮結構和山河面貌；英國在長達二十年的英荷戰爭中獲勝，取得海上霸權；歐洲三十年戰爭結束，神聖羅馬帝國拆解，德國分裂成一百個以上的小國家……。在時代劇變中，如何確定政治、經濟、知識、信念、玄學、倫理學、理性、宗教和自然科學等權威的依據和彼此的相互關係，一時充滿動盪和激烈風暴。

一方面，法國笛卡兒和英國培根等人不僅把「懷疑論」和「理性思想」運用於解決科學問題，還用來探討政治和神學論爭，研究理解力和知覺方面的一般性問題；另一方面，義大利和德國出現設計精巧、裝飾華麗，大量使用大膽技巧的巴洛克文學藝術風格，英國出現玄學派詩歌……，繼續發展文藝復興時期模仿古典文學的傳統趨勢，和科學、哲學新思想家，以及新文學形式試驗家的希望與發現產生衝突。法國掀起「古今之爭」，古典派認為文學風格和題材必須仿效希臘和拉丁古典文學，而現代派則主張發揚本土傳統；西班牙追求裝飾、拉丁化和崇尚古典文學的「誇飾主義」（culteranismo）和贊成簡練、深刻和警句式風格的「概念主義」（conceptismo）鬥爭。

文化延續與演變的不確定性就在這裡，看起來有其脈絡，往往又因為一群人、一個地區、一些共同的想法，意外地揭示新的實驗可能和發展趨向。

十八世紀的法國，藉由伏爾泰（Voltaire，1694－1778）、盧騷（Jean-Jacques Rousseau，1712－1778）、孟德斯鳩（Montesquieu，1689－1755）與「百科全書派」（Encyclopedistes）[2]的狄德羅（Denis Diderot，1713－1784）和達朗伯（Jean d'Alembert）等人致力於哲學、宗教和社會問題的論戰，形成「啟蒙運動」，影響深遠，並且預示法國革命到來。和商業發達、文化成熟的英、法等歐洲強權國家相對，農業貧瘠、國土分裂的德國，藉由

[2] 十八世紀啟蒙運動的哲學家們，獻身於促進科學和世俗的思想以及新科學和開放，編纂法文《百科全書》，由哲學家狄德羅和數學家達朗伯編輯負責，這些作者被稱為百科全書派，在法國大革命前十年裡，對政治、社會和智力有極深遠影響。

歌德（Johann Wolfgang Goethe，1749－1832）和席勒（Friedrich Schiller，1759－1805）的才華與激情，掀起「狂飆運動」波瀾，在十八世紀末開創出德國哲學與文學的偉大時代。

有人把十八世紀稱為「理性時代」，其實，十八世紀一直夾纏在「理性」與「激情」兩大動力間。一面用「追求秩序、勻稱、規範和科學知識」表現對理性的尊重，鼓勵諷刺、論證、風趣、簡明的散文體蓬勃發展；另一面又以熱情培育「慈善事業、風格推崇、宗教熱忱以及對情緒感受的崇拜」，激發了心理小說和崇高詩篇。

這種理性與感性的糾纏、拉鋸、對話與辯證，形成生氣勃勃的十九世紀，產生日後許多現代文學的條件和傾向，浪漫主義、象徵主義和現實主義……，深深影響了二十世紀文學的生成和發展。儘管 1789 年的「法國革命」和「工業革命」是十九世紀初兩大政治社會因素，十九世紀最重要的文學運動還是根源於狂飆運動的「浪漫主義」。

席捲整個歐洲的浪漫主義詩人，講求直率，強調使用發自內心的語言和普通人的語言，相信只有透過檢驗自己在大自然和原始純樸環境的情感才能解釋事物的真理。在英國，分為濟慈（John Keats，1795－1821）的「神祕理想主義」和充滿憂鬱象徵和追求政治自由的拜倫（George Gordon Byron，1788－1824）所創造出來的「超人」兩大典型，拜倫式的英雄諷刺成為小說家的重要主題，即連遠在俄國的杜思妥也夫斯基也深受影響；美國哲學詩人愛默生（Ralph Waldo Emerson，1803－1882）和梭羅（Henry David Thoreau，1817－1862）提出「超驗主義」，肯定「悟性」是一種可以超越邏輯與經驗的力量；法國高蹈派波特萊爾等人，接續後浪漫主義發展為重視詩歌的純形式成分、美學理論和「為藝術而藝術」，認為「一切不是藝術的東西都是醜惡和無用的」；新潮流的另一分支是印象主義，借鑑繪畫、雕塑和音樂，運用暗示聯想、氣氛和急促的節奏來製造效果；進一步發展出來的象徵主義，要求精心選擇字眼和意象來表現若即若離的情調和若明若暗的含義。

就在十九世紀理性與感性邊緣、智力與激情的衝突浪潮上，「哲學」與「詩」形成文學的土壤。法國的斯湯達爾（Stendhal）、福樓拜（Gustave Flaubert）、巴爾札克（Honore de Balzac）、莫泊桑（Guy de Maupassant）一路發展出現實主義手法，左拉（Emile Zola）把自己的極端自然主義形容為「文學性的外科解剖」；一直到英國的艾略特（T. S.Eliot）、狄更斯（Dickens）和哈代（Thomas Hardy）；俄國的果戈里（Nikolay Gogol）、屠格涅夫（Turgenev）、托爾斯泰（Leo Tolstoy）、杜思妥也夫斯基（Dostoyevsky）與契訶夫（Chekhov），這些受到自由主義、人文主義和社會主義等新興勢力刺激影響的偉大作家，不肯侷限於現實，把文學帶入「為社會服務」的理想世界。藉由這些不斷拓寬的文學努力，終於把十九世紀的文學史推向「小說的巔峰」。

當文類分化多元成熟、文學創作越來越豐富之後，文學的討論、研究與分析，開始成為重要議題。大約在 1830 年以後，浪漫主義的生命力開始衰退，並且讓位給更為客觀的風格討論，然而，浪漫主義的許多主題和技巧，繼續被沿用到現代。

三、從「機械論」走向「有機論」

本文在簡化、整編西方文明開展的時間軸後，同時嘗試以美國康乃爾大學英語系教授艾布拉姆斯（M. H. Abrams）的《鏡與燈》一書做為中介認識，提出一個橫剖西方文學脈絡的「簡易模型」。艾布拉姆斯以十八世紀美學為主要參照系統，對深深影響二十世紀文學建構與發展的十九世紀浪漫主義文論及批評傳統，做深刻的整理與論述，並對西方文論史做了全面的回顧與總結。

全書看起來取材蕪雜龐大，其實架構分明，可以區分為四個部份作成簡表：

	章次內容說明	理解方向與整體特殊性
一	一－三章：批評理論的總體認識。	藉由文學批評的四大要素：「作品」、「作者」、「時代」、「讀者」，以及四大理論：「模仿說」、「實用說」、「表現說」、「客觀說」，深入了解作家與作品，從經驗主義的「藝術如鏡」到以超驗主義為理想的「心靈如燈」，建立不同的理解模式。
二	四－六章：浪漫主義的理論與實踐。	在建立總體認識後，深入浪漫主義理論的發展脈絡與系統詮釋，繼而進入理論研究者的個別介紹、特色導讀和座標標示。
三	七－八章：文學創造中的心理學。	全書的轉折關鍵。奠基於不同的理論研究，試圖藉「機械論」與「有機論」的辯證，尋找文學創造規則，繼而發現「無意識的天賦」與「有機體的生長」。
四	九－十一章：浪漫主義的開展。	從主觀到客觀，從真實到隱喻，從詩歌到科學，深入檢視浪漫主義的侷限與問題，並且開啟屬於下一個世紀更多的文學可能。

艾布拉姆斯在第三部份「文學創造中的心理學」裡，清楚展現經驗主義學者試圖把自然科學解釋系統引進精神領域的過程，

進而把力學中的勝利，從物質擴大到心靈的「機械論」原型，依序整理出這些本質：

1. 心靈的基本成份。假定心靈的多重內容和活動，全部可以分析成一組簡單元素，各種複雜的心理狀態和產品，都可以解釋為「心靈原子」形形色色的組合。

2. 運動與組合。各種意象依次在心靈眼目中移動，按照原先感覺經驗中相同的時空秩序，構成我們的「記憶」，如果不按照原有秩序出現，就形成「幻想」與「想像」。

3. 聯想吸引律。心靈活動的基本模式受「相似性」、「時空上的接近性」和「因果性」的支配，做想像的排列組合。

4. 判斷與藝術構思。當想像的排列組合成為作品自然出現優劣高下後，機械模式不能解釋天才與庸俗的分判，不得不在機械宇宙論上假定有一種「監督性構思」存在。最後，設想出「把水分變成養分」的植物模式，用以類比解釋天才如何「把觀念組織成藝術」的過程。（詳見頁 247－258）

一旦植物替代機械作為創作過程的範例，生命和智力的自主運作，很快會替代機械主義的解釋，「機械論」的創作模式，就在德國哲學家一系列的假設與辯證過程中，過渡到「有機論」[3]。

康德（Immanuel Kant，1724－1804）在《判斷力批判》中把「天才的創造性」和「有生命事物的本質」聯繫起來，當作同一件事深入探討，認為天才憑藉「自然」創造出典範，他既察覺

3 「機械論」的綜合整理，延續到有機主義論者的各種觀點和柯立芝「植物模型」，詳見艾布拉姆斯著《鏡與燈》，頁 247－359。

不到目的，分析不出手段，無法描述，也無能力複製，這是一種「自我組成的實體」，具有自身的「運動力」和「形成力」。歌德把這種純屬內在目的作為活生生自然組成一部份的天才心靈詮釋，類同於自然有機體，相信任何一次發展和停頓，都不是偶然或無意義的，一切都同時既是手段也是目的，這是一種複雜的「使手段符合目的」的內在過程。赫爾德（J.G.Herder，1744－1803）提出，自然是一個有機體，而人作為那個有機整體中不可分開的一部份，本身就是思想、情感和意志的一個有機的、不可分解的統一體，他以自己的生命，展示了與外部自然相同的種種能力和作用。施萊格爾（A.W.Schlegel，1767－1845）總結德國有關「創造有機論」的種種概念，認為必須先認識整體，而後才是各個部位；有機體是自在自長的產物；藝術也像自然一樣，是自動創造的，既是被組織的，也具有組織力，形成活的作品。最後，後康德學派中的謝林（F.W.Schelling，1775－1854）說明，一部作品完成就產生一種無限和諧的韻律感，這都歸因於天性中有意而為的韻致，創造活動中，自然的和無意識的因素，是事物在外在自然中無意識地發展的內在表現。

從此，在現代藝術心理學中，與無意識同時生成的有機發展，越來越被開展到十八、十九世紀哲學家原來想像不到的程度。

第二節　兒童文學的有機發展

一、理解有機發展

德國一系列有機討論，影響了一向推崇經驗主義心理學的英國。哲學詩人柯立芝（Samuel Taylor Coleridge，1772－1834，亦譯柯爾律治），藉由植物的有機想像，逐步推翻奠基於實驗信仰的「機械論」，並且和創作力量與生命發展歷程相互聯繫：

1. 植物源於種子。整體第一，部份第二，由整體產生部份，證明「元素論」必須倒過來才成立。

2. 植物的生產、成長、進化與延續，一如創作，是有生命事物的「第一力量」。

3. 植物在生長過程中，把泥土、空氣、光和水中「相異、多樣的成份」和自身物質同化；一如心靈會在聯想中產生另一場變革。

4. 植物從內在能量源泉中自然產生；一如生命從內部產生，而機械形成於外部。

5. 植物成熟的結構是一個有機的整體；一如生命系統的各個部份都相互依存，每一個部份既是手段也是目的。（詳見《鏡與燈》，頁 262－269）

從「植物模型」理解文學創造的有機美學，成為思想史上重要的轉折點。詩人濟慈表示，詩必須像樹上長出葉子一樣自然；華茲華斯（William Wordsworth，1770－1850）強調，讓藝術融為自然，一如草坪上的花朵和森林中的樹木自由自在地成長；雪萊（Percy Bysshe Shelley，1792－1822）認為，靈感是藝術作品的成長，就像娘胎裡的孩子一樣……。

人們開始相信，創造機制中有一種自在自長的有機生命力。

關於「有機」的各種辭彙，開始出現於十九世紀。《大美百科》對「有機化合物」（organic compound，第 21 冊，頁 63－

65）的詞條解說，洋溢著人本意味：「十九世紀的人們認為，有機物質僅能在活的動植物中藉著生命活力而產生；自然界的有機化合物，包括食物、纖維、燃料、木材等，通常都以人類生活為重心；隨著生活需求滿足後，人類開始運用無窮的想像和好奇，探索有機組成，進而以現代化學合成製備。」

《大英百科》把「有機化合物」定義為碳的化合物。碳既不是正電性、也不是負電性元素，所以不會獲取或失去電子，只是易於分享電子；不僅和其他元素、也和它本身形成共價鍵，能無限地互相結合成為極高分子量的化合物，也可以分化出無窮種類的不同分子；由於所有化合物近似地具有相同的化學性質，同一類有機化合物各成員之間的差異主要表現在它們的物理性質上，一般來說，化合物彼此在組成與結構上愈相類似，則彼此的同質性和互溶性就愈大。

這些無窮無限的有機化合物，帶給人們更大的想像空間。舉凡日常所需，諸如塑膠、衣料、清潔劑，一直到精密電子、生化科技……等各種有機運用，比如說，電燈的發明，把黑夜延續成白天；電視的發明，改變了人類的自我建構和人際互動；基因解碼，撞擊了生命的認知與價值……。每一種科技的突破，都牽動文化環境的內在認同和外在變遷，有機反應的無限進程，也在考驗人類情感、道德與想像的改變與適應。

我們以電子科技裡最普遍的基礎發光二極體（LED）來檢視「有機」的無限可能。傳統的無機製程，如藍光二極體（其材料為 GaN），因為反應溫度高於攝氏 1000 度，不但大小尺寸嚴格受限，而且需要成本高昂的大型玻璃基板（TFT－LCD 面板）。「有機發光二極體」（OLED，其原理與結構，請參考附錄一，頁 367）發現後，因為碳鍵結的蒸發點極低，反應溫度約在攝氏

200 度內即可完成，這個引發電能轉化為光能形態多元應用的「發光層」(light-emitting layer)，可以直接成長在塑膠片上，成本降低，可塑性擴大。當有機發光二極體掙脫成本、大小與形狀的限制後，可以自由應用在照明或各種形態的彩色顯示器，扭轉、扭曲、折疊……，全不受限。未來電燈可能薄如一張紙片，可以隨意張貼；電視、電腦也可以薄如膠片，隨時放在掌心裡觀賞，電影中未來世界的場景，一點一滴，會在現世中實踐出來。

這些有機反應，都必須通過一個暫存的中間體逐漸生成，然後，不斷建構，不斷分享，同時也不斷地相互結合，彼此在分歧與變易中保留或多或少的同質性和互溶性。在無限的想像中，等待無窮種類的新機會和新可能，這就是有機發展的特色，也是我們看待文化模式、看待人類文明開展的中心看法。

無論是童年概念、兒童文學的分化與建構、兒童文學特性的形成與掌握，所有人文世界的生成演變，都是「不斷移動、結合與分歧」的有機發展過程，具有「不確定」、「無限可能」，並且「和生命的存在與發展密切相關」的有機屬性。

二、童年概念的有機建構

希臘人熱衷教育，發明了學校；羅馬人立法禁止屠殺嬰兒，兒童開始接受保護、養育、受教育，免於知曉成人祕密；中古世紀人們認為兒童帶著原罪降生，黑暗時代摧毀了與現代童年概念相關的經驗，諸如識字、教育、羞恥……，歐洲回復到「口語談話」與「歌謠吟唱」這些人際溝通上最自然的型式。專研中古世紀史學學者阿里葉(Philippe Aries)在《童年的世紀》(1962，*Centuries of Children*)一書中提出他的著名主張：「在中古社會中，童年觀念並不存在」，用以證明童年性質的轉變；紐約大學媒介生態學教授尼爾・波茲曼（Neil Postman）在《童年的消逝》（1982，*The Disappearance of Childhood*）中宣稱，十六世紀，印刷術重新創造成年與童年，「成年」有能力閱讀，「童年」欠缺閱讀能力，和現代「童年」概念較為接近的兒童觀逐漸成形，這個短短的「童年世紀」，又在1950年電視機變成美國家庭中的一份子後自然消解（頁129－148）。

英國諾丁罕大學資深講師柯林・黑伍德（Colin Heywood）在《孩子的歷史》（2001，*A History of Childhood*）中指出，「童年消失說」和「童年發現說」一樣過於誇張，較合理的做法是，維持童年變幻莫測的社會建構物形式（頁 21－48），接受在不同時空的不同社會階層與種族團體，存在不同的童年概念；「兒童」與「童年」在不同的社會裡有不同的理解方式，中產階級的童年和工人不同，男孩和女孩不同，愛爾蘭天主教家庭的兒童經驗與德國新教家庭不同等諸如此類，都是社會分析的一個變項，在探索童年時不能不提及其他與年齡交會的社會分化形式（頁11）。

所以，文化對童年建構有著強大而多樣的影響。十七世紀人們認為童年是「除了死亡以外，人性中最墮落與最悲慘的階段」；維多利亞時代人們認為兒童純真而無知；經過浪漫主義尊崇想像、自由與解放的一連串努力，兒童的處境不但被認真注視，而且在「陰暗原罪」和「純白無知」的兩極中，被賦予較為真實的陳述。英國浪漫派詩人威廉・布萊克（William Blake）在《天真之歌》（1789）中多面描述兒童的歡愉與痛楚，諸如用〈嬰兒的快樂〉表現生命的喜悅、用〈牧童〉表現真愛與安寧，在有名的〈掃煙囪孩子〉中，裎露生命的不安和死亡的悲哀（全詩譯文，詳見附錄二，頁 371）；一直到產業革命累積豐厚的經濟基礎後，人們才在廢除童工、強制教育中，建構出「需要被愛、被教育」的現代童年觀。

隨著文明史上兒童觀的不斷移動與轉變，同樣也不斷改變成人與兒童間的互動模式。成人看待兒童，一直在「訓誡與教導」和「關愛與照顧」兩端，不斷碰撞出新的思想和做法。雖然，遠從古希臘時代哲學家柏拉圖（Plato，西元前 428－347）在《共和國》（*Republic*）第四篇中即已表示：「兒童應在遊戲中學習。」然而，他還是認為神話傳說有損神明和英雄名聲，閱讀素材應該嚴格篩選出嚴肅正經的故事和詩歌；中古時代的義大利母親有非常多宗教圖畫可以給小孩看，還有代表聖嬰的洋娃娃給虔誠的女兒玩；道德家勸導母親從每天的例行公事中構思一些教訓，例如將蔬菜丟入滾水中時，要讓小孩想像罪人被丟進地獄的景象，或者是煮蛋時念聖母誦，邊做飯邊念祈禱文；重視教養的文藝復興時期，吃飯時間是父母最堅持孩子要有耐心並且服從的時刻。

十六世紀捷克宗教領袖夸美紐斯（John Amos Comenius，1592－1670）深信，教育改革可以重建社會，認為教育的改革有兩種途徑：首先，改革教學方法，教師要「順乎自然」，注意兒童心理和學習方法，使學生學習愉快；其次，為了使歐洲文化易為學生理解，學生必須學習拉丁文。他編寫第一本看圖識字教科書《世界圖解》（1658），在盛行於二十世紀的「Whole Language」教學法提出之前三百年，夸美紐斯即已主張採用領會事物本身的「自然法」，而不是學習語法，對教學有革命性影響。

不過，教學革命要能從「一個人」、「一個地區」，擴展到「一個時代」的轉變，還是需要漫長歲月的集體累積。十七世紀的孩子仍然在不斷覆誦銘言和諺語，以及藉由世代相傳的民間故事來學習面對周遭世界，知識菁英階層更要從四、五歲就提早學習讀寫。十七世紀末的英國哲學家約翰・洛克（John Locke，1632－1704）在《教育之我見》（1693）中提出，兒童是一張待填補的白紙；一直到十八世紀中葉，除了《伊索寓言》（*Aesop's Fables*）、《狐狸雷納德》（*Reynard the Fox*）和代代承傳的民間故事之外，兒童的閱讀與引導，大多還是屬於宗教、道德或心智改善範疇。

三、成人兒童觀和兒童自我塑造的滲透與回應[4]

面對成人世界的兒童規範，兒童並不是束手無策地被箝制在懲罰與痛苦裡，他們有一種超越框限的自我塑造能力。最早的時候，孩子們從兒歌、民謠、民間故事，尋找他們自己的樂趣和營養；熱衷閱讀十七世紀末延續到十九世紀中葉的廉價平民書，內容涵括英雄傳說、浪漫傳奇和冒險故事；然後，又把充滿奇偉想像和瑰麗變化的成人作品據為己有。

從十六世紀法國拉伯雷（Francois Rabelais，1494－1553）平衡階級對立的《巨人傳》；十七世紀英國約翰・班揚（John Bunyan，1628－1688）宣揚基督教義的《天路歷程》、狄福（Daniel Defoe, 1660－1731）為帝國殖民發聲的《魯濱遜漂流記》、斯威夫特（Jonathan Swift，1667－1745）諷刺英國上流社會虛矯的《格利佛遊記》……等。兒童讀者在作品裡尋找他們想要的東西，這些東西卻非作家當初想要表達，甚至是想都想不到

---

4 這一小節中，關於成人與兒童在互動中的轉變，以及兒童閱讀的侵佔、轉型與分化，整理、改寫自約翰・洛威・湯森〈1840 年以前〉《英語兒童文學史綱》，頁 10－46；以及柯林・黑伍德〈童年第二階段的親子關係〉《孩子的歷史》，頁 136－143。

的東西。這就是法國學者埃斯卡皮（Robert Escarpit）在《文學社會學》中提出來的具有創意開發力的「背叛」（頁 137－138），也是最典型的「結合、分化，而後延伸、演變」的兒童文學有機發展模式。

可以說，在出現真正的兒童文學之前，數百年來成人為兒童準備的閱讀題材，和兒童喜歡閱讀的故事，一直互不相涉地依據自己的想像與需要「平行」發展。英國兒童文學研究者約翰・洛威・湯森（John Rowe Townsend）在《英語兒童文學史綱》中指出，兒童文學前史分為兩支：「專為兒童或少年所寫的題材，但不是故事」；以及「故事，但不專為兒童所寫」（頁 11）。

當文學向兒童分化、擴散，逐步形成「從文學走向兒童」的傾斜同時；另一方面，兒童在張望未來時自發性地醞釀、分化與成長，也嶄露出「從兒童走向文學」的傾斜中不可忽視的力量。就在「成人的兒童觀」和「兒童自我塑造」這兩組反向運作的力量相互滲透回應的過程中，兒童文學的諸多面向日漸清楚。

1744 年，英國書商約翰・紐伯瑞（John Newbery，1713－1767）出版「美麗小書」，直接為兒童標示出以「娛樂」為目的。習慣視「英國」為兒童文學原鄉的研究者，把 1744 年，當作兒童文學的起點。「教訓的成人規範」和「快樂的兒童需要」，第一次正式交匯，也是文學世界第一次從「教育性」綑縛中掙脫出來，面對「兒童性」的特殊需要。

緊接著，法國思想家盧梭出版《愛彌兒》（1762），視兒童為完美的自然人；瑞士教育改革者裴斯塔洛齊（Johann Heinrich Pestalozzi，1746 －1827）主張窮人應有受教育的機會，強調教學應遵循「從較熟悉的事物向新鮮事物過渡」的過程，把具體技能的操作與實際情感反應的經驗結合起來，教學要循序漸進，以適應兒童的發展程度。

面對兒童需要、提供兒童樂趣的「兒童性」，成為兒童文學的主要構成。到了十九世紀末，嚴肅的道德口吻從兒童閱讀世界中消失，作家沈浸在將童年當作「失落自我」和「完美純真」的浪漫想像，「文學性」的光澤開始洋溢，兒童文學從文學中自然分化、發展出來。

1865 年，英國牛津大學邏輯學家路易・卡羅爾（Lewis Carroll，1832－1898）為小朋友講的故事集《愛麗絲夢遊仙境》，徹底放棄教訓，將「純粹的快樂」帶給兒童。朱自強在《中國兒童文學與現代化進程》中，特別把這本書視為「現代的出發點」（頁 20）。也就是說，初自文學分化出來的兒童文學，從卡羅爾的《愛麗絲夢遊仙境》開始，形塑出一種更精緻細膩、更縱橫睥睨、同時也更兒童化的遊戲趣味，驅逐教訓，強調幻想，以「純粹的快樂」為目的，清楚地和成人文學區隔開來，這本書，不但成為「現代的出發點」，也是兒童文學「遊戲性」的起點。

看起來，我們好像可以循著從「教育性」、「兒童性」、「文學性」到「遊戲性」的歷史動線，理解兒童文學的發展。談到這裡，我們必須從「時間的縱座標」拔高，把視野拉抬到更寬闊的「空間橫座標」上，在東西方文明的模糊邊界重新檢視，我們會發現，在西方文學史裡，並沒有一個特別的人、一本特定的書，或者是一個特殊的文化團體，曾經用「教育性」、「兒童性」、「文學性」、「遊戲性」來界定兒童文學。

把兒童文學的特性界定為「教育性」、「兒童性」、「文學性」、「遊戲性」，其實是台灣地區兒童文學創作者與研究者，在面對「兒童文學」這個新興學門時，一種認真、而其實也充滿不確定的努力與摸索。藉著「教育性」的特質和變化，釐清在漫長時空中反覆纏縛、修正的「兒童概念」與「教育訓誡」的關聯；然後藉著「兒童性」的自我塑造，讓兒童文學從文學中分化出來；繼而有一個又一個哲學家、教育家、作家、畫家、出版家的集體努力，確認、並且提昇兒童文學的「文學性」；最後在「遊戲性」的多元嘗試中，確定兒童文學的分化，日漸成長、成熟。

這是我們自己的兒童文學理論建構。一種種植在我們自己土壤上的有機發展，而不再停留在西方文化開展的捕捉與模擬，或者是西方兒童文學史的移植與詮釋。

當然，「教育性」、「兒童性」、「文學性」和「遊戲性」的理解與把握，不是了解兒童文學的唯一可能，卻是我們在兒童文學發展與摸索的過程中，一種比較清楚、也比較能夠理出意義和層次的認識途徑。

第三節　兒童文學的特性

一、台灣兒童文學的理論拓墾

台灣兒童文學史的明確記載，要從 1945 年「國語推行委員會」設置「國語講習班」輔導華語教育算起。一開始完全是為了推動當年雷厲風行的「國語教育」，缺乏從文學欣賞、教育需要、心理學探討，慢慢進入文化研究範疇的兒童文學理論與文學史的系統認識與理解，不但忽略基礎理論迻譯，兩岸乖隔後，即連大陸地區五四時期「華文兒童文學草創階段」的掙扎與努力，這些基礎的認識也付之闕如，可以說先天不良，並沒有一個足以參照、模仿、學習的「兒童文學發展模式」。

早期台灣兒童文學研究者，多半是一批又一批充滿理想的教師和作家，諸如劉錫蘭、林守為、吳鼎、葛琳等人，在不斷摸索過程中，慢慢理解兒童文學的本質、特性和發展可能。對於兒童文學的概念與特性，一如歷史建構中的兒童，隨著政治、經濟各種社會分析的環境變項慢慢演變，逐步試探。

本文藉由兒童文學專書的規則化整理，具體呈現不同時空背景、不同人格特質的各種學者在兒童文學特性上的釐清與確定，努力建構出兒童文學本質的初步思考：

出版	作者	書名	兒童文學特性	頁碼
1963	劉錫蘭	《兒童文學研究》	1.句子要簡短，文詞要美 2.敘事要簡明，少談議論 3.善惡要分明，結果要圓滿 4.多用重複的筆法 5.要有緊張多變的情節 6.要有動作及會話。	39－42
1964	林守為	《兒童文學》（1988 重新整編）	1.兒童 2.文學 3.專供兒童欣賞。	1－5
1965	吳鼎	《兒童文學研究》	1.天籟 2.自然 3.想像 4.純情神奇 5.真摯 6.崇善 7.尚美。	99－106
1973	葛琳	《師專兒童文學研究》	兒童閱讀考量：1.文字 2.內容 3.編製。	41－54

觀察「兒童文學特性」的演進，可以清楚發現，最初的嘗試與摸索，多半從個別而具體的描述、界定開始，從兒童文學特性

的分析與歸納，艱辛而漫長地往前拓墾著兒童文學的領地，其中，林守為努力為兒童文學尋找歸納、分析的判準，形成研究論述上的開創性。而後創作日盛，文本日多，兒童文學的「不確定性」慢慢安定，開始有一些明確的規則，被共同接受與遵循。

七〇年代末期，理論研究者開始從「個別而具體的描述」趨向「整體而抽象的通則」，而且集中在「教育」基礎上，對「兒童」與「文學」的特性與需求進行討論：

出版	作者	書名	兒童文學特性	頁碼
1976	林良	《淺語的藝術》	1.「文學技巧」與「淺語」的聯結 2.隱藏著「教育目的」的「文學力量」。	17－25
1977	許義宗	《兒童文學論》（1988重編）	1.兒童性 2.文學性（藝術性、趣味性）3.教育性。	6－14
1983	李慕如	《兒童文學綜論》	1.兒童性 2.文學性 3.教育性。	8－12
1986	葉詠琍	《兒童文學》	1.文學性 2.教育性 3.娛樂性 4.年齡性。	1－19
1988	雷僑雲	《中國兒童文學研究》	真善美。	4－5
1990	傅林統	《兒童文學的思想與技巧》	1.文學性 2.兒童性 3.教育性 4.趣味性。	19－84
1991	張清榮	《兒童文學創作論》	1.兒童的 2.文學的 3.趣味的 4.教育的。	31－33

1996	林文寶	《兒童文學》	1.兒童性 2.教育性 3.遊戲性 4.文學性。	12－27
1999	蔡尚志	《探索兒童文學》	1.文學的態度 2.教育的觀點。	28－37

藉由「兒童文學特性」的對照與比較，可以清楚看到，無論是隨著研究者「心中那把尺」的順位，不斷變更序次的「兒童性」、「文學性」、「教育性」，或者是框限於華文世界兒童觀裡習慣追崇的永恆價值，「真善美」與「文學的態度、教育的觀點」……等等，「教育」、「兒童」與「文學」，成為兒童文學初初分化出來的必要條件。

而後，林文寶在〈兒童文學製作之理論〉（《東師學報》第三期，頁 1－32，1975.4）第一個提出兒童文學的「遊戲性」思考；葉詠琍第一個專書標示出兒童文學「娛樂性」的重要（1986）；九〇年代後，經濟寬裕改變了人們的生活態度和休閒模式，「有閒階級」的普及，使得娛樂與趣味慢慢受到重視；因為娛樂與趣味「量的增加」和「質的變化」，林文寶進而將文學趣味深化為文化層次的「遊戲」討論，使得兒童文學的演化日形豐富。

整體回顧台灣兒童文學理論的拓墾與開展，形成三個發展階段：

1. 從個別而具體的描述、界定開始，最後由林良、許義宗和李慕如引向「兒童」、「文學」與「教育」的關聯與辯證。

2. 關於「兒童特徵」和「教育目標」相互結合的考量，隨著經濟餘裕和文化累積慢慢鬆綁，「文學美感」的要求提高，更重要的是，葉詠琍、傅林統和張清榮為兒童文學加入「趣味要素」。

3. 林文寶將「文學趣味」深化為「文化遊戲」。

兒童文學的特性，至此發展出「兒童性」、「文學性」、「教育性」和「遊戲性」的完整建構，直到目前，遊戲的創作與理論，仍然在實驗與擴充中，充滿無限可能。如果我們接受人文世界是一種有機存在，大部分的人文假定與思考都是「暫存式」的有機發展，接下來的兩小節，我們接續思考的是：

1. 華文的具體陳述，需要接受西方邏輯架構的制約，發展成為抽象通則嗎？

2. 兒童文學的特性，確定「暫存」在兒童性、文學性、教育性和遊戲性，做為目前的結論了嗎？

二、以文化融匯掙脫華文論述侷限

從台灣兒童文學的拓墾過程可以看出，華文世界的文學土壤，一直不曾強行移植西方兒童文學的理念與建構，而是經由前仆後繼的摸索與試探，逐步確定台灣兒童文學的發展面向。林良執行國語日報《世界兒童文學名著》翻譯出版計畫（1964）；葉詠琍遠赴美國馬里蘭州立大學專攻教育學；林文寶關注東西方哲學美學辯證，他們一方面藉由西方兒童文學改變文學視野；另一方面，又努力把西方兒童文學的創作與研究，介紹、延伸、融合到我們對兒童文學的摸索與試探中。

也就是說，在兒童文學論述的有機反應中，台灣經歷過一個又一個必然歷經的「發展階段」，一如有機反應必須通過一個暫存的中間體，繼而逐漸生成。

為了理解這樣的生成、分化與演變，我們有必要釐清華文論述的基礎條件。華文世界的文學緣起，發生極早、發展卻極緩慢，雖然，我們一直以文學歷史悠久、文化遺產豐富自負，然則，和世界文學版圖相較，華文世界的文學類型分化極慢，幾千年的變化，幾乎凝固在「韻文」範疇裡，表現內涵習慣基於「經世濟民」、「感時傷國」的現實主義，在儒學大一統觀念約束下，《詩三百》的優雅從容、婉約情韻，被視為諷刺時政的參考，《楚辭》的奇幻玄異、驚艷詭媚，被視為失意政客的罹憂與國殤。

種植在這樣的文學土壤裡的文學批評，相對受到很多侷限。早在群經諸子時期零星觸及的詩論、文論，一直不受重視。及至魏晉南北朝，佛教思想傳入，在佛經典籍整理的需要和中印不同體系思考模式的撞擊下，開始對文學形成反省與自覺。從魏文帝《典論・論文》、陸機《文賦》、鍾嶸《詩品》，一直到沈約《宋書》〈謝靈運傳論〉的聲律說，在質與量上累積了可觀成就，又以劉勰的《文心雕龍》為集大成作品，成為華文理論批評史上空前絕後的鉅著。

可惜這樣的文學討論，並沒有延續為系統的架構。到了唐代，經過戰爭混亂後的統合與安定，壯盛華麗的創作，一如西方文藝復興時期，創作源源湧出，文學批評的空間相對壓縮，只餘皎然之《詩式》與司空圖《詩品》等主觀品第的直覺泛論；宋朝受佛教語錄體影響，開始盛行「詩話」；五代以後詞學興盛，「詞話」跟著流衍到明清。清代何文煥輯錄《歷代詩話》，起自梁代鍾嶸《詩品》終於宋代歐陽修《六一詩話》，丁福保續輯《歷代詩話續篇》和《清詩話》；詞話則以唐圭璋編的《詞話叢編》最為完備，輯錄宋代以來各種詞話著作六十餘種。晚清受西學中譯風潮影響，出現王國維循西方辯證模式做系統思考的《人間詞話》，其餘大半都是零星討論，體例駁雜，缺乏精嚴體系。

詩學家葉嘉瑩表示，中國文學批評的特色是印象的而不是思辨的，是直覺的而不是理論的，是詩歌的而不是散文的，是重點式的而不是整體式的。歸結其原因在於：

1. 華文華語的自由組合模式，呈現著重感覺、印象的民族思維，顛倒、省略、詞語結合……，不受規則宥限，也缺乏準確精密的依據。

2. 中國人的思維方式，重視個別的具象事物，忽略普遍的抽象法則。

3. 中國人的思想以儒家為本，重視實踐道德，也重視文學的實用價值，影響及於文學批評，言必尊聖託賢，崇古載道，以經世致用為準。

4. 老莊思想裡的愛好自然，棄絕人為，在文學上，形成超越尋常智慮，縱情直觀的欣賞態度。

5. 佛教的禪宗思想，倡示「不立文字」、「見性成佛」，這種「直指本心」的妙悟方式，形成偏重主觀直覺的印象式批評。

（詳見葉嘉瑩著《王國維及其文學批評》，頁 129－133）

華文世界的文學研究，受限於自由組合的語言模式，跳脫邏輯思維，著重感覺印象，加上經過儒家強化的現實傾向，和老莊、禪學的主觀直覺，可以說，一直缺乏精確系統的理論思考與整理。這是我們的文化模式在文學發展過程中必須面對的侷限，也是在當我們不得不藉助西方論述體系時，不能一概視為「橫的移植」、「文化殖民」或「主體性匱乏」的先決原因。接受西方邏輯架構制約，摸索抽象通則，並且清楚地借重從西方辯證傳統裡發展出來的科學方法和理論體系，都是為了通過消化、融匯後做出充滿生趣的有機匯流。

這就是目前我們身處著的「界限消融，邊緣與中心不斷辯證、取代、揚棄與更新」的轉型年代。舊有的典範面臨不斷的拆解與修正，新生的經驗卻歧生出更多的顛覆與質疑；西方的機械物質文明滲透到東方，東方的有機精神嚮往不斷在改變西方視野；華文世界的論述思考越來越受到西方邏輯因果的規範，同樣地，西方實證科學的討論也越來越類同於東方直觀式的價值判斷。

三、文化的理解與建構

界限的消融，是全球化趨勢。不只是東方與西方，男性與女性，理性與感性、物質與精神，甚至是威權與奴役、虛構與真實……，都在跨越侷限，尋找新的可能。學術研究，不能自外於這種全面性的消解、融合與新生。

自然科學要求加入更多人文思索，各種自然科學上的實證發現，也同樣廣泛應用在傳播學、社會學、經濟學、文學、史學等人文學科探討……。在力學和數學討論中，有一種「混沌」（chaos）狀態，指涉貌似隨機或不可預測，其實卻受決定論法則支配、相接相續的系統樣態。如美國氣象學家洛倫茲（Edward Lorenz）發現的「蝴蝶效應」（The Butterfly Effect），熱對流的簡單模型具有內部的不可預測性，僅僅亞馬遜流域一隻蝴蝶翅膀的振動，就足以掀起密西西比河流域的一場風暴；這就是印度佛學裡的「共業」，指涉眾生共通招感共同受用的山河大地等相互依報的世界，甚至是天災、地震等共同感受的災難；也就是華文世界裡「牽一髮動全身」的直覺判斷。

我們在東西方這兩個迥異卻又具有許多相似與滲透的參照體系裡，同樣發現，兒童文學的文化天幕，一如「蝴蝶效應」，已經在歷史的必然中連成一氣，交互影響。

東方精神思索與西方機械架構彼此融匯、交流的「有機反應」過程中，並不存在高下優劣的價值判斷。因為，文化模式只有差異，沒有好壞。文化人類學者潘乃德（R. Benedict）在《文化模式》裡說明，人類許多自動行為大半屬於文化制約，文化型態是社會思想中不可或缺的一環。我們把世界各地的傳統風俗擺在一起來看，乃是無數怪異行為的總和。不同的文化模式，幾乎都是從生活經歷、環境壓力和豐富的想像力中，設計出無數使社會得以持續下去的方策，我們可以想像文化是一個巨型圓弧，每一個文化只選擇圓弧上某些部份而形成特色，每一個人類社會在文化制度的發展上都做過這種選擇。由於偶然的歷史因素，使得西方文明的擴展較任何我們所知道的地域或群體都更為遼闊，然而，人類生理結構與行為模式兩者之間並無對應的因果關係，文化沒有優劣，只是追求目標不同，文化研究者的努力，要放在估量、了解各種文化制約行為，努力探討我們所能獲得的啟示（詳見頁 8－34）。

透過潘乃德形塑出來的「文化圓弧」檢視，人類同時生活在兩個不同世界，「自然的世界」和「文化的世界」。自然的世界是時間和空間的世界，它是由客觀的和不受意志支配的材料組成的，以真實為唯一特性，人不過是其中諸多成份之一；文化的世界是人自己創造並總成為其中心的世界（即地球中心和人類中心的世界），以理想成為現實為目的，從慾念、希望、恐懼……中，形成人類社會的價值體現。相對於這兩個世界發展出來的

「自然語言」與「文化語言」，生活話語依賴直接的實際語境；藝術話語是對未經表述的社會價值判斷做鮮明有力的濃縮和概括。

俄國思想家巴赫金（Bakhtin，1895－1975）認為，藝術作品中的字字句句都充滿價值判斷，生活與藝術在內部彼此都看不到對方，生活和藝術相互承擔責任並且持續回應，在文學作品中，實踐個人和社會總體文化的「內在統一」和「相互滲透」，永遠在未完成中，透露新的消息，完成新的可能[5]。

巴赫金在二十世紀帶給人們革命性的影響是，古典典範、現代主義形式，或者是任何嚴格的界定，在陡然拔高的視野中忽然被發現，所有的界定與規範都面臨不斷的移動與修正，生活和藝術不斷在實踐「內在統一」和「相互滲透」，眾聲喧譁，經歷過一小段「轉型期」的文化激情趨於安定，而後又重新移動與修正。無論是文化生活，文明建構，或者是文學的創作、欣賞與研究，個人和社會總體文化，國家與國家，族群與族群，自然世界和文化世界，都在相互承擔責任並且持續回應……。

歷史已然證明，「童年概念」原是文明產物；和現代生活模式極為接近的兒童觀出現後，才從文學中分化出兒童文學，兒童文學也是一種文明發展建構中的有機產物。一如女性意識高漲後相對出現女性文學；性別意識彰顯才有同志文學；遊戲、叛逆與覺醒出現，跟著有顛覆與後設；網路的無遠弗屆自然形成網路文學。同樣的，關於兒童文學的研究與拓展，我們其實不能預估，下一個階段，又會形成什麼樣嶄新的風景？也許，下一個文學盛世，兒童文學特性又將拓展出依據電腦功能繁衍的「電子性」。

---

[5] 巴赫金的意見，改寫自北風誠司著《巴赫金──對話與狂歡》〈序──先有語言〉，頁1－11。

這些未來趨勢，永遠超乎我們的想像，幾乎沒有人可以確定。不過，此時此地的兒童文學特性，「暫存」在教育性、兒童性、文學性和遊戲性的討論，還是具有重大意義：

1. 從「教育性」、「兒童性」、「文學性」到「遊戲性」的歷史脈絡，展示建構兒童文學的艱難與生機，有助於釐清我們兒童文學本質的認識，進而確定其意義與價值。

2. 藉由不同的兒童文學特性，理解不同地區、不同風格的各種創作與研究的演變，有助於認識世界兒童文學版圖，繼而建構出更為豐富、多元的文化風景。

3. 在豐富、多元的文化版圖上，區別出不同的民族精神和文化價值。讓我們在欣賞、了解各種文化模式之外，誠摯檢討，自由創造，並且確認我們自己的掙扎與努力，仍然充滿不可替代的成就與尊榮。

所以，我們有足夠的理由接受，兒童文學的特性，剛好在此時此地，「暫時凝固」在兒童性、文學性、教育性和遊戲性做初步結論。

第四節　兒童文學的遊戲性

一、兒童性是兒童文學的起點與支點

我們已然充分了解到童年概念是一種有機發展的社會建構，兒童也會在成人與社會模式如何看待他們的同時，發展出自我塑造的能力來對付、或者說是適應這個世界，最後，基於「兒童需要自己的文學」這樣的「兒童性」考量，成為「兒童文學」的起

點。更重要的是，無論兒童文學特性隨著時代發展和人性需要，經過如何繁複的有機演變，兒童的特質和需要，必然是基礎考量，所以，「兒童性」同時也是「兒童文學」的支點。

不過，無論是成人的兒童觀，或者是兒童的自我塑造與演變，無論和兒童文學保持密切關聯的教養者和文學家如何認真琢磨、想像與體會，真實的兒童，始終是個謎題。

實證主義哲學家與心理學家，試圖藉由實驗與證據，找出關於兒童的更多真相。美國實用心理學家杜威（John Dewey，1859－1952）強調環境適應對有機界的重要性。義大利第一個女醫科畢業生蒙特梭利（Maria Montessori，1870－1952）就任國立羅馬心理矯正學院院長（1899－1901）時，深入研究哲學、心理學及教育學，相信兒童有創造潛力，有學習的衝勁和被作為獨立個體對待的權利，「個人主動精神」和「自我管理」是蒙特梭利哲學的特色，「自我教育」是其關鍵；蒙特梭利開設第一所「兒童之家」（1907），通過實物和角落組織，讓學生進行學習，她的成功決定其他蒙特梭利式學校的開辦。

瑞士心理學家皮亞傑（Jean Piaget，1896 －1980）研究兒童思維的發育過程，對 19 世紀「兒童是小成人」的概念提出異議，認為兒童心理發育至成人期需要通過固定的四個階段，而後將較簡單的概念集合成較高水準的概念，完成智力增長：

1. 兩歲以前的兒童處於「感覺運動階段」，通過經驗和摸索，學習掌握周圍環境中的有形物體，兒童的舉止呈現一種儀式性特徵。

2. 2 到 6、7 歲間的「前運算階段」，對符號發生興趣，學習用詞彙表示事物，並在內心掌握詞的應用，兒童出現自我中心意識，不注意外界規律。

3. 7 到 11、12 歲間的「具體運算階段」，開始形成邏輯思維過程，掌握時間和數的概念，並且願意配合與合作，兒童尊重規則，但並不理解。

4. 從 12 歲開始一直到成人期，進入「形式運算階段」，掌握思維的條理性與邏輯性，能夠重組抽象概念，做假設，領會各種涵義，並能接受變化較多的心理實驗，兒童不僅遵守而且還理解社會規則，這是最後的整合階段。[6]

皮亞傑主張完全由遺傳決定、根據兒童思維能力發育建立起來的四階段「發生認識論」時間表，改變舊有的強化傳授，教師不再是知識的「傳遞者」，而是兒童探求世界的「引導者」，人們重新評價舊有的有關兒童學習與教育的觀念，並且深深影響了人們對兒童認知的理解模式。直到發展心理學家唐納生（Margaret Donaldson）在《兒童心智》裡，提出對皮亞傑機械發展論的相關思考與修正，認為兒童從小就想主動理解社會，從「想要知道」產生可能的辨識力，試著運用相容和不相容的思考去延伸已知範圍藉以降低不確定感，再因為「想要做」而產生動力，從外在覺知轉變為內在覺知，他們不能將語言詮釋獨立於情境之外，具體的思維使得他們把自己和外在一切看得到、摸得到的真實情境串連成同一個世界，同時也是唯一的世界。等到兒童經歷聽故事的歷程，擺脫了情境脈絡，開始察覺可能存在更多的世界，兒童認知慢慢擴展；直到接觸課本，獲得更多有利於他覺察到語言

6 杜威、蒙特梭利和皮亞傑的生平簡介與學術影響，詳見《大英百科》，以及麥克爾・艾森克（Michael Eysenck）主編《心理學——一條整合的途徑（上)》〈認知發展〉，頁 409－461。

本身意義的機會，認識書寫文字是恆久的，不受非語言情境脈絡的約束，兒童的思考與判斷開始分化、成熟（頁 115－128）。

唐納生發現，人類有一種基本的熱切衝動，想要去了解我們所生活的社會，並且去掌握它，渴望自己是世界一部份的表徵，想要有效、有能力、獨立自主地了解外在世界，並採取行動予以回應。一旦生物不再依靠本能的行為模式，「建構內在概念」和「做出正確預測」就成為生存關鍵。兒童有時會主動察覺，有時也可能因為害怕發現自己是錯的而變得退縮。促使兒童辛苦勉強地學習課業，是一種扭曲個人和社會的智能專制，對於兒童而言，「脫離情境思考」和科幻小說中恐怖的「將心靈由身體中抽離」相差不遠，導致個人違背「感覺」與「價值」。或許在很久以前，文字文明剛開始，能夠讓人們尊重知識份子及其工作發展的唯一方法，就是想辦法讓他們輕蔑身體的技能。恢復人類勞動本領的應有定位，視兒童個性處理錯誤反應，努力不使學生產生挫敗感和退縮，很快，會形成一種創造性活力的大解放。讓成人吃驚的是，兒童對自我能力的評估，具有相當份量的客觀真實性，不論在哪一種情況下，兒童很快體會出別人如何評判他的所作所為，兒童最喜愛以及會立即投入參與的活動，是那些會使他們「經驗到自由選擇」的活動，他們不喜歡被控制，喜歡自己控制自己，在兒童生活中，參與技能性活動的樂趣非常自然，當他們只有在需要時得到幫助，就不需要任何壓迫、管理（詳見頁 151－180）。

引導兒童自覺自智，是最好的教育。這是唐納生和蒙特梭利極為接近的看法。

二、教育性與文學性的融匯與分歧

心理學家彼得・史密斯（Peter Smith）歸納整理兒童的社會性發展，說明嬰兒從對照顧者的依戀，發展出自我與他人的概念，而後在友誼與社會關係中學習到的親密與互惠、衝突與解決，然後做出道德推理、性別認同、種族劃分……等種種判斷，最後，進入「青春期」這個從兒童轉為成人的重要時刻，經歷「親子壓力」、「同儕壓力」和前此從未出現過的「性壓力」，努力在自我確立與社會適應中試探摸索[7]。

就在兒童努力發展出對社會的了解、掌握與回應同時，成人基於各自對童年概念不同的建構理解，以及關於兒童各自殊異的想像與判斷，藉由顯性的「教育要求」和隱性的「文學影響」，同樣也戮力經營出對兒童的塑造與期望，這是一段不斷受到環境制約的雙向滲透、融匯與分化，表現在兒童文學上，成為一個重疊相生、而又並立演化的繁複過程。

朱自強認為，兒童文學產生以來，主要受兩種兒童觀思潮的衝擊和影響，一個是以哲學家約翰・洛克為中心的「經驗主義」兒童觀，強調教育與教訓；一個是以詩人布萊克、華茲華斯和柯立芝為主的「浪漫主義」兒童觀，珍惜對兒童心性的解放[8]。兒童文學站在「兒童性」的支點上，我們才得以接受，兒童的教育可能，兒童的文學傾向，兒童的樂趣優先……，並且以實踐「與兒童一致」而其實並不可能的各種努力，分別在兩端擎起「教育

---

7 詳見麥克爾・艾森克（Michael Eysenck）主編，〈社會性發展〉《心理學——一條整合的途徑（上）》，頁462－503。

8 詳見朱自強著〈兒童文學與現代化進程〉《中國兒童文學與現代化進程》，頁21。

性」和「文學性」，繼而展開重疊又相互拉鋸的複雜過程：

1. 純粹的「教育性」和「文學性」，脫出「兒童性」。「教育性」包容了對兒童發展的了解，以及不見得可以被兒童接收、悅納的教育期望；「文學性」包容了對兒童的情感想像，以及不見得可以被兒童體會、喜愛的文學感觸。

2.「教育性」與「文學性」彼此相融而又不斷抵觸，教育滲透文學精神，文學拓展教育理念。

3. 教育和文學各有一片「兒童文學」不能觸及的實踐理想，「兒童文學」也存在一種純粹的教育和純粹的文學不能達到的自由與歡愉。「教育」與「文學」必須藉由不同的嘗試、傾斜與調整，尋找更貼近「兒童性」的可能。

林良在《淺語的藝術》裡清楚表明，一般文學興趣凝聚在人群社會，縱的是對人生的思索，橫的是對生活的描繪，忠實地反映「現實的人生」；兒童文學卻接觸到宇宙萬物，呈現一個更廣大的文學世界，藉著藝術技巧處理過的「淺淺的文字」，來表現作者的語言跟個性，描繪「理想世界」，反映「理想人生」。文學作品的感化力量很大很大，但是，如果你要求它「直接從事教育」，它的力量就會變得很小很小，所以，肯尼士・葛拉罕（Kenneth Grahame）基於對兒子的愛，釋放他的才華，完成《柳林中的風聲》（*The Wind in the Willows*）；日本著名的科普讀物《冰海小鯨》的作者香川茂，47 歲那年計畫和研究鯨魚的學生合寫一本有關鯨魚的書，48 歲第一次和「要寫的東西」相逢，49 歲胃病住院，在病床上一遍一遍在腦中「寫」故事，經過三年的辛苦與耐心才能在 50 歲正式出版，他們都努力在尋找一種「文學的方法」用以「溫柔的說教」（頁 53－70）。

台灣地區幾個階段性發展裡重要的兒童文學論述者，如林守為指出，兒童文學的重要性在於兒童文學是兒童的學習教材，也是課外讀物，兒童文學的價值在於提供「生活教育」、「品德教育」、「情感教育」、「知識教育」和「語文教育」（1988，《兒童文學》，頁 6－11）；傅林統相信，對兒童文學了解愈深，愈能窺探兒童真正心理，愈能站在兒童立場思考教育問題（1990，《兒童文學的思想與技巧》，頁 9）；林文寶認為，只有精神文明發展到一定階段，兒童教育需要兒童文學做教育兒童工具，兒童文學才應運而生，從文學中分化獨立成專科（1996，《兒童文學》，頁 6－11）。

用「文學」方法來「教育」，成為兒童文學主軸，其實也是華文世界兒童文學發展的共同框架。兒童文學特性的融匯與分歧發展到這裡，可以說，已然具備必要條件。

三、聚焦於遊戲

看起來，兒童、教育和文學的質素，已然建構出兒童文學的基礎鷹架，不過，即使是以「善良、美好的兒童世界」深深影響台灣兒童文學發展常模的林良，還是不得不承認，《俠盜亞森・羅蘋》比《小鹿斑比》和《柳林中的風聲》吸引兒童，因為，人類天性中有「遊戲」的需要，讀者的興趣集中在「故事」上，並不期待從作者流暢的語言裡得到什麼啟發，卻興致勃勃地向「故事的結局」奔跑，所以，文學不但是「啟發的」，同時也必須是「遊戲的」（1976，《淺語的藝術》，頁 111－112）；林守為認為，兒童時期是遊戲時期，兒童生活是遊戲的生活，閱讀對於兒童而言，也只是一種遊戲而已（1988，《兒童文學》，頁 11）；傅林統相信，新時代的兒童文學作品，必須忠於藝術本質，喚起兒童內心感動，誘使他們遨遊他們所特有的、幽思非凡的想像世界，逐漸領悟生命，承認「童心」，不再以成人觀點訓練兒童「知性」（1990，《兒童文學的思想與技巧》，頁 427－431）；林文寶進一步把「遊戲性」融入兒童文學無可或缺的必要條件，對兒童文學重新定義，認定兒童文學的本質在於「遊戲情趣」之追求；實效在於「才能啟發」；而其終極目的則在「人文素養」。這種屬於兒童的文學作品，乃是經過設計，不論在心理上、生理上與社會上各方面，都適於兒童的需求（1996，《兒童文學》，頁 7－9）。

張衛華在《兒童文學遊戲性的文本解析》[9]中更系統述及，兒童文學需要遊戲性的理論導因，在於「娛樂性」、「幻想性」和「自由性」，並且體現在三個不同的層次：

修辭層	熱鬧有趣	1.誇張 2.反諷 3.疊合 4.顛倒 5.錯位 6.突轉
語象層	意象的遊戲性	1.頑童 2.遊戲過程 3.玩具
	情節的遊戲性	1.模仿生活事件 2.對事件的遊戲性加工處理 3.怪誕的任意組合
	結構的遊戲性	1.單線型 2.並置型 3.反複式
意味層	直覺性的氛圍	最深層的結構：整體意味的體現，作者感情的充分展現。

經過漫長的摸索與嘗試，兒童文學終於從華文文化根深蒂固的「兒童需要」、「教育方法」和「文學技巧」等諸多制約中掙脫，聚焦於「遊戲性」的歡愉，嶄露出永恆的兒童面貌。最後，我們可以「兒童性」做支點，從一個簡單的模型來理解「兒童文

9 《兒童文學遊戲性的文本解析》，為張衛華浙江師範大學 2004 年碩士學位論文，本文引用，詳見頁 2－36。

學」：

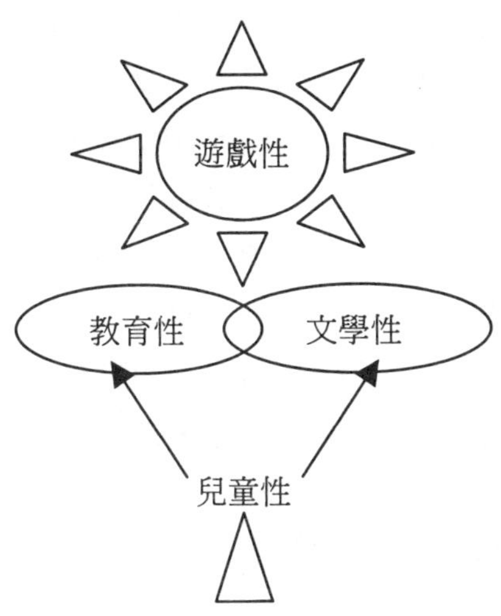

更重要的是，在嚴肅文學與通俗文學的界限日漸消泯的混亂現世，那些我們熟悉的「文字世界」，我們用來安身立命的「文學厚度」，隨之稀釋、拆解，兒童文學式微，兒童的存在概念重新建構，以致於遊戲的存在成為手段，同時也是目的，遊戲精神，成為文化轉型中重要的出口。這也許不一定會成為唯一出路，卻是我們面對「此時此地」的一種較為愉悅可喜的努力方向。

因此，儘管「教育性」在佔極大比例的國家裡，幾乎都是兒童文學發展的第一個階段；盡量「用文學來包裝教育」，也幾乎是一種古今中外共同接受的傳統。不過，當兒童文學經過「遊戲性」的重新思考與建構，整個世界趨勢，一起確認「遊戲是兒童本能」，不再把兒童視為「教育的對象」，讓孩子們真正擁有快樂嬉戲的權利。

一如我們相信著的，文化的開展絕對是相接相續，沒有偶然、獨立的世界，我們再把視野放大，不只是華文世界在兒童的社會建構中開始確認遊戲的重要，從 1979 年到 1989 年，經過十年的籌備規劃，結合來自社會、宗教、文化界各方努力完成的聯合國《兒童權利公約》，成為各國政府監督兒童權利實施狀況的參考依據。公約對兒童的保障，主要分為三類：第一，生存的權利，如充足的食物、居所、清潔的飲水及基本的健康照顧；第二，受保護的權利，如免於受虐待、疏忽、剝削及在危難、戰爭中優先獲得保護；第三，發展的權利，如擁有安全的環境，藉由教育、遊戲、良好的健康照顧及社會、宗教、文化參與的機會，使兒童獲得健全均衡的發展。

其中，為了保障兒童「休閒、娛樂及文化活動」的第三十一條，明確規定：

1. 簽約國承認兒童擁有休閒及餘暇之權利，有從事適合其年齡之遊戲和娛樂活動之權利，以及自由參加文化生活與藝術之權利。

2. 簽約國應尊重、促進兒童全力參與文化與藝術生活之權利，並應鼓勵提供適當之文化、藝術、娛樂以及休閒活動之平等機會。

文化、藝術、娛樂和休閒，不只是兒童的生活權利，也是兒童自我塑造的手段，同時也是目的。這是兒童文學的「遊戲性」，在面對時代演進中最莊嚴、也最華美的承諾。

四、兒童文學遊戲性的初步探討

對於剛剛起步的兒童文學而言，文學閱讀因為通俗敘事強勢侵入，影像取代文字，兒童文學受創程度比一般想像範疇還要更深、更遠，也更需要更具有活力的新的質素匯入。林文寶在〈兒童文學製作之理論〉中，首度把混淆在哲學、藝術、心理學、文化人類學，以及講究實務的體育、運動、認知發展、幼兒教育……等多邊領域裡的遊戲理論，納入兒童文學做「遊戲性」系統思考，完整地介紹遊戲起源[10]：

1. 精力過剩說（Theory of Excess Energy）：德國席勒（Schiller）推演康德學說，英國史賓塞（Herbert Spencer）繼而強調，精力過剩產生遊戲衝動，經由生活，成為跨越各文化領域的綜合性行為模式。

2. 休養說（Theory of Recreation）：英國甘姆斯爵士（Lord Komes）首創；德國體操鼻祖顧茲姆斯（Gutsmuths）和心理學家拉茲入斯（Moritz Lazarus，亦譯拉撒路）演繹申明，遊戲讓人獲得愉快，充分休養。

3. 生活準備說（本能練習說，Preparation Theory or Instinct Practice Theory）：瑞士心理學家卡爾・谷魯士（Karl Croos）認為，遊戲是未來生活的無意識準備，女孩玩娃娃為將來作妻子母親養育子女做準備；男孩玩打獵捕魚為成年時養家謀生做準備。

4. 行為複演說（Theory of Recapitulation）：美國心理學家霍爾（G. Stanley Hall）認為，遊戲是人類進化現象的複演，展現人類先祖活動的各階段。

5. 生長需要說（Theory of Growth）：阿浦利頓女士

---

10 林文寶的遊戲起源整理，最初見於《東師學報》第三期，頁 1－32，1975.4；目前最容易檢索的版本，詳見林文寶著《兒童文學故事體寫作論》，頁 34－37。

（L.E.Appleton）認為，遊戲純在滿足身體成長所需，當生理機體生長成熟時，遊戲欲望亦隨之降低。

6. 放鬆說（Theory of Relaxation）：心理學家柏屈克（G.T.W. Patrick）認為，現代人的生活狀況、日常職業等大多為小肌肉活動，易於疲勞，須藉野外活動恢復精神。

7. 發洩情感說（Theory of Catharisis）：亞里斯多德（Aristotle）認為遊戲是發洩情感的工具；卡爾（Corr）說悲劇中有快樂心情的放散；克萊帕德（Claparede）說明遊戲疏散有害社會的鬱積情緒；佛洛伊德（Sigmund Freud）和阿德勒（Alfred Adler）視遊戲為一種補償手段。

8. 自我表現說（Theory of Self-Expression）：美國體育教授密西爾（H.R. Mitchell）所創；包爾溫（James Mark Baldwin）繼而說明生命的表現即是自我表現，遊戲活動是生命基本所需。

林文寶繼而又在《兒童文學》（1996）書中，系統整理遊戲研究的歷史衍變，把一般視為「趣味性」的兒童文學質素，慢慢深化為「遊戲性」的內在動力（詳見頁18－34）：

1.「遊戲說」源於康德，視遊戲為藝術起源；席勒因襲康德學說，強調精力過剩產生遊戲衝動。

2. 懷金格（Johann Huizinga，1872－1945，大英百科譯為赫伊津哈）在《遊戲的人》（1938）中指出，人類文化源於遊戲，遊戲的根本特質在於樂趣，注重提昇精神文化原動力，認定拯救人類文明危機，有賴純真遊戲精神受到重視，幾乎是當代被引用最多的遊戲論述；而後羅傑・凱窪（Roger Caillois，1913－1978）修正懷金格忽略的大眾化遊戲，在《遊戲、比賽與人》

（1958）書中從結構主義方法分析遊戲現象，解剖遊戲的特質、範疇和連續性特質。

3. 後現代「遊戲化社會」，追求「從遊戲中學習」的創意、歡笑、美感和人性。

最後，林文寶從遊戲與休閒活動角度，重新檢視我們對兒童文學應有的認識：

1. 兒童文學指導與閱讀，不能有本位主義的獨斷，不違反兒童正規時間而進行。

2. 兒童文學當以滿足兒童遊戲的情趣為主，而非以培養未來文學家為務。

3. 不要過分強迫兒童去閱讀或創作兒童文學作品，理當出於自願與引導。

4. 兒童文學的閱讀與創作，除了滿足兒童遊戲情趣，並且不違反教育原則。

5. 社會多元化後，藝術訓練並非一定得透過兒童文學訓練不可。

從此，兒童文學的理解與探討，從消極的「不違反教育原則」，轉為積極的「追求遊戲之情趣」。這是華文世界對於兒童文學的認識與建構過程中，第一次悖離「教育中心」，正視遊戲情趣，在文學體質上，做一次革命性的界定、澄清，以及大跨步的飛躍。

第五節　小　結

本章從認識文明演變開始，綜合了人性必然和歷史偶然的「不確定性」，經歷理性與感性交織的混亂與整理，從遠古到現代，從機械理性到有機思考，理解人文世界幾乎都是一種有機存在。無論是童年概念、兒童文學、兒童文學特性、文化研究模式，都在不斷建構，不斷分享，同時也不斷地結合、分歧與變易，隨時在無限的想像裡，等待無窮種類的新機會和新可能。

這就是有機發展的特色，也是我們看待文化模式、看待人類文明開展的中心看法。無論是古典典範，文化生活，文明建構，或者是文學的創作、欣賞與研究；無論是個人和社會總體文化，國家與國家，族群與族群，自然世界和文化世界，都在不斷地移動與修正，無止盡地相互承擔與回應。

在這無窮無盡的人文建構裡，我們把焦點放在成人兒童觀和兒童自我塑造的滲透與回應，逐步掌握兒童文學特性的融匯與分歧。需要澄清的是，西方文學史裡並沒有「教育性」、「兒童性」、「文學性」和「遊戲性」這些關於兒童文學的界定，未來趨勢也許還會繁衍出更多可能，不過，此時此地的兒童文學特性，還是「暫存」在教育性、兒童性、文學性和遊戲性的討論，這不是了解兒童文學的唯一可能，卻是一種比較清楚、也比較能夠理出意義和層次的認識途徑。

最後，本文延伸林文寶兒童文學「遊戲性」的初步構想做深入思考，理解兒童文學特性在文化環境變遷、兒童文學式微、兒童的存在概念重新建構的混亂現世裡，繼而擴大視野，匯入兒童文學的有機反應，聚焦於「遊戲性」，重新把眼界收束在我們存活著的「此時此地」，隨時做適當的適應與調整。

下一章，我們必須思索的是，兒童文學的遊戲理論，究竟經歷過那些發展與演變？輻射出那些層次的不同思考？如何才能成為一種有效的理解？並且更進一步，增益我們對兒童文學的整理、關切，以及完成我們更多的努力與期待。

第參章

遊戲性的理解與探討

本文既以「遊戲性」的特殊視角切入台灣兒童文學發展的千頭萬緒，自然有必要以「遊戲性的理解與探討」做為深入思考的基礎起點。本章牽涉的議題和討論極為龐雜，其實也是全文最主要的觀察與注視。

全文分成四節，第一節「古典遊戲理論」，探討遊戲理論（Play Theory）在古典時期的建構與分化；第二節「現代遊戲理論」，檢視古典轉為現代的立論，從精神分析、認知發展、文化傳遞到社會適應，梳理現代遊戲理論；繼而在第三節「遊戲的質變」中，從心理學的整體認識到支脈承傳；從美學的抽象思辨到教育的具體運用；從懷金格的文化遊戲到維根斯坦的家族相似性，檢視遊戲理念的幾個重要轉折；最後，第四節「從現代到後現代」，探討遊戲的哲學美學從現代到後現代的多元分化，理解遊戲的特殊意義與價值，並且在遊戲化社會中正視兒童文學遊戲化的危機和轉機。

第一節　古典遊戲理論

一、理性與非理性[1]的遊戲建構

雖然古希臘詩人品達爾（Pindar，西元前 518－438）和許多劇作家，甚至如畢達哥拉斯（Pythagoras，西元前 580－500）等哲學家，曾經表現出縱情狂歡的生命情調；哲學家柏拉圖（Plato，西元前 428－347）承認，兒童應在遊戲中學習；亞里斯多德（Aristotle，西元前 384－322）也表明，遊戲是發洩情感的工具……。最後，西方文明還是被制約在蘇格拉底（Socrates，西元前 470－399）的理性主義影響下，無從改變長期以來的秩序約束。

不過，一直延續到十八世紀理性時代，理性與秩序的執著與追求，始終未能為人類的思索迷惑找到安定居處。即使是在十七世紀笛卡兒理性主義占優勢時，法國哲學家巴斯噶（Blaise Pascal，1623－1662）仍尊崇羅馬帝國主教奧古斯丁（Saint Augustine，354－430）的神祕傾向，建立直覺判斷，相信「心有自身的理性」；十八世紀的曼恩‧德‧比朗（Maril-Francois-Pierre Maine de Biran，1766－1824）認為，氣質和情緒是人生命中的有力因素，推測人類存在一種深度的「純粹的愛」。

十九世紀形成的「非理性主義」（Irrationalism）和文學的「浪漫主義」（Romanticism，也算一種非理性主義），其實是對理

---

1 非理性主義的源流、簡介，以及代表性學者與學說，請參考《大英百科》；以及《大美百科》第 15 冊「irrationalism」詞條，頁 307－308。

性的一種反動。德國人格心理學家克拉格斯（Ludwig Klages，1872－1956）發展生命哲學，極力主張生命的非理性根源乃是「自然的」，應該審慎地徹底排除外來的理性；謝林（Friedrich Schelling，1775－1854）的客觀唯心主義和柏格森（Henri Bergson ，1859－1941）的活力論，都成為「能見科學所不能見之事物」的直覺論者；史賓格勒（Oswald Spengler，1880－1936）更衍伸到歷史學，在《西方的沒落》（1918－1922）裡把歷史看成有機成長與腐爛的一個非理性過程。

非理性主義者相信，「主張天性」、「追求歡樂衝動」，都是人類存在所固有。德國哲學家尼采在理性傳統中，指出道德準則是神話、謊言和欺騙，用來掩蓋在幕後起作用的那些影響思想和行為的力量。這些「理性秩序的拆解」，經過齊克果、沙特、卡繆等存在主義者的深入探索，認為世界是支離破碎的，對理智結論感到失望，各自用「信仰的跳躍」、「激進的自由」、「英雄的反叛」……這些非理性說法來取代理性。

在理性與非理性邊緣，秩序與直覺的質疑與分歧，哲學思辨與分析實驗的推翻與建立，一組又一組不斷辯證、更迭、修正與延伸的理論模型，難以設限地多元分化，全都進一步成為遊戲理論的根本沃土。

遊戲的系統思考，從德國哲學家康德（Immanuel Kant，1724－1804）開始。習慣把人們理解中「無法感受」的形上學「不可能存在的議論」，置於「科學的確定道路」上，成為人們理解中「可以預測經驗」的康德，基本上是理性主義者，可是他又認為人不可能確認「自在之物」，神只有被當作實踐理性的先決條件才能被認識，於是，他跨入「非理性」範疇，創造出踵繼於笛卡兒理性主義和培根經驗主義之後的治學新趨向，在知識論、道德、美學層次各方面，對「先驗理性」的研究、剖析和限定做綜合整理，影響了往後所有的哲學思考。詩人席勒（Schiller，1759－1805）把康德的遊戲為藝術起源說發揚光大。從此，古典遊戲理論對遊戲的本質、起源、價值澄清與範疇界定……，種種不同面向的思考，隨著時空條件更易，不斷在開拓與修正。

從最簡單的遊戲定義來看，成書較早的《大英百科》對「遊戲」（Play）詞條的解說是：動物學術語，指動物在缺乏正常刺激時呈現出的行為，或由正常刺激引起但並沒有完成全套儀式化行為模式的行為。遊戲行為僅在哺乳動物和鳥類中觀察到過，常見於未成年動物，是學習成年行為過程的一部分，偶爾成年動物也遊戲，遊戲過程中，儀式化行為的所有因素都可能存在，但其組合順序並不表示任何認真意圖。

《大美百科》的「遊戲」詞條（第 22 冊，頁 190－192）解說為：「為娛樂所做任何消遣和活動」，包括玩玩具、參加體育活動和看電視等。遊戲的特色是「不斷往前」，以及「獨一無二的人物和事件」，在遊戲中，人們將希望和幻想投注在特定事件上，而不是遵照外在世界要求，在每天的商業事件、婚禮、國家政策，甚至戰爭中，其演變結果彷如遊戲般又快又清楚，所以，遊戲者覺得遊戲事件生動刺激，乃是因為平凡事件並非如此。在早期文化中，遊戲被神聖化，有時遊戲是為了獲知死後靈魂或種族未來的決定，現代社會則視遊戲為自由選擇而非種族計畫。

西方學者對遊戲的各種不同解釋，習慣從生物學或生理學的角度把遊戲看作是一種生物本能，和「群體遠重於個人」的東方觀點相對照，更能看出遊戲的社會歷史制約。《中國大百科全書》（詳見線上版http://www.ylib.com/hotsale/encyclopedia/sep.htm）對「遊戲」詞條解說為：「兒童的主要活動形式，也是一種社會現象，兒童在遊戲中反映周圍的現實生活，通過遊戲體驗著周圍人們的勞動、生活和道德面貌，同時也理解和體驗著人們之間的相互關係，遊戲是實現兒童與周圍現實相聯繫的特殊形式、特殊活動，因此，遊戲是一種社會性活動，遊戲的主題和內容都由社會生活條件所決定。」

遊戲的理解與探討，已然從生物本能發展到文化內在和社會制約的相關討論，可見，遊戲概念一如童年概念、兒童文學般，也是一種有機建構的過程。

二、結合美學與邏輯的遊戲哲學

遊戲討論所以能夠擺脫生物本能的「生理角度」，主要原因還是得之於，把遊戲的哲學本質和美學審視聯繫起來的「精神視角」。

美學（Aesthetics）原是哲學探討的一部份，西方的希臘哲人、華文世界的先秦諸子，早已開啟美學探索途徑。不過，華文世界的美學探討，從孔子「詩可以興，可以觀，可以群，可以怨」和《莊子・天下篇》「樂以道和」開始，經過《文心雕龍》對文學的探討，美學觀點仍遵守「中庸道統」，分化的範疇極小，始於〈原道〉，終於〈序志〉，僅第十五篇〈諧隱〉，暗藏釋放與自由的可能；而後，我們在歷代詩話、詞話所接收到的，無論是美的本質分析，或者是美的典範多重演繹，多半都只停留在直覺的印象式評論，直到晚清學者王國維集大成，在西譯風潮中，受到康德美學影響，把美分為「優美」和「壯美」兩種美學觀念[2]，開始出現系統化的美學探討。

---

2 華文世界的美學討論，詳見葉嘉瑩著《王國維及其文學批評》，頁 155。

在英、法等地研習美學理論的朱光潛，繼而在《談美》一書中專章討論〈藝術與遊戲〉、〈創造的想像〉，並且在《悲劇心理學》論及悲劇的快感部份來自於幸災樂禍（頁 41－45）；姚一葦在《美的範疇論》更專章把「滑稽」、「怪誕」和「秀美」、「崇高」、「悲壯」、「抽象」這些傳統之美並立；最後有班馬的《遊戲精神與文化基因》、《前藝術思想》把遊戲美感和文化深度聯繫起來。

深究起來，華文世界美學系統探討的源流，和西方理論架構有極大關聯，最後還是指向 1750 年德國哲學家鮑姆伽頓[3]（Alexander G. Baumgarten，1714－1762）提出來的「美學」一詞，強調感覺的重要性，修正「藝術模仿自然」的傳統說法，重視創造性行動，要求創作者把感覺加到現實中，有意識地改變自然，在自己的活動中反映世界；而後經康德在《形上學》（*Metaphysica*，1739）書中保留美學一詞用以指涉感性知識的全部領域，至此，美學確立為獨立學科，並且與邏輯學結合起來形成哲學裡的「認識論」。

康德從美學出發，檢視遊戲本質，終於開啟遊戲理論的新王國[4]。他把藝術區分為「純粹為了歡愉消遣的快樂藝術」和「陶冶心靈的美的藝術」，兩種藝術都具有「無利害」、「純粹自由的快感」和「沒有目的的合目的性」，和遊戲具有許多相似性：

---

[3] 鮑姆伽頓的介紹，詳見《大英百科》；龔鵬程著《文學與美學》〈文學的美學思考〉，頁 2－14。

[4] 關於康德與席勒的論述介紹，從遊戲與藝術相似性，席勒延續到史賓賽的異同，以及叔本華的精神追尋，參考張秉真．章安祺．楊慧林著〈藝術創造論〉《西方文藝理論史》，頁 234－275；《大英百科》；《大美百科》第 24 冊「Schopenhauer，Arthur」詞條，頁 249－250；以及吳其南著〈藝術與遊戲〉《德國兒童文學縱橫》，頁 174－184，整理完成。

1. 非功利：目的內在於過程，沈浸於活動本身，創造出一個自足自由的世界。

2. 整合：協調理性與感性，使個人走向自由、和諧。

3. 生理基礎：源於動物性的精力過剩。

4. 超現實：脫離客觀的自然關係和實際的社會矛盾，以假定的方式建立一種假定的關係維繫，源於生活卻不等於生活，具有超越生活的自律性。

康德把藝術視為一種自由的遊戲，遊戲是藝術的起源。席勒繼而藉由哲學詩、散文、民謠和戲劇，深切探討靈魂深處的自由。強調遊戲的根本特徵是「自由」，人在「感性衝動」與「理性衝動」激發的不同需求下，產生分裂與痛苦，只能經由「遊戲衝動」形成「感性衝動」與「理性衝動」的統一，在主體的理性與感性運作下，掌握「活的形象」，通過藝術與審美教育，擺脫外在目的，完成心靈和諧，使審美遊戲成為一種由低級階段到高級階段的發展，讓人重新獲得精神自由，最後通往理想的烏托邦。

席勒提出來的「遊戲衝動」，影響英國哲學家史賓賽（Herbert Spencer，1820－1903）對生物規則的模型假定。有些研究者把席勒和史賓賽聯繫起來，作為「精力過剩理論」（Theory of Excess Energy）的原創者，這種類比，其實低估席勒的精神感性，忽略他所注視的遊戲，是一種經由生活跨越各文化領域的生命自主自足的活力，足以無限擴張到和寬闊的自由世界聯繫起來。

這種「尊崇個人」、「尋找自由」的精神本質，一直延續在德國哲學家的反覆討論裡。致力研究柏拉圖和康德的生命哲學先驅叔本華（Arthur Schopenhauer，1788－1860），對人間的苦難甚為敏感，人生觀傾向強烈悲觀主義，被稱為「悲觀主義哲學家」。他相信世界是我的表象，只有人可以外在地把自己理解成物體和現象，也可以內在地把自己理解成所有事物本質有意志的一部分，意志是本質的東西，不能改變，超越於時間、空間之外，沒有原因和目的，表現在現象界中一個「上升的意識系列」中，形成高一級形態不斷對低一級形態的鬥爭，與痛苦災難不可分割地聯繫在一起，通過意志實現而產生的一系列等級差別，和藝術的等級是一致的，從最低級的建築藝術，通過詩的藝術，到最高級的音樂藝術，但藝術僅讓人短暫擺脫，真正的解放只能產生於「打破自我對個性的束縛」。

三、遊戲理論的拓墾

由於遊戲具有「自由」、「創造」、「不確定」的特性，從遊戲輻射出來的討論，相對地也具有自由、創造、不確定的分化特性。唯一可以確定的是，遊戲理論的系統討論，從康德、席勒開始，不斷加入更多更新的判斷標準和分析要素，而後不同學者依據各自不同的理解與判斷，拓墾出關於「遊戲起源與本質」的各種思辨系統。

1. 科學實證匯入遊戲討論

創建德國體操的顧茲姆斯（Gutsmuths，1759－1839），從體操訓練中，強調遊戲的休養功能，影響猶裔心理學家拉茲入斯（Moritz Lazarus，1824－1903，亦譯拉撒路），強調遊戲讓人獲得愉快，充分休養，被視為「休養說」（Theory of Recreation）的代表學者。拉茲入斯認為，心理研究可以取代形上學與先驗抽象發現真理，心理學家不應侷限於個人意識，應著眼於社會整體，從歷史的或比較的觀點研究人類，分析社會結構要素、社會風俗習慣和社會進化主流，從而開創了「比較心理學」。

十九世紀二〇年代，講究科學實證的理性風潮侵入遊戲的哲學思辨。史賓賽強調用科學方式來研究社會現象，著有《綜合哲學》10 卷，試圖將自然科學及社會科學知識總結為一個整合性的哲學體系，用以代替中世紀「神學體系的科學」的總結。他在博物學家達爾文（Charles R. Darwin，1809－1882）發表進化觀點（1859，《物種起源》）之前，即已在《社會靜學》（1851，*Social Statics*）中將進化論引入社會學，認為動物機體和社會機體均有調節系統（中樞神經和政府）、維持系統（消化系統和工業）和分配系統（動脈、靜脈和鐵路、電報），但動物離不開整體的意識，社會意識卻存在於每個成員，不像動物機體那樣，個別的成員為社會利益而存在，反而是社會必須為成員利益而存在，社會經勞動分工而進化，從無分化的游牧部落發展到複雜的文明社會，使得分化、發展的社會優於單調、靜止的社會，每一個社會階層的成員具有不同的存在意義；又在《生物學原理》（1864）中提出「適者生存」的看法，基於席勒的「遊戲衝動」，提出遊戲是發洩過剩精力的方法，一如水沸後蒸汽發散，形成個人與社會的平衡，這就是他的「精力過剩理論」（Theory of Excess Energy）。

心理學知識背景匯入遊戲探討，使得遊戲理論從不可測知的外緣觀察與想像，進入更加內在本質的假設與證實。美國第一位心理學博士霍爾（G. Stanley Hall，1844－1924）在留學德國時發現問卷對心理學研究的價值，回美後熱心推動指導心理學發展，成立美國最早的心理實驗室（1984），創辦美國第一份心理學期刊《美國心理學雜誌》（1987，*American Journal of Psychol-*

ogy，為德國以外的第二份重要雜誌），創設克拉克大學並擔任校長和心理學教授（1988），創設美國心理學協會創會會長（1892），建構「實驗心理學」為一門科學，把達爾文、佛洛依德等人的思想引入當代心理學思潮，議題遍及心理學最主要領域。另一方面，霍爾與學生設計出190多種問卷，研究兒童心理，被視為是兒童心理學和教育心理學的奠基人；創辦第一份兒童和教育心理學刊物《教育學研究》（1893，後改名《發生心理學雜誌》）；在《青春期》（1904）書中表述按階段進行的心理發展；提出「行為複演說」（Theory of Recapitulation），認為遊戲是人類進化現象的複演，展現人類先祖活動的各階段。

2. 人文思辨聯繫個人自由與遊戲思考

當霍爾在美國熱烈推動他在德國學習到的最新的實驗心理學，和他同年的德國哲學家尼采（Friedrich Nietzsche，1844－1900），卻延續叔本華的哲學，在第一部著作《悲劇的誕生》（1872）中，論述希臘悲劇產生於代表克制與和諧的「日神」阿波羅（Apollo）精神與代表放縱與激情的「酒神」戴奧尼索斯（Dionysus）精神的融合體，而蘇格拉底的理性主義與樂觀主義造成希臘悲劇的死亡，強調遊戲是人存在的一種基本形態，正視放縱與激情，也是面向生活的一種態度。

尼采的作品分為三期，從早期的浪漫主義到中期作品頌揚理性和科學，最後專心研究人類生活價值的起源與作用，對西方哲學、宗教、道德的基本文化價值進行調查、分析和評估，把「痛苦竟然具有莫大意義」的時代稱作禁欲主義，宣告禁欲主義的絕對宗教和哲學，已然融化在十九世紀出現的實證主義中，上帝已死，形上學與神學基礎崩潰，當代興起的民族主義，代表新興「代理神」，賦予民族國家卓越的價值和目的，真實揭露出並不存在「純粹的知識」，建構出永遠從特定觀點觀察的「透視主義」；與生命本身等同的「權力意志」；以及個人為了成為自己，為了生活，強烈渴望每一瞬間毫無變化地進行無限次重複的「永久循環」；和能夠接受循環論的「超人」。

這些充滿個人主義的思辨觀點，以及對主客移轉間的質疑與不確定，深深影響二十世紀的哲學、神學、心理學和人類學，並且促成活力論、生命哲學、存在主義和解構主義，成為教育、哲學和文學評論中的一種熱絡運動，也不斷豐富著同樣充滿個人自由以及各種質疑與不確定的遊戲本質討論。

在幾乎可以相互呼應的自由與自主的架構裡，法國哲學家柏格森（Henri Bergson ，1859－1941）從更廣泛的範圍來豐富對生命的理解，主張超越理性，分析記憶及失語的心理現象，確定記憶及心靈獨立於身體之外，進化是被科學證明的事實，是「生命衝動」不斷綿延、不斷發展，不斷產生出來的新形式。柏格森的《創造的進化》（1907）獲 1927 年諾貝爾文學獎，說明生命躍動的結果，一方面由本能導致昆蟲的生命；另一面通過智力進化而產生人；繼而又以《道德和宗教的兩個泉源》（1932），提出「智力」和「直覺」分別指向科學機械理想和藝術、哲學及基督教徒的自由領悟與創造，深深影響之後的英美哲學家，從而拓墾出更為豐富、多元的創作自由與遊戲思考[5]。

3. 不同的知識常模促成遊戲學說分化

因為研究者的知識常模和關切目標有所差異，追索的方向自然因為不同的選擇區隔開來，各自擴展為不同的學說理論。

---

5 柏格森的論述討論，參考張秉真．章安祺．楊慧林著〈柏格森〉《西方文藝理論史》，頁 540－556，以及柏格森著《創造的進化》，頁 3－8。

瑞士心理學家卡爾・谷魯士（Karl Croos，1861－1946）的「生活準備說」（本能練習說，Preparation Theory or Instinct Practice Theory），從心理學生物進化觀點出發，認為審美體驗的核心是一種「內模仿」活動，內模仿產生的快感就是審美感受，帶有遊戲性質，這是審美欣賞的起源，移情作用的開始，也是未來生活的無意識準備，女孩玩娃娃，為將來作妻子母親養育子女做準備；男孩玩打獵捕魚，為成年時養家謀生做準備。

美國心理學家包爾溫（James Mark Baldwin，1861－1934），闡釋美國體育教授密西爾（H.R. Mitchell）所創的「自我表現說」（Theory of Self-Expression），認定生命的表現即是自我表現，人有生命就有動機與需要，遊戲活動即為生命基本所需，將達爾文進化論用於心理學，提倡進化原理；與加太爾（James McKeen Cattell）合辦《心理學評論》（1894，*Psychological Review*）雜誌；主編《哲學與心理學辭典》（1901－1905，*Dictionary of Philosophy and Psychology*）；最後寫成《發生邏輯學》(1906－1911，*Genetic Logic*，3 卷)，探討思維和意義的性質及發展，批評狹隘的實驗主義，強調研究個體差異及理論對心理學的重要性。

阿浦利頓女士（L.E.Appleton，1892－1965）從「自我表現說」進一步強調，遊戲純在滿足身體成長所需，當生理機體生長成熟時，遊戲欲望亦隨之降低，發展出「生長需要說」（Theory of Growth）。從亞里斯多德「遊戲是發洩情感的工具」、卡爾（Corr）「悲劇中有快樂心情的放散」到克萊帕德（Claparede）「遊戲疏散有害社會的鬱積情緒」，以致於延續到佛洛依德的「潛意識」和阿德勒的「補償作用」，這是一系列「發洩情感說」（Theory of Catharisis）的演繹。心理學家柏屈克（G.T.W.

Patrick）把情感發洩和忙碌的現代生活節奏聯繫起來，認為現代人的生活狀況、日常職業等大多為小肌肉活動，易於疲勞，須藉野外活動恢復精神，形成「放鬆說」（Theory of Relaxation）[6]。

第二節　現代遊戲理論

一、從古典到現代

不同學者在不同面向的不同關注，促成遊戲理論發展出歧異多元的面貌。遊戲理論的關注與研究益形紛繁，越是有助於幫助我們了解遊戲本質。本文根據研究學者的出生年做時間縱座標的綜合整理，提出「古典遊戲理論建構年表」，清楚呈現遊戲理論的建構過程與演變：

研究學者	遊戲理論發展
希臘／柏拉圖（Plato，西元前 428－347）	兒童應在遊戲中學習。
希臘／亞里斯多德（Aristotle，西元前 384－322）	遊戲是發洩情感的工具。
德國／康德（Immanuel Kant，1724－1804）	藝術是自由的遊戲，遊戲是藝術的起源。藝術和遊戲具有非功利、整合、生理基礎和超現實的相似性。

[6] 各種遊戲學說與創始人資料簡介，參考《大英百科》；《智慧藏百科全書網》；林文寶著〈遊戲的學說〉《兒童文學故事體寫作論》，頁 34－37；Edited by Robert Banks＆R. Paul Stevens, *The Complete Book of Everyday Christianity : An A-To-Z Guide to Following Christ in Every Aspect of Life*，“Games”整理改寫。

研究學者	遊戲理論發展
德國／席勒（Schiller，1759－1805）	強調「遊戲衝動」彌合「感性衝動」與「理性衝動」的分裂，把生命自主自足的活力和寬闊的自由世界聯繫起來。
德國／顧茲姆斯（Gutsmuths，1759－1839）	從體操訓練中，強調遊戲的休養功能。
德國／福祿貝爾（Friedrich Froebel，1782－1852）	遊戲是兒童潛在本能，企圖表現其內在本質和潛在於兒童中神的本源意向，因此教育只應謹慎地追隨於本能之後。
德國／叔本華（Arthur Schopenhauer，1788－1860）	通過意志實現得到解放，打破自我對個性的束縛。
英國／史賓塞（Herbert Spencer，1820－1903）	精力過剩說（Theory of Excess Energy）：精力過剩產生遊戲衝動，兒童藉遊戲發洩過剩精力如水沸蒸汽發散。
德國／拉茲入斯（Moritz Lazarus，1824－1903）	休養說（Theory of Recreation）：遊戲讓人愉快，獲得充分休養。強調心理研究必須考慮社會整體，開創「比較心理學」。
美國／霍爾（G. Stanley Hall，1844－1924）	行為複演說（Theory of Recapitulation）：遊戲是人類進化現象的複演，展現人類先祖活動的各階段，被視為是「兒童心理學」和「教育心理學」奠基人。
德國／尼采（Friedrich Nietzsche，1844－1900）	正視放縱與激情。遊戲是人存在的一種基本形態，同時也是面向生活的一種態度。

研究學者	遊戲理論發展
法國／柏格森（Henri Bergson，1859－1941）	生命躍動裡有一種自由的創造活力，表現為藝術、哲學及基督教徒的直覺經驗。
美國／包爾溫（James Mark Baldwin，1861－1934）	自我表現說（Theory of Self-Expression）：生命的表現即是自我表現，有生命就有動機與需要，遊戲活動即為生命基本所需。
瑞士／卡爾．谷魯士（Karl Groos，1861－1946）	生活準備說（本能練習說，Preparation Theory or Instinct Practice Theory）：遊戲為未來生活做無意識準備。女孩玩娃娃準備將來作妻子、母親；男孩玩打獵捕魚準備成年時養家謀生。

這樣的「時間縱座標」整理，一方面讓我們看到遊戲開展的歷史先後順序，同時也清楚呈現遊戲理論的承傳、演變和分歧。不過，垂直的時間展示相對也有平行侷限，諸如看不出同一時代中，共同面臨的劇烈變動，以及不同專業背景形成的各種不同體系的詮釋與修正，我們需要一個「體系橫座標」整理出遊戲體系的歸納與比較，和「時間縱座標」相對照。

本文選取美國賓夕法尼亞州立大學（Pennsylvania State University）學者 James E. Johnson 和 Thomas D. Yawkey，以及亞利桑那州立大學（Arizona State University）學者 James F. Christie 合著的 *Play and Early Childhood Development*（1999，暫譯《遊戲與幼兒發展》）一書第一章 “Theories of Children’s Play”（兒童遊戲理論），把遊戲理論系統整理成十九世紀到二十世紀初的

「古典遊戲理論」和戰後發展出來的「現代遊戲理論」兩大類，恰好可以作為遊戲理論「體系橫座標」的參照[7]。

書中關於古典遊戲理論的整理，基於我們對「人類如何生活」的認知差異，分成「遊戲是能量調節」與「遊戲是人的本能」兩種不同觀點，每一種不同立基又衍生出兩種迥異的遊戲討論：

1. 遊戲是能量調節
（1）能量過剩理論（Surplus Energy Theory）
（2）休養再造理論（Recreation Theory）
2. 遊戲是人的本能
（1）行為複演理論（Recapitulation Theory）
（2）演練理論（Practice Theory）

作者認為，兩次世界大戰，改變了人們的生活態度和文明視野，直指醞釀成形於戰前的古典遊戲理論，多半奠基於哲學思辨，而不是實驗研究，侷限在狹窄範圍裡，各自只能解釋一小部份遊戲行為。戰後發展出來的現代遊戲理論，從精神分析的實踐與開創，經過認知心理學家的探索，進一步跨入文化模式與社會適應的多面思考。接下來，在深入思考、討論這些現代遊戲理論之前，我們暫時簡要條列如下[8]：

---

[7] *Play and Early Childhood Development* 一書，在本章完成後的 2003 年 9 月，由吳幸玲、郭靜晃中譯為《兒童遊戲──遊戲發展的理論與實務》正式出版，書中關於古典遊戲理論的整理，僅區分為「能量過剩論」、「休養論」、「重演化論」、「演練論」四大類，並未特別討論「人類如何生活」的認知差異，也不述及「遊戲是能量調節」與「遊戲是人的本能」兩種觀點的差異。

[8] 古典遊戲理論與現代遊戲理論的分歧與探討，詳見 Johnson, James E.&

1. 精神分析理論（Psychoanalytic Theory）：佛洛依德（Sigmund Freud，1961）
2. 認知理論（Cognitive Theory）
   （1）邏輯思維：皮亞傑（Jean Piaget，1962）
   （2）文化傳遞：維高斯基（L. S. Vygotsky，1976）
   （3）社會適應：布魯納（Bruner，1972）、薩頓－史密斯（Sutton-Smith，1976）、辛格（Singer）
   （4）社會適應的進一步思考[9]：
      a. 覺醒調節（Arousal modulation theory）：波爾林（Berlyne，1960）、艾利斯（Ellis，1973）
      b. 遊戲腳本：貝特森（Bateson，1955）、加爾維（Garvey，1977）、史瓦茲曼（Schwartzman，1978）、沃爾夫和格羅曼（Wolf & Grollman，1982）

站在這樣的視角去理解古典遊戲理論與現代遊戲理論的分歧與探討，極易落入「現代遊戲理論致力跳脫古典遊戲理論的缺陷」的判斷謬誤。即使古典理論存在著不可否認的缺陷，「遊戲」概念的確實形成和認真對待，還是和古典遊戲理論時期的哲

Christie, James F. & Yawkey, Thomas D., "Charpter1: Theories of Children's Play," *Play and Early Childhood Development* ，PP.3－23。

9 原著以「其他理論」作為第三大類分類，中譯本把其他理論分成「警覺調節理論」和「Bateson 理論」兩大類。細究其實，兩大類多為「社會適應」之延續，故大膽挪動，納入第二類做共同討論。本小節小標題中的「邏輯思維」、「文化傳遞」、「社會適應」，以及社會適應的進一步思考中的「覺醒調節」和「遊戲腳本」，全基於閱讀與理解的方便，由個人擅加，如有謬誤，文責與原書無涉。

學思辨密切相關。我們必須跳出這個框架重新評估的是，古典理論在西方文明的理性典範中，為遊戲的理性細縛鬆綁，開闢出結合直覺與實證的另外一種「理性與非理性盤結交錯」的可能。一如管理大師彼得·杜拉克（Peter F. Drucker）回憶錄《旁觀者》所述，十九世紀的思想體系對西方世界影響至深，如馬克斯、佛洛依德與凱因斯，他們的相同點在於結合科學與神奇，強調邏輯與實證研究，並導向「非理性的信念」（頁 180）。

二、佛洛依德[10]與無意識

我們可以把柏格森視為古典時期最後一抹華麗的光色，約與柏格森同一時期的奧地利神經科醫師佛洛依德（Sigmund Freud，1856－1939），當然也接收到「理性與非理性盤結交錯」的制約與營養。在他身上，常可見到一個機械論的「神經生理學模式」和一個有機的「種系發生學模式」在互相競爭，這是特屬於古典時期的科學複雜性。

1. 從無意識到意識的遊戲釋放

一直想為心理學說尋找生理學與唯物主義基礎的佛洛依德，在擔任神經病學講師時完成有關腦髓的重要研究（1885），倡導古柯鹼的藥理作用可以運用在眼外科上，結果使他的密友馬克索夫（Marxow）染上致命藥癮，他的醫學名譽也受到損害。這種顛覆傳統、自闢疆域的假設與實驗，預告他這一生總是在嘗試採

---

10 佛洛依德的簡介與討論，參考佛洛依德著《詼諧及其與無意識的關係》；彼得·杜拉克著〈真假佛洛依德〉《旁觀者》，頁 159－184；麥克爾·艾森克（Michael Eysenck）主編〈人格〉《心理學——一條整合的途徑（下）》，頁 674－729；《大英百科》；《大美百科》第 11 冊「Freud」詞條，頁 460－463，整理改寫。

用大膽方法來減輕人類痛苦。

十年後，佛洛依德在《歇斯底里研究》(1895)中發表革命性的「自由聯想」技術，鼓勵病人把到達心中的任何隨便的聯想都說出來，揭示精神區域裡尚未表達出的「無意識」內容，說明神經症狀其實是願望和防禦之間的不自覺妥協，在自由聯想過程中出現的困難，如突然沉默不語、口吃等，呈現意識與無意識的阻抗（resistance），必須打破才能暴露出隱藏的衝突，其中充滿童年時期掩蔽性的記憶和幻想，掩蓋了原始的渴望，才成為後來衝突的根源。這種看法改變了之後心理分析的發展，強調幻想的致病力量和確認被潛抑欲望的重要性，奠定進入精神內部的歷史性探索的基礎。

無意識的揭露，隨著佛洛依德的著作一如階梯，一層一級，帶領著更多的人走入他的探索，也共享他的發現。《夢的解析》（1899 年出版，但刊印為 1900，強調其劃時代意義）提出一個解釋方法揭開夢的偽裝，指出心靈能量（libido，亦稱「原欲」，主要指性驅力）是一個不固定的可塑力量，最深層的經驗常是幼兒最早的欲望，願望的滿足在精神內部和諸多禁忌形成衝突，必須尋找一切可能出口在想像中實現才能得到快樂和防止痛苦，和神經症的症狀一樣，夢是這種衝突妥協的結果，成為滿足欲望的偽飾表現；《日常生活的心理病理學》(1904)探查表面上沒有意義、卻可能產生於較為直接的仇恨、嫉妒或利己主義等心理原因的口誤、筆誤、讀錯或忘掉人的姓名等情況；《詼諧及其無意識的關係》（1905）擴大分析範圍，把引起突然大笑的「笑話工程」，分成「滑稽」、「詼諧」到「幽默」三種，這是一種從深層的無意識慢慢攀回到意識層的雙邊過程，一方面有意識地說出來，同時又無意識地暴露一些內在壓抑，比起夢和任何誤失，更依賴精神理性的承認。

滑稽是本我的放縱，常基於誇張與無意義的動作；詼諧則是語言的機智，常基於自我訓練與知識；幽默是一種接近超我的人格模式，接受事實，卸下痛苦。滑稽被發現，詼諧被製造，幽默需要的是情緒的釋放和德行的寬容。一個成為傷害、痛苦等犧牲品的人，可能感受到幽默快樂；詼諧快樂可以轉換情境；無關的人卻因為滑稽快樂而笑起來。

為了理解佛洛依德對滑稽、詼諧和幽默的不同界定，我們可以舉一個簡單的例子做為理解模型加以區辨。如果有人演講前在台上跌倒，旁觀者都因為「滑稽快樂」而笑起來，跌倒的演講者如果站起來接著說：「我這一跌，可能是今天演講過程中最能夠激勵大家的精彩表演！」這個受難的犧牲者當下體會的是卸下痛苦的「幽默快樂」，聽講者卻同時接收到「詼諧快樂」。

從夢到誤失，再從「滑稽」、「詼諧」到「幽默」，這些讓無意識裡的攻擊衝動或性衝動得到宣洩的不同快樂，其實都是一種防禦工程。夢主要服務於避免不快，滑稽、詼諧與幽默卻成為一種成熟的遊戲，旨在追求快樂。

2. 現代遊戲理論的沃土

藉著佛洛依德的分析，我們可以察覺，遊戲也是無意識欲望和情感的暴露，是對現實生活中不能實現的各種願望的一種補償，促使兒童發洩內在抑鬱和壞的情感，擺脫相對引起的焦慮，從無意識通往意識過程，逐步釋放出心靈自由。

從遊戲釋放正視無意識的欲望和壓抑後，佛洛依德又在《性論三篇》（1905）中指出人類行為最主要的原活力是性，遠自生命最初就急迫地要求滿足，從「口腔期」、「肛門期」到「性器期」，都具有極大可塑性，各階段如果不能成功過渡，實際的創傷或強烈的慾力衝動被阻抑，將使性目的或性對象在任何特殊階段產生聯結，使性的發展陷於適應不良，出現「去勢焦慮」（castration anxiety）和「伊底帕斯情結」（Oedipus complex）。就在這種煩亂的相互作用中，佛洛依德發現病人對分析家感情投射產生「移情」（transference）作用，以及分析家對病人產生「逆移情」（counter-transference），繼而推論移情是兒童期性衝動的再演，把被潛抑的情緒提到表面在臨床場合中被檢查到，使得情愛回憶可能成為神經症狀重複的解毒藥。

為了促進移情，佛洛依德發展出獨特的精神分析技巧，讓病人躺在靠椅上，不直接面對分析家，自由幻想，盡可能地少受分析家本人的打擾，分析家保持克制和中性態度，像一個為置換早年情緒（不論是「性」或「攻擊」情緒）的屏幕，向分析家移情本身就是一種神經症狀，但它有助於使衝突情緒找到出口。

佛洛依德的理論吸引了來自世界各地的支持者，在他的候診室內形成「心理學星期三聚會」（1902），參加者很多後來都成為心理分析運動的卓越領袖，如阿德勒（Afred Adler）、斯特凱爾（Wilhelm Stekel）、費倫奇（Sandor Ferenczi）、榮格（Carl Gustar Jung）、蘭克（Otto Rank）、瓊斯（Ernst Jones）、艾丁根（Max Eitingon）和布里爾（A.A. Brill）。而後，星期三聚會改名為「維也納心理分析學會」（1908）；佛洛依德偕榮格和費倫奇在美國克拉克大學演講（1909），講稿出版為《心理分析的起源和發展》（1910），這是他第一次為一般聽眾書寫心理學導論。

佛洛依德一開始把尋求性快樂的「原慾驅力」和求生存的「自我保存驅力」對立，到 1914 年檢查自戀現象時發現，自我保存本能不過是原慾驅力的一個變型，轉而推斷精神內部存在一種追求停滯、尋找安息的驅力，目的在於結束生命不可避免的張力，這是一種特屬於涅盤原則（Nirvana Principle）的「死本能」（或叫死神塔納托斯 Thanatos），用以代替「自我保存本能」，作為「生本能」（也叫愛神厄洛斯 Eros）的對立面。

這個「死本能說」，是他精神分析基本過程的重大改變。脫出臨床醫生診察室，重新併入叔本華「意志說」和柏格森「活力論」這一脈相承的古典思辨，並且用這樣的人文系統開始對藝術作品進行心理分析。考察達文西（1910）、評論詹森（Wilhelm Jensen）的小說《格拉迪瓦》（*Gradiva*）（1907），指出作品是創作者心理活力學的象徵性表現，理想美的鑑賞和創作，都源於原始的性驅力，但這種驅力在文化上被提高而趨於理想化了，這就是《性論三篇》中所說的「昇華作用」。

昇華和潛抑不同，潛抑只可產生神經症症狀，症狀的意義即使病人本人也不知道，而昇華是潛抑作用的無衝突解決，導向公眾可以共同欣賞與理解的文化作品。佛洛依德涉入文化分析，在《超越快樂原則》（1920）和《自我與原我》（1923）中，試圖闡明早期關於意識、前意識和無意識的「精神畫區論」，以及後來把精神分為原我、自我和超我的「精神結構論」之間的關係，並且整理出一整套防禦機制，包括反動形成、隔離、抵銷、否認、置換和合理化等機制，並且發展成由經濟觀點、活力原則和精神畫區等成分組成的複雜混合體「超心理學」（metapsychology），不久即成為對文化、藝術、宗教和人類學現象進行廣泛思辨的基礎。

在追求「超心理學」同時，佛洛依德不斷重複著對於文化、社會、政治和宗教態度陰鬱的評價，以及他對「自由、合理的政治」的幻滅。到了最後一本著作，尋求摩西起源祕密的《摩西和一神教》（1938），把佛洛依德的猶太宗教根源和父親權威矛盾情緒一起滲透到一個高度幻想的故事裡，充滿佛洛依德的個人揭露，而不只是表面的故事與主題。

經過漫長的生命跋涉，他私密的無意識花園，終於開放在意識領地上。無邊寬闊的無意識界域，也因為他的努力經營，走入意識世界，成為現代遊戲理論的沃土。

三、現代遊戲理論的興起

如果說，康德建立了古典遊戲理論王國，無疑地，佛洛依德就是從古典理論時期打開現代理論大門的「跨世紀典範」。不管多少人懷疑佛洛依德作為一個科學家的審慎與專業，不管湧現出多麼無情的的挑戰、批評、修正、限制，甚至是否定佛洛依德思想的學者和學派，佛洛依德仍然是二十世紀最有魅力、最有權威的心理分析奠基人，在心理學、精神病學及其他不同學門的不同研究，產生重大影響。美國社會學家瑞夫（Philip Rieff）指出，「心理人」已取代政治人、宗教人或經濟人，成為主導二十世紀的自我形象，這是佛洛依德的遠見和他留下來的智慧遺產。

對照「遊戲論建構年表」的時間座標，我們可以注意到，佛洛依德成為一個同時存在卻又沒有出現在「古典遊戲理論舞台」的研究學者。這是因為佛洛依德為遊戲理論開發出「無意識」的新領地，在精神分析的實踐與開創上，影響深遠；而後又有皮亞傑的兒童發展研究，在認知基礎上，分為「邏輯思維」、「文化傳遞」和「社會適應」三種模式，發展出戰後現代遊戲理論的嶄新可能。

1. 精神分析理論（Psychoanalytic Theory）

根據 James E. Johnson & James F. Christie & Thomas D. Yawkey 的體系整理，現代遊戲理論的興起，從「精神分析理

論」開始，相信遊戲幫助兒童消除創傷帶來的負面情緒，角色轉換可以暫時擺脫現實，從被動接受轉為主動釋放，如兒童被打會去打玩偶或假裝懲罰玩伴，把消極情緒轉換到替代的人或物上；或者通過重複性遊戲，把不愉快經驗轉換成可以控制的小部份，慢慢同化與不愉快事件伴隨出現的負面情緒。

曾經在 1902 年開始密切和佛洛依德合作的奧地利精神病學家阿德勒（Alfred Adler，1870 －1937），在「兒童早期性衝突引起精神症狀」的觀點上與佛洛依德分歧，認為性欲只是人在克服不足感而進行奮鬥時所引起的一種象徵作用，轉而另行建立個體心理學體系（1911），闡明個體的生活方式由獨特的人格所決定，這些人格結構多半因應排行、軀體素質、忽視或溺愛等因素，在幼兒期即已形成，包括各自的生活目標、為之奮鬥的方法、人對自己和世界的聯繫，影響全部的心理過程，人的社會化通過內在的社交本能發展而實現，個體必須置於社會背景中做整體考慮。為了社會的整體存在，阿德勒在維也納建立第一個「兒童指導所」（1921，Child-guidance Clinic），不久即擴充為三十多所，全力以赴地促進健全的兒童指導，聯繫整個環境設計出一種人道主義的、整體主義的支持性心理治療方法，指出生命的主要動機是為至善而奮鬥，也可以變成為自尊而奮鬥，從而成為對自卑的補償，成為對社會有用的人。

佛洛依德幼女安娜．佛洛依德（Anna Freud，1895－1982）在《自我與防禦機制》（1936）書中闡明自我意識如何排除痛苦的思想、衝動和情感；大戰期間與美國同事伯林格姆（Dorothy Burlingham）合著《戰時的幼兒》（1942）、《無家可歸的嬰兒》（1943）和《戰爭與兒童》（1943）；1947 年建立倫敦漢普斯特兒童治療所，認為遊戲是兒童適應現實的手段，但不一定能揭示自己意識不到的衝突，所以精神分析對兒童具有教育意義，《兒童期的正常和異常精神表現》（1968）一書，全面總結她的思想，讓她成為傑出的兒童精神分析創始人[11]。

2. 認知理論（Cognitive Theory）[12]

兒童認知發展的主要理論源自於三個系統，皮亞傑的「邏輯思維」；維高斯基的「文化傳遞」；布魯納和薩頓-史密斯的「社會適應」。

其中最初也最著名的研究系統是瑞士發展心理學皮亞傑，在1962 年提出兒童思維發展的四階段時間表[13]，說明兒童智力發展是邏輯思維發展變化的直接或間接結果，強調兒童的創造性和可塑性，發現遊戲不僅反映兒童的認知學習現況，並且推動兒童發展，學習新獲得的技能，並且在協調中發展出智力的適應性，從此展開各種認知理論對遊戲的實驗與討論。可以說，大半的認知發展歷程，都建立在對皮亞傑種種假設的修正、質疑與辯證。

皮亞傑從邏輯的普遍性來推論兒童的認知發展，但是，兒童智能生活很大一部份被人類的發明物佔據（如計算系統、書面語言、科學方法……），這些發明在不同文化中變化極大，使得承接了這些不同的「文化工具」的兒童，在智力發展上很難具有普

---

11 精神分析討論中的阿德勒與安娜．佛洛依德研究資料，詳見《大英百科》與《大美百科》第 1 冊「Adler,Alfred」詞條，頁 91；第 11 冊「Freud ,Anna」詞條，頁 460，整理改寫。

12 認知理論參考麥克爾．艾森克（Michael Eysenck）主編〈認知發展〉《心理學——一條整合的途徑（上）》，頁 409－461；以及 Johnson, James E.＆Christie, James F.＆Yawkey, Thomas D., “Charpter1: Theories of Children’s Play,” *Play and Early Childhood Development* ，PP.19－23。

13 詳見本書第貳章第四節〈兒童文學的遊戲性〉一：兒童性是兒童文學的起點與支點，頁 50－51。

遍性。於是，蘇聯心理學家維高斯基的認知系統，成為另一種重要考量。維高斯基用兒童通過「內化」學會使用文化工具來解釋文化傳遞模式，而不是皮亞傑所相信的，藉由邏輯思維的「協調」作用。在文化傳遞的認知發展模式裡，文化差異，認知發展上的文化效應和文化工具傳遞效應，以及把遊戲置於情感和社會性相互關聯的文化情境，都成為我們關注的焦點，並且發現，象徵遊戲可以促成兒童抽象思維的成長、成熟，絕不只是依循著機械固定的成長時間表。

當認知發展心理學家努力把重心放在如何促進兒童發展的研究與實踐，布魯納反而強調遊戲本身的意義比它所帶來的結果更重要，通過遊戲，增加行為模式的可選數量，自然而愉快地促成兒童可塑性的發展。他把智力分為「解釋性知識」和「敘述性理解」兩種模式，知識決定組織經驗、邏輯、分析和問題解決策略，理解負責探尋意義、重構經驗和想像，布魯納認為，在人類選擇如何建構個人意識過程，遊戲與智力的敘述性模式有關鍵性的聯繫，這又修正了皮亞傑忽略智力的敘述性功能，只針對解釋性功能的過度強調。

追溯布魯納敘述性理解的源頭，可以聯繫到谷魯士的生活準備練習理論，繼而發展成薩頓-史密斯「適應性變化能力」的遊戲理論，說明人們不能預見未來環境所需要的知識和技能，進化中的適應潛能，並不是只會導致刻板行為的「精確的適應性」，而是行為上更大的靈活性，所以，假想遊戲中的象徵轉換，最後結果經常指向：打破常規聯結，培養創造性思考，刺激頭腦靈活，適應廣泛的潛能發展，提高兒童的社會適應能力。

從谷魯士、布魯納到薩頓-史密斯，他們都強調「社會適應」的意義與價值，成為認知理論的第三個重要系統。這種社會適應的考量，經過辛格（Jerome Singer）的演繹，認為想像遊戲是情感與認知的聯結，通過遊戲，兒童可以優先選擇外在的刺激和內在的想像，促成兒童展開幻想的能力，是一種積極的歡愉，而不是消極的抵消，企圖指出遊戲並不像佛洛依德所說的負面情感的應對機制，也不是皮亞傑所說由於邏輯思維的缺陷採取的同化手段。

當遊戲與外在刺激聯繫考量後，遊戲的社會化適應，成為新的思考方向。波爾林提出的「喚醒—調節理論」，之後由艾利斯（Ellis）提出修正，認為遊戲的產生是我們的中樞神經系統對保持一種最佳的「喚醒狀態」的需要或欲望，如果沒有足夠的刺激，我們就會厭倦，直到遊戲出現，重新建構尋求刺激的「喚醒狀態」，形成調節。

貝特森（Bateson）認為，遊戲是矛盾的，遊戲中的「一拳」絕不是實際的「揍」，遊戲中的行為涵意和現實生活中的正常涵意不同。所以，遊戲開始前就有一種「遊戲框架」，兒童在遊戲中學會辨識、並且因應框架裡外的自由嬉戲與現實人生，遊戲發生時周遭事物的影響會形成「遊戲腳本」的背景。貝特森的理論，促使人們對遊戲的交際作用產生研究興趣。加爾維（Garvey）考察貝特森的遊戲框架，發展遊戲，制定遊戲術語，探究兒童還原現實生活的過程；施瓦茲曼（Schwartzman）奠基於貝特森的遊戲腳本與背景的考量，觀察孩子們的社會地位如何影響他們的遊戲；沃爾夫＆格羅曼（Wolf＆Grollman）研究的重點放在遊戲腳本的差異，指出隨著兒童的年齡增長，他們創造的遊戲腳本會更完整也更複雜。

遊戲從一種普遍性的「精神分析」，轉而集中在兒童「認知發展」模式的假設與證驗，然後，又從這些不同的理論模式中，不斷分化出更多的假設與討論。心理學的蓬勃進展，使我們很容易聯想起社會學家瑞夫宣稱的，「心理人」已然主導二十世紀的自我形象。

第三節　遊戲的質變

一、從整體認識到支脈承傳

遊戲理論經歷漫長的發展與演變，從古典時期的外在觀察、解釋與哲學思辨，發展到現代心理實驗辯證的假設、質疑與修正，從「精神分析」和「認知發展」的基礎探索，因應遊戲刺激與社會適應的統整思索，分化出抽象思維、文化傳遞與社會適應的不同模式，然後，無邊擴張地，侵入兒童教育，侵入文化，侵入跨領域華麗紛繁的後現代社會……。

遊戲的研究分枝越岔越多，越分越細。研究幼兒社會適應的心理學家帕騰（M.B. Parten，1932）從「兒童遊戲社會化」這個觀點，進而把遊戲的發展分成六個階段：

1. 無目的活動。什麼也不做，光在房間裡走動張望。
2. 單獨遊戲。多見於 1－2 歲嬰兒，與別的兒童不發生關係，單獨玩耍。
3. 旁觀行為。觀看別的兒童遊戲，自己不參加，有時則開口教別人應該怎樣。
4. 平行遊戲。使用與別的兒童同樣玩具作同樣遊戲，但不與別的兒童一起玩耍。
5. 聯合遊戲。與別的兒童一起遊戲，有時還互相借用玩具，但尚未組織化。

6. 協同遊戲。集團意識明顯，出現領袖，形成有規則的組織化遊戲。

隨著年齡增長，兒童遊戲在質與量兩個方面都會發生變化。斯米蘭斯基（Smilansky，1968）結合帕騰的社會參與及分類，推論這種變化與兒童身心功能的發展有密切的關係，形成四個「遊戲等級」(Play hierarchy)：

1. 機能遊戲。簡單的身體運動或操作活動，如砸磚頭。
2. 建築遊戲。用物體建築某件東西，如用積木建塔。
3. 表演遊戲。在遊戲中扮演一個角色，如裝扮成老師、醫生。
4. 規則遊戲。有共同接受的規則，如球賽、跳房子。[14]

在遊戲與兒童發展的眾多研究中，大部份都可以追溯到佛洛依德的「精神分析」、皮亞傑的「思維認知」、維高斯基的「文化傳遞」、布魯納和薩頓—史密斯的「社會適應」，這是現代遊戲理論脈絡分明的「體系橫座標」。不過，即使現代遊戲理論讓我們對遊戲發生更多的關注和思考，分支越來越多的研究重心，還是得藉由「現代遊戲理論建構年表」來具體呈現時間縱座標：

---

[14] 帕騰和斯米蘭斯基的遊戲發展階段模型，詳見麥克爾．艾森克（Michael Eysenck）主編〈社會性發展〉《心理學——一條整合的途徑（上）》，頁467－472。

研究學者	遊戲理論發展
佛洛依德（Sigmund Freud，1856－1939）	遊戲是無意識欲望和情感的暴露，促使兒童發洩抑鬱，擺脫焦慮，補償現實生活中不能實現的各種願望。
阿德勒（Alfred Adler，1870－1937）	發洩情感說（Theory of Catharis-is）：遊戲是一種補償工具。
安娜・佛洛依德（Anna Freud，1895－1982）	遊戲是兒童適應現實的手段，但不能揭示自己意識不到的衝突，精神分析對兒童具有教育意義。
瑞士／皮亞傑（Jean Piaget，1896－1980）	兒童通過遊戲與練習，將簡單概念集合成較高水準概念而完成智力發展的各個階段，創造對現實形成的模式。
帕騰（M.B. Parten，1932）	兒童遊戲社會化的發展有六階段：1.無目的活動 2.單獨遊戲 3.旁觀行為 4.平行遊戲 5.聯合遊戲 6.協同遊戲。
貝特森（Bateson，1955）	兒童在遊戲中學會辨識「遊戲框架」，因應框架裡外的自由嬉戲與現實人生；遊戲發生時周遭事物的影響會形成「遊戲腳本」的背景。
斯米蘭斯基（Smilansky，1968）	遊戲等級：1.機能遊戲 2.建築遊戲 3.表演遊戲 4.規則遊戲。
布魯納（Bruner，1972）	遊戲增加行為模式的可選數量，促進兒童的可塑性發展，強調遊戲本身的意義比它所帶來的結果更重要，遊戲與智力的敘述性模式有關鍵性的聯繫。

研究學者	遊戲理論發展
辛格（Jerome Singer，1973）	想像遊戲是情感與認知的聯結，促成兒童展開幻想能力。
艾利斯（Ellis，1973）	喚醒－調節理論：遊戲產生於中樞神經系統對「喚醒狀態」的需要或欲望，如果沒有足夠刺激，我們就會厭倦，直到遊戲出現，重新建構尋求刺激的「喚醒狀態」，形成調節。
維高斯基（L. S. Vygotsky，1976）	象徵遊戲促成兒童的抽象思維，遊戲、情感和社會性相互關聯。
薩頓-史密斯（Sutton-Smith，1976）	假想遊戲中的象徵轉換，打破常規聯結，培養創造性思考，刺激兒童頭腦的靈活，提高社會適應能力。
加爾維（Garvey，1977）	從遊戲框架探討遊戲、術語制定、還原現實生活過程。
施瓦茲曼（Schwartzman，1978）	觀察孩子們的社會地位如何影響他們的遊戲。
沃爾夫 & 格羅曼（Wolf & Grollman）	隨著兒童年齡增長，他們創造的遊戲腳本，會更完整，也更複雜。

當然，這些遊戲理論，並不是全面被廣泛接受，有的假設忽略了許多不同的遊戲種類，諸如語言遊戲、肢體遊戲、雜亂無章的友好打鬧……，有的理論基模一開始就侷限在不足以涵蓋全面的固定方向。即使是已然綜合各家說法的《中國大百科全書》「遊戲」詞條，歸納出四種遊戲形式：

1. 創造性遊戲，由兒童自己想出來的遊戲。在遊戲中，兒童反映著周圍生活中的各種事物。例如，扮演汽車司機、售貨員等等，使兒童體驗成人的社會生活，有助於豐富兒童的認識，培養兒童的道德品質。

2. 建築遊戲，也可以說是創造性遊戲的一種形式。兒童利用建築材料，如積木、沙子、小石子等來建造各種建築物，例如造高樓、搭建動物園……等。在這種遊戲中，兒童通過想像模擬周圍事物的形像，有助於發展兒童的設計創造才能，培養有關操作和勞動的技能技巧。

3. 教學遊戲，一種對兒童進行教學從而發展其智力的遊戲。在教學遊戲中，可以有計畫地豐富兒童的知識，發展兒童的言語能力，提高兒童的觀察、記憶、注意、獨立思考的能力，培養兒童的優良個性品質。

4. 活動性遊戲，或稱體育遊戲，是一種發展兒童體力的遊戲。在活動性遊戲中，可以使兒童練習各種基本動作，如走、跑、跳、攀登、投擲等，從而使兒童的動作更正確、更靈活、更協調，也能培養兒童勇敢、堅毅、關心集體等個性品質。

關於多種多樣的兒童遊戲討論，還是不能周全，最後，《中國大百科全書》仍須藉著附記，說明有很多難以歸類的遊戲形式，如為了娛樂目的而進行的娛樂遊戲，為了表演故事或童話內容而進行的表演遊戲等，存在我們周遭。

越來越多的遊戲研究，呈現一種「理論的弔詭」，越是試圖把範圍和特性說清楚，就越可能重新發現許多例外，一如《莊子‧應帝王》所述：「日鑿一竅，七日而渾沌死。」

遊戲的理論研究，勢必面臨更多思考與調整，以及相對而來地，更多的演變與分化。

二、從美學的抽象思辨走向教育的具體運用

如果說，從古典遊戲理論到現代遊戲理論，是遊戲理論一次不同視野、不同研究方法的物理改變。那麼，遊戲討論從美學走向兒童教育，從生命價值的探索和人文的關注，徹底轉為兒童教育實用技術的研究與改進，才算是遊戲思考第一次驚天動地、而且是不可逆的化學變化。

同樣在談遊戲，美學家和教育家大不相同。吳其南在《德國兒童文學縱橫》〈遊戲與藝術〉一文中說明，美學家把遊戲當作一個整體，在抽象層次上把握遊戲的特點，並且將遊戲特點和藝術做比較，尋找生命的自由、創作的活力和永恆的追求指標，並不關心具體的遊戲活動和具體的個人的關係；教育家不同，他們習慣從兒童成長和認知出發，將遊戲視為兒童活動、學習、人際交往的方式之一，所談的遊戲非常實際而具體（詳見頁 174－189）。

美學的遊戲轉向教育的遊戲，已然是不同層次的討論，這是我們在理解教育遊戲理論之前必須先釐清的概念。既然兒童概念的建構和兒童教育理念密切相關，教育家的遊戲觀點必然建立在兒童概念與教育理念的不斷發展與修正的過程中，所以，認識各階段教育哲學家的嘗試與突破，是理清兒童教育如何建構自己的遊戲理論的基礎。

從十七世紀捷克教育改革者夸美紐斯（John Amos Comenius，1592–1670）開始，重視兒童學習興趣，編寫看圖識字教科書《世界圖解》（1637），跳脫語法限制，採用「自然法」使學生領會事物本身；英國哲學家約翰．洛克（John Locke，

1632－1704）在《人類理解論》（1690，或譯《人類悟性論》）中，駁斥理性主義者單靠理性尋找宇宙真理的觀點，主張知識僅能從經驗獲得，在《教育之我見》（1693）中把兒童當作待填補的白紙致力填入更優質的教育。

到了十八世紀，瑞士裔法國哲學家盧梭（Jean-Jacques Rousseau，1712－1778）出版《愛彌兒》（1762），視兒童為完美的自然人，賦予更多的嘗試自由；瑞士教育改革者裴斯塔洛齊（Johann Heinrich Pestalozzi，1746－1827）把具體技能的操作與實際情感反應的經驗結合起來，讓學生參加繪畫、寫作、唱歌、體操、製作模型、採集標本、繪製地圖和郊遊……等等，發展與生俱來的潛能。這些教育哲學的初步拓墾，加上顧茲姆斯從體操訓練中強調的遊戲休養功能，逐步把遊戲探討從嚮往自由創造的美學本質，慢慢移轉到具體的實用層次。

德國教育哲學家和幼稚園創始人福祿貝爾（Friedrich Frobel，1782－1852），深受德國理想主義哲學家和盧梭、裴斯塔洛齊的影響，相信萬物內在的一致性，傾向自然崇拜而曾被稱為自然神祕主義者，他對教育理論最重要的貢獻是，強調「自我活動」和「遊戲」是兒童教育的基本因素，相信遊戲是兒童的潛在本能，兒童在遊戲中表現內在本質，因此，教師的作用不是訓練或教訓兒童，而是通過個人或小組遊戲，在歌聲和音樂伴隨下讓兒童自我表現，謹慎地追隨於兒童本能之後，發現潛藏在兒童中「神的本源意向」。

為鼓勵兒童從遊戲與活動中學習，福祿貝爾親自設計各種圈、球和其他玩具，還創辦公司出版遊戲和教育材料，包括附有詳細解釋其含義和用法的《母親遊戲和童謠》。這些幼教觀點、教學方法和遊戲材料，被介紹到其他國家，在歐洲和北美各地，專業的幼稚園，成為 4－6 歲兒童的標準教育機構，幾乎是十九世紀最有影響力的教育哲學家，也是教育範疇遊戲理論最重要的開創者。

即使是與皮爾斯（Charles Sanders Peirce）和詹姆斯（William James）共創實用心理學派，極力強調有機界對環境適應重要性的美國哲學家杜威（John Dewey，1859－1952），也在芝加哥大學實驗學校採用福祿貝爾教學原則；義大利教育家蒙特梭利（Maria Montessori，1870－1952）和以她名字命名的教育體系，相信「兒童有創造潛力、學習衝勁和被作為獨立個體對待的權利」，仍奠基於福祿貝爾的遊戲思考。

遊戲在教育詮釋裡，脫離抽象思辨，成為一種具體的學習模式，並且擴大在不同國家的不同文化裡，發生重大影響。《中國大百科全書》對「遊戲」解說為「促使兒童身心發展的一種最好的活動形式」，就是一種教育的遊戲觀點。在遊戲中，兒童的運動器官能得到很好的發展，學習如何使用肌肉、發展視覺和動作協調的能力，讓各種心理過程能夠更快、更好地發展起來；在集體遊戲中，由於兒童擔任各種不同的角色，因而可以促使兒童更好地認識世界、認識自己、鍛煉和培養自己的個性品質。

遊戲的教育意義，很快又滲入文學。俄國自然主義小說家高爾基（Maksim Gorky，1868－1936），從慘痛的童年生活一路走來，貼近俄國生活的陰暗面，對具體細節觀察精到，善於描寫社會底層人物，常對無業遊民和罪犯的力量和決心賦予同情與認同；他在記錄托爾斯泰和契訶夫的筆法，生動有趣，跳脫為名人理想化、神聖化的傳統；關注驟然興起的資本主義，喜歡在文學裡大發議論；他的自傳三部曲《童年》（1913－1914）、《在人間》（1915－1916）和《我的大學》（1923），抗議酷虐，尊崇剛毅、勤奮和自強自立的生命價值。後來在史達林政治權力定於一尊時成為蘇聯作家不容爭議的文化領袖，建立社會主義寫實主義的文藝理論和創作方法，強調「遊戲是兒童認識世界的途徑」，影響深遠。

三、懷金格[15]的文化遊戲

隨著教育詮釋的分化，遊戲不僅脫離抽象思辨，不斷被心理學家、社會學家、文學家、史學家……，而且越來越容易和真實生活中的具體人物、事件聯繫起來，從各種不同的領域做出更多的分類、歸納和推演。

然則，落實到具體現實和技術應用的遊戲探討，並沒有為文明帶來的活力和機會，追慕一種極盡寬闊、自由的遊戲精神，仍然是研究者渴望觸及的「文化典範」。人們渴望一種「精神上的滿足」，以及一種對於文明開展「不確定的理想」，就如在武俠世界裡渴望傳奇英雄出現，在充滿宗教色彩的中古世紀醞釀生養出滑稽、豐饒、甚至是淫穢的狂歡世界，他們都在一種秩序與平衡的安定中，注入混亂和活水。

以描繪十四、十五世紀法國與荷蘭生活的《中世紀的衰落》（1919）名聞國際的荷蘭文化史學家懷金格（Johann Huizinga，1872－1945，亦譯赫伊津哈），就在遊戲理論初初安定的狀態下，完成《遊戲的人》（1938），以一種天才縱橫的意味，深入闡釋遊戲的根本特質在於「樂趣」，在形式上受到「自由性」、「非日常性」和「時空限制性」的制約，表現在文化功能和社會功能

15 懷金格與其遊戲論述簡介，參考《遊戲的人》、《兒童文學》（林文寶，頁 19－21）、《餘暇社會學》（加藤俊秀，頁 79－96）和《大英百科》整理改寫。

上，具有「競賽」和「誇示」的基本特性，從法律、戰爭、學識、詩與神話、哲學、藝術，一層一層扣進「競賽」和「誇示」的遊戲精神，證明遊戲推動了文化的成長與茁壯，文化就是遊戲。

懷金格不只促成遊戲研究邁向更成熟的階段，更確立遊戲理論的卓越地位。他說：「作為一種社會活力，遊戲性的競爭精神，比文化本身更為古老，並且像貨真價實的發酵劑一樣，透在整個生活中。」(《遊戲的人》，頁 193)

遊戲精神的重要性，第一次被放大到整個文化生活。從希臘的宗教思維；混合了宗教和世俗的古羅馬激情；進入文藝復興時期模仿古代的生活遊戲，把中世紀洋溢著遊戲精神的「田園生活」和「騎士生活」，透過文學和公眾節慶，從沈睡中喚醒，熱烈地走向華麗的新生。一如蘇聯人文學者巴赫金相信的，中世紀人生活在「虔誠、嚴肅的事物和狂歡、怪誕的事物」共存的世界中，因此，中世紀人有著同時參與虔誠、嚴肅的公眾生活和狂歡式的詼諧生活的兩面性[16]。

從懷金格的觀點來看，遊戲伴隨著文化又滲透著文化，文化的推進，本身就是一場遊戲。十七世紀「巴洛克」華麗裝飾的色彩繽紛、朝氣蓬勃，無疑是整個社會的集體遊戲，踵繼著文藝復興的人文主義，仍嚴格遵守「想像出來的美好古代」而形成的生活理想，「洛可可」時期，優雅、和諧、有規則的變化和重複，音樂性的抑揚頓挫，把裝飾藝術帶往風格化；直到新古典主義和浪漫主義興起，「哥德風」和「感傷主義」在相互拉鋸，這些文

---

16 詳見北風誠司著《巴赫金──對話與狂歡》，附錄：「主要著作提要」，頁 368－369。

化的醞釀與開展，都是遊戲，全都嶄露了遊戲的情趣與活力；到了十九世紀，工業革命帶來的鉅大進步，讓我們以為經濟力量和物質利益決定世界進程，理性主義和功利主義消滅了神祕和遊戲，文學和藝術筋疲力盡，無論是自由主義或社會主義都沒法為現實社會注入遊戲營養，從此，文化停止了「遊戲」。

伴隨著弄虛作假的現代社會相對帶來的虛偽不適，讓懷金格在《遊戲的人》書中深入思索，「嚴肅性」與「虛假」間這種不祥的平衡，正是文化作為文化的組成部份，而遊戲因素則深藏在儀式和宗教深處（頁 214），這種持續的含混性，讓我們足以從遊戲觀點透視所有帶有明顯嚴肅性的文化現象。可惜的是，遊戲文化越發展到現代，就越讓人憂心，華麗而重複的機械摹製，取代了充滿嘗試與開展的遊戲精神，純真遊戲消失了。只剩下懷金格提出來的「人類文化源於遊戲」、「文明在遊戲中並作為遊戲興起與展開」和「只有純真遊戲精神重新受到重視，才能拯救人類文明危機」的論點，一直被奉為遊戲論述的典範，《遊戲的人》也成為被引用最多的論述。

四、維根斯坦[17]的家族相似性

懷金格深化了遊戲理論的內涵，擴大了文化遊戲的價值，而後，法國社會學家羅傑．凱窪（Roger Caillois，1913－1978）承繼了席勒的遊戲自由和懷金格文化遊戲基礎，在《遊戲、比賽與人》（1958，*Man，Play and Gamers*）一書中，從結構主義方法分析遊戲現象，解剖遊戲具有自由、分開、不確定、非生產性、

---

17 維根斯坦學說簡介，參考維根斯坦著《遊戲規則》、約翰．希頓（John Heaton）著《維根斯坦》和《大英百科》整理改寫。

規則引導和虛構的特質；分為競爭性遊戲、機運性遊戲、模仿性遊戲和暈眩性遊戲四個範疇；並且根據遊戲組織化、精練化和複雜化的程度，為遊戲從「單純」到「精緻」排出一個像光譜般的連續體，揭露一種穩定卻不能立即感知的「非理性」脈絡，成為文化發展隱含的意義[18]。

不過，羅傑·凱窪質疑專注在哲學層次的懷金格，完全忽略大眾化遊戲的考慮。這種不斷奠基於舊有的遊戲理論加以延伸，又不得不在進一步討論後加以推翻的理論模式，直到英國奧裔哲學家維根斯坦（Ludwig Wittgenstein，1889-1951）提出遊戲具有「家族相似性」（Family resemblances）的概念，才算徹底解決了各種學派對於「遊戲理論缺陷」的爭議。

維根斯坦說明，**遊戲並不具有全體的共同特徵，只是一種相似網絡**，並且以遊戲作為舉證，證明文化的開展也以一種「家族相似性」在運作。遊戲論述再次面臨重大質變。維根斯坦不只改變了遊戲思考基模，也以「邏輯哲學」與「語言哲學」這兩個極具原創性及影響性的哲學思想體系，改變了文化模式的理解與想像。

他先以《邏輯哲學論叢》（1921，1922 年英譯為 Tractatus Logico-Philosophicus）論述語言的本質、言說的限制，提出「圖式論」（picture theory），解釋「紙上的記號」和「外在世界之情境」發生關聯，一個命題必需是現實的一個圖式；一個命題顯出意義在於它能顯示出在世界上發生的某種情境，這個命題圖式不僅包含表象的情境所具有的諸多元素，更進一步地，所有圖式和

---

18 羅傑·凱窪論述簡介，參考《兒童文學》（林文寶，頁 19－21）、《餘暇社會學》（加藤俊秀，頁 79－96）整理改寫。

這世界上所有可能的情境都分享相同的邏輯形式，邏輯形式既是「表象形式」，同時也是「現實形式」。全書主要意義在於：「凡能夠說的，都要說清楚；凡不能談論的，就應該保持沈默」，企圖傳達無可言傳和思不能及的領域確實存在，一如命題能表象全部實在，但對於理解所有命題而言最為必需者（即邏輯形式），卻不能被言說。

三十年後，在他的筆記總集《哲學探究》（1953，*Philosophische Untersuchungen*）裡，捨棄「所有表象都分享一個共同的邏輯形式，世界具有某種先驗秩序」這個假設，相信在差異之下並沒有隱藏著任何統一。他使用遊戲的例子，嘗試去除有所謂遊戲之共同本質的假想。某些遊戲也許是娛樂或者包含競賽與輸贏的，但遊戲與遊戲之間只有一種重疊的相似網絡，而非所有遊戲均有某種共同特徵。

這個「家族相似性」的概念，並不只是停留在遊戲理論的層次裡。正如「遊戲」應用在各種不同的文化演繹的情形一樣，維根斯坦首先把「家族相似性」運用在語言的討論上，指出哲學中的許多詞彙也只有某種家族相似性，一個人在使用語言時所採用的字詞，是在日常語言的相互溝通中依各種情境、領域而作相異的描述或提示，概念必須與行動和反應相連結，不再把它們歸到不可捉摸的心靈領域，而是放在人類生活形式中，這種描述打破了「一定有某個知識、意向或斷言的本質存在」的強迫性的信念，所謂「不可言說的概念」也就跟著消失。

糾纏在達爾文、史賓賽的「理性實證」，以及康德、席勒、叔本華、尼采、柏格森一系承傳的「非理性創造自由與直覺開展」間不斷拉鋸、辯證的古典遊戲理論，經過現代遊戲理論的分歧，經過教育哲學的現實化，慢慢從抽象思辨走向具體實用的遊戲討論；又在懷金格的文化遊戲裡，提高到與人類文明等高的視野地平線上；而後遊戲研究在越是精密就越容易找出不同規則的相對漏洞，以致於在各自的專業領地裡爭論不休的狀態下，維根斯坦指出遊戲的「家族相似性」，形成遊戲思考的另一個起點。

遊戲理論的演化，在專業學門分化發展愈加精細的現代社會裡，無論是體育、休閒、心理、藝術與幼兒教育，甚或擴展到文化、經濟、社會……各個不同的範疇。兩次世界大戰和全球化經濟活動形成的社會動盪和心理激變，又急促地推動著遊戲討論，參與無可預知的文化轉型過程。

第四節　從現代到後現代

一、阿多諾的顛覆與反抗

1. 存在主義、現象學與西方馬克思主義[19]

經歷兩次世界大戰的歐洲文明，面對接踵失敗的社會主義革命，政治、社會、經濟動盪不安，物質頹敗，精神疏離，人類對孤獨死去近一百年的丹麥哲學家齊克果（Soren Kierkegaard，1813－1855）所提示的「存在的恐懼與受苦」，形成徹骨的痛楚和理解。齊克果習慣因應不同特性的著作虛構筆名，表示他的意見絕對不是權威理論，只是提供各種不同的生活方式供讀者判斷、選擇，揭露存在由各種可能性組成，黑格爾的必然律只是一

---

[19] 存在主義、現象學與西方馬克思主義簡介，參考《大英百科》；〈西方馬克思主義〉《二十世紀西方文藝文化批評理論》，頁 103－126；〈馬克思主義〉《關鍵詞 200—文學與批評研究的通用辭彙編》，頁 156－159 整理改寫。

種假設，人們不可能知道將會發生什麼事，只能從選擇中表現自己，每一個人必須在人生的「非此即彼」中作出完全自覺和負責的選擇，沒有自由意志，一切事情就毫無意義。

「無限可能」和「自由意志」，成為一切存在主義（Existentialism）思想的基礎。哲學裡的海德格（Martin Heidegger，1889－1976）；小說裡的卡夫卡（Franz Kafka，1883－1924）與卡謬（Albert Camus，1913－1960）；戲劇裡的沙特（Jean-Paul Sartre，1905－1980）和貝克特（Samuel B. Beckett，1906－1989）；藝術裡的表現主義（Expressionism）、達達主義（Dada）和超現實主義（Surrealism）等，都在質疑、並且急切確定，人類「此時此地」的存在可能與意義，相信人被拋入這世界，痛苦、挫折、病死，都是現實本質，恐懼支配著存在，獨一無二的個人性和非重複性，使得「個人與他人共存」，成為無解的疏離，同時也成為探掘與奮鬥的目的。

在物質與精神的雙重不確定中，抽離事物本質與因果關係的相信與討論，直視「此時此地」和「個人與他者」如何存活下去，成為進入二十世紀後最初、也最重要的課題。德國哲學家胡塞爾（Edmund Husserl，1859－1938）強調「回到直覺和回到本質的洞察，由此導出一切哲學的最終基礎。」（1913－1930，《哲學和現象學研究年鑑》），為現象學（phenomenology）打下基礎。

德國哲學家加達默爾[20]（Hans-Georg Gadamer，1900－2002，亦譯卡達瑪），充分演繹懷金格「文化遊戲」精神，強調遊戲主體在於遊戲本身，存在於自我表現，由遊戲者與觀賞者共

---

[20] 加達默爾簡介，詳見《大英百科》「Gadamer」詞條；董蟲草著〈加達默爾的遊戲與藝術理論〉《藝術與遊戲》，頁137－170。

同組成；把遊戲概念中的參與、中介、轉化、同化與再創造性，延伸為主體意識間相互參與融合或同化，從而具有再創造性的精神交流活動；踵繼胡塞爾「回歸直覺本質」的現象學方法，擺脫概念前提，排除未經驗證的先入之見，對「自覺地經驗到的現象」作直接的研究和描述（1960，《真理與方法》），而後影響哲學、美學、社會學、歷史學、文學評論和宗教研究，試圖以直覺與洞察，還原現象的基本結構和實質關係。

存在主義的虛無與自由意志，結合現象學的直覺與洞察，「不做事物本質抽象思辨、只討論動態關係」的馬克思哲學，重新被視為解決社會問題的可能出口。

馬克思（Karl Marx，1818－1883）把大部分的問題與歷史、社會、政治、經濟現實聯繫起來，主張經濟活動是主宰社會變遷的決定性因素，強調資本主義的發展，伴隨不斷增加的矛盾，市場產品、勞動分工和社會分化為對抗階級的結果，人的尊嚴也在疏離與物化狀態下日益異化。恩格斯（Friedrich Engels，1820－1895）為馬克思提供大量技術、經濟資料與深入評論，使馬克思主義從「對日常生活的批判」轉變為「融哲學、歷史和科學於一體的完整學說」，而後影響各種社會主義運動的理論、實踐與修正。

列寧（Vladimir Ilich Lenin，1870－1924）、史達林（Joseph Stalin，1879－1953）修正蘇聯馬克思主義；托洛斯基（Leon Trotsky）反史達林，強調進行土地改革加速經濟發展；毛澤東發展中國式馬列主義；解放拉丁美洲的古巴卡斯楚（Fidel Castro），追摹玻利瓦爾（Simon Bolivar，1783－1830）自由民族主義，反對任何形式的不公平；第三世界的各種馬克思主義，受不發達的工業和殖民影響，在帝國主義者引進的資本主義對當地資源和盈餘劫掠一空的慘痛狀態下，社會主義革命運動全都從屬於民族解放運動。

馬克思主義原有的教條框架，不斷被修改，西方馬克思主義繼而興起。弔詭的是，支持西方馬克思主義的，多半是兼具經濟與社會階層優勢的知識分子，而非在經濟、社會、政治都居於被掠奪劣勢的工農階級，相對地，他們對現實中的政治或經濟實踐較少興趣，只致力於闡釋馬克思哲學中對「人的生活」的批判，尤其是早期人道主義著作和各種文化、歷史的研究。在真實生活改造上，雖有「不切實際」之虞，然而，透過匈牙利的盧卡奇（Gyorgy Lukacs，1885－1971）、義大利的葛蘭西（Antonio Gramsci，1891－1937）、法國的梅洛-龐蒂（Maurice Merleau-Ponty，1908－1961），以及德國充滿批判精神的法蘭克福學派的一連串與努力，連接到詹明信（Fredric Jameson，1934－）把文藝文化批評從「文本的自釋性」發展到「後設評論」，從「馬克思主義」轉向「後馬克思主義」的修訂與擴充，改變許多非馬克思主義者觀察世界的方法，並且意識到，西方馬克思主義仍然在不斷發展、裂變與演化。

2. 法蘭克福學派[21]與阿多諾

夾在二〇年代蘇聯開始實踐列寧式馬克斯主義、三〇年代美國左翼思潮蓬勃發展之間，德國格林貝格（Carl Grunberg）創建法蘭克福大學社會研究所（1923），霍克海默（Max Horkheimer）接任所長（1930）後，結合韋伯的社會學、佛洛依德的精神分析、海德格的存在主義哲學以及其他學科的洞察力，轉向第

[21] 法蘭克福學派簡介，參考《大英百科》；《關鍵詞 200—文學與批評研究的通用辭彙編》〈批判理論〉，頁 53；〈文化研究/文化批評/文化工業〉，頁 54－67；〈法蘭克福學派〉，頁 116－117 整理改寫。

一個以「馬克思主義」為理論基礎的研究中心，創立一種激進且充滿批判的社會理論，分析資本主義經濟制度中的社會關係，深入討論法西斯主義和權力主義；大公司和壟斷資本、技術的作用；文化工業以及資本主義社會中個體的衰落等文化評論，形成極具影響力的「法蘭克福學派」(Frankfurt School)，他們大量的研究成果，刊載於研究所刊物《社會研究雜誌》(1932－1941)，對二十世紀的「現代主義」與「寫實主義」，產生莫大衝擊。

「法蘭克福學派」第一代學者霍克海默與阿多諾（Theodor W.Adorno，1903－1969），批判現代化之後形成的霸權、支配、媒體操弄與「科技理性」，引發征服自然與他人的野心；班傑明（Walter Benjamin，1892－1940）的文學評論，充滿社會批判、語式分析與歷史懷舊情結；馬庫澤（Herbert Marcuse，1898－1979）批判資本主義西方社會的壓抑與不自由，通過物質商品給群眾帶來自滿情緒，致使群眾的智力和精神被控制。

希特勒上台後（1933），大多數法蘭克福學派學者被迫離開德國到美國避難，於是社會研究所受轄於哥倫比亞大學，直到第二次世界大戰結束後遷回法蘭克福（1949），促成德國知識界的復興。第二代傑出學者佛洛姆（Eirch Fromm，1900－1980）提倡心理平衡的「健全社會」設計藍圖，通過親密聯結，維持個人歸屬，允許他者完成個人需要，讓相互關係發展成創造性影響，而不是極權社會中那種破壞性力量；哈伯馬斯（Jurgen Habermas）竭力將批判性理論用於發展哲學和語言學分析、結構主義語言學以及解釋學。

和馬克思主義「強調社會對應關係、忽略抽象本質討論」的研究趨向相較，延續康德、席勒、黑格爾、尼采做深入美學探討的阿多諾，綜合美學、哲學、現代藝術、文化理論、社會學與歷史思辨，呈現現代社會龐大而稀有的整體架構。

本文藉由下列簡表，解釋阿多諾所強調的，現代藝術的「自治性」(autonomie）與「社會性」，區隔出藝術主體與社會網絡的雙重性，成為進入阿多諾美學[22]的起點：

特性	影像	內涵與象徵	意義	作用力
自治性	美感影象	切斷累積性的與言語影像之象徵性	拆解威權真實	離心邊緣
社會性	文化影象	承繼文化象徵性，喚醒傳統「靈光」(aura）[23]	附屬於社會體制	中心鞏固

顛覆文化、歷史和社會的一切規則，映射跳動的社會情狀，否定上帝與虛構的真理，拆解現實威權意識形態，驅逐傳統美學，讓人文回歸底層的思考位置，以「擺脫束縛」、「否定」、「拒絕」為核心，從而主張個體自覺和獨立自主，發揚啟蒙運動和法國大革命所追求的「理性」與「自由」不被扭曲、不被踐踏，這就是阿多諾《美學理論》(1970）的基礎精神，然後，隨著現代藝術的顛覆與反抗，趨近社會現實，繼而指出工業社會優勢的「工具理性」相對帶來的危機與衰敗，藉由現代藝術中充滿抗議

22 阿多諾簡介，參考《大英百科》；阿多諾著《美學理論》；陳瑞文著《阿多諾美學論：評論、模擬與非同一性》整理改寫。

23 「aura」一詞，陳瑞文在《阿多諾美學論：評論、模擬與非同一性》中譯為「靈光」，頁 25；王柯平在《美學理論》中譯為「韻味」，頁 183；廖炳惠在《關鍵詞 200──文學與批評研究的通用辭彙編》中譯為「神韻」，頁 26－28。指涉早期藝術奠基於儀式的神聖性與崇拜價值的關係網路，其「在場」的重要性超過美學價值。

的、邊緣的、救贖的「實體理性」，從中抽身出來，揭發工業社會的一切規格化與體制化，一正一反，清晰地看見現實社會的真實情況。

為了捍衛現代藝術的「自治性」，有別於傳統作品對「內容」的重視，阿多諾揚棄「藝術是理念的感性顯現」的藝術觀，強調現代藝術媒材的質感化與題材的現實化，以叛逆歷史、否定社會和杯葛文化為存在意義，純粹作為一種去美感和去神祕的自由與啟蒙，而深入媒材與媒材技術的實驗、研究與開創，突顯現代作品的「形象自身」，成為一場去理念、去主觀和非意識的「遊戲」，促成藝術家紓解、叛離與擺脫的救贖。

為了反叛「單元取向」、「二元對立」的傳統價值，阿多諾從形象、聲音，擴張到文字媒材，不再侷限於藝術範疇，涉入廣博的人文科學領域，發展出一種「並置與碎片」的嶄新文體，用以承載各種其實還沒有找到結論的多元價值觀。

奠基於貝克特的戲劇、卡夫卡的小說、荀白克（Arnold Schoenberg，1874－1951）的無調音樂……這些現代藝術的觀察與歸納，阿多諾指出，現代藝術所追求的真理，充滿殘酷、噁心、混亂、悲慘、苦難與不和諧，如同世界本身。指涉的不僅是生活上的痛苦經驗，並且準確紀錄某個時空的人文狀態，拒絕社會虛構，呈現出世界的苦痛實況，診斷出社會潛伏的思想運動及其歷史暗示，強調一種不願熟練的思辨，像破壞力極大的漩渦，保有理性，堅持一貫的人道啟蒙，傾向一種更新的、追索的理想藍圖，不存在「一定要怎樣」的具體輪廓，只是一種強烈的未來憧憬，不希望重蹈傳統覆轍，不願意被現實牽著鼻子走，要求在體制化外裂生另類思想，以遊戲與天真的本能，營造出富有想像力和虛構力的世界，藉著烏托邦憧憬進行全面性的文化、歷史與社會批判。

二、巴赫金的對話與狂歡

1. 結構與解構[24]

藝術自治性與社會性的拉鋸相抗，激盪出「形象自身」遊戲化的啟蒙與救贖，這是阿多諾對現代藝術體制與前衛藝術的認識論，強調美學發展影響歷史進化和真理探求，展示一個全新的藝術認知模式與評論視野，脫出黑格爾的美學秩序，直接銜接康德、席勒，從十九世紀現代性的理性規劃中，轉折到二十世紀非理性前衛主義間的深層傳遞與演化。

一如現代遊戲理論中的發展認知，奠基於對皮亞傑不斷的討論與修改；緊接在七〇年代阿多諾美學熱後的八、九〇年代歐洲藝術理論，同樣也不斷繞逐在對阿多諾的批判與反對，從現代的顛覆與反抗中，慢慢通往後現代的嘗試與理解。

我們必須正視的是，糾纏不清的現代與後現代，並不是「相互對立」、而其實是「相互對話」的存在形式，沒有時間先後順序，現代中含有許多後現代因子。這是因為第一次世界大戰後人們對統整性和一致性消失的焦慮，產生完整擁有的期盼，強調國家與英雄論述，突顯天才與凡俗的差距，「現代情境」具體成統一、優雅與純粹的風格；經過兩次大戰後，「後現代情境」已然

---

[24] 結構與解構，參考《大英百科》；《後現代性的文本闡釋──福柯與德希達》；《後現代主義文化研究》，頁 24－68；《德希達・解構之維》，頁 39－95；利奧塔著《利奧塔訪談、書信錄──後現代性與公正遊戲》；〈結構與解構〉《20 世紀西方文藝文化與批評理論》，頁 149－172；《關鍵詞 200－文學與批評研究的通用辭彙編》〈解構〉，頁 70－71、〈後現代性〉，頁 205－209；〈後結構主義〉，頁 212－214；〈符號學〉，頁 238－240 整理改寫。

接受統一性崩頹的既定事實，不再焦慮，不再強調英雄神話、族群至上與歐洲中心，揚棄二元對立，珍惜「在地」與「微小敘述」的多元和無以預期，歧生出流動、差異、曖昧含混的狂歡縱恣。

批判傳統的理性與權力，拆解所有的體制、系統、概念與威權，成為歐洲六〇年代以來的自由精神。無論是結構主義（structuralism）對威權體系、符號制約、神話猜想的不間斷質疑，或者是解構（deconstruction）對結構、形式、中心等框架的叛出與角力，都在催迫多面向的文化動能演現。

結構主義的起點，奠基於瑞士語言學家索緒爾（Ferdinand de Saussure，1857－1913）。他定義符號學為「研究社會中各種符號之生命的學科」，深遠影響，主要論述整理如下：

1. 視語言為一種社會現象，具有「言語」（parole，個人表達思想的話語）與「語言」（langue，言語被別人聽懂的一套約定俗成的系統）的差異。

2.「言語」與「語言」的演示，是一種可供「共時」（存在於任一特定時間）和「歷時」（隨時間推移而變化）考察的結構體系。

3. 符號學的語言結構與概念，歸納為一套符號系統，區分為「能指」（表示成分，signifier）與「所指」（被表示成分，signified）兩種不可分割的組成。

根據符號系統，法國人類學家李維-史陀（Claude Levi-Strauss，1908－）在文化人類學（cultural anthropology）中開創結構主義學派，把各種文化模式視為恆定結構系統加以分析，相信社會生活的一切形態都透過神話和符號體現為普遍法則，由自然環境、文化接觸以及其他各種因素所制約。符號學者羅蘭·巴特（Roland Barthes，1915－1980）把文學評論、文化視野與民間文化現象的諸多內容，全部拆解成符號分析，強調文本「暗示」在組成敘述時，讀者的主動作用是一種沛然不可阻擋的力量，隨後促成新批評（New Criticism）文化運動；心理學家拉岡（Jacgues Lacan，1901－1981）又將符號學的語言研究引入精神分析學說，強調語言最能反映無意識心靈，用結構語言學來解釋佛洛伊德；社會歷史學家傅科（Michel Foucault，1926－1984）在瘋狂與清醒、紀律與懲罰的研究中，提出收容所、精神病院和監獄這類機構，都是社會實行自我界定所依據的「除外原則」（principles of exclusion）必然的手段，通過觀察社會對這類機構的態度，便可以考察到權力發展與運用。

德希達（Jacques Derrida，1930－）顛覆索緒爾隨意解釋語言符號的立場，把語言從概念和詞語對象中拆散開來；批評李維-史陀在人類學研究中所提出的「深層結構」，隱藏著「種族中心論」，並且把某種以「結構」為中心論述的觀點無限上綱；抨擊傅科的理性與顛狂強化了二元對立；針對歐洲語言中心主義，對哲學在西方的優位化提出一種顛覆的質疑，認為語言受限於中心、結構、形式等框架，另提出「解構」策略，將封閉、僵化與凍結的意義釋放出來。

利奧塔（F. Lyotard，1924－）踵繼維根斯坦的語言與遊戲規則，相信每一種語言遊戲存在自己的規則，想像力和創造力又不斷改變了語言規則，讓我們在這些遊戲關係的不同位置上，察覺自己的多種身份。每一種語言遊戲的真正意義在於傾聽，傾聽那些「力爭被說出來的東西」，賦予那些沒有發言權但在努力的人實際的發言權。傾聽，並且給予回應，這才是文化的內涵，促成一種生機無限的「公正遊戲」。

巴特、傅科、德希達和利奧塔等人，從權力、知識與意識形態中，辨識出「中心結構」與「強制封閉」系統裡的冷酷暴力，並且和殖民與現代性聯結起來。八〇年代以後，結構與解構批評從早期的語言哲學面向，轉向政治與社會思索，借用權力關係、象徵資本、國家意識形態機制、中心與邊緣等觀念，探討性別、膚色、族群、認同與文化政策之間的關係，即使引發諸多爭議，仍然對「後現代」與「後殖民」理論，提供重要的視角與策略。

2. 中心與邊緣

整個以歐洲為中心的文明開展，從理性與非理性的辯證，經過阿多諾的並置，到德希達的解構，已然崩裂為無數華麗鮮艷、卻又迅速更迭的碎片。差異模糊，權力結構拆解，文明的演化與開展，再沒有唯一的標準，沒有必然如何的價值判斷，也不再需要絕對的歸納與演繹。文化的判斷與詮釋，趨向多元開放，俄國哲學家米哈依爾．巴赫金（Mikhail Bakhtin，1895－1975）[25]以對話為基礎的思想哲學譯著，就在六〇年代飽漲著向心與離心的自由動能間，急遽向西歐文明位移，不斷在「邊緣」與「中心」的相互拉鋸滲透中形成文化漩渦。

巴赫金的一生幾乎也就是「邊緣」擠向「中心」的拆解與完

[25] 巴赫金的思想簡介，參考趙國清著《中心與邊緣》；劉康著《對話的喧聲──巴赫汀文化理論述評》；北風誠司著《巴赫金──對話與狂歡》；巴赫金著《小說理論》、《文本、對話與人文》、《拉伯雷研究》；〈西方馬克思主義〉《二十世紀西方文藝文化批評理論》，頁 111－113；茨維坦．托多洛夫著〈人與人際關係－米哈依爾．巴赫汀〉《批評的批評》，頁 77－99；呂正惠主編《文學的後設思考──當代文學理論家》馬耀民著〈米赫依．巴赫汀〉，頁 50－77；〈多音交響〉《關鍵詞 200─文學與批評研究的通用辭彙編》，頁 195－196，整理改寫。

成。和在英國劍橋大學取得博士學位並留校任教、繼而創設伯明罕大學語言學系的哥哥尼古拉相較，他在戰亂中連高中都沒讀完，只能旁聽大學，沒有學籍，經歷監獄囚禁、病痛截肢和困苦貧窮，在蘇聯知識界核心之外、在歐洲學術主流之外，自闢蹊徑。二十四歲發表第一篇論文「藝術與責任」，「責任」這個俄文即已包容回應性，說明生活與藝術相互承擔責任，實現個人身上的「內在統一」和「相互滲透」，這是巴赫金思想的起點，經歷漫長的五十年後，擠進西歐文明中心，然後在「中心」與「邊緣」的不斷拆解、形塑中，終於被全世界注意。

從康德的哲學、倫理學和美學開始，巴赫金察覺每個個體都在現實世界中具有不可替代的感性體驗，比「一般眼見」加入更多「個人詮釋」，這就是「視域剩餘」（the excess of seeing），一如觀察鏡中自己的形象，絕對不可缺少的不是物體形式上的鏡子，而是作為鏡子存在的他人，通過與他者交流、溝通與回應的價值交換，「對話」成為自我認識他者、認識世界、認識自己的過程。

巴赫金的「獨白」與「對話」原則，經過語言、小說敘事的深入研究，從個人與世界的聯繫發展成具有社會觀察與折射作用的「單調」與「複調」小說，作者與主角是自我與他者對話的藝術再現，同時共存、互為主體，並且相互作用，形成一種獨立又依存的平等對話關係。這種「對話關係」不只是存在於固定文本，也是所有文本都可能進入的「文本鏈」，「先行文本」與「讀者」的作用，共同參與了創作文本的不可重複性，成為日後讀者反應理論的緣起。

藉由複調小說對歷史氛圍與社會危機的醞釀準備，「鴻辭」（grand narrative）解體、「微言」（small narrative）興盛，每一個人、每一個角度、每一種看法，都足以從小說跨向文化、歷史和社會廣闊而博大的思想領域，理解一種矛盾與衝突尖銳激化的「災難性」時刻或歷史轉型期。菁英文化「巫師式」地位被追求感官愉悅、日常生活和商品消費所取代所替代，宏大敘事與嚴肅高雅的文化話語，經歷邊緣化過程，微小敘事與大眾文化呈現出「眾聲喧譁」的社會語言擠入中心，開放、多元、離心、對話，向心力量與離心力量互相爭奪、衝撞，使得文化重新充滿活力，蓬勃發展。

巴赫金的視野從俄國擴展到歐洲，在拉伯雷作品中，發現文藝復興時期民間文化的詼諧，接受肉體、飲食、醉酒、排泄物、性和死亡的幻想性現實主義，奠基於原有「外位性」的思考雛形，具體轉化為西歐文學傳統裡處於世界之外的「騙子、小丑、傻瓜」，他們都是和世界上所有人相對的「他人」，就在自我與他人的視角轉移過程中，高的壓低，低的提高，破除世界及其一切角落習以為常的圖景，去除時間與空間，沿著垂直軸對世界進行的象徵性及等級排列，否定現存的世界秩序和人物形象，建立一種平衡的全新人際交流方式，從「肉體狂歡儀式」的遊戲釋放到「狂歡化」的文化轉型，呈現文化離心力和向心力的緊張對立，文化極權與非中心兩股力量衝突，最後又在新的物質基礎上，把分裂的世界組織在一起，打破傳統神話，進入活生生的現實社會。

三、活力與演現

1. 歷時演化與共時交流

從存在主義、新馬克思主義到阿多諾的顛覆與反抗，是現代性「歷時演化」的主軸；歐洲中心的結構與解構，巴赫金的對話與狂歡，表露出後現代「共時交流」的可能。

兒童文學的遊戲性，就萌芽於後現代的沃土中。我們對遊戲概念的理解，必須置於歷時與共時、現代與後現代的交錯網絡中，藉由從現代到後現代的思潮演化，將這些多元並置的遊戲理論做整體思考：

研究學者	體系	理論發展
丹麥／齊克果（Soren Kierkegaard，1813－1855）	存在主義	「存在」由無限可能組成，每一個人在人生非此即彼中作出完全自覺和負責的選擇，沒有自由意志，一切事情毫無意義。
德國／馬克思（Karl Marx，1818－1883）	馬克思主義	哲學必須變成現實。人不再滿足於詮釋世界，必須對經驗與觀念進行批判，從而改造世界，也改造人對世界的認識。
德國／恩格斯（Friedrich Engels，1820－1895）	馬克思主義	為馬克思提供大量技術、經濟資料與深入評論，使馬克思主義從日常批判轉為融合哲學、歷史與科學的完整學說。
瑞士／索緒爾（Ferdinand de Saussure，1857－1913）	符號學	研究社會中各種符號之生命。把符號區分為「能指」與「所指」；視語言為符號系統，區分「言語」與「語言」的差異；強調「共時」與「歷時」的考察。
德國／胡塞爾（Edmund Husserl，1859－1938）	現象學	擺脫概念前提，排除未經驗證的先入之見，「訴諸事物本身」，回到直覺和回到本質的洞察，導出哲學的最終基礎。

研究學者	體系	理論發展
荷蘭／懷金格（1872－1945）	遊戲理論	人類文化源於遊戲，遊戲的根本特質在於樂趣。
匈牙利／盧卡奇（Gyorgy Lukacs，1885－1971）	西方馬克思主義	確立馬克思主義美學體系，強調工業社會異化理論，將階級鬥爭和藝術形式發展結合，做為文學評論基礎。
英國／維根斯坦（1889－1951）	遊戲理論	遊戲具有「家族相似性」，並非共同特徵，而是相似網絡。
德國／海德格（Martin Heidegger，1889－1976）	存在主義	憂慮或恐懼揭示真實存在，存在則與「光明」和「歡樂」相聯繫。人有自我選擇和控制的自由。
德國／班傑明（Walter Benjamin，892－1940）	法蘭克福學派	文學評論充滿社會批判主義、語式分析與歷史懷舊情結，常流露出哀傷與悲觀。
俄國／巴赫金（Bakhtin，1895－1975）	文化轉型	從「肉體狂歡」的遊戲釋放到「狂歡化」文化轉型，呈現離心和向心的緊張對立、中心與邊緣力量的衝突。
德國／馬庫澤（Herbert Marcuse，1898－1979）	法蘭克福學派	批判西方社會的壓抑與不自由，通過物質商品給群眾帶來自滿情緒，致使群眾的智力和精神被控制。
德國／加達默爾（Gadamer，1900－2002）	現象學	遊戲的主體在於遊戲本身，存在方式在於自我表現，由遊戲者與觀賞者共同組成；並且聯繫到主體意識間參與、融合、同化，從而具有再創造性的交流活動。
德國／弗洛姆（Eirch Fromm，1900－1980）	法蘭克福學派	已知的社會結構均不能適應人類的基本情緒需要，精神分析原則有利於設計一個心理平衡的「健全社會」。

研究學者	體系	理論發展
法國／拉岡（Jacgues Lacan，1901－1981）	符號學精神分析	將符號學的語言研究引入精神分析學說，強調語言最能反映無意識心靈，用結構語言學來解釋佛洛伊德。
德國／阿多諾（Theodor W. Adorno，1903－1969）	法蘭克福學派	現代藝術在本質上呈現自治性與社會性的拉鋸相抗，並且激盪出「形象自身」遊戲化的啟蒙與救贖。
法國／李維-史陀（Claude Levi-Strauss，1908－）	文化人類學	各種文化模式均為恆定結構系統，透過神話和符號體現為普遍法則，由自然環境、文化接觸以及其他因素所制約。
法國／巴特（Roland Barthes，1915－1980）	符號學/結構主義	把文學評論、文化視野與民間文化現象的諸多內容，全部拆解成符號分析。
法國／利奧塔（F. Lyotard，1924－）	後結構	語言遊戲存在自己的規則，想像力和創造力又不斷改變語言規則，賦予那些沒有發言權但在努力的人實際的發言權，此即「公正遊戲」。
法國／傅科（Michel Foucault，1926－1984）	後結構	權力是通過各種關係的促生與抵制，從而變換不定的一種遊戲。
美國／約翰．奈許（John Nash，1928－）	應用於商業策略	建立數學上的「遊戲理論」（Game Theory），分析混合利益競爭者間的對抗形勢，稱為奈許平衡。
法國／德希達（Jacques Derrida，1930－）	解構主義	延異是永無止境的「系統遊戲」，無法在二元對立基礎上被認知的結構與運動，只能並置各種差異與延宕的軌跡。

古典過渡到現代的最主要社會因素，一方面是踵繼於「法國

大革命」的一連串政治改革，另一方面則是「工業革命」帶來的階級流動和經濟轉型，在幾十年間幾乎完成了過去幾百年未曾有過的變動，然而，這些分化與裂變，並沒有安定成任何結論，具有社會意識和真理意味的現代價值，面臨兩次世界大戰和經濟動盪起伏的刺激與影響，迅速從顛覆、反叛、鬥爭中，孕養出虛無的存在主義、充滿批判精神的新馬克思主義，在短短幾年間，又藉由顛覆與反抗推擠出過去幾十年難以想像的劇烈變動。

「現代性」顛覆與反抗極度發展的結果，一切思維、價值、規範、審美原則全然解體，繼而轉型成利奧塔稱為思想廢墟的「後現代時期」。阿多諾藉由遊戲與天真營造出來的「並置」美學，不得不替代以巴赫金離心與向心、邊緣與中心、大眾與菁英、東方與西方……等各種拉鋸運作的「對話」滲透，狂歡與釋放使得文學藝術與政治意識形態的相互作用與相互影響不斷增強，形成難以控制、無從預測的遊戲風格。

不同時空背景裡的不同學者，分別從各種面向檢視遊戲本質，一種超越規則、典範，趨向更為和諧、歡愉的世界性關注模式，促成一個又一個不同地域、不同文化背景，卻同樣生機蓬勃的文化轉型歷程，甚至連美國數學家約翰．奈許（John Nash，1928－）分析混合利益競爭者間對抗形勢的「遊戲理論」（Game Theory，或譯賽局理論），也被視為一種現代人的遊戲，大量應用於商業策略，稱為奈許平衡。

隨著時代脈絡的迅速更動，我們開始藉由社會環境的外在考察，理解外在環境與內在本質的對話與回應，進入一個截然不同的遊戲思維。

2. 遊戲化社會

每一個重大的時代變異，都具有特殊的社會條件。日本文化人類學者加藤秀俊在《餘暇社會學》中提及，人類跟其他動物產生迥然不同的發展契機，是因為栽培植物的發現，形成農業革命，以致於生產剩餘得使社會中的一部份人從事和生產糧食無直接關係的工作，例如神職、軍人或學者，而形成尊貴、稀少，具有象徵意義的「有閒階級」。經過產業革命過渡到工業社會，滿足人類各種需要的產能增加，工時縮短，休閒不再是階級問題，轉而衍生為大眾問題。物質匱乏時代結束、政治抗爭時代結束，社會大眾掙脫了物質和精神上的剝削壓抑，普遍擁有時間和資源上的大量餘暇，從大眾意識、消費文化到生活模式，全面遊戲化，規格解體，條理化、制度化的社會秩序被注入虛構、誇張，充滿樂趣的遊戲風格，「休閒生活」成為「人類如何生存下去」的哲學思考，呈現出迴異於舊時代的價值和選擇，這就是嶄新的「遊戲化社會」（Leisure society）[26]。

對於「遊戲化社會」的觀察、研究與詮釋，並且找出意義和出口，成為「休閒社會學」（Leisure sociology，或譯「餘暇社會學」）的關注議題。

休閒學者約翰・凱利（John Kelly）表示，遊戲成為休閒的外在行動（《走向自由──休閒社會學新論》，頁 25－33）；詹宏志宣告，「遊戲人」從舊有「工作人」的社會價值中逃離出來（《趨勢報告》，頁 261－266）；平島廉久通過長期市場觀察與精確的行銷調查，在《創、遊、美、人》書裡宣告，消費者對商品的需求，由「便利」變成「享受」。以往只要商品簡便或易於使用即可的消費者，現在進一步要求從消費或使用商品中得到「樂

---

[26] 詳見加藤秀俊著《餘暇社會學》〈餘暇文明史〉，頁 9－40；〈餘暇社會的人生論〉，頁 213－226。

趣」，擁有各種日常生活必需品的消費者，在凝視個人生活時，開始思考「怎樣才能使生活更快樂充實」，按照自己的價值觀與嗜好進行消費行動，由購買物品轉變為購買服務與事件，從購買眼睛看得到的東西轉為從事眼睛看不到的五花八門活動，旅行、運動、上課⋯⋯，「學習」成為一種「消費化」的追求現世喜悅及生存意義的模式（詳見頁 51－57）。

當我們不斷宣稱「感性消費時代」，在不斷重複出現的語言稀釋裡，意義慢慢被消解。簡單地說，消費文化在人們感性的「精神審美」和實際的「物質享樂」中，幾乎是誰都不能脫離地，徹底遊戲化。社會規範解體，新的價值尚未建立，人們只能藉助淺薄娛樂的貪求、粗糙誇飾的享受，以及群眾的喊叫、歡呼、消費收藏穿戴特殊的圖騰證章制服，尋求空冗散漫的集體性巫魅和新興的各種宗教儀式，混合著青春期莽撞和殘忍不仁的品行，這些現代人的遊戲生活，就是懷金格在《遊戲的人》書中指出來的群體習性裡的「幼稚主義」（頁 229）。

人們開始相信、並且接受一種「幼稚的幸福」，消費，成為現代人唯一且必要的日常儀式，把短暫的生活滿足和長遠的人生目標，都在消費的準備與完成中巧妙合流，快感享樂，自我炫示，自戀和自私，成為消費時代裡的集體特質。

人類的生存模式化約成華麗而充滿差異的「遊戲時代」，所有的學習模式和生命累積，除了靠一點好運氣之外，還需要更多的「現世樂趣」，隨機而有效地把「影像資訊」和「時間片段」拼貼起來，這就是我們存活著的「此時此刻」。看起來生存意義已然流失，卻又在不斷的意外與驚奇中裎露出生機盎然的無限可能。日本文化人類學者高田公理在《遊戲化社會》中指出，無論是學習、工作或生活，「只有對自己充滿自信之後，才能體會到自我價值觀及自我的信念，進而對事物產生何妨多方面嘗試的遊戲心理」（頁 69），「遊戲是資訊的生產與消費，可以吸收及淨化滿溢出來的生命力，重新賦予生命意義與秩序」（頁 238－247）。

當我們正視整個時代、整個世界，以及我們生活著的此時此地，台灣，全都身不由己地捲入這場遊戲化社會的文化漩渦裡。我們更需要建立一種後現代的公平遊戲，傾聽，更多的聲音！讓文化重新表現出遊戲本質，相互對話、回應，繼而從容而自信地在一種不必熟練、也不在意任何破壞拆解的思辨過程，自由地嶄現「建構與拆解的活力」（Power）與「創意與樂趣的演現」（Performance），這就是兒童文學的「遊戲性」。

廖炳惠在《關鍵詞 200──文學與批評研究的通用辭彙編》中解釋，「演現」是一種虛構，往往透過被規則化的形式或不斷出現的活動，來建構某種認同（頁 191－192）。本文的遊戲界定，刻意聚焦在偏向戲劇用法的「演現」（Performance），而不是文學專用的「再現」（Representation），除了強調建構與拆解過程中更多人文與虛構的意味之外，其實，也希冀透過遊戲化的多重聲音，嶄露一種「文化展演」的創意與樂趣。

而後，我們將如懷金格所期待的，回歸純真遊戲，在「競爭」與「誇示」中見證遊戲活力，持平評估兒童文學遊戲化的危機與轉機，迎接一場充滿生機活力的「兒童文學內在革命」。

第五節　小　結

時空條件的轉變，對於遊戲的建構與釐清，具有決定性的影響。這種經由人類文化思索建立出來的遊戲理論開展過程，涉及許多歧出的細節，並且每一個偶然的發現都可能指向一個更新、更大的研究範疇，幾乎不太可能說清楚。不過，我們還是藉由遊戲理論建構的總整理（見附錄三，頁 375），儘可能簡化遊戲的多元分化，把討論議題集中在曾經對「遊戲」概念的建構與移轉，提出創造性的精彩論述加以簡介、說明。

從古典到現代的遊戲理論討論，讓我們掌握遊戲理論的本質與發展。康德視遊戲為藝術起源，席勒繼而闡釋發揚，經過尼采的放縱與激情，柏格森的創造活力，西方的「遊戲」觀點一直擺盪在理性實證與非理性直覺間，隨著時空移動，人們的「遊戲」視野也從動物學角度的生物本能，轉為心理意識、認知發展與文化社會的檢查與比較。佛洛伊德認為遊戲是無意識欲望和情感的暴露；皮亞傑以遊戲練習分析認知發展模式，維高斯基從象徵遊戲說明文化傳遞與社會關聯，布魯納和薩頓-史密斯藉遊戲提高社會適應能力；福祿貝爾把遊戲具體轉換為學習關鍵；高爾基視遊戲為認識世界的途徑；華文觀點因為一直具有「群體重於個人」的文化常模，賦予「遊戲」更為積極的社會意義。

從現代到後現代的遊戲理論討論，讓我們真正理解兒童文學遊戲性的核心意義與價值，衍生出攸關人類文化生活的相關思考。懷金格強調「人類文化源於遊戲」；維根斯坦的「家族相似性」；阿多諾關於「形象自身」的遊戲化；傅科的「權力遊戲」，德希達的「延異」，利奧塔的「公正遊戲」；巴赫金的「對話與狂歡」……，層層相扣，趨近兒童文學遊戲性討論的核心，並且尋找出更多的可能性。

最後，確認兒童文學的遊戲性（Playfulness），是一種「建構與拆解的活力」，同時也是「創意與樂趣的演現」。這是截至目前為止，最慢被察覺的兒童文學特性之一，卻在後現代的時代節奏裡，越來越顯出重要性。

下一章，我們將奠基於「遊戲性」的理解與關注，具體地，檢視世界兒童文學的發展。

第肆章

從遊戲性檢視世界兒童文學建構

我們把「遊戲性」定位為一種特殊視角，切入世界兒童文學建構版圖，並不是為了檢驗哪些作家、哪些文本、哪些文學類型，甚至是哪個國家、哪一個地區的文學特色，具有什麼樣的遊戲風格，或者是確立一些標準，做為判定某些創作、文本、閱讀與時代環境，究竟「有趣」或「不有趣」、「遊戲」或「不遊戲」的證據。

「遊戲性」檢視最重大的意義是，從古典的唯一標準，到現代的對立與拉鋸，以至於後現代的並置與歡愉中，標示出兒童文學在「建構與拆解」、「創意與樂趣」的演現過程，顯露出一種充滿特殊性的文化動力。

本文依循時間順序，藉由兒童文學指標事件的表格[1]整理，

---

[1] 本章所有兒童文學指標事件表格整理，因應全文脈絡，循序散佈在各章節中，依地區、依國別分別探討，全部完整的〈世界兒童文學參考指標〉年表簡編，參見附錄四。表格的製作，參考《大英百科》;《大美百科》；方衛平著《法國兒童文學導論》；丹妮斯．埃斯卡皮著《歐洲青少年文學暨兒童文學》；朱自強著《中國兒童文學與現代化進程》；宋麗玲著《西班牙兒童文學導讀》；吳其南著《德國兒童文學縱橫》；金燕玉著《美國兒童文學初探》；約翰．洛威．湯森著《英語兒童文學史綱》；孫建江著《意大利兒童文學概述》；宮川健郎著《日本現代兒童文學》；韋

拉高視野，從歐洲遊走到美洲又回到東方，試圖在時空交錯中，以接近「實驗室模型」的簡要模式作為理解途徑，綜觀各國兒童文學的總體表現。不過，置身於繁蕪龐雜的文學演變中，表格與詮釋只能局部呈現「建構與拆解」、「創意與樂趣」的演化過程，絕無縱橫世界兒童文學史的可能。

本章分成四節，第一節「從歐洲開始」，探討中世紀的歌謠、故事和圖畫，揭露兒童文學的醞釀與萌芽；第二節「兒童文學的創意建構」從英國與北歐兩種不同的文化模式，揭示兒童文學充滿創造力的異質風景；第三節「兒童文學的活力開展」，並置表現十九世紀到戰前各個不同國家的歧異風貌；第四節「兒童文學的多元演現」，從多元開放的離心運作與文化對話，突浮在戰爭與東西方文化撞擊下，從歐州、北美、俄羅斯、日本到多元並置的文化版圖更迭，最後又推翻原來預設的「歐洲中心論」，重新認識長期被忽略的東方文明，使得這一整章世界兒童文學發展的檢視過程，同時成了一場「建構與拆解」的文化遊戲。

第一節　從歐洲開始

一、中世紀[2]的歌謠

我們在兒童與兒童文學的有機建構相關討論中，述及兒童文

葦著《俄羅斯兒童文學論譚》；湯銳著《北歐兒童文學述略》；葉詠琍著《西洋兒童文學史》；張錫昌、朱自強主編《日本兒童文學面面觀》；張美妮著《英國兒童文學概略》；蕭錦綿、周慧菁編《發現台灣》整編完成。

2 中世紀資料，參考《大英百科》；《大美百科》第 19 冊，「Middle Ages」詞條，頁 37－44 整編改寫。

學起源於歐洲，對於世界兒童文學的起源探討，自然也得從歐洲文明的注視與關注開始。

歐洲文明源於熱衷民主與教育的希臘；到了羅馬時期，兒童接受保護、照顧，以及諸多知識上的禁忌，看起來確已蘊生兒童文學萌芽的機會，不過，西羅馬帝國覆滅（476）後，歐洲威權中心崩頹，入侵部族相繼創建王國，盎格魯-撒克遜人進駐英倫；斯堪的那維亞人向名方擴張；統治西歐的法蘭克王國一分為三（843，西法蘭克即今法國、東法蘭克歸德國、法蘭克米底亞即今義大利），邊緣離心的多元力量，呈現出不間斷的拆解與建構。

來自日耳曼與斯堪的那維亞的部落模式，結合基督教傳統與古希臘羅馬文明遺產，構成中世紀文明，貴族成為中世紀社會最重要的集團。貴族領主在領地內享有司法、行政和財政權，土地層層分封，畫分為公爵、侯爵、伯爵、子爵、男爵等；騎士是大貴族的扈從，構成小貴族；大貴族包括許多神職人員，教會也形成等級，主教區和許多修道院被授予大量土地；教育被貴族與教會獨佔，歐洲回到「歌謠吟唱」這種人際溝通上最自然的型式。

封建領主城堡林立，圍城戰爭頻繁，農奴生活窘困，階級秩序失衡，經濟災難造成大批乞丐和流浪者，常有難民逃入森林或加入強盜隊伍（如英國羅賓漢）；教會以羅馬教宗居首，形成中央集權的教會體制；另一方面，經濟的專門化促進交換供需，大型的定期集市發展為城市，商會產生，領導城市自治奮鬥；國家機構從早期王室逐步演變發展成永久性官僚機構；受「部落定期集會」的習慣、中世紀「附庸給予領主忠告」的義務，以及國王必須「擴大行政管理和徵稅需要」影響，議會漸次成熟；隨著貨幣經濟興起，許多實物收入轉為貨幣，賦稅產生，君主制在經濟與政治雙重運作下日漸穩固。

四種相互重疊、制約的社會結構，成為理解中世紀文化生活的關鍵，「領主制」與「教會」的封建保守，持續和「經濟」與「君主制」的開放進步相互對抗、拉鋸，使中世紀社會陷入不斷撕裂與重整的複雜過程。

掙脫日常時空的英雄傳奇，在連年征戰中成為人們生活的期待與夢想：記錄北歐神話與英雄史詩的《埃達》（*Edda*）和《薩迦》（*Saga*）；盎格魯-撒克遜人的《貝奧武甫》（*Beowulf*）；流傳在九世紀的古高地德語頭韻詩篇《希爾德布蘭特之歌》（*Song of Hildebrand*）；突顯封建忠誠和英雄武勇的古法語史詩《羅蘭之歌》（1100，*The Song of Roland*）；深受兒童歡迎的西班牙傳奇詩《歐利諾斯伯爵之歌》……，這些歌謠傳唱，經歷一個又一個不同時空的潤飾與修改，慢慢定型在文字裡，滋養了文學的想像與樂趣。

十三世紀以後，航海家往返於海洋，拓展出前所未有的視野；各種科技發明推陳出新，水力利用、風磨、採礦、冶煉、製造、紡織……等，持續改善了不分階級的經濟生活；教堂的設計和規模不斷改進，宮廷及富商大興樓房；上流階層的娛樂常是在大廳舉辦各種宴會，鄉村貴族則以打獵和比武取樂；音樂、繪畫和雕刻都顯現從教會世俗化發展的過程，貴族封建的中心統一面臨挑戰，平民生活嶄露出邊緣離心的無限樂趣和活力。

十四世紀時城市間競爭激烈；火藥和工程技術發展到十五世紀，城堡失去作用，輕裝步兵和弓箭手取代騎士，君主制結構凌越教會和領主，印刷術促成教育傳播，表現庶民豐饒和日常的城市文學與市民文學興起，整個歐洲面臨巨大變革，逐步醞釀著石破天驚的文化轉型。直到「文藝復興時期」的人文覺醒，以及文化創造力的豐沛與活躍，終結中世紀社會的封建與對立，被視為西方文明史「中世紀」與「近代」的分界。

二、故事與圖畫確立兒童文學的特殊性

從中世紀末葉到文藝復興，故事情節的樂趣與活力，取代史詩歌謠的崇高與沈靜；東方傳奇形成奇幻魅力；嶄新的詩歌與形式，慢慢在平淡日常中被開拓出來。十二到十四世紀間法國長篇故事詩《狐狸雷納德》逐漸成形並流傳為古典文學瑰寶；十三世紀的義大利《古代故事百篇》（1281－1300）和西班牙盧利歐（Raimundo Lulio）《動物之書》，突顯平民智慧；義大利人文主義先驅薄伽丘《十日談》（1348－1353）受東方故事《一千零一夜》影響，詩人但丁完成《神曲》（1321），佩脫拉克（1351）詩歌為全歐抒情詩提供共同形式與語言；西班牙《路卡諾伯爵》（1335）收錄50則寓言；德語文學聚焦於民間史詩整編，重要的有《尼伯龍根之歌》和《谷蘭德之歌》；十五世紀，圖像的魅力擠進閱讀版圖，英國卡克斯頓（William Caxton）刊印了附生動版畫的成人版《伊索寓言》（1484）。

激情與幻想藉由各種藝術形式奔竄出來，改寫自民間故事的各種奇幻想像，即使並不是專為兒童所寫，仍然成為兒童文學的基礎營養。法國拉伯雷（Francois Rabelais，1494－1553？）改寫自民間故事的《巨人傳》（1532－1564）五卷，充滿童話意味和傳奇色彩；義大利菲倫佐拉（Agnolo Firenzuolo，1493－1543）根據印度《五卷書》改寫為《動物談話的最初表現形式》（1541），斯特拉帕羅拉（Gianfrancesco Straparola，1480－1557）蒐集的民間故事《快樂之夜》（1550），平民智慧取代了莊嚴決絕的英雄抗爭。一如法國比較文學博士埃斯卡皮（Denise

Escarpit）在《歐洲青少年文學暨兒童文學》書中所強調：「所有的通俗故事都有一些共同的特徵，在消遣或報導的故事中，一定帶有神奇的成份，使書中多了一點想像空間。（頁25）」

源於北國原鄉孤寒壯烈的文化重心，慢慢移植到溫暖繁華的歐洲中土。義大利承傳希臘羅馬的古典文明；洋溢日耳曼民族精神的德國改號德意志神聖羅馬帝國（962）；法國成為歐洲文明核心，發展出傳奇文學（romance）與宮廷愛情抒情詩，把通俗的口語傳統和博學、典雅的文學傳統結合在一起。

在建立起大一統的「內陸」文化帝國之前，因為航海技術的進步，人類生命視野忽然眺向「海洋」，歐洲中土不再是文明開展的「唯一價值」。海洋國家與內陸國家的強權遞移與交流，竄擠出各種文化差異的對話與回應。英國、西班牙、荷蘭……，海洋國家興起，甚至橫跨太平洋抵達美國，西洋曆法與科學技術傳入中國，日本因為傳教士入境宣佈鎖國……。藉由以下的表格整理，我們可以清楚看見，強權興衰與文化板塊的更迭嬗變：

西元	政經文化背景
1558	英國伊莉莎白一世（Elizabeth I，1533－1603）即位，帶領英國成為強權；英國莎士比亞（William Shakespeare，1564－1616）引領文學風華。
1588	英國打敗西班牙無敵艦隊，使英國、荷蘭免於被併吞。
1618	歐洲長達三十年的宗教戰爭爆發。
1620	英國新教徒搭乘五月花號越大西洋抵達美國。
1622	耶穌教會教士湯若望到中國。
1628	英國國會通過「權利請願書」，今後國王未經國會同意，不能任意徵稅、逮捕人民。

西元	政經文化背景
1629	西洋曆法開始傳入中國。
1630	日本驅逐傳教士，禁止基督教相關書籍。
1633	德川幕府頒佈鎖國令，驅逐所有外國人，也禁止日本人出國。中國徐光啟逝世，與利瑪竇合譯歐幾里德《幾何原理》。
1634	義大利巴西萊（Giambattista Basile，1575－1632）《故事中的故事》（即《五日談》），1846 年譯成德文；1848 年譯成英文。
1636	義大利伽利略提出「地球繞著太陽轉」學說，因與教會「地球是宇宙中心」說法抵觸而繫獄。日本統一錢幣；天草基督徒與農民聯合反抗政府。
1637	捷克（摩拉維亞）夸美紐斯（Johann Amos Comenius，1592－1670）編寫《世界圖解》，1658 年英譯。中國宋應星《天工開物》，收錄各種生產技術。
1643	法王路易十四（Louis XIV，1638－1715）即位，在位七十二年，提倡「君權神授說」，拓展法國疆界，法國的生活方式、城鎮結構和山河面貌形成多面變化。
1648	三十年戰爭結束，神聖羅馬帝國拆解，連年動亂，迫使皇帝無法壓倒教宗，教宗日益顯赫，但民族意識興起和教會內部分裂，又動搖教宗的統治地位，使得德國分裂成一百個以上的小國家，充滿掙扎、衝突、內在思辨的矛盾。瑞士、荷蘭正式獨立。
1652	英荷爆發長達二十年的戰爭，英國獲勝，取得海上霸權。

十六世紀到十七世紀間，英國及海權國家興起，法國強盛，歐洲中土分裂，宗教和政治糾紛不斷，強權更迭，連年征戰幾乎席捲所有社會動能。身處於這樣的動盪時代，捷克宗教領袖夸美

紐斯積極強調通過教育改革來重建社會，並且編寫第一本看圖識字的教科書《世界圖解》(1637)，體現一種新的洞察力，相信兒童不是縮小的成人，兒童讀物屬於一個特殊級別，圖畫質素的考量匯入兒童讀物的必要組成中，成人在面對兒童「說教」時，注意到兒童對圖畫的需要、對具體形象的需要、對生動趣味的需要。

距離兒童文學萌芽，還有一長段距離。值得慶幸的是，發現兒童喜歡、並且需要「故事」與「圖畫」，這是成人與兒童的閱讀建構第一次有了交會。

「故事」與「圖畫」的發展，確立了兒童文學建構過程中，不可忽視的特殊性。

三、接生兒童文學[3]

十七到十八世紀這百年間的世界文化景觀，正不斷在轉型。歐洲興起民間故事整理與出版的熱潮；法國、英國強盛；俄國、中國和日本，逐步走向科學理性：

西元	政經文化背景
1668	法國貝洛（Charles Perrault，1628－1703）在法蘭西學院誦詩〈路易大帝的世紀〉，引發今古文學之爭，貝洛在推崇新文學同時，把注意力轉往民間文化土壤；拉封登《寓言詩》陸續出版（1668－1694，12卷）。
1678	英國約翰·班揚（John Bunyan，1628－1688）《天路歷程》。

3 兒童文學的緣起，參考《大英百科》；《大美百科》第 17 冊「Literature for Children」詞條，頁 354－363；約翰·洛威·湯森著《英語兒童文學史綱》整理改寫。

西元	政經文化背景
1687	英國牛頓發表「萬有引力」定律，科學視野得以躍昇。
1689	英國發佈「權利法案」，從此邁入以議會為中心的政黨政治。
1693	英國約翰．洛克（John Locke，1632－1704）出版《教育之我見》，把兒童當作待填補的白紙，推薦閱讀《伊索寓言》、《狐狸雷納德》。
1697	法國貝洛民間童話集《鵝媽媽的故事》；杜諾伊夫人（Mme D'Aulnoy，另譯多爾諾瓦夫人）《童話故事集》、《新故事》（1698），〈青鳥〉、〈金髮美人〉流傳至今。
1704	俄國彼得大帝遷都聖彼得堡，開始西化。中國統一度量衡。
1712	日本第一本百科全書問世。
1715	英國瓦特（I. Watts）《兒童聖歌及道德歌》。
1719	英國狄福（Daniel Defoe，1660－1731）《魯賓遜漂流記》，法譯（1720）風靡歐洲。
1724	中國雍正皇帝禁止基督教傳教。
1726	愛爾蘭史威夫特（Jonathan Swift，1667－1745）《格列佛遊記》。
1742	日本幕府完成民刑法法典（1720－1742）。
1744	英國書商約翰．紐伯瑞（John Newbery，1713－1767）出版「美麗小書」（A Little Pretty Pocket-Book），標舉以「娛樂」為目的；古柏（Mary Cooper）《拇指湯姆之歌》。
1748	法國孟德斯鳩出版《法律的精神》，提出立法、司法、行政三權分立理論。
1751	瑞典宮廷教師卡爾．格斯塔夫．泰森（1695－1770）《講給年幼王子聽的有關古代智者每日自省的故事》。
1756	普魯士、英國對抗法國的七年戰爭爆發（1756－1763）。

西元	政經文化背景
1757	法國博蒙夫人童話集《兒童雜誌》出版，收入著名的〈美女與野獸〉。
1759	德國萊辛（Lessing，1729－1781）發表三卷散文寓言，充滿社會批判。
1762	法國思想家盧梭（Jean-Jacques Rousseau，1712－1778）出版《愛彌兒》，視兒童為完美的自然人。
1765	紐伯瑞出版高德史密（Oliver Goldsmith）第一本專為兒童寫的小說故事《好二鞋》。

經歷近一千年的努力，法國建立歐洲最大文化強國，民間童話集的蒐集與創作，以及盧梭《愛彌兒》的現代兒童觀，對「兒童自己專屬的文學」概念，產生重大的覺醒與促成。約翰·洛威·湯森表示，法國一直位於歐洲的文化核心，兒童文學意識萌芽極早，即使是在十七世紀、十八世紀交替，視「理性」與「典範」為圭臬，將荒謬、想像、民間故事與童話都視為輕佻、粗鄙、理性顛覆的啟蒙時代裡，仍有民間故事復興，然則，在英國並未引起強烈的迴響（《英語兒童文學史綱》，頁39）。

英國及其美洲殖民地，因為科學視野躍昇，議會政治進步，物質生活繁榮，兒童與青少年的閱讀版圖侵入成人文學，無論是《天路歷程》對死亡與永劫的詮釋，《魯賓遜漂流記》與《格列佛遊記》刻畫域外世界的奇幻冒險，或者是那些簡陋廉價的單片「角帖書」（hornbook）與輕薄「販冊」（chapbook）所呈現的種種冒險故事，即使文筆拙劣，插圖粗糙，印刷慘不忍睹，卻依然吸引著年輕人，迅速膨脹暢銷。

1740 年代，新興思潮與中產階級興起，兒童和成人的區隔開始以物質的進步做基礎，兒童的閱讀與消費，發展出各自不同的特殊性，兒童文學的萌芽，亦如雨後春筍，等待著機會破土竄長。終於，1744 年，英國出版家紐伯瑞標舉出以「娛樂」為目的，出版「美麗小書」，並且在 1765 年出版高德史密第一本專為兒童寫的小說故事《好二鞋》。

流光走過一百年，夸美紐斯對「兒童讀物屬於一個特殊級別」的深入洞察，直到十八世紀，才真正有意識地運用為兒童閱讀的系統建構。《大英百科》把兒童文學這個自主共和國分成五個「屬國」：

1. 既為兒童所閱讀又影響兒童文學發展的成人讀物。

2. 作者對讀者對象似乎並未明顯地加以考慮，但現已成為兒童文學的經典作品。

3. 圖畫書和淺顯易懂的故事。

4. 優秀的成人讀物改寫本。

5. 各種民間故事和神話故事。

審視這五個兒童文學屬國，除了第三類「圖畫書和淺顯易懂的故事」是在真正的「兒童文學」版圖建立後拓墾出來的「文學新物種」之外，我們可以把其他四類簡單化約成「民間歌謠與故事」和「成人文學的佔有」兩種橫跨在成人與兒童邊緣，兼具「發明」與「豐富」兒童文學內涵的重要意義。一如孫建江在《意大利兒童文學概述》所述，法國的《貝洛童話》、德國的《格林童話》和義大利的《快樂之夜》，直接受到歐洲民間故事影響（頁 12）；法國拉伯雷的《巨人傳》、西班牙《唐・吉訶德》、英國的《魯賓遜漂流記》和《格列佛遊記》，以及義大利喬萬尼奧里《斯巴達克思》等作品，最初並非為兒童創作，但都成為少年讀者十分歡迎的文學讀物（頁20）。

兒童文學，就這樣凝聚了「民間故事滋養」與「成人文學侵佔」兩股鉅大的內在動能，匯入「中產階級興起」的外在機會，以一種天真歡愉的面貌，順利被接生到我們所共有的繽紛世界。

第二節　兒童文學的創意建構

一、充滿創造力的異質風景

英語世界的兒童文學認知，常以出版美麗小書的「1744年」標示兒童文學起點，美國從 1922 年起，也藉著頒發紐伯瑞少年小說獎（John Newbery Medal）來表示對紐伯瑞的緬懷與讚頌。紐伯瑞能夠跳開成人對兒童的要求與框架，第一個承認兒童讀物的必要條件是「娛樂」，當然是一件了不起的里程碑，英國，也一直被視為兒童文學的原鄉。不過，我們必須確認的是，兒童文學本質，是一種充滿創造力的自由建構，容許各種各樣的嘗試，接受兒童文學發展模式的多元可能，才能在異於英語世界的兒童文學花園裡，享有情致殊異的文化風景：

西元	十八世紀，兒童文學的最初建構
1766	瑞典第一份兒童報紙《兒童教育與娛樂週報》創刊。
1769	英國瓦特（James Watt）改良蒸氣引擎，機器取代人力，形成「產業革命」。
1775	德國拉斯佩（Raspe，1737－1794）旅英，以英語整編德國故事集《閔希豪生男爵的冒險》。

西元	十八世紀，兒童文學的最初建構
1776	美國獨立。蘇格蘭政治經濟學家亞當斯密發表「國富論」，這是第一本「自由放任主義」經濟學。
1780	瑞士教育改革者裴斯塔洛齊（Pestalozzi，1746－1827）《一位隱士的夜晚時刻》，縱述「順乎自然」的教育理論；《我對人類發展中自然進程的探討》（1797）。
1781	英國紐伯瑞出版《鵝媽媽歌謠．搖籃詩》，這是鵝媽媽第一次和古典歌謠聯繫起來。
1782	法國第一份兒童月刊《兒童之友》創刊。
1783	美國獨立戰爭（1775－1783）結束，英美簽署「巴黎條約」。
1785	瑞典第一份純兒童文學雜誌《瑞典少年週報》創刊。法國集17－18 世紀世界童話大成的《仙女寶庫》陸續出版（1785－1789，共 41 卷）。
1786	德國詩人畢爾格（G. A. Burger，1747－1794）把拉斯佩的英語《閔希豪生男爵的冒險》翻譯還原回德文，並增補篇幅。
1788	英國通過法令規定掃煙囪童工必須年滿 8 歲。南斯拉夫奧伯拉多維契（D.Obradovie）《寓言》。
1789	巴士底獄淪陷，法國大革命，發表人權宣言，開啟歐洲資本主義新時代；革命後，瑞士裴斯塔洛齊為戰後孤兒創設世界最早的幼兒園。為了抵制物質異化，英國浪漫派詩人威廉．布萊克（William Blake，1757－1827）提倡回歸自然與人性，創作《天真之歌》、《經驗之歌》（1794）。
1793	英使至中國要求乾隆通商被拒。
1797	德國耶拿浪漫派領袖蒂克（Tieck，1773－1853）《民間童話集》，收錄〈藍鬍子〉、〈穿皮靴的貓〉和〈金髮的艾克貝爾特〉。
1798	英國金納發明牛痘接種法。

在進入十九世紀之前，我們可以發現，幾個在兒童文學發展史上值得注意的訊息：

1. 英國瓦特改良蒸氣引擎，形成「產業革命」，保護童工，牛痘接種，講究「自由放任主義」經濟，兒童文學的興起與發展，其實是文明成熟中水到渠成的進化。這些政治、經濟、社會、文化上的長足進步，一方面促成物質主義異化了自然與人性，另一方面，吸引文人雅士旅居英國，同時成為海外殖民的強權基礎，不過，英國的強勢殖民帶來許多問題，中國通商被拒，北美十三個英國殖民地不滿英國貿易法規和新稅規定，展開長達八年的獨立戰爭（1775－1783），脫離英國獨立，邁向一個多元融合的新國家。

2. 即使北歐在政治上算不上殖民強權，文化上的《埃達》與《薩迦》，幾乎成為歐洲中土英雄傳說的共同源頭，所以，人文基礎豐厚。瑞典創辦世界第一份兒童報紙《兒童教育與娛樂週報》（1766），繼而又創辦第一份純兒童文學雜誌《瑞典少年週報》（1785），這種先驅式的兒童文學系統建構，有別於我們從「英語兒童文學是世界兒童文學的共同起源」的初步假設延伸而來的兒童文學緣起與發展的普遍認知。

3. 從英國和瑞典的二元對立出發，我們可以察覺，談到兒童文學發展模式，還有法國、德國、南斯拉夫……，各自發展出不同特色。法國大革命後，「人權宣言」引發歐洲一連串民族獨立與資本主義的新時代，兒童文學的理論與實踐，越來越走向並置、多元，相互對話回應的文化發展。

接下來，我們先對照思考「英國的文明高度」與「北歐的文化厚度」兩種不同的文化模式，做為兒童文學建構的初步理解，然後在下一小節，再延伸深入，探討並置而多元的歐美兒童文學發展。

二、英國[4]的文明高度

1. 在傳說與文明邊緣

英國兒童文學的發展，具體展現兒童文學的有機建構。多民族頻繁進出，創造不列顛的歷史，克爾特後裔的民間傳承，孕養出各種各樣富有正義感的妖精，極具幽默感的惡魔，以及巨人、火龍、戰士、女巫、幽靈、吸血鬼……，洋溢著怪誕幻想的英雄歌謠與民間傳說。隨著經濟、科學的進步，中產階級興起，思想啟蒙、浪漫主義與婦女解放，英國的兒童文學在進入十九世紀後，大跨步累積出多面成果。

從兒歌、民謠、民間故事開始，繼而把奇偉瑰麗的成人作品據為己有，從約翰·班揚的《天路歷程》、狄福的《魯濱遜漂流記》、斯威夫特《格利佛遊記》……，一直到十八世紀創造出真正屬於兒童的文學作品。泰勒姊妹的兒童詩集與歌謠，蘭姆姊弟精緻的莎士比亞故事改寫，格林童話、愛爾蘭神話傳說、瑞士羅賓遜和極具東方神祕色彩的《一千零一夜》……，不同的文學營養不斷匯入，經營出兒童文學的黃金世紀：

西元	英國兒童文學發展
1804	姊妹詩人安·泰勒（1782－1866）和簡·泰勒（1783－1824）《幼兒啟蒙詩集》、《童謠集》（1806）、《幼兒贊歌集》（1810）。

[4] 英國兒童文學發展，根據《大英百科》；約翰·洛威·湯森著《英語兒童文學史綱》；葉詠琍著《西洋兒童文學史》；張美妮著《英國兒童文學概略》；森田吉米著《英國妖精與傳說之旅》整理改寫。

西元	英國兒童文學發展
1807	半島戰爭爆發（1807－1812），西班牙、英國、義大利對抗法國、波蘭。瑪麗．蘭姆（1764－1847）和查爾斯．蘭姆（1775－1834）姊弟改寫《莎士比亞故事集》。
1812	英美戰爭爆發（1812－1815）。
1814	史帝文生改良蒸汽火車頭，開啟交通革命。
1816	英國採取金本位制，倫敦成為世界金融中心。
1812	瑞士民俗學者維斯（J. R. Wyss，1782－1830）續寫整編父親原稿《瑞士家庭羅賓遜》（海角一樂園，1812－1827），1814年英譯。
1818	瑪麗．雪萊（Mary Shelley，1797－1851）《科學怪人》。
1823	埃德加．泰勒英譯《格林童話》（1823－1829）。
1825	古董商 T.C.克羅克（1798－1854）整編《愛爾蘭南部地區神話與傳說》（1825—1828）。
1827	史考特（Walter Scott，1771－1832）為兒童創作《祖父的故事》，其他成人歷史作品深受兒童喜愛。
1837	維多利亞女王（Victoria，1819－1901）即位，開啟維多利亞時期的繁華（1837－1901）。
1838	E.W. 藍恩（Lane）改寫《一千零一夜》。
1840	中英鴉片戰爭爆發。
1841	約翰．魯斯金（John Ruskin，1819－1900）完成《金河王》，十年後出版。
1842	中英簽訂「南京條約」，中國割讓香港，開放五口通商。
1843	狄更斯（Charles Dickens，1812－1870）系列聖誕故事《聖誕頌歌》、《鐘聲》、《爐邊蟋蟀》（1843－1845）、自傳體小說《塊肉餘生記》（1849－1850），控訴 19 世紀英國兒童所遭受的虐待和剝削。

西元	英國兒童文學發展
1845	英國到中國上海設租界。
1846	愛德華・里爾（Edward Lear，1812－1888）《胡言集》、《胡言詩集》（1861）；瑪莉・霍特英譯《安徒生童話》。
1851	英法間鋪設世界最早的海底電纜。
1855	薩克萊（William Makepeace Thackeray，1811－1863）《玫瑰與指環》。
1860	英法聯軍到中國，訂「北京條約」，中國割讓九龍與英，設總理各國事務衙門。
1863	金斯萊（Charles Kingsley，1819 －1875）《水孩兒》。
1865	路易・卡洛爾（Lewis Carroll，1832－1898）《愛麗思夢遊仙境》、《鏡中世界以及愛麗絲的發現》（1871）。
1871	喬治・麥克唐納（George McDonald，1824－1905）《北風的背後》、《公主與妖精》（1872）、《公主和柯迪》（1873）。
1876	英國商人在中國建淞滬鐵路，旋被拆毀。
1883	史蒂文生（Stevenson，1850－1894）《金銀島》、詩集《一個孩子的詩園》（1885）；畫家凱特・葛林那威（Kate Greenaway，1846－1901）《凱特・格林那威年鑑》（1883－1897，1896 暫停一年）。
1885	賴德・赫加（Rider Haggard，1856－1925）《所羅門王的寶藏》。
1888	王爾德（Oscar Wilde，1854－1900）《快樂王子》、《石榴之家》（1891）。
1889	安德魯・蘭格（Andrew Lang，1844－1912）出版《藍色童話》等「世界童話全集」共 12 冊（1889－1891）。
1891	柯南・道爾（Conan Doyle，1859－1930）開始連載福爾摩斯探案。

西元	英國兒童文學發展
1894	吉卜林（Rudyard Kipling，1865－1936）《叢林奇談》、《叢林奇談續篇》（1895）、校園故事《史多基》（1899）、《原來如此的故事》（1902）。
1895	威爾斯（H. G.Wells，1866－1946）《時間機器》。

2. 在成人與兒童邊緣

英國的卓越創作者，在文學主流上拓墾著兒童文學的領地。一方面促成兒童文學從成人文學中分化、獨立、成長成熟；另一方面又不肯侷限於「兒童文學應該是什麼樣子」的框限，反而在兒童與成人邊緣，不斷開拓出新的可能。

詩人威廉・布萊克和華茲華斯（William Wordsworth，1770－1850）的抒情歌謠，為兒童鋪陳出心靈寧靜的樂園；蘇格蘭史學家史考特，埋首在詩歌、歷史、戲劇、童話和傳奇中，不但對其他歐洲小說家與美國小說家影響深遠，也建立起昔日蘇格蘭高地的社會風貌與忠烈情感，被推崇為「歷史小說創始者」；被譽為維多利亞時代最偉大的小說家狄更斯，透過《塊肉餘生記》、《孤雛淚》和《雙城記》，吐露洞察社會弊端的眼界、同情與才智，舉世聞名的《聖誕頌歌》（1843）創造出一系列具有連貫性的聖誕小說，開啟一種新的文學體裁。

距離紐伯瑞「為兒童的娛樂」（1744）出書約一百年後，1846 年，充滿深情與幻想的安徒生童話英譯；愛德華・里爾也以一種沒有意義的歡愉音節，為兒童寫詼諧詩，親自畫插畫，出版過三本鳥獸畫冊、七冊帶插圖的旅行記事。有一種混合原始傳說與物質文明的豐厚想像正在醞釀，英國的文化環境已然準備好超越與顛覆。出版多卷《現代畫家》（1843－1860）的藝評家約翰・魯斯金，在完成充滿愛與理想的幻想文學名著《金河王》十年後正式付梓；創作《浮華世界》的小說家薩克萊為孩子寫《玫瑰與指環》；擁護達爾文學說的牧師金斯萊，是基督教社會主義運動的創始人之一，以社會小說的熾熱筆調表達對窮人的同情，即使是說教的兒童讀物《水孩兒》，也飽含著美麗的情感與想像。

文化成熟到一定程度，自然會生成一種從容的自信和自由。牛津數學教授卡羅爾，就在整個時代的文學想像蘊積飽滿時，為小朋友寫故事集《愛麗絲夢遊仙境》（1865）和《鏡中世界以及愛麗絲的發現》（1871），把邏輯思考融入無邊涯的奇幻變動，藉由「純粹的娛樂性」，讓兒童文學更靠近兒童，天真的機智、無厘頭的歡愉，以及無從框限的想像……，促使幽默與自由成為英國精神的一部份，也成為世界兒童文學的一部份。

延伸卡羅爾的「愛麗絲精神」，牧師麥克唐納從《北風的背後》開啟奇幻航行；蘇格蘭小說家史蒂文生在《金銀島》裡塑造出強韌與勇氣的典範；律師赫加深具浪漫色彩的非洲冒險經歷《所羅門王的寶藏》；以喜劇傑作「不可兒戲」揭露維多利亞時代偽善態度的愛爾蘭才子王爾德，藉藝術童話《快樂王子》和《石榴之家》抒寫浪漫主義的寄寓；蘇格蘭學者蘭格為兒童編寫數量驚人的童話故事，翻譯自世界各地以顏色為題的十二部童話書，超越地域與語言；描寫印度異質風情的吉卜林，以兒童文學作品《吉姆》（1901）獲 1907 年的諾貝爾文學獎。

前仆後繼的文學巨人，站在兒童與成人邊緣，拔高了兒童文學的視野。小讀者們也不斷打破成人與兒童的界限，佔據了浪漫派小說家瑪麗・雪萊創造的科學怪人、柯南道爾塑造的名偵探福爾摩斯，並且在以《時間機器》開創嶄新科幻小說領域的威爾斯作品中，認識到二十世紀技術世界的危險與希望。

3. 在離心與向心邊緣

在內斯比特之前的童話作家，不是像水孩兒般描寫幻想世界中的虛擬人物，要不就像愛麗絲般將真實兒童置入幻想世界，內斯比特第一個把超現實現象放在平凡兒童的日常生活裡，巧妙地把過去和現在聯結起來，形成「日常幻術」(Everyday Magic)。如果說，十九世紀的黃金世紀，標示了兒童文學一段璀璨的里程；內斯比特的奇幻喜劇、波特的兔子彼得、巴利的彼得·潘和葛拉罕悠閒的柳林風聲，就在世紀交替間，成為英國兒童文學最後一抹豔色：

西元	二十世紀英國兒童文學發展
1899	內斯比特（E. Nesbit，1858－1924）《尋寶奇謀》，而後的系列創作，從《淘氣鬼行善記》(1901)到《埃登之屋》(1908)，深受小讀者喜愛。
1900	波特（Beatrix Potter，1866－1943）《兔子彼得》。
1904	巴利（J. M. Barrie 1860－1937）發表童話劇《彼得·潘》。
1908	葛拉罕（Kenneth Grahame，1859－1932）《柳林中的風聲》。
1914	第一次世界大戰（1914－1918）。
1925	英國首度出現電視，開啟嶄新的電視世紀。
1926	米爾恩（A. A. Milne，1882－1956）《小熊維尼》、《維尼角落之屋》(1928)。
1932	哈維·達頓（Harvey Darton）書評《英國的童書》，成為維多利亞時期權威評論。
1934	澳州出生移居英國的帕梅拉·林登·特拉弗斯（1906－）《瑪麗·包萍》。

西元	二十世紀英國兒童文學發展
1937	作家托爾金（Tolkien，1892－1973）《哈比人》、《魔戒》三部曲（1954-1955）。
1943	英國經濟學家凱因斯提倡國際貨幣，促進自由貿易。中美英發表「開羅宣言」。
1945	美軍在廣島、長崎投下原子彈，第二次世界大戰結束（1939－1945）。聯合國成立。
1950	路易斯（C. S. Lewis，1898－1963）《納尼亞王國奇遇記》系列，共七部（1950－1956）。
1952	瑪莉・諾頓（Mary Norton，1903－）《小矮人》系列，共五部（1952－1982）。
1954	鮑士登（L M. Bowston，1892－1990）《綠諾伊》系列，共七部（1892－1976）。
1955	英國格林納威圖畫書獎成立。
1958	菲莉帕・皮亞斯（Philippa Pearce，1920－）《湯姆的午夜花園》。
1960	愛倫・加納（Alan Garner）《卜萊辛戈曼的怪石》、《甘拉茲之月》（1963）、《艾里得》（1965）、《貓頭鷹恩仇錄》（1967）、《紅色轉移》（1973）。
1961	羅德・達爾（Roald Dahl，1916－1990）《仙桃歷險記》、《查理和巧克力工廠》（1964）、《魔指》（1966）、《神奇狐狸》（1970）、《世界冠軍丹尼》（1975）、《吹夢巨人》（1982）、《女巫》（1983）、《瑪迪達》（1988）。
1968	泰德・休斯（Ted Hughes）《鐵巨人》。
1995	菲力普・普曼（Philip Pullman，1946－）《黑暗元素》三部曲（1995/1997/2000）。

西元	二十世紀英國兒童文學發展
1997	羅琳（J. K. Rowling，1967－）《哈利波特》系列，預計七部。

隨著兩次世界大戰的消耗，大英帝國拆解，各殖民地相繼脫離大英聯邦，經濟重創，長期處於世界領先地位的英國兒童文學，國際地位下降，文化影響力驟降。

神話學與中世紀北歐傳統文學研究權威托爾金，以哲學家的思慮構築世界和人類歷史，逼近觀注帶來全面性毀滅的世界大戰，虛構出童話典範《哈比人》，完成恢弘的哲學童話史詩《魔戒》三部曲。生命意義的掙扎與確定，滲進玄異想像，遊戲的樂趣負載著文學的深沈重疊雙生，表現在時空並置的奇幻王國裡，從路易斯的納尼亞王國，瑪莉．諾頓的小矮人……，一路發展到普曼的萊拉和羅琳的哈利波特。一如菲力普．普曼所見：「成人總想要保護孩子，盡可能預先為他們篩選訊息，當成人書所討論的議題越來越膚淺時，童書反倒應當介入處理孩子們該知道的嚴肅議題。」[5]

英國陷身在急劇變動的政治、社會、經濟、文化漩渦裡，藉由長期醞養的遊戲精神，內在動能沒有消餒，反而創造出一個生機無限的轉型期文化。舊的向心價值鬆脫，新的離心能量澎湃發展，兒童文學的想像與樂趣，仍舊是活潑自由地伸出觸角，無邊涯伸長。

---

[5] 詳見「奇幻魔術城」網頁 http://www.sinobooks.com.tw/feature/pullman/talk/talkpullman.htm ，張淑瓊著〈全英國最危險的作家：菲力普．普曼〉。

三、北歐[6]的文化厚度

1. 北歐的人文貢獻

和英國物質文明高度發展、殖民強權極度擴張的「大一統」模式截然不同的北歐，由於史料缺乏，不易追蹤國家獨立沿革，只在敘事詩隱約浮現歷史片段。

瑞典、丹麥與挪威從遠古到維京時代（793－1066）一直共有歷史，而後組成卡爾馬聯合時代（Kalmar Union，1397－1523），成為強權國家。挪威先被丹麥統治（1397－1814），後又從屬於瑞典（1814－1905）；冰島被丹麥控制（1380－1944）；芬蘭先被瑞典統治（1172－1809），轉屬於俄羅斯（1809－1917）。這些充滿衝突與掙扎的歷史背景，以及荒寒艱難的地理條件，促使北歐國家展現深沈的人文關懷，重視社會福利，實行免費教育，強調文化特色。

人文薈萃的丹麥，對世界文明具有驚人貢獻：

名　字	成　就
巴托林，Thomas Bartholin，1616－1680	描述人類淋巴系統
斯蒂諾，Nicolaus Steno，1638－1686	建立地質科學
羅默，Ole Romer，1644－1710	測出光速
小巴托林，Jr. C. T. Bartholin，1655－1738	發現舌下腺大管及前庭大腺體

6 北歐資料參考《大英百科》；湯銳著《北歐兒童文學述略》；遠景版《諾貝爾文學獎全集》整理改寫。

名字	成就
托瓦爾森，Bertel Thorvaldsen，1770-1844	新古典主義風格雕刻家
奧斯特，Hans Christian Orsted，1777-1851	發現電磁現象
格倫特維，N.F.S. Grundtvig，1783－1872	發起神學運動，提倡人權教育先驅
拉斯克，Rasmus Rask，1787－1832	創立比較哲學
安徒生，Hans C. Andersen，1805－1875	童話巨匠
齊克果，Soren Kierkegaard，1813－1855	創立存在主義哲學
芬森，Niels Finsen，1860－1904	醫學用紫外線，獲諾貝爾生理學或醫學獎（1903）
尼爾森，Carl Nielsen，1865－1931	古典音樂
菲比格，Johanes Fibiger，1867－1928	惡性腫瘤研究，獲諾貝爾生理學或醫學獎（1926）
波爾辛，Valdemar Poulsen，1869－1942	發明無線電波裝置
尼爾斯．玻爾，Niels Bohr，1885－1962	研究原子結構和輻射，獲諾貝爾物理學獎（1922）
達姆，Carl Peter Henrik Dam，1895－1976	發現維生素 K，獲諾貝爾生理學或醫學獎（1943）
烏特松，Jorn Utzon，1918－	舉世知名的雪梨歌劇院設計建築家
奧耶．玻爾，Aage Bohr，1922－	解釋核融合理論，獲諾貝爾物理學獎（1975）

瑞典在世界各國中率先成立國家公園（1910），講究環保，守護歐洲最後一片荒野；學術團體促進藝術及科學事業，柏格曼的電影震撼全球，皇家科學院執行發明家諾貝爾（Alfred Nobel，1833－1896）設立的諾貝爾獎。挪威 1814 年才脫離丹麥，文學興盛時間很遲，根植卻極深厚，民族詩人韋格朗（Henrik Wergeland，1808－1845）熱情的革命性詩篇和演說，醞釀成挪威「國家浪漫文學」時代，劇作家易卜生（Henrik Ibsen，1828－1906）在極端寫實的中產階級背景下，用簡練的戲劇行動發展精闢透徹的對話和嚴密深遂的思想，為歐洲戲劇舞台引入一種新的道德分析體制。冰島政府優厚補貼各博物館，雷克雅未克國家劇院每年贊助劇作家，豐富蓬勃的織造、銀器、木雕，以及薩迦的文學重塑……。芬蘭對世界文化的貢獻，具有獨特的個性和重要意義，薩翁林納（Savonlinna）每年舉辦的歌劇節尤其聞名遐邇。

五個北歐國家，各自展現出雄渾豐沛的創造力。表現在人文領域上，諾貝爾文學獎，成為一種鮮明耀目的指標，尤其是深遂動人的小說成果：

國籍	諾貝爾文學獎得獎作家	獲獎年	獲獎小說作品
瑞典	塞爾瑪·拉格洛芙（Selma Lager lof，1858-1940）	1909	《騎鵝旅行記》
丹麥	吉勒魯普（Karl A. Gjellerup，1857－1919）	1917	《明娜》
丹麥	彭托皮丹（Henrik Pontoppidan，1857－1943）	1917	《樂土》
挪威	哈姆生（Knut Hamsun，1859－1952）	1920	《大地的成長》

國籍	諾貝爾文學獎得獎作家	獲獎年	獲獎小說作品
挪威	溫塞特（Sigrid Undset，1882－1928）	1928	《克里斯汀・拉夫朗的女兒》
芬蘭	西倫佩（F..E. illanpaa，1888－1964）	1939	《聖者的悲哀》
丹麥	傑生（Johannes V. Jensen，1873－1950）	1944	《漫長的旅行》
冰島	拉克斯內斯（Halldor Laxness，1902－1998）	1955	《獨立的人們》

2. 北歐的兒童文學

我們必須從外在環境的總體檢視，認識北歐文化豐厚的人文基礎，才能理解北歐兒童文學和這些特異的歷史背景、地理條件、物質文明、人文精神和煙遠的英雄神話、歌謠傳奇……間的深刻聯結。循著時間順序，我們整理出北歐兒童文學的發展歷程：

西元	北歐政經文化背景
1808	丹麥教育家格龍維甚《神話》，記錄荒古原人的奇文異事。
1809	芬蘭脫離瑞典統治，和俄羅斯締結合約，要求在俄羅斯統治下獲得更多自治。
1814	挪威脫離聯盟長達 434 年之久的丹麥，起草憲法，得到瑞典承認，與瑞典聯盟。
1830	丹麥克里斯欽・溫莎《飛向美國》。
1834	瑞典民俗學者阿道爾夫・伊沃・阿維森（1791－1858）《瑞典早期民謠》（1834－1842）。

西元	北歐政經文化背景
1835	丹麥安徒生童話集《講給孩子們聽的故事集》，而後在1843、1847、1852 分別出版《童話集》2－4 集；《新童話和歷史》（1858－1872）。芬蘭語言學者埃利阿斯·蘭羅特（Elias Lonnrot）根據古芬蘭民謠、抒情詩歌、口頭傳說咒語，彙編成中世紀民族史詩《卡勒瓦拉》（Kalevala），「卡勒瓦拉」是詩中主要人物的居住地，也是詩中用以稱呼芬蘭的名稱，意為「英雄國」。
1837	挪威作家阿斯邊森和大主教莫爾合編《挪威民間童話集》（1837－1844）。
1844	瑞典甘納·沃爾夫·海爾頓—卡夫柳斯和英國語言學家喬治·史蒂芬合編《瑞典民間童話故事與傳說》（1844－1849），後來由教育家弗雷德特夫·堡格（1851－1916）改寫，於1899/1903 出版兩卷兒童版。丹麥倫比（J.Th.Lundbye）《兒童寓言》。
1846	芬蘭兒童文學之父托佩柳斯（Zacharias Topelius，1818－1898）童話集《兒童讀物》（1846－1896，共 8 卷）、《芬蘭民間故事集》（1865）、歷史故事《國王的指環和外科醫生的故事》（1853－1867）。瑪莉·霍特英譯《安徒生童話》。
1870	瑞典愛米麗·南儂（1812－1905）翻譯《愛麗思夢遊奇境》（英國，1865），深刻影響瑞典作品裡的兒童幻想。
1871	瑞典詩人維克多·里德堡取材北歐神話《小毛鴨歷險記》。
1884	丹麥斯凡德·格蘭威整編《丹麥民間故事集》。
1886	瑞典民俗學家約翰·諾德蘭德（1853－1934）《瑞典兒童歌謠》。
1897	瑞典海倫娜·尼布倫（1843－1926）《強盜的傳說》；安娜·瓦倫堡（1858－1933）《小不點兒童話》。

西元	北歐政經文化背景
1899	瑞典系列《兒童圖書館故事集》開始出版。
1900	瑞典評論家愛倫·凱（Ellen Key，1894－1926）《兒童的世紀》。
1905	挪威解除與瑞典 91 年的聯盟。
1906	瑞典塞爾瑪·拉格洛芙（Selma Lagerlof，1858－1940）《騎鵝旅行記》2 卷（1906—1907，另譯《尼爾斯·豪爾耶松歷險記》）、《騎鵝旅行記續集》（1911）。
1907	瑞典勞拉·菲丁霍芙（Laura Fitinghoff，1848－1908）《冰雪荒原的孩子》。
1911	瑞典第一家兒童圖書館在斯德哥爾摩建立。
1913	冰島喬恩·斯文森（J'on Sveinsson，1857－1944）《諾尼——一個年輕冰島人的經歷》。
1917	芬蘭獨立。
1918	第一次世界大戰（1914－1918）。冰島成為丹麥管轄的主權國家，僅外交由丹麥控制。
1939	第二次世界大戰（1939－1945）。
1943	挪威托比揚·埃格納（Thorbj'o'rn Egner）《瓦果的舊屋》、《勞蘭的舊屋》（1945），以《樅樹林歷險記》（1953）、《豆蔻鎮的居民和強盜》（1955）兩本書，二度獲頒國家教育獎。
1944	冰島獨立為共和國，與丹麥斷絕一切憲法關係。
1945	瑞典阿斯特麗德·林格倫（Astrid Lindgren，1907－2003）《長襪子皮皮》、《超級偵探布魯姆克維斯特》（1946）、《小飛人卡爾松》（1949）、《朗內貝加的埃米爾》（1963）、《獅心兄弟》（1973）。芬蘭托芙·揚松（Tove Jansson，1914－）《侏儒姆米和大洪水》、《侏儒姆米的彗星》（1946）、《魔法師的帽子》（1948）。

西元	北歐政經文化背景
1949	丹麥設「文化大臣獎」，發展兒童文化事業。丹麥埃貢・馬蒂生《藍眼睛的小妹妹》。
1950	瑞典林格倫獲霍爾耶松（Nils Holgersson）名譽獎章。
1952	芬蘭揚松獲斯德哥爾摩的最佳兒童讀物獎。
1953	芬蘭揚松獲塞爾瑪・拉格洛芙（Selma Lagerlof）獎章。
1954	挪威阿爾夫・普爹申（Aif Pr'o'yson，1914－1970）《會數十個數的小山羊》、《變成茶匙的老太太》（1957）。
1958	瑞典設立「艾爾薩・貝斯柯（Elsa Beskow，1874－1953）金匾獎」，和美國「凱迪克獎」（1937）、英國「格林納威獎」（1955）並稱世界三大兒童圖畫書獎。 瑞典林格倫獲安徒生獎；貢奈爾・林德（Gunnel Linde，1924－）《無形的大棒和雞窩船》、《煙囪小巷》（1959）、《白石頭》（1964）、《媽媽爸爸故事》（1976）；漢斯-埃里克・海爾堡（Hans-Eric Hellberg，1927－）《詹當了一回爸爸》、《瑪麗亞的爺爺》（1969）、《瑪麗亞和馬丁》（1970）、《我是瑪麗亞》（1971）。
1961	瑞典瑪麗亞・格萊普（Maria Gripe，1923－）《約瑟芬》、《玻璃匠的孩子們》（1964）、《鐘聲裡的故事》（1965）。
1966	芬蘭揚松獲第一屆國際安徒生美術獎。
1967	丹麥賽茜・伯德凱爾（Ceci Bdker，1927－）《西拉斯和黑馬》獲第一屆丹麥文學院獎，又獲 1971 年德國兒童讀物獎，西拉斯故事系列共 6 部（1967－1983）。
1971	林格倫獲瑞典文學院大獎。
1974	瑞典格萊普連續五部約瑟芬的故事，獲安徒生獎。
1975	挪威托莫德・豪根（Jormod Haugen，1945－）《黑鳥》、《黑鳥續篇》（1979）。

3. 從崇高到遊戲

無論是成人文學或兒童文學，北歐國家的每一個創作者，全都深受神話傳說與民間故事的影響。不斷整理、改寫，重新注入生命的兒童故事、民間傳說、寓言、史詩、寓言、童謠……，以及繞逐在荒原、魔咒、英雄、強盜、戰爭、歷險的無邊想像，一點一滴，強化了北歐兒童文學的特殊性。芬蘭兒童文學之父托佩利烏斯，為兒童輯錄芬蘭的民間傳說和神話，歷史小說《國王的指環和外科醫生的故事》（1853－1867） 傳奇化十七世紀到十八世紀間瑞典與芬蘭的歷史敘述；丹麥安徒生的童話故事，更是世界文學史上不可取代的里程碑。

《愛麗思夢遊仙境》的譯文進入北歐後，深刻影響瑞典作品裡的兒童幻想。在英雄抗爭的崇高蒼涼之外，衍生出一種拔高到壯闊視野，繼而睥睨一切的遊戲能量，開始以「建構與拆解的動力」促成不同的嘗試。

慣於取材英雄傳奇的瑞典小說家拉格洛芙，應「瑞典小學教師協會課本委員會」委託，編寫介紹瑞典地理歷史的教育讀物時，迥異於北歐傳統中違抗宿命走向死亡的崇高英雄，創造出一個純粹只是頑皮的小男孩尼爾斯，抓住起飛的雄鵝尾巴橫跨瑞典，結合詳實資料與奇幻想像，鮮活地形象化各地的自然景物和動物生活，把行政部門的需要化為藝術經典，扣緊「教育」與「文學」的雙重質素，成為世界共有的兒童文學經典。

遊戲內涵開始在北歐醞釀深化。瑞典最具影響力的兒童文學作家林格倫，以《長襪子皮皮》（1945）一舉成名，刻畫古怪的小姑娘皮皮獨自同小馬和猩猩住在一起，既富有，又壯碩，完全擺脫日常生活約束，體現每個孩子對自由和力量的幻想。在林格倫的世界裡，充滿無拘無束的自然寵兒，背景是世紀交替前後林德格倫的家鄉，情節幽默，接近日常生活現實，沒有任何說教的傾向，只是活力無窮地演現無止無盡的創意與樂趣。芬蘭文學插畫家揚松，在作品中塑造了奇異而自成一格的「侏儒姆米」（Moomin），人物極具個性，複雜的奇幻世界中透出微妙幽默，席捲北歐和中歐，深受歡迎。

遊戲活力，融匯成北歐文學動人的資產。曾經在六、七〇年代間表現出對越戰厭惡、對第三世界貧窮的關心，以及對社會、政治、資本主義不滿與抗議的北歐文學，到了八〇年代，回到充滿神話傳說的奇幻國度裡，重估遊戲幻想，展現出對文學技巧更多的試驗，以及對現代社會問題更富哲學性的探討。

第三節　兒童文學的活力開展[7]

一、民間故事，意義的奮鬥

神話學家坎伯（Joseph Campbell）在《神話》裡說：「自古傳遞下來一點一滴的訊息，和幾千年來支撐人類生活、建構人類歷史、提供宗教內容的主題有關，和人類內心底層的問題、人類內在的奧祕、人類內在歷程的樞紐也有關聯。」（頁 3）；佛洛依德學派心理學家布魯諾·貝特漢（Bruno Bettelheim）認為，古

7 這一節，集中討論十九世紀到兩次世界大戰間的歐洲中土以及英語世界兒童文學發展。文字資料參考《大英百科》；方衛平著《法國兒童文學導論》；丹妮斯·埃斯卡皮著《歐洲青少年文學暨兒童文學》；宋麗玲著《西班牙兒童文學導讀》；吳其南著《德國兒童文學縱橫》；金燕玉著《美國兒童文學初探》；約翰·洛威·湯森著《英語兒童文學史綱》；孫建江著《意大利兒童文學概述》；張美妮著《英國兒童文學概略》整理。

典童話兼容美德和惡行，允許人性中的各種試煉與懷疑，讓孩子們通過對於故事角色的認同與關切，尋求生命和諧，在混亂中找到秩序，在潛意識裡不知不覺地經歷過內在灰暗世界，藉由童話人物，整合人格裡的多元矛盾，學會在現實社會中快樂地生活下去[8]。

貝特漢相信，童話閱讀是一場「尋求生命意義的奮鬥」（The Struggle for Meaning）。同樣地，十九世紀，當英、法、北歐等國已然成為殖民強權，同時期的德國、美國、瑞士、西班牙……等不同國家，專注在民間故事的收集與整理，常常也是一個民族在成長與成熟過程中，不可避免的「意義的奮鬥」：

西元	兒童文學建構初期發展
1804	拿破崙登基法皇，完成《拿破崙法典》。
1805	德國浪漫主義第二階段海德堡浪漫派，著重德國民間文學和歷史整理，創辦人布倫坦諾（Brentano，1778－1842）與阿爾尼姆（Arnim，1781－1831）合編民歌集《少年魔角》（1805－1808），對 19 世紀德國詩歌產生極有力影響。
1809	俄羅斯克雷洛夫第一本寓言詩集，1825 年譯為法文。
1812	德國語言學家雅科布．格林（Jacob Grimm，1785－1863）和威廉．格林（Wilhelm Grimm，1786－1859）將民間口頭流傳的 200 個故事編為《兒童與家庭童話集》（1812－1822），習慣稱為「格林童話」，繼而又編選《德國傳說集》與《德國英雄傳說》、《德國神話》（1830），影響深遠。

[8] 詳見 Bruno Bettelheim , “Charpter1: A Pocketful of Magic” ,*The Uses of Enchantment : The Meaning and Importance of Fairy Tales* , pp.23－83，本文根據 1－11 節整理。

西元	兒童文學建構初期發展
1814	半島戰爭（1807－1814），西班牙、英國、義大利對抗法國、波蘭，拿破崙滑鐵盧慘敗，遜位放逐。德國藝術童話作家霍夫曼（Hoffmann，1776－1822）《金罐——一篇新時代的童話》、《魔鬼的萬靈藥》（1815）、《謝拉皮翁兄弟》（1819－1821）、《公貓摩爾的人生觀，附樂隊指揮約翰・克賴斯勒的傳記片斷》（1820－1822）。
1815	英美戰爭（1812－1815）結束。瑞士取得國際公認永久中立國。
1816	德國福祿貝爾（Friedrich Froebel，1782－1852）在圖林根開辦幼稚園；發表《人的教育》（1826）。
1812	瑞士民俗學者維斯（J. R. Wyss，1782－1830）續寫整編父親原稿《瑞士家庭羅賓遜》（海角一樂園，1812－1827）。
1818	西班牙歐拉斯沃（Horacio Quiroga，1878－1937）《森林的故事》。
1819	美國華盛頓・歐文（Washington Irving，1783－1859）發表《見聞札記》中著名的〈睡谷傳奇〉和〈李伯大夢〉。德國沙米索（Chamisso，1781－1838）《彼得・施萊米爾的奇妙故事》。
1823	德國貝希施泰因《圖林根民間童話》、《德國童話》（1825）、《新童話》（1856）。
1826	德國豪夫（Hauff，1802－1827）《童話故事集》。美國第一本兒童雜誌《少年雜誌》創刊。
1830	法國七月革命。
1832	美國傳教士在廣州創刊英文報「Chinese Repository」，時稱「澳門月報」。

西元	兒童文學建構初期發展
1837	美國思想家愛默生（Emerson，1803－1882）向哈佛知識界發表演說「論美國學者」，宣告美國文學已脫離英國文學而獨立，被視為「美國精神上的獨立宣言」。
1838	美國詩人朗費羅（Henry Wadsworth Longfellow，1807－1882）《人生頌》，被喻為美國良心的悸動。德國布倫坦諾《哥克爾和亨克爾的童話》。
1842	瑞士戈特赫爾夫（Gotthelf，1797－1854）《黑蜘蛛》。

取得國際承認的永久中立國瑞士，發展出自己的文化特色。俄羅斯高道德標準的寓言詩傳入法國。被大英百科譽為「美國文壇第一人」的華盛頓．歐文在〈李伯大夢〉中改寫德國民間故事，藉著小人物視角，從山中巧遇古荷蘭人，回家後旅店招牌上熟悉的英國國王畫像替換成華盛頓將軍，詼諧怪誕地呈現美國建國史，那種因應時代動盪仍然堅持著的質樸、樂觀和隨遇而安，成為美國傳統價值的一部份；愛默生的演說宣告美國文學脫離英國文學而獨立；朗費羅的《人生頌》，建立起美國公民的普世價值。

佈滿分裂諸侯與黝暗黑森林的德國，前有格林兄弟、後有貝希施泰因，藉由童話的蒐集、整理及再創作，凝聚民族共識，表現共同理想、願望和基本價值。布倫坦諾與阿爾尼姆合編的民歌集《少年魔角》，洋溢庶民精神；沙米索以類似《浮士德》的架構，用賣影子給魔鬼的彼得．施萊米爾來隱喻沒有祖國的政治遭遇；二十五歲即夭折的天才詩人豪夫，善於在童話裡把別人和自己的故事題材糅為一體；多才多藝的音樂家霍夫曼，不但為自己創作的故事畫插畫，還擷取做為歌劇的創作靈感，題材千變萬化，從異想天開的神話到驚悚陰森、超越自然的恐怖小說，在英國、美國和法國都深受歡迎，被譽為最先讓德國文學走出國界的創作者。

藉由充滿民族色彩的詩歌、寓言、童話和民間故事，集體形塑德國人文精神，一直處在分裂狀態的德國社會，慢慢具足統一的條件。

二、封建沒落與民族統一

從義大利、法國開始，繼而擴展到整個歐洲的「1948 革命」，促成封建政治沒落，分裂小國走向統一（僅俄國、西班牙和斯堪的那維亞幾個國家除外）。民族統一帶來國家生產力的提昇，資本主義迅速擴展；經濟的突飛猛進，一方面促成自由平等的思想，馬克思和恩格斯共同發表「共產主義宣言」、美國南北戰爭解放黑奴……，另一方面，加深了國際間的衝突矛盾。

當德奧崛起時，提供原料與市場的殖民據點早被英法等國分割佔據。戰爭隨著世界市場擴張，俄羅斯、日本、中國紛紛捲入歐洲戰事，最後演變成以英法為主的「協約國」和以德奧為首的「同盟國」兩個軍事集團，整個歐陸因為經濟擴張轉而在軍事上強勢對抗。距離普魯士統一德國（1871）僅僅 43 年後，隨即發動第一次世界大戰：

西元	從「1948 革命」到大戰前夕
1848	歐洲「1948 革命」。德國社會主義哲學家馬克思、恩格斯發表「共產主義宣言」。
1850	美國作家霍桑（Nathaniel Hawthorne，1804－1864）《紅字》、《奇妙書》改寫希臘傳奇故事（1852）、《迷林故事》（1853）。

西元	從「1948 革命」到大戰前夕
1851	英法間鋪設世界最早的海底電纜。
1852	美國史托夫人（Stowe，1811－1896）《湯姆叔叔的小屋》。加拿大第一本重要童書：凱瑟琳・帕爾・雀兒（Catharine Parr Trill）《加拿大魯賓遜》。
1853	克里米亞戰爭（1853－1856），俄羅斯對抗英、法、土耳其。美國脅迫日本開港通商。
1855	瑞士德語作家凱勒（Gottfried Keller，1819－1890）長篇自傳體小說《綠衣亨利》。
1860	義大利王國成立。法國賽居爾夫人長篇童話《驢子的回憶》；保爾・謬塞中篇童話《風先生和雨太太》。英法聯軍到中國，訂「北京條約」，中國割讓九龍與英，賠款，設總理各國事務衙門。
1861	美國南北戰爭（1861－1865）。
1863	美國總統林肯發表解放黑奴宣言。法國科幻作家凡爾納（Jules Verne，1828－1905） 在 15 次退稿後被出版家埃特塞勒（Jules Hetzel）發現，出版《氣球上的五星期》，繼而以系列小說「奇異的航行」，描繪神奇又嚴謹的科學幻想奇蹟，有《海底兩萬里》（1869）、《環遊地球八十天》（1873）等 63 部小說，18 篇中短篇故事。
1864	國際紅十字會成立。埃特塞勒創辦 19 世紀法國最重要的兒童刊物《教育與娛樂雜誌》（1864－1906），被譽為「真正的兒童百科全書」。
1866	普奧戰爭，普魯士戰勝奧地利。
1868	美國露意莎・梅・阿爾科特（Louisa May Alcott，1832－1888）《小婦人》。

西元	從「1948 革命」到大戰前夕
1870	普法戰爭，普魯士戰勝法國。義大利統一，君主立憲，資本主義迅速發展。
1871	普魯士完成德國統一。
1873	法國喬治桑（George Sand，1804－1876）童話集《老祖母的故事》；都德（Alphonse Daudet，1840－1897）《月曜日的故事》，收錄有名的〈最後一課〉。
1874	義大利喬萬尼奧里（Raffaello Giovagnoli，1838－1915）《斯巴達克思》，強烈的英雄主義和曲折情節，吸引少兒讀者。泰國朱拉薩功推行現代化。
1876	美國聽覺學家貝爾（Bell，1847－1922）發明電話。美國作家馬克吐溫（Mark Twain，1835－1910）《湯姆歷險記》、《密西西比河上》（1883）、《哈克歷險記》（1884）。
1877	美國愛迪生（Edison，1847－1931）發明留聲機、發明電燈（1878）。
1878	法國埃克托・馬洛《苦兒流浪記》。
1879	法國昆蟲學家法布爾（Jean Henri Fabre，182－1915）《昆蟲記》（1979－1901，十卷）。
1880	瑞士施皮里（Johanna Spyri，1829－1901）《海蒂》。
1882	法國阿納托爾・法朗士中篇童話《蜜蜂公主》。德國普萊爾《兒童心理》。
1883	中法戰爭爆發。美國插畫小說家派爾（Pyle，1853－1911）《羅賓漢奇遇記》、《銀手奧托》（1888）。義大利科洛迪（C.Collodi，1826－1890）《木偶奇遇記》。
1885	中法停戰，中國承認法國對越南的保護權。

西元	從「1948 革命」到大戰前夕
1886	義大利亞米契斯（Edmondo De Amicis，1846－1908）《愛的教育》。美國布內特（Frances Hodgson Burnett，1849－1924）《小公子》、《小公主》（1905）、《祕密花園》（1910）。
1887	葡萄牙正式吞併澳門。
1891	德國劇作家魏德金德（Wedekind，1864－1918）《青春覺醒》。
1894	德國霍普特曼（Hauptmann，1862－1946，獲 1912 諾貝爾文學獎）《漢尼爾升天》。
1898	法國物理學家居禮夫婦發現鐳元素。
1899	十八世紀末、十九世紀初，發現義大利文藝復興巨匠達文西（Da Vinci，1452－1519）110 篇寓言整編為《達文西寓言集》和《幻想動物》。美國哲學教育家杜威（John Dewey，1859－1952）《學校與社會》；《孩子與課程》（1902）、《經驗與自然》（1925）。
1900	美國鮑姆（L. Frank Baum，1856－1919）《綠野仙蹤》，開創神奇童話與擬人童話的新紀元；傑克倫敦（Jack London，1876－1916）《荒野之狼》、《野性的呼喚》（1903）、《白牙》（1906）。
1901	義和團引發八國聯軍入侵中國（1899－1901），簽訂「辛丑條約」，中國鉅額賠款。
1904	德國赫塞（Hermann Hesse，1877－1962，獲 1946 年諾貝爾文學獎）《鄉愁》、《車輪下》（1906）、《徬徨少年時》（1919）、《流浪者之歌》（1922）。
1908	加拿大作家蒙哥馬利（Lucy Maud Montgomery，1874－1942）《清秀佳人》。

西元	從「1948 革命」到大戰前夕
1909	義大利教育家蒙特梭利（Maria Montessori，1870－1952）《蒙特梭利科學教學法》、《蒙特梭利高級教學法》（1917）、《兒童時期的奧祕》（1936）、《新世界教育》（1946）、《開發人的潛力》（1948）、《有吸引力的心》（1949）。
1913	連接大西洋和太平洋的巴拿馬運河鑿通。福特汽車開創裝配線生產法。印度詩人泰戈爾獲諾貝爾文學獎。

根據法國斯塔爾夫人的文論[9]，把整個西歐文學劃分為南方文學與北方文學。南方文學從荷馬史詩開始，包括希臘、羅馬、義大利、西班牙、法國文學，崇尚古典，情調歡快，充滿民族和時代精神；北方文學包括英國、德國、北歐作品，由蘇格蘭行吟詩人、冰島神話和斯堪的納維亞詩歌開始，感情強烈，富於哲理，崇尚想像，氣質陰鬱。

因為科學發現與物質文明的長足進展，加上不斷透過戰爭重整的強權版圖，加速促成文化與文學動能的建構與拆解，不同的民族文學，以及歐洲文化興替與英語世界的崛起，讓具有多元面貌的兒童文學，在頻繁的互動中開始對話交流。

三、歐洲的興替

1. 法國的實證理性

受到南方文學古典制約的法國，雖有豐富深厚的民間童話藝術，卻因為笛卡兒的理性實證哲學，以及十九世紀科學理論與實際上鉅大發展的影響，兒童文學隨之「重教化、輕趣味；重現

---

[9] 斯塔爾夫人《論文學》（1800）、《論德意志》（1810），詳見方衛平著《法國兒童文學導論》，頁 114－115。

實，輕幻想」，準確、精微，成為文學標準，昆蟲學家法布爾精彩的《昆蟲記》，是其中典型的實證理性成果。

與英國威爾斯同被尊為「科幻小說之父」的凡爾納，並不像威爾斯那樣抽象刻畫人性極限與機械異化的悲劇抗爭，反而詳實描繪嚴謹的科學幻想，預言人類未來生活的諸多可能，這種融合具體寫實與神奇想像的特異專注，終於在十五次退稿後被出版家埃特塞勒發現，完成「奇異的航行」小說系列，描繪神奇又嚴謹的科學幻想奇蹟，有《海底兩萬里》、《環遊地球八十天》等 63 部小說，18 篇中短篇故事；別具慧眼的埃特塞勒，還創辦十九世紀法國最重要的兒童刊物《教育與娛樂雜誌》，被譽為「真正的兒童百科全書」。

方衛平在《法國兒童文學導論》中指出，相對於俄羅斯文學中沈鬱的熱情、韌性的力量和遼闊舒緩的韻致；相對於德國文學中豐富的想像力和永恆執著的追求，相對於美國文學中新大陸的開拓者那種明快大膽、一往直前的創業精神，法國文學的獨特魅力在於文藝復興以來貫穿文學主流的理性批判精神，延伸到兒童文學，便在一定程度加速了理性說教傾向的形成（頁 102）。

2. 義大利的教育理想

義大利文學匯集「民間文學」、「宗教文學」和「城市文學」的多元面向，具有強烈的教育理想。十八世紀末、十九世紀初，文藝復興巨匠達文西的 110 篇寓言重新出土，整編為《達文西寓言集》和《幻想動物》，表現出強烈的人文精神和哲理意味。

喬萬尼奧里《斯巴達克思》所透露的強烈英雄主義和曲折情節；科洛迪《木偶奇遇記》和亞米契斯《愛的教育》這兩座義大利兒童文學的里程碑；甚至是教育家蒙特梭利提倡的主動精神與自我管理……。義大利的人文努力，最明顯的傾向是，致力於道德教育，表現無可替代的絕對性，教導人們面對人性上的陷溺與尊榮，相信「愛」是克服一切困難障阻的力量，全力以赴地爭取個人、民族、國家的獨立和統一。

3. 德國的兒童觀照

德國文學一向擔負著激勵人心、整合共識的重要意義。開創現代荒誕戲劇的魏德金德，使用插曲式場面、斷續式對話、歪曲式漫畫手法，形成寫實主義到表現主義之間的過渡，常以「性的自然力量」做表現主題向社會庸俗對抗，《青春覺醒》成為青少年們的共同話題；霍普特曼以寫實社會劇「日出之前」結束華而不實的戲劇傳統，劇作《織工》和《沈鐘》獲諾貝爾文學獎（1912），描寫受苦小女孩臨終夢想的《漢尼爾升天》，深受兒童喜愛；詩人赫塞透過《鄉愁》、《車輪下》、《生命之歌》、《徬徨少年時》、《流浪者之歌》，勾勒自我實現的渴望和深具東方神祕色彩的流浪與追尋，獲諾貝爾獎的《玻璃珠遊戲》（1946），仍然在探討「人的雙重性」這永恆議題。

德國兒童文學奠基在成人主流文學基礎上，循著三段式拓展歷程，表現出豐厚的人文反省與充滿象徵的文學精緻：

（1）洋溢民族色彩的民間故事和歌謠。
（2）以歷史為背景，描繪人性原始力量與時代共同命運。
（3）以青少年為描繪對象，刻畫集體擺脫文明框架，尋找精神實質的掙扎與努力。

吳其南在《德國兒童文學縱橫》中特別提出：「德國一流大作家都關心兒童生活、關心文學中的兒童題材。他們將少年兒童生活作為社會生活不可分割的一部份予以觀照和思考，或以兒童生活為切入點，去關照和剖析社會。這些作品不一定都適合孩子閱讀，但卻常常加深人們對兒童生活的理解，引導人們對兒童文學作新的開拓，也表明兒童題材確能寫出大作品、好作品。」（頁100）

4. 英語世界的崛起

十九世紀的美國兒童文學，從霍桑改寫希臘傳奇《奇妙書》、《迷林故事》和史托夫人《湯姆叔叔的小屋》對種族差異的觀察與省思開始，與通俗文學形成極大聯繫，滿足兒童享受文學的快樂，擴大兒童的知識領域，擺脫對英國的依賴，發展出自己的特色。

南北戰爭後，無論在政治或文化上，都以一種自強、勇敢、獨立的「新現實主義」價值觀在促成繁榮與飛躍，兒童文學的一連串經典完成，一次又一次拓寬了兒童文學的類型分化。露意莎・梅・阿爾科特的家庭少女小說；馬克吐溫的冒險少年小說；派爾《羅賓漢奇遇記》、《銀手奧托》的歷史小說；傑克倫敦的動物小說；布內特的強化情感深度的文學性；鮑姆開創神奇童話與擬人童話的新紀元。

隨著美國兒童文學的成長、成熟，英語世界崛起。雀兒的《加拿大魯賓遜》從模仿與學習出發，成為加拿大第一本重要童書；到了蒙哥馬利的《清秀佳人》，已然展現出加拿大特有的地質、風情、人文價值。

四、戰爭改變了兒童文學版圖

夾在兩次世界大戰間的歐洲，飽受煎熬考驗，政治動盪，經濟蕭條，生活的意義與價值重新面臨檢驗。幻想與溫暖，成為人們最後所能擁有的「真摯的慰藉」。美國杜立德醫生和澳洲魔法布丁的幻想故事；蓬勃發展的圖畫書；從西班牙的小灰驢與賽莉亞、奧地利的小鹿斑比、法國的小王子，一直到美國的兒童小說靈犬萊西……，文學裡的相互依靠與成全，成為戰火中確實可以觸及的生命幸福：

西元	兩次世界大戰之間
1914	第一次世界大戰爆發。西班牙詩人希梅內斯（Juan Ramon Jimenez，1881－1958，獲 1956 年諾貝爾文學獎）《小灰驢與我》。
1915	愛因斯坦發表「相對論」，推翻牛頓的引力觀念。
1916	美國蔻內莉雅．麥格（Cornelia Meigs）《西蒙先生的花園》，新文學的先鋒。
1918	第一次世界大戰結束。澳洲第一部著名幻想作品：諾曼．林季（Norman Lindsay，1879－1969）《魔法布丁》。
1920	美國休．羅夫汀（Hugh Lofting，1886－1947）系列《杜立德醫生的故事》開始出版，直到 1948 年死後出版的《杜立德醫生和神祕湖》。德國法拉達（1893－1947）《少年格德海爾》。
1921	世界第一條高速公路在德國通車。
1922	美國希利爾（V. M. Hillyer）的《世界兒童史》；圖書館協會第一屆紐伯瑞文學獎頒給羅夫汀的《杜立德醫生航海記》。
1923	奧地利札爾滕（Felix Salten，1869－1945）《小鹿斑比》。
1926	瑞士兒童心理學家皮亞傑（Jean Piaget，1896－1980）《兒童的語言和思維》、《兒童智能的起源》（1952）。
1928	美國汪達．加格（1893－1946）《一百萬隻貓》，開創圖畫書第一個里程碑。
1929	美國紐約股市暴跌，世界經濟恐慌開始。德國諷刺作家凱斯特納（Erich Kastner，1899－1974，獲 1961 年國際安徒生獎）《埃米爾捕盜記》、《小圓點和安東》（1930）、《5 月 35 日》（1931）、《飛翔的教室》（1933）、《動物會議》（1949）、《小人》、《兩個小路特》（1963）。

西元	兩次世界大戰之間
1930	西班牙艾蓮娜・傅爾敦（Elena Fortun，1886－1952）《賽莉亞說》故事系列，其中，《賽莉亞小母親》（1939）深受歡迎。
1932	法國出現電視；1936 年起，定時撥送電視節目；保羅・亞哲爾（Paul Hazard）兒童文學理論《書・兒童・成人》。
1933	美羅斯福總統實施新經濟政策。德國開始希特勒政權。
1934	美國傑佛瑞・崔斯（Geoffrey Trease）《正義之弓》開創新風格歷史小說。法國設立少年文學獎；馬塞爾・埃梅《捉貓貓遊戲童話集》；喬治・西默農系列偵探小說《麥格雷》。
1936	美國娜亞・史崔費德（Noel Sreatfeild，1895－1986）《芭蕾舞鞋》開創專業小說；穆洛・李夫（Munro Leaf）《斐迪南的故事》。
1937	美國創設圖畫書凱迪克獎。
1938	美國小說家約翰・史坦貝克（John Steinbeck，1902－1968，1962 獲諾貝爾文學獎）青少年小說〈紅馬駒〉收於《長長的峽谷》；休斯博士（1904－）《500 頂帽子》；勞玲絲（Rawlings）《鹿苑長春》。德國法拉達《穆爾克萊國的故事》。
1939	第二次世界大戰爆發。凱迪克獎第一次出現多元文化刺激《美麗的新年》（Mei Li）。
1940	美國愛瑞克・奈特（Eric Knight）《靈犬萊西》。
1941	美國圖畫書作家羅勃・麥克羅斯基《讓路給小鴨子》、《奇異時光》（1958）獲凱迪克獎。
1942	美國成功控制原子分裂連鎖反應，人類從此進入原子能、原子彈時代。

西元	兩次世界大戰之間
1943	法國聖・埃克蘇佩利（？－1944）《小王子》在美國出版。美國圖畫書作家維吉妮亞・李・伯頓（1909－1968）《小房子》獲凱迪克獎。
1945	美軍在廣島、長崎投下原子彈，德、日投降，第二次世界大戰結束。聯合國成立。凱迪克獎第一次出現非故事類《一個小女孩的晚禱詞》（Prayer for a Child）。

戰爭改變了兒童文學版圖。遠離戰場的美國，在政治、經濟、文化上，都比歐洲更富蓬勃生氣，迥異於過去充滿未知與不確定的冒險小說，發展出「歐洲移民」、「獨立戰爭」和「前進西部」這些建構家國的歷史與時代故事；汪達・加格的《一百萬隻貓》，開創圖畫書第一個里程碑；反應時代價值的凱迪克圖畫書獎，深刻記錄著圖畫書的多元素材與主題，包括第二次世界大戰爆發時正視多元文化的《美麗的新年》、從鄉村發展為城市的微型史詩《小房子》，以及第二次世界大戰結束後的第一個非故事圖畫書《一個小女孩的晚禱詞》。

德國法拉達通過擬人化的童話世界，折射現實，凝視兩次大戰中的小人物成為法西斯政權的基礎，害人，也被害；凱斯特納批判資本主義社會的道德墮落，在機智幽默的喜劇色彩背後，反映深沈的社會問題，透過兒童視角與兒童生活裡的頑皮、自由與活力，積極地面對生活、熱愛生活。

在飄搖破碎中，不同國度不同特性的兒童文學，經過重重努力，還是以無限的深情和勇氣，共同面對「拆解與重建」的神聖課題。

第四節　兒童文學的多元演現

一、戰後的拆解與重建

戰後相繼創立的聯合國兒童基金會、國際兒童節、國際兒童少年圖書協會（IBBY），各種國際性或以國家、年齡、文學類別區分設立的兒童文學獎項；以及專業的兒童文學導讀、評論與研究……，促成相接湧現的兒童文學作家與作品，無論在取材或表現手法上，越來越顯出氣象萬千。

藉由舉證與表列，探究兒童文學的建構與拆解，在多元、並置的後現代發展過程中，已然是不可能的任務，尤其是多元活躍的美國文學，作家作品的舉證分析，必須另外求諸專人專著。下列表格所收錄的作品和戰後各國蓬勃的創作與出版相較，在比例上顯得很單薄，只能舉出具有特殊代表性者，提出大致發展方向：

西元	戰後的省思與發展
1946	聯合國兒童基金會創立。美國作家 E.B.懷特（E.B.White，1899－1985）《小老鼠斯圖亞特》、《夏綠蒂的網》（1952）、《啞巴天鵝的故事》（1970）。
1947	荷籍猶太少女安妮．弗蘭克（Anne Frank）《安妮的日記》。
1948	義大利設立「科洛迪兒童文學獎」。
1949	德國分裂為東、西德。國際兒童節創立。
1950	美國科幻大師艾西莫夫（Isaac Asimov，1920－1992）《蒼穹一粟》、《我，機器人》；《基地》、《基地與帝國》、《第二基地》三部曲（1951-1953），描述未來宇宙帝國崩潰，獲雨果

西元	戰後的省思與發展
	科幻小說獎；《迎接 200 週年的男人》(1976) 獲雨果獎和星雲獎。法國勒內．吉約《象王子薩馬》獲少年文學獎。
1951	國際兒童少年圖書協會（IBBY）籌備會議在聯邦德國召開。美國小說家塞林格《麥田捕手》，觸及禁忌與陰暗，開啟「新現實小說」新頁。義大利羅大里（Gianni Rodari，1920－1980，獲 1970 年安徒生文學獎）《洋蔥頭歷險記》標示義大利當代兒童文學走向繁榮、《假話國歷險記》(1959)、《藍箭號列車歷險記》(1964)。
1952	IBBY 在瑞士蘇黎士正式成立。
1953	加拿大李利安．史密斯（Lillian H. Smith）《歡欣歲月》。法國設立「幼兒文學獎」；貝阿特麗絲．貝克童話集《給幸運兒講的故事》。西班牙荷西．瑪利亞．桑傑斯．希爾瓦（獲 1968 年安徒生獎）《馬賽黎諾麵包與酒》(中譯《耶穌，你餓了嗎？》)。
1954	IBBY 以「安徒生」為名設立國際兒童文學獎。法國作家勒內．戈西尼與畫家讓．雅克．尚貝合作系列《小尼古拉和他的夥伴們》。
1955	東德劇作家愛爾文．斯特里馬特《丁柯》。
1956	美國多蒂．史密斯（Dodie Smith）《一〇一忠狗》。義大利卡爾維諾（Italo Calvino，1923－1985）整編《義大利童話》，獲義大利「巴古塔文學獎」。法國亨利．博斯《孩子與河流》。德國奧德利特．普雷斯列（1923－）《小水妖》。
1957	法國莫里斯．德呂翁中篇童話《綠手指》；皮埃爾．加馬拉長篇小說《羽蛇的故事》。德國普雷斯列《小魔女》。
1958	法國設立由孩子們評選的「最喜愛的書獎」。

戰後美國兒童文學與英國相比，顯得更大膽、更多元、更富實驗性。在家庭學校小說中表現人類價值；在歷史小說中表現平等、自由和理想；在 E. B.White 創造出來的現實與幻想雙重結構的當代童話和多蒂·史密斯的《一〇一忠狗》中，表現出兒童遊戲的天真與活力；結合法國凡爾納科技預言與英國威爾斯人性寓言的艾西莫夫科幻，以及塞林格開啟「新現實小說」新頁的《麥田捕手》，觸及禁忌與陰暗，拔高青少年的閱讀視野。

卡爾維諾整編《義大利童話》；羅大里從《洋蔥頭歷險記》開始，經由系列童話，以及晚年論著《幻想的法則──虛構故事技法略談》，在創新與幻想中，揭示社會的虛偽、貪婪、不平等，充滿反戰、反種族歧視的現代意識，理解並尊重個性，強調讀者參與，加強遊戲互動，拓展閱讀空間，展現思想性與趣味性的高度統一。兩個人都在教育理想中注入遊戲趣味，標示義大利當代兒童文學走向繁榮。

隨著戰後復甦，法國兒童文學發展出系統的兒童文化建設工程。分齡設獎；設立由孩子們自己評選的「最喜愛書獎」；圖畫故事書大量出現；戲劇演出活躍；童話與小說在題材、主題、風格上不斷拓展，受到理性批判的傳統制約，作品裡的哲理暗示仍然十分深沈，《綠手指》成為環保經典。

西班牙、猶太、東西德，甚至是遠離西方中心的俄羅斯、日本……，隨著不同國家不同種族不同文化模式的內在風格自由展現，兒童文學中的大量情感、訊息與判斷，相互滲透、回應，即使身處同一國家同一種族同一文化模式，也因為不同的接收與修改，發展出多元面貌。

二、負載生命深沈的俄羅斯文學[10]

俄羅斯在荒寒艱難的生存條件焠鍊下，表現出激情、陰鬱、富有哲理與想像的北方文學情調。文學淵源溯自十二世紀魯斯塔維里（Shota Rustaveli）的喬治亞史詩《虎皮武士》（*The Knight in the Tiger's Skin*）和以基輔為背景的《伊戈爾遠征記》（*The Lay of Prince Igor*），隨著普希金（Pushkin）為十九世紀黃金時代揭幕，從果戈里（Nikolay Gogol）喜劇與散文詩的聯結；屠格涅夫（Ivan Turgenev）描寫農奴慘況與知識份子的衝突與掙扎；杜思妥也夫斯（Fyodor Dostoyevsky）在瘋狂與偏執邊緣的生命吶喊；托爾斯泰（Leo Tolstoy）的時代史詩與生命激情；到契訶夫（Anton Chekhov）以悲喜短篇小說和深刻、創新的劇作，追蹤了俄羅斯有土地的上層階級的衰敗……，俄羅斯文學以一種獨特的生命深沈，在國際文化版圖上留下不朽的印記。

經過史達林獨裁統治，社會主義寫實主義成了俄羅斯文學教條。史達林死後（1953），愛倫堡（Ilya Ehrenburg）發表小說〈解凍〉（1954），同時開啟一個較為自由的「解凍」年代。倖存的作家和藝術家逐漸被允許回到文化生活中，巴斯特納克的《齊瓦哥醫生》獲 1958 年諾貝爾文學獎；從蘇聯勞改營出來的索忍尼辛作品震動全世界。

最具活力與創意的俄羅斯文學，多半出自崇尚自由、傲岸不馴的作家與詩人之手。從克雷洛夫寓言詩集、普希金童話詩和托爾斯泰為低幼兒童創作發展出來的兒童文學，同樣也負載著俄羅

---

10 俄羅斯文學參考《大英百科》；韋葦著《俄羅斯兒童文學論譚》整編完成。

斯的生命深沈與歷史矛盾，無論在理論或實踐上，都扣住教育，強調兒童是人類的未來：

西元	俄羅斯的兒童文學發展
1809	克雷洛夫（Krylov，1768－1844）寓言詩集共九冊（1809－1843）。
1831	普希金（Pushkin，1799－1837）童話詩《沙皇薩爾達的故事》、《神父和他的長工巴爾達的故事》（1832）、《漁夫和金魚的故事》、《死公主和七勇士的故事》（1833）。
1834	彼得·帕甫洛維奇·葉爾肖夫童話詩《小駝馬》。
1851	列夫·托爾斯泰（Leo Tolstoy，1828－1910）自傳三部曲:《童年》《少年》《青年》（1851－1857）；為低幼兒童創作496 件（1859－1875），少年文學讀物有《高加索的俘虜》。
1853	克里米亞戰爭爆發，俄羅斯對抗英、法、土耳其。
1860	阿法那西耶夫《俄羅斯童話》（1855－1863）。
1861	教育家康斯坦丁·德米特里耶維奇·烏申斯基（1824－1870）教科書《兒童世界》、《祖國語文》（1864）。
1862	教育家符·沃陀伏佐夫《俄羅斯歷史故事》。
1866	歷史學家謝·索洛維耶夫《俄羅斯史篇》；尼·柯斯托馬羅夫《第一個冒名頂替人物》。
1885	柯羅連科（Korolenko，1853－1921）《馬卡爾的夢》、《地窖裡的孩子們》（1886）。
1887	符塞沃洛德·米哈依洛維奇·加爾申（1855－1888）《青蛙旅行家》。
1892	加林－米哈依洛夫斯基（1852－1906）《焦馬的童年》。
1900	俄國西伯利亞鐵路完成。

西元	俄羅斯的兒童文學發展
1904	日俄戰爭（1904－0905）在中國爆發，俄國戰敗。庫普林（1870－1938）《白毛獅子狗》。
1911	俄國策動外蒙獨立。
1912	日俄協定，劃分內蒙勢力。
1913	斯勃洛克（1880－1921）幼兒詩集《一年四季》、兒童詩集《童話》。
1914	第一次世界大戰爆發。
1917	俄國爆發「十月革命」，激進的共黨份子取得政權。
1918	第一次世界大戰結束。日本出兵西伯利亞。
1922	蘇聯成立世界第一個社會主義國家。
1924	大自然作家維塔利·華連丁諾維奇·比安基（1894－1959）《林中小屋》、《木爾楚克》（1925）、《小老鼠比克》、《黑鷹》（1927）、《森林報》（1928，號稱森林百科全書）、《獨生子》（1937）。
1925	大自然作家米哈伊爾·米哈伊洛維奇·普里什文（1873－1954）《土豆裡的村姑木偶》、《深谷》（1927）、《刺蝟》《風頭麥雞》（1928）、《列寧格勒的孩子們》（1943）。
1928	蘇聯進行第一期五年計畫，一躍成為世界第二位工業國。班台萊耶夫（1908－1987）《表》、《在小渡船上》（1941）。
1930	蓋達爾（1904－）《學校》、《軍事祕密》（1935）、《天藍色杯子》（1936）、《鼓手的命運》、《丘克和蓋克》（1939）。
1932	俄羅斯創辦《兒童文學》學術刊物。傳記作家康斯坦丁·蓋奧爾基耶維奇·帕烏斯托夫斯基（1892－1968）《卡臘·布迦茲海灣》。
1933	國立兒童文學讀物出版局成立。

西元	俄羅斯的兒童文學發展
1934	帕烏斯托夫斯基《柯爾希達》。
1935	柯爾奈・伊凡諾維奇・楚科夫斯基改寫美國《杜立德醫生》為道地俄國情味的《哎唷疼大夫》；阿・托爾斯泰改寫義大利《木偶奇遇記》為道地俄國情味的《金鑰匙》，完成《俄羅斯童話故事集》（1946）。
1936	巴維爾・彼得羅維奇・巴若夫（1879－1950）從烏拉爾民間傳說改寫成工人故事《孔雀石箱》（1936－1950）。
1938	卡維林（1902－）《船長和大尉》。
1943	伏隆科娃（1906－1976）《從城裡來的小姑娘》。
1945	第二次世界大戰結束。聯合國成立。卡塔耶夫（1897－1986）《團的兒子》；尼古拉・諾索夫（1908－1976）《篤－篤－篤》、《階梯》（1946）、《快活故事》（1947）、《小無知三部曲》（1954－2965）、《幻想家》（1957）。
1948	阿・巴布什金娜《俄羅斯兒童文學史》。
1952	尼古拉・伊凡偌維奇・杜博夫（1910－1983）《河上燈火》。
1953	帕烏斯托夫斯基《一籃子樅果》（1843－1907，描寫挪威作曲家愛德華・格里格）。
1955	杜博夫《孤兒》。
1977	華萊里・符拉吉米羅維奇・梅德維杰夫（1923－）《巴藍肯，願你好好做人！》

被視為共產英雄的高爾基（Maksim Gorky），同情工人階級、宣稱俄國需要革命改進，作品與思想影響深遠，立足於人類未來高度看待兒童文學，他在寫給 1910 年布魯塞爾第三屆「家庭教育國際會議」的公開信中表示：「我們總要衰老、死去，兒

童將像新的明亮之火，燃燒在我們讓出來的崗位上，正是他們使生活創造出來的火焰不滅。」

兒童文學理論的確立，則是別林斯基的貢獻。蓋達爾、諾索夫等人在兒童小說上建立豐富卓絕的成果；比安基和普里什文等人在大自然書寫中察覺的人與大自然的永恆聯繫；俄羅斯的歷史故事、戰爭英雄的抗爭與犧牲，以及美國《杜立德醫生》和義大利《木偶奇遇記》都被改寫成道地的俄國風情，甚至配合政策把民間傳說改寫成工人故事……。

無論在時代的進行中加入多少種不同的異質刺激，總會有一種高度融匯的能量，把所有不同的文化質素銷解為獨特的俄羅斯文學。戰爭中的人性刻畫、艱困痛楚中的「苦中作樂」，以及始終不會放棄的堅持和希望，成為俄羅斯兒童文學中反覆出現的主題精神。

三、日本兒童文學[11]的進化革命

日本文學始於七世紀，宮廷詩《萬葉集》是奈良時代（710－784）的不朽鉅著；最早的神話文集《古事記》（712）和《日本書紀》（720），不像希臘、北歐逐漸演變成文學的神話模式，反而追溯從混沌開創以來的皇室譜系，突出政治意義，讓執政階層得以藉此發揮更強的權勢。

平安時代（794－1185）紫式部的《源氏物語》（1010）洋溢著感性美；鎌倉時代（1192－1333）傳統和歌興盛，武士權勢逐漸強大，描繪英雄傳說和貴族武勇的《平家物語》（1220），被視

---

11 日本兒童文學介紹，參考《大英百科》；宮川健郎著《日本現代兒童文學》；張錫昌、朱自強主編《日本兒童文學面面觀》整編改寫。

為日本中世紀英雄史詩，相當於《伊里亞德》在西方文學中的地位，成為後世戲劇、謠曲和故事的取材來源；德川時代（1603－1867）幕府鎖國，得不到外來作品有力的刺激，直到德川末期出現極富娛樂性的通俗小說「戲作」，日常用語替代古典雅文，拓展廣大的讀者層，也為後來的外國翻譯作品準備了閱讀環境。

當美國海軍艦隊扣開日本門戶，脅迫簽定神奈川條約（1853），結束兩百年的鎖國政策，日本文學開始接受西方文化洗禮。為了理解方便，我們循著「西化改革」、「近代兒童文學發展」、「從近代到現代的兒童文學革命」和「現代兒童文學變質」四種不同的時代風格，認識日本兒童文學的發展歷程：

1. 西化改革

明治時期（1868－1912）到二十世紀初，小說成為主流。第一份兒童雜誌創刊；岩谷小波引領著兒童文學啟航；若松賤子翻譯美國小說；押川春浪展露科學冒險精神……，整個日本文明從內在思維革新到外在物質建設，以一種驚人速率在西化過程中蛻變，短短五十年間，政治改革，殖民侵略，打敗中、俄兩個大國，躍為世界強權：

1855	設洋學所，研究西學，翻譯西書。
1866	「日本文明之父」福澤諭吉將歐美見聞完成《西洋事情》。
1867	明治天皇即位，結束 260 年的江戶幕府，進入維新時代。
1872	完成從東京到橫濱的第一條鐵路；實施全民教育。
1873	改陰曆為陽曆。
1877	第一份兒童雜誌《穎才新志》創刊。
1885	內閣成立，伊藤博文為首任總理，公佈「帝國憲法」（1989）。
1890	首次選舉，成立國會，開始議會政治。第一本兒童文學創作

	故事：三輪弘忠《少年之王》。
1891	明治 24 年，兒童文學起始年。明治時代《少年世界》總編岩谷小波寫作〈小狗阿黃〉，結集《黃金船》；整編《日本新編民間故事》24 冊、《日本御伽新》24 冊、《世界御伽新》100 冊、《世界故事文庫》50 冊。若松賤子翻譯美國布內特《小公子》、《小公主》。
1895	中日甲午戰爭（1894－1895）爆發，簽訂「馬關條約」，中國割讓台、澎。
1900	押川春浪科學冒險小說《海底軍艦》。
1905	日俄戰爭（1904－1905）在中國爆發，俄國戰敗，割讓南滿、中長鐵路、南庫頁島。

2. 近代兒童文學發展

日本近代兒童文學的開創人物小川未明，強調「純潔理想」的兒童觀，採用象徵手法，不涉現實，把問題的解決寄託於超自然現象，一如展示一種純潔無暇的靈魂，成為貫穿大正時期童話、童謠的「童心主義」。一方面獲得了高雅的文學性，另一方面，其實也形成兒童閱讀障礙，形成「童心主義」悖離「真正童心」的矛盾發展。

濱田廣介雖然也強調「童心主義」的象徵，作品充滿強烈的善意與同情，開創幼兒童話；有島武郎和千葉省三以濃厚的文學性提昇兒童文學；專業的童話研究論述、刊物和大學研究會，深化兒童文學的價值；坪田讓治超越「童話」框架，把現實主義兒童心理與生活描寫融入童話；宮澤賢治的鄉土氣息、宗教思想，以及宏大的幽默與幻想，促成日本兒童文學從古典走往現代的體質改變：

1910	日本併吞韓國改稱朝鮮。小川未明第一本童話集《赤船》，為近代兒童文學起點。
1912	日俄協定，劃分內蒙勢力。明治天皇歿，大正天皇即位。
1913	最早的兒童文學研究：蘆谷蘆村《童話研究》。
1916	二瓶一次《童話研究》；高木敏雄《童話研究》。
1918	第一次世界大戰（1914－1918）結束。鈴木三重吉創編《赤鳥》雜誌，開啟童話與童謠的黃金時代，崇尚「童心主義」。
1920	有島武郎《一串葡萄》、《溺水的兄妹》（1921）；宮澤賢治（1896－1933）《要求繁多的餐館》、《宮澤賢治全集》共 3 卷（1935）。
1922	日本共產黨成立；《童話研究》雜誌創刊。
1923	關東大地震，約十萬人死亡。
1924	濱田廣介《廣介童話讀本》、《平假名童話集》（1939）、《龍的眼淚》（1941）。
1925	早大兒童藝術研究會成立。千葉省三《阿虎的日記》。
1926	昭和元年，早大兒童藝術研究會裡童話部、童謠部、兒童劇部各自獨立。
1931	日軍攻佔中國東北，九一八瀋陽事變；迎宣統在中國東北成立「滿州國」（1932）。
1935	早大童話會會刊《童苑》創刊。坪田讓治《妖怪的世界》。
1937	中日戰爭爆發，日軍在南京屠殺近四十萬中國人；第二次世界大戰爆發（1939）；日軍偷襲珍珠港，太平洋戰爭爆發（1941）。
1945	美軍在廣島、長崎投下原子彈，德、日投降，第二次世界大戰結束。聯合國成立。

3. 從近代到現代的兒童文學革命

戰後民主化產生新浪潮，站在戰爭的創痛上，藉由動人的詩歌、戲劇、「私小說」、兒童文學……重新檢視生命的深沈、悲愴與尊榮。第一位受到國際矚目的日本作家三島由紀夫，開拓出通往國際文化版圖的光譜；福音館《兒童之友》創刊，促成日本圖畫書的勃興與變革；山中恆的《紅毛小狗》，開啟戰後現實主義兒童小說之先河；由烏越信、古田足日所領導的早稻田大學童話會，對被稱為「日本童話之父」的小川未明展開批判，選擇以「小說精神」為核心發展少年文學；石井桃子、乾富子、鈴木晉一、瀨田貞二、松居直、渡邊茂男這些具有豐厚西歐文化素養的兒童文學推手，奠基於後來由石井桃子、瀨田貞二、渡邊茂男翻譯的《兒童文學論》[12]裡的諸多討論，合寫《兒童和文學》，試圖在理解英語兒童文學世界的基準上，重新詮釋日本兒童文學的特性和發展，努力和國際接軌，揭啟從石井桃子的《信兒在雲端》(1947)、竹山道雄的《緬甸的豎琴》(1948)、長崎源之助的《彥次》(1950）到壺井榮的《二十四隻眼睛》(1952）這一連串創作的努力，促成文本與理論的雙向深耕：

1953	烏越信、古田足日領導早稻田大學童話會發出宣言「集結在少年文學的旗幟下」，主張用現實主義描寫社會現實；《岩波兒童圖書》問世。
1954	IBBY 以「安徒生」為名設立國際兒童文學獎。
1956	日本福音館《兒童之友》創刊，每一期都是一本創作圖畫書。

12 《兒童文學論》原書為加拿大圖書館學者 Lillian H. Smith 的 "*The Unreluctant Year*"一書。富春版傅林統中譯的《歡欣歲月》，即根據此日譯本。

1957	古田足日等「少年文學宣言」派《現代兒童文學論》。乾富子《長長的長長的企鵝的故事》。
1959	日本古田足日第一本評論集：《現代兒童文學論》。日本乾富子《樹蔭之家的小人們》，開啟日本現代兒童文學；佐籐曉《沒有人知道的小國家》系列，共 5 部（1959－1983）；寺村輝夫圖畫書《會說話的煎蛋》。
1960	石井桃子、乾富子、鈴木晉一、瀨田貞二、松居直、渡邊茂男六人合著《兒童和文學》，主張兒童文學必須有趣、淺顯。松谷美代子《龍子太郎》；今江祥智《山的那一頭是藍色的大海》；戰爭文學今西佑行《一棵赤楊樹的故事》；山中恆《紅毛小狗》。
1961	古田足日《被偷走的小鎮》、《代做功課有限公司》（1966）、《土撥鼠空地的夥伴們》（1968）、《一年級大個子和二年級小個子》（1970）、《我們是火車頭太陽號》（1972）；早船千代《有煉鐵爐的街》；神澤利子《小卡姆歷險記》、《小熊烏夫》（1969）；寺村輝夫《我是國王》。
1962	木暮正夫《灰色的街》；中川李枝子《不不園》、《古里和古拉》（1963）。
1963	圖畫書松野正子《奇異的竹筍》。
1964	乙骨淑子《筆架山》、《金字塔的帽子，再見！》（1981）。
1965	小澤正《醒醒吧，虎五郎》；大石真校園文學《巧克力戰爭》、《205 教室》（1969）、《街上的小紅帽們》（1977）；今西祐行《肥後的石工》。
1966	安徒生兒童文學獎設「美術獎」。
1967	前川康南《小楊》；加古里子圖畫書《小達磨和小天狗》。
1968	安野光雅圖畫書《奇妙的畫》。

1969	西卷茅子圖畫書《我的連衣裙》。
1970	齋藤惇夫《古禮古的冒險》；西內三波圖畫書《小象胖胖的幼兒園》。
1974	《佐籐曉全集》12 卷；中江嘉男圖畫書《老鼠的毛背心》。
1976	高士與市《水怪出沒的地方》；林明子圖畫書《第一次幫媽媽買東西》。

4. 日本現代兒童文學變質

宮川健郎在《日本現代兒童文學》中表示，1978 年，代表現代兒童文學變質的起點。《活寶三人組大進擊》書中的娛樂性，代表「商品化時代」；而《奇怪的星期五》則以主題的嚴肅性，代表「禁忌破除」之後。從此，八〇年代的兒童文學，揭開表象上的幸福美滿，直指現實，從「理想主義」和「向光性」的約束中解放，無論是創作或閱讀都必須學習接納各種各樣的可能，純粹的歡愉，超越現實的想像力，孤絕獨立的決心和勇氣，向不確定的嚮往和追求無限制無止盡地走去（頁 101－131）：

1978	那須正幹《活寶三人組大進擊》（商品化的娛樂性）、《閣樓裡的遠行》（1975）、《我們駛向大海》（1980）、《第六年的班會》（1984）；國松俊英《奇怪的星期五》。
1979	後藤龍二《故鄉》、《少年們》（1982）。
1980	松谷美代子《兩個意達》，獲安徒生獎；矢玉四郎《晴天有時下豬》。
1982	安藤美紀夫《風的十字路口》。
1986	灰谷健次郎《我利馬的出航》；川崎洋《敏雄的船》。
1987	皿海達哉《海裡的目高魚》；岩瀨成子《來找我啊！》。

1989	江國香織《寒冷的夜裡》、《一閃一閃亮晶晶》(1991)。
1991	伊東寬《猴子的一天》。

四、多元演現

不同國度不同族群的各種不同文模式，都在不得不面對的現代生活困境裡尋找出口。現代的兒童讀者，從教育性的框架一路鬆綁，除了漸次增強的兒童性、文學性和遊戲性的需求之外，更重要的是，關注於人生問題的探究，介入一向被視為禁忌的個人憂懼和社會缺陷。

六〇年代以後，以電視為代表的影像文化重塑了兒童的消費、趣味和文化基模；九〇年代，電腦又取代電視翻新一次對兒童的文化灌注；兩次大戰的困惑與反思，工業社會的疏離與異化，資本主義、霸權、支配、媒體操弄與科技理性的拆解，完整有序的理性世界崩頹，人們不再相信典範，故事消解，意義淡化。隨著暴力、吸毒、殘疾、性、家庭破碎……各種社會問題日日迫近。

多元並置的趨向再不是內容問題，而是技巧問題。兒童文學成為一個繽紛破碎、切換繁複的文化現場，再沒有「寫什麼」的限制，而是必須重建「怎麼寫」的可能。

兒童文學的創作與研究，面臨全新的整體檢視：

西元	並置與多元的文化演現
1960	法國歷史學家菲利普·亞利斯出版《兒童的誕生》。德國麥克·安迪(Michael Ende，1929－1995)《火車頭大冒險》、《默默》(1974)、《說不完的故事》(1979)。

西元	並置與多元的文化演現
1961	法國設立「連環畫俱樂部」。美國史考特・奧・台爾（1903－）《藍色的海豚島》，追溯印第安歷史，展現「人與自然」的關係，獲紐伯瑞獎。
1962	美國馬德琳・恩格爾科幻小說《時間縐褶》，獲 1963 紐伯瑞獎。德國普雷斯列《大盜霍金普洛茲》。
1964	法國勒內・吉約獲「安徒生文學獎」。
1966	安徒生兒童文學獎設「美術獎」。猶太裔美籍以撒・辛格（1904，1978 獲諾貝爾文學獎）將《山羊茲拉特》獻給孩子。
1967	非裔美籍維吉妮亞・漢彌頓（1936－）《賽莉》獲紐伯瑞獎、《戴斯・德利爾之屋》獲艾倫坡文學獎（1968）、《大人物 M.C.希金斯》獲紐伯瑞獎（1974）。法國米歇爾・圖尼埃《星期五或太平洋上的虛無飄渺之境》獲法蘭西學院文學獎，後來改寫成少年小說《星期五或原始生活》。
1968	美國娥蘇拉・勒瑰恩（Ursula Le Guin）《地海巫師》、《地海古墓》（1971）、《地海彼岸》（1972）、《地海孤雛》（1990）。
1970	美國史考特・歐戴爾《唱下來月亮》獲紐伯瑞文學獎。
1972	義大利馬萊巴（Luigi Malerba，1927－）《1000 年的故事》、《煙頭歷險記》（1975）、《小故事集》（1977）、《疊印字母曝光了》（1984）。
1975	華裔美籍葉翔天《龍翼》獲紐伯瑞文學獎。
1976	法國瑪麗勒納・格勒芒整編《普羅旺斯童話集》。
1977	美國凱瑟琳・佩特森（1940－）《通往泰雷比莎之橋》、《吉莉的選擇》（1978）、《孿生姊妹》（1980）連續獲紐伯瑞獎。

西元	並置與多元的文化演現
1982	美國傳播學者 Neil Postman 出版《童年的消逝》。義大利莫拉維亞（Alberto Moravia，1907－1990）寓言故事集《史前的故事》。
1984	法國設立「大拇指湯姆獎」、專門授予女作家的「阿麗絲文學獎」。
1985	奧裔美籍心理學家布魯諾．貝特漢（Bruno Bettelheim，1903－1990）《魔法的種種用途》（*The Uses of Enchantment*）。義大利瑪拉依妮（Dacia Maraini，1936－）《小女孩和機器人》。
1989	華裔美籍圖畫作家楊志成（Ed. Young，1932－）《狼婆婆》獲凱迪克獎。
1990	兩德統一。
1992	西班牙璜．賽瑞貝拉（Juan Cervera）《兒童文學理論》。澳洲約翰．史帝芬（John Stephen）《兒童小說中的語言與意識形態》（*Language and Ideology in Childreb's Fiction*）。
1999	美國愛倫．史碧茲（Ellen Handler Spitz）《透視圖畫書》（*Inside Picture Books*）。

德國的麥克．安迪通過充滿象徵性的兒童刻畫社會、體現人生，對抗生存異化的困境，反思文明世界的精神危機，穿走在現實與幻想間，藉由奇幻的設想、顛覆的價值、鮮明詭麗的意象和多元投射的人物，確認文明的價值永遠追不上不可抑制的遊戲精神，這是我們不能被掠奪的精神基底。

美國社會在六〇年代嚐盡自由主義衝破道德藩籬、追求放縱享受的惡果，八〇年代轉向傳統保守，溫馨、關愛，成為兒童文學的救贖。紐伯瑞獎，記錄著美國主流價值的回歸與追尋，自我接納與整合，愛與珍惜，親情與家庭的肯定，印地安歷史溯源，異族文化的尊重，人與自然的依屬……，重新確定「故事」，永遠是兒童文學中最動人的一部份，並且透過心理層次的探索與想像，展現出故事的敘述與理解過程中，最深沈迷人卻又不能說盡的特殊作用。

站在「說一個好故事」前提下，具有師承關係的佛洛依德（SigmundFreud）《夢的解析》（1983，*The Interpretation of Dreams*）、布魯諾·貝特漢（Bruno Bettelheim）《魔法的種種用途》[13]（1985，*The Uses of Enchantmets*）和卡爾·榮格（Carl Jung）《記憶、夢、映象》（1989，*Memories, Dreams, Reflections*），相續拓墾出精彩的心理探索閱讀書單，其中，又以布魯諾·貝特漢的解讀與延伸，和兒童文學的討論關聯最深。結合心理治療與文學演繹，說明童話故事以令人入迷的方式講述親子間的衝突、憤怒、謀殺，同儕競爭的殘忍，性的壓抑，愛的瘋狂……，為成人難以理解的兒童那種「交織困惑與憂慮」的心理狀態，提供一種安全的發洩方式，確認日常生活中經歷的困難，不過是司空見慣的小事，並且相信，如果他們可以控制內心殘暴與毀滅性的衝動，他們將在成人後獲得更能得到安全與信賴的卓越性格與完美未來。

不過，心理學的過度闡釋，往往裎露的不是文本本身，而是文本背後所有意識形態的想像與偏見。澳洲兒童文學研究者約

---

13 1985 年 Spoken Arts 初版時以 *Dr. Bruno Bettelheim Reads "the Struggle for Meaning" and "Hansel and Gretel" from the Uses of Enchantment* 書名發行，已絕版；目前通行的是 1989 年 Vintage Books 的再版版本 *The Uses of Enchantmets*。

翰·史帝芬斯（John Stephens）在《兒童小說中的語言與意識形態》[14]（1992，*Language and Ideology in Childreb's Fiction*）中，以「語言研究」與「意識形態」為基礎，分析兒童文學與文化研究間的關係，拆解兒童文學中的西方「人文主義」和「中產階級意識」的形塑，揭示一個文本的「意義」不僅僅在於文本性，更重要的是，它在文化中的運作過程，如何被銷售、流通、使用與評議，進而提醒人們察覺，文本中的意識形態如何建構我們對現實的看法和想像。

文化評論者愛倫·史碧茲（Ellen Handler Spitz）[15]結合心理學的專業背景、藝術的熱情、個人童年經驗的反芻，以及社會環境的文化觀察與理解，在《透視圖畫書》[16]（1999，*Inside Picture Books*）一書中，深入分析藏在圖畫、主題、形象、顏色、封面裡的細微線索，通過挖掘深沈的心理因素，讓兒童面對個人私密的歡愉、悲哀、憤怒、恐懼與死亡……，把圖畫書當作充滿實用性和指導性的「兒童生活手冊」，針對「睡前閱讀」、「情緒處理」和「行為規範」歸納整理，強調藝術與文化的力量，做為建構兒童道德、品味、文學素養，甚至是性別、階級與國族認同

---

[14] John Stephens 的演講稿「Children's Literature and Cultural Studies」，對「語言研究」與「意識形態」有簡單清楚的提要說明，整理在《兒童文學學刊》〈兒童文學與文化研究〉第九期，2003.5，頁 49－77。

[15] 愛倫·史碧茲（Ellen Handler Spitz）以《藝術與心理》（1986，*Art and Psyche*）一書奠立文化論述的聲譽，書中特別指出，芭比娃娃是一種「過渡性物件」，陪伴孩子慢慢與母親分開；而與此同時，因為芭比是一個女人，她又代表了與母親的關係。這種解讀觀點，跨界影響大眾文化的觀察。

[16] 翻譯 Mihaly Csiksentmihalyi 著《創造力》（時報版，1999）一書的台東大學兒童文所副教授杜明城，將 *Inside Picture Books* 書名譯為《圖畫書的「裡子」》，透露出對於圖畫書概念更多的質疑與顛覆。

的工具，不過，過度的心理分析與文化詮釋，使得圖畫與文字的魔法漸次消失，甚至錯過了最基礎的「文學的樂趣和體會」，於是又形成另一波「純粹為了想像、創意與樂趣」的圖畫書閱讀討論的拆解與建構。

無論是兒童文學創作與閱讀的新趨向、兒童文學本質的理解，或者是兒童觀的重新確認，從英語系國家到非英語系國家，從美國、紐澳、法國、德國、西班牙……到整個歐洲，一直延伸到非西方國度，每一個不同族群不同觀察視角的兒童文學創作者與研究者，不約而同地，傾向一種真正平等和尊重的態度，重新看待兒童和青少年文化的獨立性及其價值。

「遊戲」精神就在這種平等與尊重的新趨向中萌芽。從阿多諾的顛覆與反抗，到巴赫金的對話與狂歡，不再有預設的具體輪廓，差異模糊，權力拆解，向心力量與離心力量同時共存、互為主體，並且相互作用，以遊戲與天真的本能，在體制外裂生出富有想像力和虛構力的另類思想。

離心與向心，中心與邊緣，替換與拆解……，在文化整體趨向開放、複雜、斑爛同時，兒童的天真頑皮受到尊重，詼諧滑稽慢慢深化為藝術理解，使得文化重新充滿活力，蓬勃發展。這世界忽然沒有了答案。「絕對」的權威、「一定如何」的確定感，以及「單元取向」與「二元對立」的傳統價值，隨著不同民族或種族文化不斷匯入而拆解。從俄羅斯到日本，以及更多關於非裔、華裔、猶太、印第安、阿拉伯、印度……等異國異族文化模式，呈現出各種不同的兒童文學建構特色，以一種「並置」與「多元」的後現代規律，引領我們發現，並且享有，更多兒童文學花園的多面姿彩。

第五節 小 結

我們每一個人，處在歷史的任何時空面對任何文化模式，都會受到「能見度」侷限。這就是巴赫金在「視域剩餘」[17]裡所察覺的，個體在現實世界中具有不可替代的感性體驗，通過與他者交流、溝通與回應的價值交換，「對話」成為自我認識他者、認識世界、認識自己的過程。不做預設判斷，強烈憧憬未來，在交流與對話過程中，形成向心力量與離心力量同時共存、互為主體，並且相互作用的「建構」與「拆解」，發現一種天真本能，享受創意與樂趣，接納任何富有想像力和虛構力的真實思想，這就是我們反覆渴望觸及的「遊戲」精神。

從中世紀歐洲開始，藉由英國和北歐、歐洲和北美、西方和東方、俄羅斯和日本這兩兩對立、卻又不斷推進的理解模式，我們原來預設的以英語世界為中心的兒童文學建構「單元取向」，隨著不同文化不斷匯入而拆解；「二元對立」的絕對標準，也因為越來越多相互對立又不斷推進的假設，受到質疑與挑戰；異國異族的題材、人物、風情和傳說，以一種多元、離心、開放的後現代模式，切入文化視野，拉高地平線，擴展我們認知上的「能見度」，拆解「歐洲中心論」背後的意識形態，最後進入一種「並置」與「多元」的後現代規律。

「從歐洲開始」的兒童文學建構面臨改組；從西方向心傳統裡不斷冒出微細離心的聲音；長期被忽略的東方文明重新被認

---

[17] 參見本書第參章第四節〈從現代到後現代〉二：巴赫金的對話與狂歡，頁116－117。

識、比較……。我們確立了「歐洲中心」後又消解「歐洲中心」，證明了「英語兒童文學中心」後又推翻「英語兒童文學中心」，同樣地，在本文中建構又拆解的每一種文學判斷和時代歸納，都成為一種不斷辯證、拆解的遊戲過程，藉由〈世界兒童文學參考指標年表簡編〉（見附錄四，頁 381），清楚觀察到，在越來越開放的對話中，文化整體趨向繁複、斑爛；兒童的天真頑皮受到尊重，詼諧滑稽與創意樂趣慢慢都深化為藝術理解；不同文化模式呈現出來的各種兒童文學建構特色，慢慢顯示出廣大地域間各種出乎意料的聯繫。

下一章，我們將從東西方文明的比較與聯繫開始，從西方回歸到東方，繼而檢視華文世界兒童觀與兒童文學建構與演現的過程。

第伍章

從遊戲性理解中國兒童文學發展

我們在建構兒童文學理論最初，從「文化發展的不確定性」與「理性與非理性的撞擊」中，探討遊戲理論，確定兒童概念與兒童文學的有機存在；試圖融匯東方精神思索與西方機械架構，掙脫華文論述侷限，在世界兒童文學的建構與發展中，拆解隱藏在「歐洲中心論」背後的意識形態，努力掙脫「文化能見度」的侷限，傾聽從西方向心傳統裡不斷冒出微細離心的聲音。

接下來，本文將從西方回歸到東方，深切省視埃及、西亞、希伯來、印度……等東方文化，如何在經歷「帝國殖民」、「文化霸權」和「經濟全球化」的諸多壓抑與不安後，還能以一種駁雜而不確定的活力，超越詮釋框架，講究真實本質，顯現出無從侷限的非理性傾向。最後，聚焦於中國政治、經濟、社會、文化各階段的重大記事表格整理[1]，找出發展脈絡，具體觀察中國兒童文學的建構與演化，理解中國兒童文學在創作與論述發展的侷限

[1] 散佈於本章各節次的中國現代重大記事的表格整理，參考王泉根著《現代中國兒童文學主潮》；朱自強著《中國兒童文學與現代化進程》；洪文瓊著《世界華文兒童文學小史》；孫俍工編《中國文藝辭典》；華世編輯部《中國歷史大事年表》；張之偉著《中國現代兒童文學史稿》；蔣風、韓進著《中國兒童文學史》整編完成。

與可能，正如參與一場，生機無限的「文化遊戲」。

本章分成四節，第一節「東方文化的『非理性』傾向」，分別從西亞、印度到中國，梳理出迥異於西方理性傳統的「非理性」傾向；第二節「兒童與兒童文學的發現」，探討在傳統文化制約、外在強權壓力下的中國，如何因應「教育」需要走向現代化，建構出叛離封建傳統、抵抗殖民強權的兒童觀與兒童文學；第三節「從『教訓功利』傾向『遊戲釋放』」，檢視新中國建立後，兒童文學的演變與發展，以及萌芽在封建中國裡的遊戲釋放，如何瓦解了長期的教訓功利；最後，第四節「中國兒童文學的遊戲性」，從兒童文學理論批評生機中，深刻認識班馬的遊戲理論，然後深化為中國的幽默美學，藉由源於「文化遊戲」的活力、創意與樂趣，理解中國兒童文學的特色與發展可能。

第一節　東方文化的「非理性」傾向

一、東方概念的拆解與建構

薩依德（Edward W. Said，1935－2003）在《文化與帝國主義》中指出，帝國主義擴張幾十年間，歐洲文化的心臟地帶放置一個難以抵擋且毫無情義的「歐洲中心主義」（頁 415），以致於深刻扭曲非西方文化的意義建構與認同，甚而纏附在「西方中心」觀點，形成密切的聯結與滲透，使得非西方世界的討論，幾乎不可能脫離西方世界相關的發展脈絡（頁 599）。

宋國誠在《後殖民論述──從法農到薩依德》書中，檢視從法農到薩依德等前仆後繼的後殖民文化論述者，對西方文化殖民提出質疑與反省，以一種更接近真實的注視角度和研究方法，揭露「東方主義」的晦暗想像與意識形態的扭曲與拼貼。當然，全書最重要的是，從「拆解偏見」、「文化自覺」到「建立共存形構」，循序整理出薩依德的文化貢獻：

1. 拆穿西方對東方的「知識宰制」與「專業統治」，揭露西方歷史中盤根錯節、根深蒂固的集體偏見，藉由建構和運用一套論述生產，來實現對東方的統治，並且透過文化、文本與寫作的調動、積累、定型、傳播，乃至最終作為一種意識結構而產生了政治權力與統治的合法性。

2. 批評的合法性，來自對自身闡釋環境充分自覺的自我批評；而不是來自批評所繼承的知識框架或自以為是的論述系統。

3. 建立以「文化權力」為論述場域的批評典範。用「對位批評」和「混聲複調」觀點，改寫西方「尋本溯源」式的批評傳統，從「文本批評」中引導出「文化抵抗」的理念與策略，以此催生一種非壓制性的、反強制的、共存性的「文化形構」(cultural formation)。(詳見頁 25－28)

薩依德在西方文化強勢主導的當代世界中，層層剝露西方文明深處那種自我優越的假象，促成東方概念拆解，重新建構世界文化版圖，同時更積極指出：文化是一種「各種主張攤在陽光下彼此競爭的劇場」，許多政治和意識形態主張在其上彼此互相交涉(《文化與帝國主義》，頁 4)。這種彼此競爭、相互交涉的文化劇場，其實就是文化的遊戲歷程，一方面具有「建構與拆解的活力」；另一方面，在「創意與樂趣的演現」過程中，嶄露出前所未有的文化從容與自信。

文化遊戲所以具有重複、拉鋸，並且不斷前進的「建構與拆解的活力」，其實是奠基於「交通網絡」與「資訊網絡」的長足進步。隨著文化視野的位移，不斷受到「西方觀點」壓迫的東方文化，從埃及、西亞、希伯來、印度到中國，不但掙脫從西方視角延伸出來的想像與扭曲，各種各樣因應「時間距離」產生的真相謎題和崇高圍籬，以及「空間距離」衍生出來的曖昧符碼和成見拼貼，在更為迅速、準確、幅員遼闊的「交通網絡」與「資訊網絡」的大量累積、交換、理解與還原中，日漸拆解假設，趨近真實，在多元、離心、開放的文化漩渦中，替代已然拆解的「歐洲中心」重新被認識。

「認同」東方與「接納」東方的諸多努力，開始嶄露出迴異於西方思考的文化活力，並且慢慢顯示出各種出乎意料的聯繫。尤其是在全世界共同面臨從「經濟全球化」滲透到「文化全球化」的衝擊與威脅的此時此刻，單元取向的文明建構，隨著異質文化不斷匯入而拆解；二元對立的「現代」標準進入並置、多元的「後現代」規律；人文論述的思考與判斷、文化產業的生產與消費……，全都新生出蓬勃的創意與樂趣。

文化觀注開始具體轉向。全面考察東西方文學關係，尤其是研究東方內部的文學關係和東方文學對西方文化的影響，諸如理解西亞文化和西方文化源流的關聯，以及亞洲其他國家的文學傳統，越南、日本、韓國……，如何受到印度文化與中國文化的深鉅影響。在跨越時間與空間的移動中，尋找相互滲透、回應的軌跡，深入一種超越物質需要、屬於精神層次的體會與理解，讓我們在異質文化的交流、融匯中，以一種嶄新的「文化接納與認同」，來對抗幾乎被認為不可對抗的「文化帝國霸權」。

東方文化資產的發掘與整理，成為一種嶄新的文化視野，協助我們在單一觀點中打破視野侷限，從只看見「自我」（我們）

的藩籬成見中，開放為接納「他者」（他們）的多元豐富。

二、西亞文化資產

大英百科描述西方文學史的五大文明源流，從西方的「希臘」、「羅馬」，追溯到東方的「埃及」、「西亞巴比倫」和「猶太希伯來」文明[2]；季羨林在《比較文學與民間文學》中，把世界文化區分為「中國」、「印度」、「波斯和阿拉伯伊斯蘭」和「歐洲」四個文化體系（頁 296）；成立於 2000 年的北京大學東方文學研究中心，以東方古代語言、文獻與文學的研究做起點，分別從「西亞」和「印度」兩大範疇，觀注東方文學史的總體掌握[3]；鬱龍余和孟昭毅的《東方文學史》篇目章節設計，從埃及、西亞到印度，詳實觀察東方文明源流在時空流動中的展現與變遷：

卷別	時間別	空間別
第一卷	古代東方文學	埃及／巴比倫／希伯來／印度
第二卷	中古東方文學	印度／波斯／阿拉伯／越南／印度尼西亞／朝鮮／日本
第三卷	現代東方文學	日本／印度／阿拉伯
第四卷	現當代東方文學	日本／朝鮮／印度尼西亞／印度／伊朗／非洲

---

2 詳見本書第貳章第一節〈人文世界的有機存在〉一：文化開展的「不確定性」，頁 22－24。

3 詳見北京大學學術網頁 http://www.pku.edu.cn/academic/oriental/introduction/introduction.htm。

從最古老的埃及文學開始，鬱龍余和孟昭毅指出，古代埃及民間口頭文學的藝術特色，尤其是詩歌創作的藝術技巧，那些相同詞語和句式的重複運用，深深影響西亞文學、希臘文學和世界文學的發展（頁 12－13）。

根據不斷新出土的考古材料進一步證明，人類文明的起點不在歐洲南端的希臘半島，也不在埃及的尼羅河畔，而是在西亞的兩河流域，他們發明農業、建立城市、運用楔形文字（cuneiform writing），促成人類文明推進，被《大美百科》譽為「文明搖籃」。巴比倫王朝的漢摩拉比法典（Code of Hammurabi）成為現存最古老、最全面、最完整的法律彙編；人類最早的陶器製品；運用於時計和度數的「數學 60 進位法」、「12 雙時」的晝夜劃分和「天文黃道十二宮」……等科學探索，以及反覆出現在神話、史詩、哀悼詩、讚美詩裡的創造、洪水、人類起源、農牧之爭、殺妖屠龍、地獄之行……等人文敘事，都在後代神話中反覆出現，成為世界性的母題[4]。

這樣的文化厚度，醞釀出動人又驚人的西亞文化資產。一方面孕養了源於北方沙漠地帶遊牧的阿拉伯人，口頭傳說的諺語、詩歌和民間故事，到了伊斯蘭時期與神祕主義交織在一起，包括波斯人、伊朗人、印度人、西班牙穆斯林、埃及人、敘利亞人以及其他許多混合血統的阿拉伯文學，在十九世紀與西方接觸後，從埃及、敘利亞、黎巴嫩到伊拉克，興起阿拉伯文學的文藝復

[4] 兩河流域指底格里斯河和幼發拉底河間的區域，叫做「美索不達米亞」（Mesopotamia），希臘字源原意為「兩河間的土地」；《舊約》稱為「阿拉姆-納哈來姆」，意指「兩河間的敘利亞」，敘利亞在希伯來文中，仍然意指「土地」。西亞文化的整編改寫，參見鬱龍余和孟昭毅合著〈古代巴比倫文學〉《東方文學史》，頁 23－26；《大英百科》「美索不達米亞」詞條；《大美百科》第 18 冊「Mesopotamia」詞條，頁 434－437。

興。李琛在《阿拉伯現代文學與神祕主義》中指出，橫亙大西洋至紅海，包括北非和西亞阿拉伯半島的阿拉伯地區，孕育了古代尼羅河的法老文化、兩河流域的巴比倫文化、地中海的腓尼基文化，以及七世紀以後的伊斯蘭文化和現代阿拉伯各國文化，隨著現代的復興、民族的解放和國家的獨立，阿拉伯文學顯現出長足的發展（頁 1）。

另一方面，在空間上同樣活動於西亞地區，在精神上卻獨立於阿拉伯文化之外的希伯來人（Hebrew，最初遊牧於阿拉伯半島的古代北閃米特族，亦即猶太人的祖先），在西元前 2000 年越幼發拉底河經敘利亞草原進入西亞迦南地區（即後來的巴勒斯坦）；西元前 17 世紀因饑荒逃到埃及；後又因為法老壓迫在四百年後隨著摩西強渡紅海返回迦南；經過大衛王的開疆闢土、所羅門王的休養生息，最後又經歷分裂、流亡，在交織著希望、追求、抗爭、挫敗、掙扎與哀嘆的漫長歲月中，希伯來人在宗教、文學、法律、倫理學各方面，取得舉世公認的成就。《聖經・舊約》是希伯來文學代表作，具有強烈的民族性、宗教性、抒情性和理想性，深刻影響基督教文學與希臘文學，成為西方文明的源頭[5]。

---

5 希伯來這個名稱在《舊約》中幾乎總是其他民族對以色列人的稱呼，而不是希伯來人自稱，其義為「另一面」，想來是指從幼發拉底河或約旦河「彼岸」進入迦南「越河而來的人」。希伯來文化的整編改寫，參見鬱龍余和孟昭毅合著〈古代希伯來文學〉《東方文學史》，頁 42－49；《大英百科》「希伯來人」、「希伯來文學」詞條；《大美百科》第 13 冊「Hebrew Language and Literature」詞條，頁 469－473。

三、印度文化資產[6]

印度河流域是印度文化的發源地。農業、畜牧及手工業精緻發展，建城、冶煉、度量衡、曆算、文藝表現卓越，與其他地區和民族文化具有廣泛的聯繫與交流。

西元前 2000 年雅利安人闖入印度，將原始的自然崇拜改造為吠陀教，繼而衍化成婆羅門教和印度教，經歷充滿矛盾、衝突和痛苦的交會與融合，民族鬥爭轉為種族衝突，繼而衍化為紛繁的種姓鬥爭和教派鬥爭，無數的小王國紛爭不斷，政局變化莫測，不但常民百姓不能掌握自己的命運，統治者也不得不感慨世局多變，在永無休止和錯綜複雜的離亂鬥爭中，孕蓄出風格獨具的印度文學。季羨林在《五卷書》後記裡提及，印度古代文學分為「婆羅門祭司的統治者文學」和「民間文學」，在漫長的發展過程中，統治者文學必須不斷從民間文學尋求清新的活力（頁 388－391）。

相信輪迴的印度人，與人、與獸、與大自然間，幾乎沒有距離，也沒有空間和時間觀念，永恆同一剎那，宇宙同一個小點，任意翱翔在幻想王國，極易成為「故事的老家」。從神話、寓言，發展到奇麗豐美的民間故事，在貧窮動亂中如風捲雲湧的天幕中微微透出的陽光金色，包納了廣博深遂的宗教、倫理和哲學思考。《吠陀》（*Veda*）是印度最古老的詩歌總集，原意為知識、學問，後來轉化成教義、經典的意思，透過頌詩、神話、咒語詩、傳說等，建立整套宗教哲學體系；兩大英雄史詩《摩訶婆羅

---

[6] 印度文學與神話寓言的相關討論，詳見鬱龍余和孟昭毅合著《東方文學史》〈古代印度文學〉頁 63－75，〈中古印度文學〉頁 130－133，〈現代印度文學〉頁 375－381；季羨林譯《五卷書》。

多》和《羅摩衍那》，體現正法與非法、新法與舊法、王權與神權的拉鋸與抗爭。

這些恢弘博大的古代印度神話，充分顯露印度文化土壤的特殊性：

1. 宗教興盛。缺乏西方理性實證精神，或者是中國儒家「重人本、輕鬼神」的制約，每個教派都在創造屬於自己的神話，使得宗教成為神話的搖籃，神話成為宗教的溫床。

2. 人格特質。印度人重神話、輕歷史，習慣視神話為歷史，將歷史神話化；形象思維發達而誇大，動輒生子一萬、發兵千萬、斬妖恆河沙數……，從日常爭議到教派間的競比，都以神話為武器。

3. 自然環境。天氣炎熱、物產豐饒，生理溫飽極易滿足，精神與想像得以縱恣自由，透過口耳相傳的傳播模式，利於神話的創造與在創造，致使印度神話長期不能定型，獲得不斷的豐富與發展。

印度寓言故事的發達，起因當然也是同樣基於「宗教生活的需要」；更重要的是，在連年征戰窮痛中，老百姓渴望安居樂業，統治者追求長治久安，這種「世俗生活的需要」，使得以物諷人、以事寓理的寓言，獲有豐富的土壤。集印度文學大成的《五卷書》，和古代印度文學中的兩大史詩一樣，採用連串插入式的創作方式，串組神話、寓言、民間故事，用以表現「歌頌智慧、抨擊愚昧」;「安身立命須講人情世故」;「居安思危、臨危不懼」這些亦教亦樂的主題思想。這些美麗動人的故事原型，深入民間，並且隨著行商旅人的口語傳播，輾轉融入各國各族各地的生活風情。

直接從梵文譯出《五卷書》(1959)的印度學者季羨林指出[7]，創造一個真正動人的故事和在自然科學上發現一條定律一樣困難，隔著幾萬里的民族居然會分別創造出一樣的故事，幾乎是不可能，我們必須承認，這些相同的故事，共有一個來源。因為，一個民族創造出一個優美動人的寓言或童話，決不會只留在一個地方，一定隨著來往行商向外傳播，從一張嘴到另一張嘴，從一個村到一個村，從一國到一國，因著各地民族風俗不同而增減刪修。我們很難判定哪一個民族是這些寓言童話的共同來源，不過，我們可以檢視出哪一個民族的天才和環境最適宜產生故事，舉例來看，「曹沖稱象」的故事同時出現在中國和印度，我們只要思考一下「象」的故鄉在哪裡，很容易可以判斷，這些故事來自於印度。

美麗的印度故事，隨著流衍在阿拉伯的《天方夜譚》、法國的《拉封登寓言》、德國的《格林童話》，甚至是相隔遙遠的荷蘭、希臘、中國……等，在各地留下不同的痕跡，經過時間和空間的相互滲透，無論是新舊文化撞擊、或者是異族、異質文化影響，都歧生出嶄新的活力，顯得生機無限。東方生命態度裡，有一種迴異於西方理性傳統的「非理性」傾向，侵入「西方中心」的框架與秩序，邏輯推論不能辯證、經驗實證無從分析，無形而深沈地，風一般傳了出去。

---

7 季羨林對《五卷書》故事傳播和演變的相關討論，參見季羨林著《比較文學與民間文學》〈一個故事的演變〉(頁 19－23)、〈梵文《五卷書》：一部征服了世界的寓言童話集〉(頁 24－32)、〈從比較文學的觀點上看寓言和童話〉(頁 42－47)、〈跨越國界的民間故事〉(頁 172－174)；以及季羨林譯《五卷書》。

四、東方非理性體系中的矛盾中國

西方知識體系強調「理性」(reason),大英百科認為「理性是哲學中進行邏輯推理的能力和過程」,在形式邏輯中,推理從亞里斯多德時期就分為「演繹」(從一般到特殊)和「歸納」(從特殊到一般)兩種;康德把提供先天原則的理性稱作純粹理性,並將它和專門與行為活動相關的實踐理性區別開來;神學中的理性有別於信仰,它是或者以發現的方式,或者以解釋的方式來對待宗教真理的人類理智;《大美百科》認為「推理」(reasoning)[8]是「指向斷定某事物的思考」,亞里斯多德將之區分為關於相信什麼的「理論推理」和關於做什麼的「實踐推理」,在理論推理中,人們修改自己關於世界的理念,在實踐推理中,人們修改自己的計畫和意圖。

「理性主義」(rationalism)[9]的哲學觀點,主張理性是知識的主要源泉和檢驗標準,相信「實在本身」具有內在的邏輯結構,因而存在著理智可以直接把握的真理,這是一種感性、知覺、情感和欲望相對的能力,憑藉這種能力,基本的真理被直觀地把握,成為全部派生的事實的原因或「根據」。理性主義者反對經驗主義認為一切知識源於感覺經驗,並由經驗檢驗,認為理性可以超越感覺範圍,把握具有確定性和普遍性的真理;他們也反對主張奧祕知識的各種體系,不管它是來自神祕的經驗、啟示,或是來自直覺,和各種非理性主義對立。

非理性傾向的感性、知覺、情感和欲望……,一方面被經驗

---

8 詳見《大美百科》第 23 冊,「reasoning」詞條,頁 177-178。

9 理性主義相關討論,參考《大英百科》整理改寫。

主義者根本否定，另一方面又不斷受到理性主義者的質疑，不過，越來越多源出於正統西方文化體系訓練出來的學者與作家，卻在西方理性訓練的侷限中，發現非理性直覺與東方神祕傾向對西方文明帶來的重大啟示。

榮格（Carl G. Jung）[10]超越以大腦功能為主的心智（mind）探討，環繞著心靈（psyche）、靈魂（soul）和精神（spirit），建構深層心理學，發展出「集體無意識」的本體論與宇宙論，涉及靈性探索、神話占星和文化批判比較……等，與東方宗教與神祕學密切關聯；坎伯（Joseph Campbell）[11]，相信源自於生活經驗的「神話」必須回歸生活經驗重新被認識，深受記述佛陀生命智慧的《亞洲之光》（*The Light of Asis*）一書影響，接觸古典梵文，跟隨「印度學」權威學者翟默教授（Heinuch Zimmer），由西方看東方、又從東方看西方，學習看見「世界」，尋找人與社會、與自然間如母子相依般親密而和諧的關係；彼得．金斯利（Peter Kingsley）根據考古證據，在《在智慧暗處——一個被遺忘的西方文明之旅》整本書中，反覆論證西方文明源出東方的大膽判斷，並且追求一種有別於戴奧尼索斯（Dionysus）狂喜的「阿波羅（Apollo）狂喜」，不包含任何狂野和騷動的成分，非常平靜而極具私人性的，只有當事人感覺得到，別人根本不會察覺出來，在另一個層次，這種絕對的平靜也是一種絕對的自由（頁108）。

這種超越詮釋、冀望於單純直覺的非理性傾向，從邊緣擠向

---

10 榮格思想解說，請參考榮格主編《人及其象徵——榮格思想精華的總結》；羅伯特．霍普克（Robert H. Hopcke）著《導讀榮格》；莫瑞．史坦（Murray Stein）著《榮格心靈地圖》。

11 坎伯思想解說，請參考坎伯著《神話》、《神話的智慧》、《千面英雄》。

中心，最後又從東方精神體系滲透到西方文明架構。無論是阿拉伯世界的神祕主義，印度的神話傳說，或者是中國的田園自然、天人合一……，如同李琛在《阿拉伯現代文學與神祕主義》中所揭示的，神祕主義是探究人的精神生活與宇宙生命的學問，是一種生命的體驗和認知方式，冀望與超越一切的終極真理完全結合，一如中國的道教，揭破表層意識，洞見事物的內在真實，尋求返回到「樸」的單純狀態（詳見頁 1－9）。

置於東方文明非理性背景裡的中國文學，根植於特有的文字語言，同樣具有一種非理性的直覺感性。講求韻律，與音樂產生密切關係；文字精鍊，著重意境用典；在情感抒發和意象經營中，高密度地掌握非理性的感性、知覺、情感和欲望。比如說，司空圖藉戴容州言「詩家之景，如藍田日暖，良玉生煙，可望而不可置之於眉睫之前」，而後指出一種難以界說的「象外之象、景外之景」；歐陽修摘取唐代詩人嚴維的「柳塘春水漫，花塢夕陽遲」顯現天容時態融和駘蕩，用溫庭筠的「雞聲茅店月，人跡板橋霜」和賈島的「怪獸啼曠野，落日恐行人」來感受道路辛苦，羈愁旅思[12]。

這種從具體形象延伸出來的中國文化思想，深具非理性的直覺感性，在政治正統上雖以儒家為本，對於農業社會裡大部分深受動亂貧窮的常民百姓而言，卻受老莊思想裡的愛好自然、恬靜無爭的影響，嚮往「天人合一」的思想內涵。隨著宗教傳遞，各種印度經典故事裡的奇思異想流傳到中國，經過歲月積澱，再加上老莊道家禪學的呼應與催化，在異質文化的不同參照體系中，

12 司空圖評論收於四部叢刊集部《司空表聖文集》〈與極浦書〉；歐陽修評論見於《六一詩話》。詳見華諾文學編譯組編《文學理論資料彙編》中卷，頁 419－420。

中國文化發展出多層次的非理性特色。

這些非理性傾向，長期浸淫在儒學傳統受宗法道德制約，在民族集體意識裡，形成從非理性轉向理性的漫長而強烈的拉扯：

1. 習慣把自然現象比擬為人事諷諭，即連抒情重於敘事、能夠配合音樂載歌載舞的中國最古詩歌總集《詩經》，經過孔子（西元前 551－479）親自刪訂而被列為儒家五經（《詩》、《書》、《禮》、《易》、《春秋》）之一，這些優美的廟堂雅頌及民間歌謠，從此都轉為人生規則與秩序的象徵。

2. 長期受到重人本、輕鬼神的文化傳統制約，尊崇理性秩序與規則。一方面，重視現世生活，絕不過度渲染喜怒哀樂；一方面又遠離怪力亂神，棄絕神話傳說，抒情詩詞雖多，並未形成以神話為主體的偉大史詩，且流傳至今的神話資料多半都只是概略片斷，無法提供完整而有系統的神話故事，神祇和神話中的角色都經過重新詮釋，最後都變成說理式的抽象觀念或歷史人物。

3. 在急切追上現代化、工業化，以及經濟全球化的過程中，棄絕「超越詮釋框架，講究真實本質」的非理性傾向，同時瓦解「田園自然、天人合一」的精神價值。

一路擺盪在理性與非理性間的矛盾中國，驟然面對西方思潮席捲而來，在建構中國兒童觀與兒童文學過程，自然會衝撞出許多原來難以想像的外在壓力與內在衝突。

第二節　兒童與兒童文學的發現

一、中國文化裡的兒童

1. 農業社會裡的兒童

當同時創立農業文化的其他文明古國逐漸消亡時，歷經五千年努力的中國，把農業文明發展到極致。農業時代藉由「蒙書」、「詩教」和「自然環境」來教養兒童的人文培成過程，歷經近百年的經濟飛躍，形成兩個時代交接的歷史大轉折。張倩儀在《另一種童年的告別——消失的人文世界最後回眸》書中，懷著同情，同時用古老和現代的眼光回顧舊世界，心裡知道，今日放棄的，將來或會緬懷，或者搶救（頁 8－10），只是，七〇年代以前的中國已然一去不返，記錄農業社會裡人文啟蒙的兒童教程，成為她緬懷與搶救的殷殷回顧：

（1）中國孩子的認字，稱為啟蒙；承擔啟蒙教育的，是學塾；而初學所用的課本統稱為蒙書或蒙學書。蒙學書是由周朝開始出現的，歷史相當長，既是學塾的基本教材，流傳相當廣泛。因應識字需要產生，以短句和押韻形式出現的蒙學書，證明古人對兒童教育的重視；沒有一個字相同的蒙學書《千字文》，組成「金生麗水，玉出昆岡」這樣文詞優雅、音節鏗鏘、調理分明、知識豐富、兒童讀來朗朗上口的文章（詳見頁 11－14）。

（2）用韻與短句，支撐中國的詩教，同時也支撐整個封建時代的文化：詩的韻語形式比詩的內在含義更重要（頁 84）；融合音樂、文藝、教育的戲曲小說，既是道德教育，也是一種文學教育（詳見頁 233－235）。

(3) 人文化成的自然環境，是兒童知識與樂趣的泉源；田園與人情的風味，成為中國人的集體嚮往和生命願景（詳見頁 179－182）。

奠基於農業社會的人文啟蒙，講究自我約束、人與人間相互成全，以及天命和人事相應的人生法則。追求「中道」，尊崇儒學，十三經是民眾修身的依歸、國家取士的根據。其中，《論語》〈學而第一〉第一章即已標舉：「學而時習之，不亦說乎？有朋自遠方來，不亦樂乎？人不知而不慍，不亦君子乎？」，一直到〈堯曰第二十〉最後一章總結：「不知命，無以為君子也；不知禮，無以立也；不知言，無以知人也。」

讀書，交友，修身養性，不逐名利，等待機會為國家、民族付出，圓成「人與自己」、「人與人」、「人與自然」的和諧關係。從「學而時習之」到「知天命」，從「君子慎獨」到「田園自然、天人合一」，一直是中國人具體的生命目標和尊榮的人生價值。

2. 宗族網絡中的兒童

熊秉真在《童年憶往──中國孩子的歷史》中層次分明地詮釋中國幼教文化演變[13]：

(1) 傳統中國文化中，以故事為教化，以歌謠詩詞為文字語言，重聲韻節拍之訓練，注重規矩與行為的訓練，生活教育與道

---

[13] 熊秉真的童蒙教育討論，詳見熊秉真著《童年憶往──中國孩子的歷史》〈為孩子寫史〉頁 49；〈環境的堆砌與塑造〉頁 80－92；〈社會與文化脈絡〉頁 134－135。

德教育優先，識字讀書其次，主張成人嚴格管教孩子，立一個高標準，把智愚不等的孩子都趕上架去。

（2）宋代以後，扶幼與訓蒙日益成為社會文化關注焦點。程朱理學主澹靜，惡嬉戲，重管教，要求兒童「靜」、「敬」、「誠」；陸王心學從良知良能出發，強調自由、自然、鼓勵舒暢、活動，反對拘束體罰。朱熹的《童蒙須知》和王陽明的《訓蒙大意》形成強烈對比，一如西歐盧梭與洛克[14]在兒童教育見解上的分歧。

（3）明清政府以科舉取士，當讀書仕進成為決定家族向上流動之契機，一個家族的興衰成敗、家道維繫、產業經營，端視能否生產出讀書中舉入官的子弟，童蒙即以識字、作對、口授經文啟智，強調夙慧，提早出學就傅，「興旺家族」這種特定期望，成為推動以智育為主的幼教文化演變的歷史關鍵。

在詮釋中國兒童歷史同時，熊秉真指出，中國人說父母對小孩有三種恩情，「生育」、「養育」和「教育」，在恩情文化和還報傳統下，「養兒防老」、「養兒方知父母恩」等相關的觀念、習俗，才能像網絡般鋪陳開來（頁 28－31）。在近五千年的恩情文化和還報傳統織就出來的宗族網絡裡，兒童經過因應「興旺家族」特定期望發展出來的「夙慧天才」智育訓練後，早已一點一滴，抹煞了個人的需要，想像的自由，以及情趣的滋長。

王泉根在《中國兒童文學現象研究》中論證，中國自古即為典型的農業社會，建立在農業經濟基礎上的父權家長制家庭和夫

---

14 參見本書第貳章第二節〈兒童文學的有機發展〉三：成人兒童觀和兒童自我塑造的滲透與回應，頁 36－39。

權制婚姻制度，一直是中國宗法制度的基礎；宗法制度成為延續數千年的中國封建社會的重要文化現象。「祖先崇拜」、「老者為先」和「儒家三綱——君為臣綱，夫為妻綱，父為子綱」，牢牢禁錮著人的思想，束縛人的自由，壓抑人的個性，使得千百年來的文學傳統和教育理念，在民族文化的制約下，跟著都深受侷限：

（1）民族文化的禁錮：「祖先崇拜」、「老者為先」和「父為子綱」的民族文化心理，造成兒童觀的錯誤和蔑視對兒童的尊重與理解。

（2）文學傳統的束縛：「文以載道」的實用主義，使得說教盛行。

（3）封建教育的限制：以養成順民和忠臣孝子為目的，以一成不變的注入式教育方法為主，視兒童如一般成人，缺乏特殊考量。（詳見頁24－27）

3. 不曾被「發現」的兒童

擺盪在理性與非理性間拉鋸的文化中國，一方面受到傳統文化「祖先崇拜」、「老者為先」和「父為子綱」的長期制約，籠罩在實用主義文學傳統和講究威權的封建教育底下，使得兒童觀的建構從程朱理學和陸王心學的分歧開始，一路辛苦掙扎；另一方面，卻具有放縱感性、知覺、情感和欲望的非理性傾向，普遍懷著「大人者，不失其赤子之心」的願望和期待，相信孩子有一種單純真實的本質，並且為孩子準備了許多孩子們最需要的歌謠和故事。

早在唐代即已出現在段成式（834－863）《酉陽雜俎》〈吳

洞〉裡的葉限，是最早用文字記錄下來的「灰姑娘」原型，較法國貝洛《鵝媽媽故事集》（1697）的〈玻璃鞋〉，早了近 850 年；到了十六世紀，明代的楊慎（1488－1559）輯錄歌謠集《古今風謠》；1542 年，附有插圖的《日記故事》，較捷克夸美紐斯的《世界圖解》（1637），早了 95 年；呂坤（1539－1618）的《演小兒語》（1593），是中國第一部兒歌專輯，收錄兒歌童謠 46 首；1625 年，中國即已刊印第一本《伊索寓言》中譯本《況義》。

中國「發現」兒童，正視兒童的特性和需要，確立現代兒童觀與兒童文學發展，就這樣充滿矛盾拉鋸地擺盪在理性與非理性兩端。朱自強在《中國兒童文學與現代化進程》中乾脆直陳，中國古代歷史沒有「發現」兒童，文學中自然不曾分化出兒童文學這一新的藝術型式，兒童讀物也不具有「兒童性」，如果我們承認榮格在研究「集體無意識」提出的關於一個民族不斷重複出現的「原始模型」，進而影響整個系統的運作與發展，那麼，更必須小心面對我們宿命揹負著的因襲傳統的重擔（頁 93）。

二、中國現代化與兒童文學的萌芽

1. 屈從外在壓力的中國現代化

在中國這個從來不曾發現兒童的「原始模型」裡，兒童觀的建構與兒童文學的萌芽，相對必須付出更多錯誤嘗試與修正的代價。熊秉真在《童年憶往──中國孩子的歷史》一書裡提出結論，「重視兒童與成人的不同」，以及「長幼尊卑關係的重新調整」，是社會和文化由傳統走到現代的一大轉折（頁 316）。

問題是，無論是工業革命後經濟高度發展的英國，人文探索特立卓絕的歐洲諸國，或者是積極促成文化精神獨立的美國……，這些國家從傳統走向現代的轉折過程，多半奠基於種種社會動能的推動，包括人文思想的累積，科技專業的進步，政治、經濟、教育、生活機能……各種社會體系的逐步成熟，而後凝聚為國家集體努力的內在動機。

反觀中國走向現代化的過程，從清軍入關，面對來自海域的明代餘裔鄭成功等異質意識的小型對抗，立刻下令往內地遷界十八公里，「阻絕風險，鎖國求全」，這是種植在農業社會安土重遷的「大陸性格」，迥異於「冒險犯難，四方擴張」的「海洋思維」。

然而，隨著經濟和科學技術上的極度發展，各自獨立發展的拼塊式文化模式，在海權擴張、殖民強權蓬勃發展的時代趨勢下，世界版圖重新併組，國家與國家、民族與民族、歐洲、美洲、非洲、亞洲……，每一個陸塊間相互的滲透與聯繫，越來越不可遏阻。傳教士到了中國，不同的宗教、曆法、科技、教育觀念，以及各種西方人文思想，帶給中國許多衝擊，相對地，形成抗拒、矛盾，以及各種各樣守成與革新的拉鋸：

西元	中國現代記事
1644	吳三桂引清軍入關，清遷都北京。
1661	順治下令「遷界」，沿海居民往內地 18 公里，阻絕與在台鄭氏往來。
1663	科舉廢八股文改策論。
1668	科舉恢復八股文取士。
1669	禁天主教。
1708	康熙派西洋傳教士到各地測量，完成「皇輿全覽圖」。
1716	《康熙字典》編撰成書。
1724	雍正禁止基督教傳教。

西元	中國現代記事
1773	開始編纂《四庫全書》。
1793	英使至中國要求乾隆通商被拒。
1805	禁止洋人刻書、傳教、設學校。
1838	林則徐查禁鴉片。
1840	中英鴉片戰爭爆發。
1842	中英「南京條約」，割讓香港，開放五口通商。
1845	英國到中國上海設租界。

可以說，中國社會文化的變革，不是萌生自國家、民族內在的集體努力，而是在外在壓力猝然逼近，在國家來不及做好任何內在準備之前，鎖國政策倉促開放，民心動盪，變化猝起，從此展開一連串變革，散軍起義、內政改革、國際戰爭、常民革命、推翻帝制……。鴉片戰爭後，中國就這樣一路顛簸地跨入第一次「現代化」的民主進程：

西元	中國現代興革記事
1860	英法聯軍，訂「北京條約」，割讓九龍與英，賠款；設總理各國事務衙門。
1861	慈禧宮廷政變，立同治為帝，開始垂簾聽政。
1862	北京設同文館，教授外語、科學，為第一所新式學校。
1863	李鴻章創辦上海廣方言館。
1865	李鴻章在上海創辦江南機器製造總局，設翻譯館。
1866	左宗棠創設福州船政局，設鐵廠、船廠和學堂。
1869	船政局自製輪船「萬年青」下水。

西元	中國現代興革記事
1872	李鴻章在上海設輪船招商局。首批官派留學生，30 名幼童赴美。
1875	李鴻章督辦北洋海防、沈葆禎督辦南洋海防，向英德購艦，建立新式海軍。
1876	英國商人在中國建淞滬鐵路，旋被拆毀。
1881	中國自建唐胥鐵路，以運礦為主。
1883	中法戰爭爆發。
1885	中法停戰，中國承認法國對越南的保護權。設天津武備學堂，為中國最早的陸軍新式學校。
1887	葡萄牙正式吞併澳門。
1888	北洋海軍成立。
1894	孫文赴美國檀香山組興中會，開始反清革命事業。中日甲午戰爭爆發，中國北洋艦隊覆沒。
1897	中國通商銀行肇始創設銀行。
1899	義和團引發八國聯軍入侵。
1900	逸儒譯/秀玉筆記法國凡爾納的《八十日環遊記》，引發晚清凡爾納熱。
1901	「辛丑條約」鉅額賠款。廢科舉。
1902	推行新學制。梁啟超在日本橫濱創「新民叢報」，倡君主立憲。
1903	魯迅譯凡爾納《月界旅行》、《地底旅行》（1906）。
1904	日俄戰爭在東北爆發。
1909	孫毓修主編《童話》叢書（1909－1921）102 種。包天笑譯義大利兒童小說《心》為《馨兒就學記》。
1911	中華民國成立，孫文就任大總統。俄國策動外蒙獨立。

2. 因應「教育」需要的兒童文學

王泉根在《中國兒童文學現象研究》指出，十九世紀末開始，隨著西方各種思潮在中國傳播與資本主義勃興，現代中國文化逐步發生根本性變化，個性解放，婦女解放，兒童教育解放，兒童讀物和兒童文學開始受到重視，出現譯介外國讀物的熱潮，尤其是晚清的「凡爾納熱」；倡導兒童讀物和兒童文學的輿論宣傳；熱心兒童讀物編譯與創作的作家；專為兒童服務的報刊叢書……，基於國難日重、神州陸沈的危機，推翻帝制、振興中華的需要，這些編譯創作十分重視思想內容，「愛國」與「教育」的題材最為突出（詳見頁 27－29）。

兒童文學，這種相對於長期種植在農業社會的中國傳統文化而言，極為新興而邊緣的文學型式，剛好夾在五四新文化運動的狂潮裡做為「反舊文化」、「反父權封建」的革命象徵，得有機會迅捷發展，並且萌生出美麗的新芽：

西元	中國兒童文學記事
1913－14	魯迅譯上野田一《兒童之好奇心》、高島平三郎《兒童觀念界之研究》。周作人發表〈童話研究〉、〈童話論略〉、〈兒歌之研究〉、〈古童話釋義〉。
1915	胡適提倡白話文，催生文學革命。
1918	中國公佈「注音字母」。周作人〈人的文學〉。劉半農、周作人、沈尹默籌組「歌謠徵集處」，發起徵集全國民間歌謠。《新青年》專題介紹安徒生。
1919	五四運動。美國教育哲學家杜威來華講學 2 年（1919.5.1－1921.7.11）。少年學會創辦《少年》半月刊，極重視兒歌採集、整理與研究。魯迅〈我們現在怎樣做父親〉。

西元	中國兒童文學記事
1920	周作人〈兒童的文學〉。郭沫若兒童詩舞劇《黎明》。
1921	《小說月報》革新改版。
1922	「文學研究會」掀起以創作為中心，以《兒童世界》《小說月報》為陣地的「兒童文學運動」(1922－1925)。鄭振鐸〈中國兒童讀物的分析〉；在上海創辦最有影響力兒童刊物《兒童世界》。劉半農、周作人、沈尹默創辦《歌謠》週刊。黎錦暉編導「麻雀與小孩」等十二部兒童歌舞劇風行全國。冰心散文《寄小讀者》。郭沫若〈兒童文學之管見〉。
1923	鄭振鐸接編《小說月報》。許地山散文集《空山零雨》。第一部童話集：葉聖陶《稻草人》；第一部兒童文學理論：魏壽鏞等著《兒童文學概論》。夏丏尊重譯《心》為《愛的教育》。
1924	第一部兒童文學論文集：趙景深編《童話評論》。《小說月報》增闢「兒童文學」專欄。
1925	俞平伯新詩集《憶》，描寫兒童生活。《小說月報》安徒生專號，影響深遠。
1927	第一部童話學專著：趙景深編《童話概要》。陳伯吹(1906－1997)《學校生活記》。
1928	陳伯吹《小朋友詩歌》《小朋友謠曲》。

朱自強在《中國兒童文學與現代化進程》中指出，五四新文化運動的基本精神就是藉由批判，重估一切文化價值，新文學的「思想革命」和「白話文倡導」，徹底動搖了封建思想文化與封建舊文學的根基，拆解中國兒童文學的兩大高牆：「父為子綱」的封建兒童觀和「獨尊文言」的舊文學觀。從而發展出「兒童本位兒童觀」和「白話文運動」，成為中國兒童文學走向現代化的雙

軌：

1. 清末孫毓修意識到兒童具有和成人不盡相同的審美心理；周作人與魯迅從西方觀點中敏銳、深刻的發現中國兒童文學的發展限制與參照系統，提出「兒童本位」的現代兒童觀；郭沫若強調兒童文學創作的藝術規律，以及兒童心理的創造性想像和情感價值；鄭振鐸兼擅理論研究、創作、編輯，貫徹「兒童本位」理念，創編兒童文學刊物《兒童世界》……，這些學者作家，確立了中國兒童文學的「兒童本位論」，雖受到杜威以「社會適應」做教育基礎的兒童本位論影響，卻不是純粹杜威教育哲學的移植，反而建立在「兒童」與「文學」兩個彼此融合的基點上，尋求整體、一致的人生哲學。

2. 語言系統決定文學內涵。呼喚白話文學，就是要擁有一個全新的屬於兒童的文學話語系統，造就兒童文學的真正讀者，創造一個充滿兒童精神的嶄新文學世界。然而，在推廣西方兒童文學理念的學習與借鑑後，兒童文學的感性創作，在自由想像、時代制約和民族集體意識的交錯運作下，如何發展出理論與創作並行的辯證與思考，是中國世界兒童文學必須面對的首要課題。（詳見頁 156－199）

熊秉真所強調的現代化轉折，終於在漫長的近百年中國文化跋涉後，「兒童與成人的不同」受到重視，「長幼尊卑的關係」也因應時代潮流和不同的兒童觀得到新的調整。

只是，中國兒童文學的建構，先是面臨「封建傳統內在制約」的層層障阻，隨後又歷經禁制與開放，革新與混亂，以及殖民強權巧取豪奪的種種衝突，陷入「殖民強權外在壓迫」的困境，在雙重文化危機的艱難考驗中，仍將延續漫長的徬徨與掙扎。

三、拆解中國兒童文學危機的遊戲活力

這樣一個具有五千年文化傳承的古老民族，一方面承繼豐厚的人文精神，同時也累積了漫長而因襲的封建習性。當我們用一種必須同時「建構」與「拆解」的遊戲觀點，重新檢視中國兒童文學的萌生與發展，其實更可以看出其中的侷限與可能。

1. 叛離「封建傳統的內在制約」

我們已然述及，中國文化含有一種理性與非理性間的相互滲透與拉鋸。講求韻律、著重意境、流露感性知覺和情感欲望的中國文字，結合中國老莊思想的單純境界，以及儒學嚮往對「田園自然、天人合一」的人文培成，發展出「揭破表層意識，洞見事物內在」的「非理性」傾向；但又在「重人本、輕鬼神」、「祖先崇拜」、「老者為先」和「儒家三綱」的文化制約下，棄絕個人的情性、欲望與需要，重視現世生活，尊崇理性秩序，致力節制情緒，把人生價值都奉獻給「興旺家族、報效宗族家國」的封建理想。

這種「不是根植於天性、僅僅靠著長期宗法道統約束」的封建理性，在各個朝代轉變交接縫隙，在戰亂、窮痛、外在壓力迫近，人心浮動，人性束縛鬆脫時刻，常有老莊佛道、士子清談或及時行樂……這些非理性情感與欲望伺機竄起，證明中國文化在理性與非理性間的滲透與拉鋸，一直都是「不固定」的，蘊含著豐沛的活力隨時在適應時代思潮的拆解與建構。當朱自強提出「兒童本位兒童觀」和「白話文運動」做為走向兒童文學現代化的最重要雙軌，用以拆解中國封建兒童觀和「獨尊文言」的舊文

學觀同時，其實也是對「封建傳統內在制約」的一種準確有效的叛離。

這種「兒童本位兒童觀」和「白話文運動」的內在精神，具體展現在民間故事歌謠獨具的語言特色：其一是「樸直白描的敘述性」；其次是「豐沛奔放的想像性」。從胡適提倡白話文催生文學革命後，不同研究領地的學者作家，不約而同地聚焦在民間文學，循著「童話、小說與故事」和「歌謠」兩大範疇，從譯介、收集、創作，發展到整體論述，嘗試建構中國兒童文學的可能性：

（1）在童話、小說與故事方面，透過魯迅、周作人對童話的譯介、研究與討論；席捲中國的安徒生譯介風潮；夏丏尊重譯義大利名著《心》為《愛的教育》；鄭振鐸在上海創辦最有影響力兒童刊物《兒童世界》，發展到葉聖陶創作童話《稻草人》；趙景深編撰童話學專著《童話概要》。

（2）在歌謠方面，透過劉半農、周作人和沈尹默，徵集全國民間歌謠，創辦《歌謠》週刊；少年學會集中在兒歌的採集、整理與研究；陳伯吹創作《小朋友詩歌》和《小朋友謠曲》，最後，魏壽鏞等完成第一部完整的兒童文學理論《兒童文學概論》。

這種「從白話拆解文言」，又「用民間活力建構兒童文學」的努力與掙扎，雖然篳路藍縷，發展得艱難危疑，不過，從遊戲觀點來看，其實嶄露了非常動人的「創意」與「樂趣」，成為一場充滿可能性的「文化遊戲」。

2. 抵抗「殖民強權的外在壓迫」

可惜的是，民間文學的創意與樂趣，並沒有在叛離封建中國的拆解過程中，活躍而燦爛地開展出兒童文學花果。三〇年代後，中國過去面對的西方殖民強權單純的經濟掠奪，轉為鄰近東方野心國家的政治侵略。戰事連年，生活條件緊縮，中國左翼作家聯盟在上海成立，而後引發「鳥言獸語」之爭，抗拒天真的生命自由和穿梭在真實與虛構間的奇幻想像；並且從蘇聯文學的認識開始，發展出同情基層、強調抗爭的寫實精神：

紀年	大戰之前的中國兒童文學記事
1930	實施關稅自主制度。中國左翼作家聯盟在上海成立。
1931	瀋陽九一八事變，日軍攻佔東北。何健引發「鳥言獸語」之爭。葉聖陶童話集《古代英雄的石像》。陳伯吹《阿麗絲小姐》。
1932	一二八事變，上海遭日軍砲擊。日本迎宣統在東北成立「滿州國」。茅盾《子夜》、評論〈連環圖畫小說〉。張天翼長篇童話《大林和小林》。陳伯吹《兒童故事研究》。
1933	茅盾評論〈孩子們要求新鮮〉、〈論兒童讀物〉。張天翼長篇童話《禿禿大王》、《金鴨帝國》。陳伯吹《華家的兒子》、《火線上的孩子們》。
1934	陳伯吹《波羅喬少爺》。
1935	魯迅翻譯俄羅斯班台萊耶夫《表》（1928）、高爾基《俄羅斯童話》。鄭振鐸〈中國兒童讀物的分析〉。茅盾〈關於兒童文學〉、〈讀安徒生〉。高士其科學創作《我們的抗敵英雄》、《細菌與人》（1936）、《菌兒自傳》（1941）。
1936	茅盾少年小說〈少年印刷工〉、〈大鼻子的故事〉、〈兒子開會去了〉。蔡楚生編導兒童電影「迷途的羔羊」。張天翼中篇兒童小說《奇怪的地方》。賀宜（1914－1987）《小草》。
1937	七七事變，中日戰爭爆發。日軍在南京屠殺近四十萬中國人。

紀年	大戰之前的中國兒童文學記事
	30 年代，巴金《長生塔》；老舍《小坡的生日》；丁玲《給孩子們》；舒群《沒有祖國的孩子》。
1938	謝冰瑩《漢奸的兒子：紀念一個英勇孩子的死》。蕭紅《孩子的講演》。蘇蘇（1910－1984）《小癩痢》。

強調國族仇痛、英雄犧牲的兒童文學，無疑是在民間文學初初拆解威權封建後，隨即建構起來的「新封建」教育。我們必須承認，深受蘇聯文學影響的中國兒童文學，其實有更大部分的元素，源自於國族、文化傳統的內在基礎。與其說這是蘇聯文學在現代化過程中對中國的強勢文化殖民，不如說，一萌芽即專注在「教育」需要的中國兒童文學，內在早已準備好同質因子，才會在幾乎是「同類型」的悲憫、寫實、深富人道同情而又暗示積極軍國主義的蘇聯文學，找到可以呼應、可以滿足的文化需要。

這就是季羨林在《比較文學與民間文學》中觀察到的，文學是文化的重要表現形式，一個民族的文學發展，通常循著三個步驟（頁 299）：

（1）根據本國本族的民間文學獨立發展，然後納入正統文學的發展軌道。

（2）受本文化體系內其他國家民族文學的影響，本文化體系外的影響時時侵入。

（3）形成以本國、本族文學發展特點為基礎、或多或少塗上外來色彩的新文學。

而後在太平洋戰爭爆發，第二次世界大戰結束，新中國成立……這一連串政治、軍事上的劇烈動盪，更是強化了兒童文學在「教育」上的合理性，使得中國兒童文學在抵抗外在壓迫，建立美好新中國的立即需要下，阻絕許多足以讓洋溢著「建構拆解」與「創意樂趣」的遊戲活力，得以自由展現的機會：

紀年	戰爭前後中國兒童文學記事
1941	日軍偷襲珍珠港，太平洋戰爭爆發。郭以實《太陽請假了》。
1942	梅志《小麵人求仙記》。
1943	中美英在開羅召開國際會議。老舍《小木頭人》。
1945	美軍在廣島、長崎投下原子彈，德、日投降，第二次世界大戰結束。聯合國成立。
1946	葉君健開始系統翻譯安徒生童話。
1948	嚴文井（1915－）《丁丁的一次奇怪的經歷》。
1949	10月，新中國誕生。

第三節　從「教訓功利」傾向「遊戲釋放」

一、新中國的兒童文學

中國文化擺盪在理性與非理性間，一方面加強四書五經的儒學訓練，另一方面又在老莊佛道、印度神話的交錯滲透與影響中，通過民間口頭創作，出現《西遊記》、《鏡花緣》、《今古奇觀》、《聊齋誌異》……等不是為「兒童」創作、卻深受兒童歡迎的奇幻作品，充滿創意與樂趣的遊戲活力。

到了五四以後，各種不同領域傑出的學者作家努力為「兒童」創作，並且大量譯介西方理論與創作，聲勢驚人地張起中國兒童文學大旗，這些集體而刻意的掙扎奮鬥，結果卻只是像王泉根在《現代中國兒童文學主潮》裡觀察到的，傾向「為人生奮鬥」，同情「被損害和被侮辱」的人，當外國文學裡充滿「真的人」、「真的世界」、「真的道理」等各種思想內容，匯入原有以「教育」為基礎的兒童文學土壤，顯現出 1949 年以前，中國兒童文學主題的一致性：

1. 暴露社會罪惡，描寫「血與淚的人生」，同情下層人民及其少年兒童的不幸與苦難，幫助少年認識血淚現實。

2. 緊扣時代脈搏，反映社會現實鬥爭，激勵少年兒童的愛國熱情與革命精神。

3. 歌頌真善美，鼓吹精神文明，重視愛的薰陶；擴大兒童知識領域，加強兒童文學的知識教育作用。對少年兒童進行人格與智慧上的全面教育。 （詳見頁 100－109）

新中國創建後，延續到 1966 年文革之前，這「十七年」的兒童文學，大量譯介蘇聯文學，借鑑蘇聯文學精神，發展出同情基層，打破階級差異，洋溢犧牲、愛國的英雄精神。一如王泉根在《現代中國兒童文學主潮》中觀察到的，從二〇年代到五〇年代，蘇聯政治文化對中國社會的影響越來越大。三〇、四〇年代，蘇聯兒童文學與理論進入中國，到了五〇年代，由於中國奉行「學習蘇聯老大哥」一面倒政策，蘇聯社會主義現實主義兒童文學蜂擁而入，不但深刻影響當代中國少年兒童的精神成長，而且幾乎左右著中國兒童文學的發展走向（頁 129）；國家主流意識形態把少年兒童看成「共產主義事業的接班人」，要求他們

「好好學習，天天向上」，成為有社會主義覺悟的文化勞動者，「中國少年先鋒隊組織」是影響當代中國兒童精神生命成長最廣泛、最深刻的組織，形象而藝術地記錄鮮明的時代生活取代兒童教育，以充滿感激、崇拜、青春的激情，歌頌共產黨，歌頌新中國，歌頌新人新事新社會，成為「十七年」，尤其是五〇年代兒童文學創作最突出的特點（頁 162－163）。

從 1950 年到 1956 年，可說是中國兒童文學第一個創作高峰。由於作家純熟的表現技巧與對兒童心理、兒童語言的生動刻畫，一改「說教」模式，不過，還是把好奇、好玩的兒童天性當作「缺點」，加以批評、修正。其中，張天翼強調作品必須「對孩子有益又有味」（《現代中國兒童文學主潮》，頁 167），是最典型的文學觀：

紀年	五〇年代，中國兒童文學的第一個高峰
1953	葉君健《安徒生童話全集》（中國少年兒童出版社）陸續出版。俄羅斯伊林《論兒童的科學讀物》中譯。
1954	第一次全國少年兒童文藝創作評獎。俄羅斯科恩編《蘇聯兒童文學論文集》；杜伯羅維娜《從兒童共產主義教育的任務看蘇維埃兒童文學》中譯。
1955	嚴文井《小溪流的歌》。陳伯吹《一隻想飛的貓》。
1956	嚴文井、冰心、陳伯吹提出「童心論」，嚴文井編《1954－1955 兒童文學選》。賀宜《小公雞歷險記》；洪汛濤《神筆馬良》；葛翠琳《野葡萄》；黃慶雲《奇異的紅星》；任溶溶《天才雜技演員》《「沒頭腦」和「不高興」》。俄羅斯密德魏杰娃編《高爾基論兒童文學》；凱洛爾《論蘇聯兒童文學的教育意義》中譯。

紀年	五〇年代，中國兒童文學的第一個高峰
1957	張天翼《寶葫蘆的祕密》；嚴文井《「下次開船」港》；冰心《1956 兒童文學選》。
1958	大躍進。金近《小貓釣魚》、《小鯉魚跳龍門》。
1959	反右傾。包蕾《火螢與金魚》。俄羅斯費·愛賓《蓋達爾的生平與創作》中譯。印度學家季羨林直接從梵文全譯《五卷書》。
1960	批判「童心論」，少兒文學理論鬥爭最熱烈的一年。

茅盾在〈六〇年少年兒童文學漫談〉（1961）中指出，當時的文學是「政治掛了帥，藝術脫了班，故事公式化，人物概念化，文字乾巴巴」[15]，政治熱情掩蓋了現實真相，兒童文學成為政治理念的演繹工具；到了「文化大革命」時期（1966－1975），更是變本加厲，幾乎是兒童文學的空白期；幫八股、三突出……等各種社會運動，不僅停頓、甚而危害兒童文學，使得中國兒童文學在迅速萎縮中進入冬眠狀態；直到 1979 年，中國少年兒童出版社陸續出版《中國著名作家兒童文學作品選》二十餘種，兒童文學的艱難掙扎，才冒出一點點春甦的新芽。

二、新時期的新氣象

鴉片戰爭後一度蓬勃的中國現代化成果，在激烈的政治熱情焚燒下，已然全面焦燬。到了八〇、九〇年代，經過文革結束後的休養生息，加上「交通網絡」和「資訊網絡」的日新月異，為鄧小平的經濟改革蘊蓄了充足的準備。

---

15 茅盾論文的影響與檢討，詳見王泉根著《現代中國兒童文學主潮》，頁 169－170；同時參照方衛平著《兒童文學的當代思考》，頁 193。

1980 年，鄧小平提出對外開放政策，擴展國際貿易，引進國外資金、技術和管理經驗，促進大陸經濟發展，從農村起步，向城市輻射；1984 年通過「關於經濟體制改革的決定」，大力推行城市改革，首先在毗鄰港澳的廣東、福建兩省開設深圳、珠海、廈門、汕頭四個經濟特區，廣東、福建兩省更列為改革開放的試驗區；1985 年，長江三角洲、珠江三角洲、閩南廈漳泉三角地區及遼東半島、膠東半島開闢為沿海經濟開放區，脫離廣東的海南島不僅單獨建省，還宣布建為中國最大的經濟特區。

1985 年經濟的改革與復甦，促成九〇年代後沿海、沿江、沿邊和省會城市全方位開放新格局，成為中國第二次現代化的新起點。奠基在中國經濟改革、全面現代化的基礎上，兒童文學除了在橫的空間聯繫上，擴大視野，努力與國際接軌；同時也傾注更為多元、更具有自主性的試探與努力，建構深層價值體系，發展出「新時期」蓬勃的新氣象：

紀年	中國兒童文學記事
1978	「全國少年兒童讀物出版工作會議」在廬山舉行，成為中國當代兒童文學的轉折點。《兒童少年》雜誌與《中國少年報》合辦全國第一次「兒童文學創作學習會」，宣告文革災難結束，展示一個新時代的來臨。
1980	鄧小平提出對外開放政策。作家協會於北京成立「中國兒童文學委員會」，嚴文井任主委。第二次（1954－1979）全國少年兒童文藝創作評獎。
1982	「全國兒童文學教學研究會」成立於北京。張美妮、浦漫汀等主編《世界兒童小說名著文庫》（新蕾出版社）12 卷 440 餘萬字。陸續推出《文學大師和兒童文學叢書》（上海少年兒童出版社）。

紀年	中國兒童文學記事
1984	通過「關於經濟體制改革的決定」。石家庄「全國兒童文學理論座談會」，班馬提出「兒童反兒童化」。「全國幼師、普師兒童文學教學研究會」成立於金華。第一批兒童文學碩士吳其南、湯銳、王泉根通過杭州大學論文答辯。
1985	中國經濟改革，沿海經濟開放，海南島建為中國最大的經濟特區。四川外語學院（重慶）成立外國兒童文學研究所，創辦理論刊物《外國兒童文學研究》。
1986	「中國出版工作者協會幼兒讀物研究會」成立於石家庄。韋葦第一部系統評述世界兒童文學專著《世界兒童文學史概述》（63 萬字）。北京師範大學中文系兒童文學教研室招收碩士研究生。
1987	廣州師範學院中文系組建兒童文學研究室。《新潮兒童文學叢書》出版（江西少年兒童出版社）。
1988	《中國兒童文學大系》十卷（山西希望出版社，10 卷）。王泉根評選《中國現代兒童文學文論選》。
1989	浙江師範大學中文系兒童文學研究室擴大改制為兒童文學研究所。張美妮、浦漫汀等主編《世界童話名著文庫》（新蕾出版社，12 卷 440 餘萬字）。陳子君編《論當代中國兒童文學》。《中國兒童文學藝術叢書》（11 冊，海燕出版社）。開始陸續推出《兒童文學新論叢書》（湖北少年兒童出版社）。
1990	《世界科幻小說精品叢書》6 輯 36 冊（福建少兒出版社，1990－1995，一年一輯）。馬力《世界童話史》。陳蒲清《世界寓言通論》。姚全興《兒童文藝心理學》（重慶出版社）。《中華當代兒童文學理論叢書》出版（江蘇少年兒童出版社）。
1991	陳子君編《中國當代兒童文學史》。《中國幼兒文學集成》（重

紀年	中國兒童文學記事
	慶出版社）。張美妮主編《世界兒童文學名著大典》（中國文史出版社）。韋葦《外國童話史》。
1992	計畫經濟轉為市場經濟。蔣風主編《世界兒童文學事典》（山西希望出版社）。王泉根《中國兒童文學現象研究》。
1993	程正民等譯《蘇聯時期兒童文學精選》。
1994	韋葦《西方兒童文學史》《俄羅斯兒童文學論譚》。吳秋林《世界寓言史》。張錫昌、朱自強《日本兒童文學面面觀》。
1996	實施「5115」中國兒童動畫圖書出版工程。吳其南《德國兒童文學縱橫》。金燕玉《美國兒童文學初探》。
1997	美國詹姆斯．剛恩主編《科幻之路》4 卷（福建少兒出版社）。
1998	重慶師範學院中文系成立西部兒童文學研究所。《紐伯瑞兒童文學叢書》（中國少年兒童出版社）中譯。7 位作家《大幻想文學中國小說叢書》（江西 21 世紀出版社）。
1999	方衛平《法國兒童文學導論》、孫建江《意大利兒童文學概述》、湯銳《北歐兒童文學述略》、張美妮《英國兒童文學概略》等《世界兒童文學研究叢書》（1992－1999，9 冊，湖南少兒出版社）。16 位作家《中國幽默兒童文學創作叢書》（浙江少兒出版社）。
2000	北京師範大學招收兒童文學博士研究生。

幾千年的中國文化，終於在幾十年間進入一連串的建構與拆解，嶄露出繁複多姿、風格殊異的文學努力。藉由王泉根在《現代中國兒童文學主潮》書中的討論，我們可以考察到中外文學的譯介與交流，歸納出三類影響深遠的兒童文學作品；整體討論八、九○年代兒童文學的深層拓展；並且找出九○年代兒童文學

的整體走向，做成簡要的系統整理：

1. 中外文學的譯介與交流：

（1）體現現代世界教育潮流所倡導的「人的教育」，關注精神成長與個性發展，充分肯定具有創造性思維和鮮明個性的少兒形象作品。這主要是少兒小說、童話等敘事性文學。從充滿社會議題討論與解決的「新現實主義小說」，到張揚著「兒童視角」與「遊戲精神」的北歐作家，這些極具現代意識和變革精神的西方作品，為當代兒童文學注入昂揚的生命活力。

（2）體現現代科技創新，以及人類科技文明與無邊幻想燭照未來精神天地的作品。這主要是科幻小說，預示著人文精神在未來世界的艱難跋涉中所取得的最終勝利。

（3）體現人類面對共同的生存困境與拯救，傳導守護地球家園、增進全球意識與持續發展觀念的作品。這主要是與環保、生態、動植物、大自然相關的讀物。（詳見頁 142－152）

2. 八、九〇年代兒童文學的深層拓展：

（1）突破「教育工具論」。確認兒童文學具有多元的價值功能和美學目的，提升作家的使命意識與人文關懷。

（2）擺脫「成人中心論」。確認兒童文學必須以切合少年兒童的精神世界與思維特徵為基準的主體性原則，重建人的意識，塑造未來民族性格。

（3）校正兒童文學「標準單一性」與「創作現象豐富性」之間的矛盾錯位。確認以少年兒童年齡特徵的差異性與接受心理來建構多層次的兒童文學分類，以推進兒童文學創作的發展繁榮。（詳見頁 206－223）

3. 九〇年代兒童文學的整體走向：

（1）走向當代少兒內心世界，表現多姿多彩、健康向上的生命氣象與精神成長。

（2）走向多元共生的創作狀態，營造百鳥齊鳴、和而不同的藝術格局。

（3）走向多層次、多渠道的兒童文學建設，努力激活兒童文學創作生產力。

（4）走向國際對話，提升兒童文學的全球觀念與可持續發展意識。（詳見頁224－233）

三、新時代的遊戲精神

就在兒童文學的橫向拓展與深層重建的相互激盪下，「新時期」的閱讀、創作與研究，慢慢掙脫蘇聯文學與文論的框限；當經濟改革慢慢邁向榮景，與經濟生活具有密切聯繫的兒童文學發展，開始發展出迥異於「祖先崇拜」、「老者為先」和「父為子綱」的生活模式，距離五四時期兒童文學萌芽後八十年，終於，有一種不在乎「教育」需要的、純粹的兒童趣味，在中國這塊千瘡百孔的土地上開出甜蜜的花來。幾乎同時策劃、執行的《大幻想文學中國小說叢書》（1998，集結7位作家，江西21世紀出版社）和《中國幽默兒童文學創作叢書》（1999，集結16位作家，浙江少兒出版社），其中洋溢著的遊戲精神，等於是經濟生活進化與改變的具體標示。

在一切以「教育」為前提，甚而可以犧牲兒童需要、文學美感和遊戲趣味的中國兒童文學發展歷程中，兒童文學論述先驅周作人（1885－1967）的出現，其實是一件非常「遊戲化」的指標里程。和日本兒童文學的最初探索幾乎同步的周作人，直到晚年還玩興盎然地編選紹興兒歌，朱自強以「中國兒童文學的普羅米修斯」來形容長期隱身在兄長魯迅文學光環下的周作人，聚焦在他那從「生的意志」和「對生活的理解」延伸出來的飲食書寫，他那炙熱的好奇心，他那懶惰的生活願望，以及充滿文化活力、永不停息的遊戲精神，勾勒出兒童文學的思想本源，一種真正的「兒童心性」，證明在一臉嚴肅的中國文學傳統中，周作人的人格化魅力和鮮活的趣味，本身就是一種兒童文學（《中國兒童文學與現代化進程》，頁240－248）。

接著，三、四〇年代即以長篇童話《大林和小林》、《禿禿大王》和《金鴨帝國》嶄露頭角的張天翼（1906－1985），後來又完成《寶葫蘆的祕密》，成為中國兒童文學閃亮的里程碑。蔣風、韓進在《中國兒童文學史》中，以「真」、「新」、「奇」、「趣」四個相互關聯、有機統一的特色來綜論張天翼（頁 339－346）；王泉根繼而闡釋他所描寫的各個階級形形色色真實典型，藉著漫畫式的人物形象、強烈的誇張和奇巧的構思，表現豐富的幻想才能和獨特的藝術技巧，採用孩子們能夠理解接受的方式，在笑聲中提出嚴肅主題，揭露殘酷現實的生活悲劇，洋溢出絕不蹈襲別人、並使別人也無從蹈襲的幽默，用「含淚的微笑」表現「幽默而不失嚴肅，滑稽而不輕佻」的創作風格，使童話具有鮮明的政治傾向性和社會功利性，成為激勵、教育少年一代愛國熱情與革命精神的鮮活文本（詳見《現代中國兒童文學主潮》，頁263－281）。

經過文革前後，中國兒童文學的發展停頓近二十年。侷限在愛國熱情與革命精神裡的兒童文學，終於被八、九〇年代譯介到中國的一群活潑亂跳、毫無顧忌的「淘氣包」趕跑。王泉根在《現代中國兒童文學主潮》中指出，這些挑戰現存教育體系的淘氣包，在瑞典林格倫、挪威埃格納、芬蘭揚松等北歐作家筆下湧現，以充滿幻想和創造性的生命力，向整個世界兒童文壇宣告了教訓主義的結束和「兒童世紀」的到來。尤其是流貫在林格倫作品中獨特的反傳統少兒形象，充分的遊戲精神與熱鬧風格，深刻理解與把握兒童心理的寫作姿態，以及大膽的童話文體改革，促成中國兒童文學遊戲化的開始，影響「童話大王」鄭淵潔走紅，「熱鬧型」童話迅速崛起（頁 144）。鄭淵潔和熱鬧型童話以誇張、變形、幽默、快節奏、任意組合、時空切割、非邏輯性、非物性等手段，演繹充滿喜劇色彩的場景、人物、事件，讓小讀者得到鬧劇般的快感，在一種興奮、熱烈的閱讀氛圍中，得到遊戲精神的愉悅，以及力、野蠻、神祕、白日夢的情緒的解放，從深層提升兒童的生命活力，自由揮灑兒童的精神個性（頁 466）。

不過，蔣風、韓進在《中國兒童文學史》中指出，鄭淵潔的童話，承繼張天翼的幻想、誇張、荒誕、滑稽和熱鬧，「趣」是有了，「味」卻不足，尤其越到後來，大量生產的作品中表現出模式單一、說明多於描繪、形象類型化、語言淺白粗糙等缺點（頁 598）。事實上，兒童文學創作在遊戲與趣味進行同時，常常犧牲了文學深度，曹文軒在《兒童文學 5 人談》中強調，美幾乎離不開憂傷，有節制的憂傷，讓作家的精神昇華，憂傷如水，溼潤著一顆心，安徒生作品讓我們感覺到詩意，是因為那裡頭有淡淡的憂傷（頁 223）。

所以，留日的彭懿跳脫俄蘇文學基模，以一種傾向日本式精緻幽微的文學觀，在《兒童文學 5 人談》一書裡談詩意：「詩意說白了，就是打動人。打動人並不一定是要表現一個沈重的命

題，講一個沈重的故事，而是一種娓娓道來的溫馨，眼睛溼溼的，心裡暖暖的，有一種這個世界真美好的感覺。」（頁 221）

彭懿完成《西方現代幻想文學論》後，致力與班馬、張秋林策劃「大幻想文學」，打造成江西 21 世紀出版社的專業品牌。王泉根指出大幻想文學的意義是，激活浪漫氣息和幻想精神，替換以往以「實用」為主的兒童文學觀，進一步切入並推動兒童本性深層藝術的復歸（《現代中國兒童文學主潮》，頁 154－155）。

陸梅在作家訪談〈激情彭懿〉[16]一文中形容彭懿，彷彿與生俱來就擁有幽默和幻想的天賦，他那語速極快的「東北普通話」，常常會爆出笑料，一米八三的大個子貧起嘴來怎麼看都像是個大孩子！並且引述彭懿的話：「我是一個另類作家，倒不是標榜我有什麼與眾不同，而是我一天到晚把自己封閉在一個魑魅魍魎的幻想世界裡不能自拔。這是我的職業，我是一個職業的幻想小說作家，我寫幽靈，寫妖孽，寫大樹成精，寫那些在現實世界中從未發生過的淒美而又聳人聽聞的故事……。」

四、遊戲精神的內化與深化

從周作人、張天翼、鄭淵潔到彭懿，中國兒童文學的遊戲精神，一次又一次經歷著鉅大的躍升。周作人用「兒童心性」打破封閉在文化傳統裡的兒童束縛；張天翼用「含淚的微笑」解救了困陷在神聖教條裡的兒童；鄭淵潔引領兒童熱鬧誇張地顛覆長期的道德教訓與人格修正；最後，彭懿用無邊涯的奇幻幽默，建構出迥異於因襲舊有的新方向。

---

16 詳見中國作家學會中華文苑網「作家社區」http://www.china-culture.com.cn/zj/ft/42.htm。

方衛平在《逃逸與守望——論九十年代兒童文學及其他》書中指出，彭懿和熱鬧派童話豐富了中國當代童話的美學內容：

1. 以極其豐富的豐富的想像力，開拓當代童話的藝術想像空間。

2. 伴隨藝術想像力的解放，最大程度地張揚了兒童文學的遊戲精神。

3. 在審美心理方面確立了「釋放」（宣洩）的功能觀。（詳見頁 273－274）

藉著藝術想像、遊戲精神和釋放動能，兒童文學的創作者與接受者，正在拆解與重新建構中國兒童文學的「不適應性」。朱自強在《中國兒童文學與現代化進程》中強調，西方兒童文學是在「兒童時代」已然出現後的產物，而中國社會始終不曾出現過真正的「兒童時代」，兒童文學創作過多地渲染屬於成人的思想和心境，從最早的孫毓修《童話》叢書開始，延續到五六〇年代的中國兒童文學，大半熱切為兒童創作的作家，都具有濃厚教訓氣息，喜歡贅上「教訓的尾巴」（頁 28－30）；直到新時期作家出現，鄭淵潔生動的想像力和精彩的講故事能力，從教訓兒童走向解放兒童，成為作家自覺的選擇，洋溢在奔放的想像力和旺盛的行動力中的淘氣調皮和無拘無束，不僅奠定個人童話風格，而且成為風靡中國兒童讀者的「熱鬧派」童話的領軍人物，從成名極早的任溶溶、孫幼軍到奇趣橫生的新生代寫手周銳、葛冰、高洪波、秦文君……，兒童文學的發展方向自然地走向幽默和快樂（頁 378－381）；所以，兒童文學的創作與閱讀，絕不是單向的教育與被教育的關係，而是攜手跋涉在人生旅途上的生命共同體，把兒童當作一個具有發展自己生命潛力的個人看待，真實地觀照人的本質和生活的本質，在人類的整個生命週期，都會更加充滿尊重和相互理解（頁418－424）。

透過遊戲精神的內化與深化，促使中國兒童文學從「教育功利」轉為「遊戲釋放」。我們可以從周作人、張天翼、鄭淵潔到彭懿的遊戲活力，和台灣論述體系中關於兒童文學特性從「兒童性」、「教育性」，慢慢傾向「遊戲性」、「文學性」的開展過程[17]，相互對照呼應：

創作者	特　性	意義與價值
周作人	兒童性	叛離「敬定夙慧」的小大人幼教文化，確定兒童有別於大人的特殊性。
張天翼	教育性	拒絕教訓說教，用藝術和趣味的糖衣，包裝「兒童教育」的慎重與嚴肅。
鄭淵潔	遊戲性	摒棄教育，抗拒約束，超越道德期望，享受純粹的天真、釋放與自由。
彭　懿	文學性	從現實脫走，在時間與空間都不能羈絆的奇幻旅程中，認識整個世界。

超越傳統文化制約的遊戲精神，就這樣以不能預測的有機活力，內化成中國兒童文學的一部份。這漫長的過程，其實是一段從「見山是山，見水是水」、「見山不是山，見水不是水」，逡巡到「見山又是山，見水又是水」的艱難跋涉，使得中國兒童文學的建構與演化，從「教育的需要」到「遊戲的解放」，逐日深化

[17] 參見本書第貳章第三節〈兒童文學的特性〉一：台灣兒童文學的理論拓墾，頁39－43。

為深邃而具有文學詩意與教育內涵的「生命的觀照與和解」。

凝固幾千年的中國文化傳統，在這幾十年間，經歷一次又一次拆解與建構、建構又拆解的文化遊戲，終於表現出精彩的創意和兒童的情趣。

第四節　中國兒童文學的遊戲性

一、中國兒童文學理論批評的侷限

五四時期周作人等人大量譯介西方兒童文學理論與創作，並且以理論批評為基礎對五千年的「小大人」幼教文化進行拆解，然而，中國的內在精神始終不能擺脫傳統文化的制約與侷限，可見，論述的力量必須建立在「豐富而具有創造力的作家與作品」的基礎上，通過漫長的摸索與修正，才能在譯介與本土、理論與創作分裂的落差中，找到適當定位；經過張天翼、鄭淵潔、彭懿……等無數作家前仆後繼的創作實踐與拓展，中國兒童文學終於在遊戲精神的內化與深化過程中，建構出一個具有「現代兒童意識」的發展發向，不過，透過創作的多元嘗試迸生出來的激情和火花，因為無從羈限，使得兒童文學的可能性必須在理論批評的觀察、整理、分析、歸納、演繹與判斷中，深化為創作的能量，以及一個時代的集體共識。

可見，文學發展的律動，必須循著一定的模式，從拔高的理論視野拓寬創作可能，從多面的創作實踐豐富論述與評介，又從理論批評的總體檢視中，深化創作的意義與價值，在創作者與接收者的不斷嘗試中推動著文學韻律不斷往前滾去……。

兒童文學也是這樣，沒有論述與創作雙軌並進的滲透與回應，就無從發展出足以鑑照過去、掌握現在、洞察未來的「現代兒童文學」。可惜的是，中國兒童文學理論批評在發展最初，即受到蘇聯文論綑縛和傳統研究模式的長期制約，然後在急於向西方理論借鑑學習過程中，又因為過於傾向成人文學，形成許多新的問題需要釐清解決。

當我們試圖理解中國遊戲精神的內化與深化，以及兒童文學遊戲性的建構與拓展時，當然得對理論批評的侷限做總體的檢視：

1. 蘇聯文論的綑縛

王泉根在《現代中國兒童文學主潮》中綜論，從三、四〇年代被譯介到中國；到五〇年代國家主流意識形態奉行「學習蘇聯老大哥」政策，由別林斯基建立起來，經高爾基、蓋達爾的完善傳統建立起來的蘇聯文論，既有哲學基礎、又有基本範疇和成套概念（如本體論、作家論、作品論、創作論、文體論、批評鑑賞論等），同時又有嚴格的邏輯程序和相對完備的體例，不但在很大程度上規範著中國兒童文學的基本觀念與理論框架，而且長期內化為中國兒童文學的價值判斷與審美尺度。這種緊密的中蘇聯繫，到了六、七〇年代終於各自分歧，當蘇聯兒童文學隨著時代發生適應性變化，逐步擺脫過度美化生活和枯燥說教的陳套，積極加強審美性、趣味性，以及作品的幽默性時；中國兒童文學卻與「階級鬥爭工具論」結合，視兒童文學為教育工具，在十年「文革」中達到極點。直到七、八〇年代，中國雖努力對蘇聯文論進行加工改制，藉以建構自己的理論體系，依然沒有擺脫蘇式文論的格局，深受四大論述原則的綑縛：

（1）堅持兒童文學的共產主義教育方向性原則。

（2）主張文學作品應適應少年兒童的年齡特徵。

（3）強調兒童文學的教育作用必須通過「鉅大的藝術感染力」，用藝術的力量去「撬動少年兒童心理上的巨石」。

（4）張揚現實主義的創作道路，幫助少年兒童樹立正確的生活理想。（詳見頁132－134）

2. 研究模式的限制

進入八、九〇年代後，隨著「新時期」積極的文化建設，學術氣氛日趨寬鬆活躍，然則，始終不能掙脫長期存在於研究模式裡的諸多限制。方衛平在《兒童文學的當代思考》書中揭露出中國兒童文學研究的幾個問題：

（1）畸形的研究格局。理應由「兒童文學基本理論」、「兒童文學史」、「兒童文學評論」共同組成的兒童文學研究，因為蔑視基礎理論建設，滿足於隨感而發、零敲碎打，內部比例失調，使得三大組成部份難以彼此支持、和諧發展（詳見頁7−8）。

（2）缺乏獨特的理論發現和研究個性。侷限於成人文學理論「翻版」，忽視兒童心理結構與成人間存在著鉅大的「時間差」，不能開闢出自己的研究天地（詳見頁8−9）。

（3）靜止、凝固的理論模式。傳統的理論模式在我們的大腦中形成思維定勢，形成惰性，與變異絕緣，帶有強烈的保守性（詳見頁9－10）。

（4）狹窄的理論視野與單一的研究方法。習慣於封閉型思維，忽略藝術活動是複雜的多層次系統，必須允許、而且無可爭議地要求一系列科學的努力，在不同學科中彼此滲透，並且相互利用研究成果（詳見頁11－12）。

（5）缺乏國際間的學術交流。從五〇年代積極翻譯蘇聯文論建立新的兒童文學理論模式後，三十餘年來並未積極開展外國文學理論的譯介與交流，如同一覺醒來，已然步履蹣跚、老態龍鍾的「李伯」（頁 12）。

3. 成人文學的借鑑

當「多重功能的開放性理解」滲透到中國傳統的兒童文學價值觀念中，兒童文學的創作與研究，不得不在困惑與掙扎中尋求突破與超越。在時間的縱向追索中，重新探討、比較五〇年代的第一個兒童文學創作高峰；在空間的橫向擴張中，相對於蘇聯文論新興而起的西方文學觀念與審美意識，成為借鑑方向，藉由大量譯介西方文學理論不斷蛻變突破的「成人文學」，也同時成為兒童文學學習取法的參照座標。

方衛平在《兒童文學的當代思考》書中分析，五四時期中國兒童文學開始走向自覺時，對成人文學保持一種強烈的分化意識，直到兒童文學傾向成人文學橫向借鑑時，最貼近成人文學而過去又受到忽視的兒童小說相對活躍，少年文學的獨立傾向逐漸增強，處於成人文學與童年文學連結地帶的少年文學，縮小「兒童文學」與「當代文學觀念和審美意識」間的差距，促成新時期兒童文學系統的重新構築，然而，兒童文學也在借鑑成人文學中偏離「強化兒童文學藝術特點」的借鑑目標，產生許多新的偏差：

（1）帶著嚴峻思考的態度，力圖貼近生活、反映時代，抑制原始思維的泛靈論特徵，限制了豐富活潑的藝術想像力。

（2）走向深沈的同時，在一定程度喪失了「風趣幽默」的兒童文學品格。如何保持自信，又要以一種清醒的內省意識，融合

嚴肅深刻的思想性和快活幽默的趣味性，成為兒童文學的新課題。（詳見頁 191－200）

二、生機與出路

長期綑縛在蘇聯文論的中國兒童文學理論批評，隨著八、九〇年代的社會、文化的整體鬆綁，試圖掙脫研究限制，在「縱向追溯五〇年代兒童文學典範」與「橫向借鑑西方文論」的艱難過程中，以「成人文學」做為兒童文學參照座標，尋求突破與超越。新時期以後的理論發展，逐步跨向過渡、調整與重建的過程，同時也顯現出方衛平在《兒童文學的當代思考》中觀察到的中國兒童文學理論研究的生機和出路：

1. 關注著發展變化中的兒童文學創作實踐，並從現實的兒童文學實踐中不斷汲取新鮮的理論滋養，創作發展不斷把新的問題擺在理論之前。

2. 努力使自身原有的理論向新的研究深度掘進。例如，教育的方向性，兒童的年齡特徵，創作者與接受者兩個世界的碰撞、交流與融合……。

3. 多角度、多層面地把兒童文學放到更廣闊的參照背景上，進行系統整體把握。

4. 開闢新的研究思路，引進新的研究方法，尋找新的理論生長點。（詳見頁 39－41）

班馬在《遊戲精神與文化基因──班馬兒童文學文論》中捨棄「新時期」的概念，轉而用「文革後」的概念，指涉崛起於八

○年代的少年文學，藉以表達少年文學與文革間深具作用力關係的總體觀照，鮮明反映文革後的時代精神，把文革後少年文學的十數年歷程，看作是一種「共識」的發生、漲落，以及最後合理衰變的文學現象過程，透視少年文學崛起的內部衝動更多是為「歷史感」，而非純粹的「文學性」（頁 42－43）。

「歷史性」和「社會性」的討論，成為每一個論述命題的充分、且是必要條件，彼此形成緊密而可逆的相互聯繫。時代環境的變遷就這樣改變了文學的律動，同樣地，文學的努力，勢必也會以不可遏阻的聲勢推動時代環境的趨向。

方衛平在《中國兒童文學理論批評史》中指出，中國兒童文學批評是一個相對獨立的現象系統和過程集合，又不是純粹的自律過程，與相應的歷史發展階段和社會文化環境有著複雜多變的聯繫和溝通的開放系統和耗散過程（頁 16）；在研究中，既要防止封閉狹隘的兒童文學批評史觀，又要摒棄機械的因果決定論，把兒童文學批評實踐及其過程的獨特性和開放性，有機地結合起來加以研究，也就是說，兒童文學理論批評必須結合「內部研究」和「外部研究」（頁 17）；強調在兒童文學理論批評自身興衰演變的背後，實際上是一個鉅大的社會歷史背景和文化發展過程，其中涵蘊著說不盡的世態滄桑和社會歷史內容（頁 26）。並且以 1990 年兒童文學論述出版的蓬勃[18]，標示出兒童文學在歷史與未來之間出現的重大轉折，其中，「兒童文學新論叢書」[19]

---

[18] 出版於 1990 年的兒童文學論述研究，有馬力著《世界童話史》、陳蒲清著《世界寓言通論》、姚全興著《兒童文藝心理學》、江蘇少年兒童出版社的「中華當代兒童文學理論叢書」，以及湖北少年兒童出版社的「兒童文學新論叢書」。

[19] 包括班馬《中國兒童文學理論批評與構想》、湯銳《比較兒童文學初探》、孫建江《童話藝術空間論》、王泉根《兒童文學審美指令》、彭斯

集結在中國兒童文學研究的歷史和未來建設有一種「大把握上的共識」的青年理論學者，提出新的理論概念、範疇與命題，為理論批評體系化而努力，成為中國當代兒童文學理論變革與轉換的新起點（頁 404－413）。

方衛平又在《逃逸與守望──論九十年代兒童文學及其他》裡，對崛起於改革、開放的新時代中承先啟後的兒童文學理論工作者充滿期待，並且指出他們的共同特徵是：

1. 具有學術視野的開放性。
2. 具有學術思維的創造性。
3. 具有學術成果的系統性。（詳見頁 87－88）

就是以這種具有開放性的學術視野和創造性的學術思維，班馬在 1984 年 6 月石家庄「全國兒童文學理論座談會」上，針對當時兒童文學界熱烈鼓吹的「兒童化」，提出「兒童反兒童化」的論述命題，讓王泉根驚嘆他一出手就「驚世駭俗」[20]，引起「轟動效應」。王泉根認為，與其說班馬文論是對傳統的顛覆，毋寧說是對未來的建設，因為他戮力開拓著兒童文學理論的新疆域，指向兒童文學的藝術主體，指向以創造審美價值為目的的文學作品如何創造出審美價值這一文學的本體問題。

「兒童反兒童化」，後來變成一個詞條，收入《兒童文學辭

遠《異彩紛呈的多元格局》、方衛平《兒童文學接受之維》、梅子涵《兒童小說敘事式論》等。

20 王泉根對班馬文論的討論，詳見王泉根著《現代中國兒童文學主潮》〈當代兒童文學作家九人論〉，頁 322－326。作家九人，計有 4 位東部沿海作家班馬、陳丹燕、周銳、劉先平；5 位西部作家沈石溪、張繼樓、譚小喬、鍾代華、李鳳杰。

典》（1991，四川少年兒童出版社），班馬親自撰寫詞條詮釋：「在兒童與環境的種種衝突中，兒童的自我意識寄寓在帶有夢幻性質的想像中，變成無所不能的勇士，暫時拋卻了軟弱的兒童形象；同時投射到成年人身上，這種成人形象成為兒童未來的角色，融化在兒童的許多行為中，可以說，無形中兒童在努力扮演他所嚮往著的各種各樣的角色。」

班馬流動的理論構想，內化為中國兒童文學凝固的認知基模，同時也為中國兒童文學理論批評的封閉狀態，鑿開一扇自由呼吸的窗子。

三、班馬的遊戲理論

收錄在「兒童文學新論叢書」中的《中國兒童文學理論批評與構想》，是班馬的第一本論述，也是方衛平標舉的「當代兒童文學理論變革與轉換的新起點」。全書以「閉鎖在兒童狀態上的時間自我封閉」；「閉鎖在學校生活上的空間自我封閉」；「成人作者創作心態的自我封閉」和「封閉了兒童讀者的審美心理動力」的四個封閉特徵做論述起點，提出極具創意的理論批評構想。我們可以從封閉主體、性質、理論構想到命題延伸，表列整理出班馬文論的發展體系（詳見頁5－32）：

主體	性質	理論構想	命題延伸
兒童狀態	時間自我封閉	從童年開始，向前延伸出一條未來發展線，向後延伸出一條原始遺傳線。	從「發生學」眼光把兒童當作一種「文化基因」，既控制著未來生長進程，又攜帶著歷史的密碼原本。

主體	性質	理論構想	命題延伸
學校生活	空間自我封閉	兒童文學的審美功能必須獨立於學校功能認識範疇之外。	提供精神生活廣闊的活動空間，掙脫家庭、社會、時代、出版等干預，緊緊聯繫於「未來實踐」。
成人作者	創作心態自我封閉	審美主體倒錯形成偏差，追求大人眼光下的兒童王國。	兒童的審美心理動力，才是文學審美功能的主體，正視「兒童讀者」的概念，深入分析兒童閱讀快感，理解兒童閱讀的模糊邊界。
兒童讀者	審美心理動力封閉	審美視角倒錯，兒童視角向大人世界投射而去。	認識幼兒「前審美」觀點；從身體的扮演走向心理的扮演，形成「遊戲精神」；提出「兒童反兒童化」概念。

班馬認為，兒童階段最大的生理和心理需要就是渴望獲得能力，審美特點也就表現為「以大為美」、「以強為美」、「以智為美」的學習性指向，這種「學習大於欣賞」的前審美狀態，就是心理視角投向成人的「兒童反兒童化」的基礎和出發點，然後兒童才學會把「未來實踐」的學習態度面向成人社會。重新認識幼兒心理，辨識幼兒與成人的視角落差，跳開傳統文化的制約，我們才能建立起作者與讀者間真正的溝通，確認兒童文學的接受主體是兒童讀者，兒童文學的創作主體是成人作者，傳遞，正是自我延續、社會繼替的重要表現，也是成人參與兒童文學活動的根本精神[21]。

---

21 這一小節的班馬文論構想，參考班馬著《中國兒童文學理論批評與構想》，頁 75－80，整理改寫。

班馬在《中國兒童文學理論批評與構想》書中，破譯成人與兒童的心理界域，對兒童文學的創作，提出許多精彩的見解：

1. 成人作家站在兒童或少年的身分上，力圖進入這種身分感，為他們代言，宣洩、釋放與自白，也成為這類型態兒童文學的表現特徵。

2.「原生性心靈」接近、重演或復活了「兒童心靈」，共同體現「原始思維」特徵，諸如神秘感、超驗感、巫和魔的氣息、狂想與蠻想、萬物有靈觀念、生物角度與生理快感，以及玩耍、操作的自由心向等，都在成人的無意識埋藏中暗通兒童心靈。

3. 暗語形態的兒童文學創作，呈現非思辨、非理性的寫作情緒，伴隨著一種遊戲性的快感，將原生性心靈附會在文學想像上，享受無意識心底的原始衝動感和超然無羈的隨意感，回到童年情感的「玩」的遊戲精神。真正純粹的兒童文學作家，正是在這一氣質上與眾不同，在遊戲性心態得到了特別的發展。（詳見頁 99－105）

強調走出自我封閉，做為積極開展系統論述起點的班馬，把「遊戲精神」視為成人作者與兒童讀者雙向交叉精神視角的共同焦點，以「由頑童走向成熟」做為兒童文學題旨的共同特徵，並且深入分析「遊戲精神」：

1. 用「玩」的表現型式，巧妙融合「成人社會的傳遞內容」和「兒童的審美特點」。

2. 通過「模仿」的意義，實現兒童的精神投射，完成社會的期待。

3.「兒童反兒童化」傾向，呼應成人社會通過審美促使兒童心理成熟的企求。

4. 兒童「前審美」功能，符合成人社會對兒童期「能力」的思考，雙方在「未來實踐」上溝通起來。

5. 突出身體的意義和操作的意義，溝通起暗示性、感知型的兒童審美方式，成人的文學傳遞效應，通過非特定心理的潛移默化完成。（詳見頁 126－127）

班馬以原創的理論構想做圓心，層層演繹、深入闡釋，逐步放大論述範疇，除了把拗口而又充滿不確定想像的原始構想改寫得更為簡要、清楚而體系化之外，我們可以說，他在論述中累積出充滿個人特殊性的學術系統，當然也看到他一次又一次不斷在重複自己，不過，還是拓寬了一些重要命題。在《中國兒童文學理論批評與構想》中，他提出兒童文學通過寓言化的處理，得以完成根本性規則內容的傳遞，這就是「型式挪前」，也就是把最高級的精神內容簡化成單純規則性的型式傳遞給兒童（頁168）；《遊戲精神與文化基因──班馬兒童文學文論》聚焦於創作實踐對「遊戲精神」的自省，以及從童年研究延伸出來的「文化基因」思考，「兒童反兒童化」的心理視角探索，小人讀大書的好奇，軟弱兒童對強勢威權的假想與扮演（頁 62－67），多半都源於兒童「了解、掌握，並且回應社會」的熱切衝動；扎實厚重的《前藝術思想──中國當代少年文學藝術論》，嶄露出班馬「成一家之言」的野心。

我們把三本書中重要的命題與討論整理並列，作為理解班馬文論的基礎：

出版	書名	重要命題與討論
1990	《中國兒童文學理論批評與構想》	1. 文化基因：控制未來生長進程、又攜帶著歷史的密碼原本。 2. 前審美：「學習大於欣賞」的兒童審美心理動力。 3. 兒童反兒童化：兒童拋卻軟弱、扮演成人角色的自我意識。 4. 遊戲精神：兒童文學本性之一，兒童美學的深層基礎。 5. 型式挪前：把最高級精神內容簡化成單純規則性型式傳遞給兒童。
1994	《遊戲精神與文化基因——班馬兒童文學文論》	1. 模糊邊界：兒童文學越界於「釋放」、「型式挪前」和「空靈」，是文學的過渡期，也是美學新領地的開始。 2. 創作實踐對「遊戲精神」的自省：線性思維與兒童文學角色體驗的關係；感知性動作與兒童文學興奮點的關係；遊戲性心態與兒童文學作家寫作心理狀態的關係。
1996	《前藝術思想——中國當代少年文學藝術論》	1. 前藝術：從發生學角度研究審美思維、審美心理和審美範疇的起源和基本結構。 2. 基礎理論：童年的身體與情感。 3. 感知理論：生理器官向文化器官的演進。 4. 閱讀理論：心理操作與文化能量。 5. 文化理論：童年器質——文化發生態。

班馬建構出這樣一個充滿活力和創意的論述世界，澎湃著交

響詩般的磅礡氣勢和龐大結構，並且以不斷實驗更新的創作實踐，落實自己的理論構想，也引起新時期大批被視為「班馬們」的實驗性作家響應跟進。

弔詭的是，強調「原生性心靈」的創作實踐，在型式上，沒有刻意追求「明白具體」，反而因為精緻簡約的「型式挪前」原則，走向「抽象象徵」；同樣地，在內容上，也沒有還原到「樸與淺白」，反而走向「野與神祕」，浮現出一顆野蠻而渾沌的心靈。

這樣的發展引出許多思考與討論，掀起各種質疑、批評和辯證。朱自強在〈新時期少年小說的誤區〉論文中指出，「班馬們」在「兒童文學首先是文學」的正確命題下陷入忽略「兒童文學就是兒童文學」的誤區；吳其南在〈錯位的批評──評新時期少年小說的誤區〉論文中卻以為，班馬沒有無視讀者，而是在探索一種新的少兒文學作家與讀者的對話方式；金燕玉在〈批評武器與批評方法的雙重失誤〉中，直指朱自強以「成人化」做為批評武器時，卻缺少對「成人化」內涵與外延的清楚認識[22]。

關於班馬的諸多討論，促成中國兒童文學在理論批評的多層次、多面向發展過程，邁開極為重要的一大步，從而對理論批評的自身態度、方法和策略，以及批評的概念、勇氣與尺度，做出更多的反省和思考。

四、中國的幽默美學

這就是班馬文論的遊戲魅力。在凝固荒涸的中國兒童文學理

---

22 朱自強、吳其南、金燕玉等人對班馬文論的辯證，詳見方衛平著《中國兒童文學理論批評史》〈兒童文學理論中幾個主要問題的探討〉，頁 389－395。

論批評土地上，竄擠出各種不同的微細聲音，一方面以阿多諾「並置美學」的聲勢形成眾聲喧譁，另一方面卻循著巴赫金「對話、回應」的模式在相互滲透，在班馬拆解與建構舊有價值體系同時，別人也在進行對他的建構與拆解。

這種拆解與建構、建構又拆解的活力，促成創意與樂趣的演現，而後放到中國兒童文學背景裡，我們又必須重新聯繫到以方塊字為基礎的中國文化，從「民族符碼」的視角來看，具有直覺與韻律的感性傾向，但又長期受儒家道統制約，從農業社會裡的兒童必須接受的「蒙書」、「詩教」和「自然環境」人文培成開始；經歷宗族網絡幼教文化的演變；受講究「祖先崇拜」、「老者為先」和「父為子綱」的文化制約，深陷於文學傳統的束縛與封建教育的限制，使得這五千年的歷史發展，隨著治亂興衰，擺盪在理性與非理性間矛盾拉鋸。

這種理性與非理性的矛盾性，為班馬所提倡的「遊戲精神」，創造出一種開放的可能。長期綑縛在「教化精神」裡的中國兒童文學，很快捲入「遊戲精神」所形成的文化漩渦，撞擊出新鮮的創意和樂趣。

值得慶幸的是，當「班馬們」在「成人作者靠近兒童讀者」的前提下，不是越寫越淺，而是越寫越趨向模糊深邃的邊界，有一種不能確定、很難清楚界說的文學境界，慢慢在貼近兒童心理視角的天真趣味中，裝進一點點詩意、一點點充滿象徵的情味。也就是說，當現代的「遊戲精神」擠進傳統的「教化精神」相互對話、回應的過程，有一種悲歡交錯的人生情味、和舊有思維不是悖離也不是疊合的模糊意境，慢慢滋生出來。這種「味道」，有點像第一個將 Humor 音譯為「歐穆亞」（1906）的王國維所觀注的人生境界，把 Humor 當作「將悲劇和喜劇融為一體」的人生觀；或者是為英文 Humor 首創「幽默」中文譯名（1924）的林語堂，視幽默為面向人生的藝術主張[23]。

這並不是說，因為班馬提倡「遊戲精神」，中國才出現和幽默相關的人生態度。比較可能的推論是，農業社會的封建中國，在講究宗法秩序的封閉社會，一直比較欠缺幽默的開展與研究；直到「遊戲精神」和「教化精神」融合，一如理性與非理性交錯的中國文化，在矛盾與拉鋸中，極易感知生命抉擇的無常和人生境界的轉折，以致於不得不融悲喜劇為一體，在人性與社會的衝突中、在痛苦和同情間滲入自我解嘲、苦中作樂，從而體會人生的生活態度，然後慢慢淨化為一種純粹隸屬於中國精神的「幽默美學」。

這種奠基在生活經驗和文化模式上的「幽默美學」，把純粹從兒童文學中開展的「遊戲精神」，挖得深一點，看得遠一點，摻多了一點「滋味難言難辨」的複雜感。李澤厚在《美學四講》中指出：沒有任何統一的美學或單一的美學，美學已成為一張不斷增生、相互牽制的遊戲之網，它是一個開放家族，「哲學美學」不是專門化的科學，也不是分析語言，哲學始終是「科學」加「詩」，具有兩方面的內容、因素或成份，主要是去探求人生的真理或人生的詩意，誰都有人生，因此誰都可以去尋求那人生的真理，去領會那人生的詩意，美的哲學所要處理、探詢的問題，深刻地涉及人類生存的基本價值、結構等一系列根本問題，涉及了隨時代而發展變化的人類學的歷史本體論，既有對客觀事實的根本傾向做概括領悟，也有特定時代、社會的人們的主觀意

[23] 王國維與林語堂的幽默討論，參考方衛平著《逃逸與守望──論九十年代兒童文學及其他》，頁 220，整理改寫。

向、欲求和情致表現，包含某種朦朧的、暫時還不能為科學所把握所規定的東西，與人的存在或本質、人生的價值與意義、人的命運和詩情糾纏在一起（詳見頁23－29）。

這是中國文化精神隱藏在儒學傳統很少被觸及的「極內在的部份」。所以，方衛平在《逃逸與守望──論九十年代兒童文學及其他》書中說明，儘管做為「美學概念」的幽默一詞，在中國出現得很晚，但做為「喜劇範疇」和「美學精神」的漫長幽默傳統，來自民間口頭文學、具有故事性的童蒙讀物、詩歌，經常受到兒童歡迎的古典小說，以及現代兒歌中的各種語言遊戲、內容倒錯，都具有詼諧幽默的盎然情趣（頁 220－223）；最後，才熔鑄出現代兒童文學的幽默品格，表現出這些特徵：

1. 受到民間幽默文學的影響，較少作家個人的幽默創作。

2. 幽默藝術的構成因素主要藉助於機智和智慧，及理性因素；較少調動想像、情感等非理性因素。

3. 中國現代幽默兒童文學作品（尤其是進入三、四〇年代以後），往往與諷刺藝術相結合，構成一種尖銳、辛辣的諷刺性幽默。

4. 幽默作品在整體兒童文學中所佔的比重很小。幽默文學在中國的歷史開展，從三、四〇年代張天翼的諷刺性幽默，過於傾向理性認知，限制他往更內在、更深沈、更富有意味的藝術境界延伸；在五、六〇年代對於「教育性」本能性的關注與服從中，幽默做為一種藝術可能，自覺或不自覺地侵入包蕾、金江、魯冰，更重要的是充滿天真與孩子氣的任溶溶的文學視野；八〇年代以後，幽默兒童文學大幅度發展，人們不僅視幽默為一種藝術手段，同時把幽默視為「具有獨特功能的美學目的」和「與兒童文學藝術天性完全一致的美學品格」，從而在文學格局多元化拓展中孕生一批幽默作家，出現數量可觀的幽默作品，幽默的藝術色彩、風格和手段漸趨多樣化，在兩岸交流後因為匯入台灣作家作品中的幽默感和趣味性，又促成新的發展。（詳見頁 225－234）

和方衛平的幽默討論相互激盪，《兒童文學 5 人談》在〈關於幽默〉（頁 177－201）中，有更多元、更深沈的演繹。梅子涵把兒童文學比擬為一隻大鳥，「幽默」和「想像」是牠的雙翼；彭懿認為幽默表現在敘述語言上；朱自強感慨中國文化因為功利主義和教訓主義思想，使幽默難以獲得，把幽默推向一種高級智慧、一種人生觀、一種生活態度，沒有健全的人生態度、對人生深入的洞察和人生的大智慧，就不可能獲得高級幽默；曹文軒進一步表示，低級的幽默是產生庸俗的溫床，人的境界越高，幽默越有質量，歸根究底，幽默來之於一種見解，一種看破一切之後又泰然自若的人生境界。

這就是中國幽默美學最深邃美麗的地方，也是中國兒童文學從遊戲性的活力開展中，不斷拆解與重建，不斷嘗試與修正，不斷確立又推翻……，最後期盼觸及的境界。

第五節　小　結

中國兒童文學的開創與拓展，擺盪在理性與非理性兩端，從叛離封建傳統的內在制約、抵抗殖民強權的外在壓迫中，不斷透過創作與論述的同步努力，「發現」兒童，正視「遊戲精神」，確立現代兒童觀與兒童文學的發展，藉由理論批評與創作實踐的集體努力，終於在班馬承先啟後的「遊戲精神」與「文化基因」的論述命題中，發展出一種不在乎「教育」需要、純粹的兒童趣味，然後深化為中國集體擁有的幽默美學。

一如西方觀點拆解長期因襲的東方概念後，在非理性的感性、知覺、情感和欲望中獲得重大啟示，中國兒童文學也將在遊戲精神的內化與深化中，學習接受人的存在或本質、人生的價值與意義、人的命運和詩情，以一種深邃歡愉的文化模式糾纏在一起，重新看見「世界」，尋找人與社會、與自然間如母子相依般親密而和諧的關係。

必須慎重釐清的是，中國兒童文學對遊戲性的重視，隱藏在傳統精神與兒童文化中形成盤根錯節的複雜拉鋸，絕非始於周作人、張天翼等人，繼而創造出一種「從無到有」的新文化這樣的簡單過程。本文從遊戲性視角檢視中國兒童文學的創作與論述，聚焦於王泉根、朱自強和方衛平的判讀識見，在諸多兒童文學評述中，理出一條具有集中主軸，「從教育到遊戲，從深沈到幽默」的簡單脈絡，作為理解中國兒童文學的觀察平台。

確認在不斷拆解與建構的文化漩渦中，中國兒童文學已然超越了創意與樂趣，累積出更多一點哲理、更多一點詩意、更多一點動人的「幽默美學」。這種寄寓在遊戲精神中的深沈內涵，是結合「講究語感的民族符碼」與「中華文化的深邃自覺」共同孕養出來的中國兒童文學最特殊、最珍貴的地方，是中國兒童文學和台灣兒童文學最不一樣的地方，也是薩依德所強調充滿自己的歷史、文化、族群認同，以及融合長期傳統、持久習性、民族語言和文化地理表現出來的「攤在陽光下彼此競爭」的文化演現。

當然，最好的論述方向是，站在這樣的認識基礎上，結合具體相關的文學現象和作家作品進行分析，論述中國兒童文學從教化到突顯游戲性的發展軌跡。不過，本文旨在提出一種遊戲視角做「兒童文學能見度」全面性的拔高與重構，並不擴及文本的舉證與討論。

下一章，我們仍將循著拆解與建構的遊戲活力，檢視在「文化劇場」的演現與競爭中，台灣兒童文學藉由萌芽、建立、成長、發展與蛻變等不同階段的種種努力，展現出創意與樂趣，建構出文學的主體性與可能性，同樣地，並不觸及文本的舉證與討論。

第陸章

從遊戲性展望台灣兒童文學遠景

所謂「遊戲性」觀點，強調的不只是對於文學趣味的挖掘與掌握，更重要的是，在因襲重複的舊秩序裡，發現新的創意、新的樂趣，嶄露前所未有的文化活力，相信「遊戲就是文化」，理解文化的創造與更新其實是一場在「凝固」狀態中，充滿拆解與建構的「不可測遊戲」。通過從古典、現代到後現代的一系列遊戲理論的討論與理解，我們推翻建構在原始知識背景與意識形態交疊出來的關於「遊戲性」的初步假設，進入一個充滿想像與自由、拆解與建構的文化遊戲現場，其實這也是一場推翻舊假設、接受新視野的「遊戲」。

關於兒童文學「遊戲性」的理解脈絡，我們從台灣論述框架出發，確定兒童概念與兒童文學的有機存在，拆解「西方中心」，回歸東方，並置探討世界兒童文學的建構與演化，觀察中國兒童文學的萌生與發展，在「講究語感的民族符碼」與「中華文化的深邃自覺」基礎上，累積出富含詩意與哲理的「幽默美學」。接下來，我們必須思考的是，在「世界文化劇場」的演現與競爭中，台灣兒童文學的建構與發展，如何從「確立主體性」、「展現創意與生機」，到「建構未來發展」的遠景。

本章分成四節，第一節「土地身世的演變」，藉由表列整理[1]，釐清台灣土地與歷史的變遷，探討台灣政權轉移的融匯與滲透，展現多元、包容、相互依存的遊戲精神；第二節「台灣兒童文學的準備」，具體觀察多元文化的混血、人與土地的聯繫、台灣文學的拓展，以及生命禮俗與民間文學的滋養，為台灣「前兒童文學期」提供足夠的養分；第三節「台灣兒童文學的建構與演化」，從台灣兒童文學分期討論，到因應政治、經濟和社會轉型發展出「萌芽階段」、「建立階段」、「成長階段」、「發展階段」和「蛻變階段」的諸多面貌；最後，第四節「從遊戲性尋找台灣兒童文學出口」，在全球化、現代性的世界趨勢中，尋找出遊戲新秩序，呈現遊戲性對兒童文學教育性、文學性與兒童性的聯繫與影響。

第一節　土地身世的演變

一、Formosa，美麗之島！

台灣四面環海，由本島和七十九座附屬島嶼組成；位居千島群島到印尼群島的大陸邊緣南北縱線中點；南北最長達 383 公里，東西最長有 142 公里，海岸線長 1140 公里，面積有 35780 平方公里。這個美麗而青春的地塊，橫跨北回歸線，高溫多雨，一年兩次雨季，有寒、溫、熱帶不同氣候；地形多山，佔全島面

[1] 本章關於各個階段台灣歷史沿革的表格整理，參考《大英百科》；李筱峰著《台灣史 100 件大事》上、下；施懿琳、中島利郎、下村作次郎、黃英哲、黃武忠、應鳳凰、彭瑞金合著《台灣文學百年顯影》；蕭錦綿、周慧菁編《發現台灣》；黃智偉著《省道台一線的故事》；仲摩照久主編《美麗島身世之謎》；葉石濤著《台灣文學史綱》整編刪修。

積三分之二，西斜面有廣闊平原，河川縱橫西流，迴異於「大江東去」的大陸風情，東斜面多陡峻峭壁，山脈迫海處，懸崖壁立，河川多以中央山脈為分水嶺分成東西兩線匯入海洋；地殼運動持續不斷，有火山、地熱、溫泉，地層褶曲而複雜，地震頻繁，牽引海岸線變遷，西海岸一片淺海，農耕地區形成沃田[2]。

這個地景美麗，平原豐饒，但卻高山矗立、河川湍隔，顯得四地荒疏的海島，確有文字記載可資了解的「歷史時期」，遲自十六、十七世紀開始。時當西歐諸國進入東洋展開海上殖民探險，葡萄牙據有澳門做根據地，航船遠眺台灣島時驚嘆「Formosa」（美麗島），同航的荷蘭船員林士登（Linschoteen）在航海圖上以此名稱標示台灣。李筱峰在《台灣史 100 件大事》中這樣形容：在地球上最大的陸地和最大的海洋交會的中心位置，有一個島國，曾經以「Formosa」聞名，這個「婆娑之洋」中的「美麗之島」曾經被稱為「流求」、「北港」、「笨港」、「東番」、「雞籠山」、「大灣」、「大員」、「台員」……不一而足，而今，全世界幾乎都叫她「台灣」（頁 11）。

Formosa，美麗的島！就這樣成為認識台灣的開端，也是本文試圖建構「遊戲性」視角的起點。透過台灣歷史紀事的表列整理，以一種簡單而具有韻律的整體感，重新檢視經歷荷蘭、西班牙、明鄭、滿清、日治到國民政府這三、四百年間的台灣政權更迭的歷史沿革。拆解已然凝固的意識形態，接受「並置」討論，深入文化與族群間的滲透與回應，超越抗爭、悲情、憤怒，注以充滿驚喜與感動的無限活力，重新釐清、建構出台灣的文化因素

---

2 詳見仲摩照久主編〈地理的特徵〉《美麗島身世之謎》，頁 28－32、頁 62－99。

和多元可能。

在進入文字歷史最初這短短一甲子六十年間，我們看到荷蘭人驅離西班牙人，又被鄭成功迫降，直到施琅將台灣納入大清版圖後所形成的變化：

西元	從荷蘭到明鄭，台灣歷史六十年
1621	顏思齊率鄭芝龍等 26 人在北港登岸，正式展開台灣漢人的歷史。
1622	荷軍佔領澎湖，與明軍展開兩年的攻防戰。
1624	明軍以「海禁」將荷軍逼出澎湖。荷軍轉往台灣，在安平登岸，建熱蘭遮城（即今安平古堡），招募大批閩籍漢人來台開墾，以「東印度公司」成為第一個有系統統治台灣的政權。鄭成功在日本平戶出生。
1626	西班牙佔領淡水、雞籠（基隆）、蛤仔難（宜蘭），開啟北台灣十六年殖民統治。
1627	第一個荷蘭傳教士肯迪修士（Georgius Candidius）來台，在新港社傳教，學習平埔族語言，以羅馬字拼註新港語翻譯《聖經》，這種書寫方式被稱為「新港文書」，平埔族還使用新港文和漢人簽訂契約；直到 1873 年，牧師甘為霖（William Campbell）在日月潭水社對邵族進行基督教傳教工作時，將日月潭命名為 Lake Candidius，即為紀念他的奉獻。
1628	明政府招降鄭芝龍，利用他來消滅海上群盜。
1642	荷軍北攻基隆，西班牙人投降。
1645	23 歲的鄭成功從烈嶼（小金門）起兵，高舉「反清復明」旗幟。
1649	荷蘭人購 120 頭牛來台，牛成為耕種與交通工具。

西元	從荷蘭到明鄭，台灣歷史六十年
1651	郭懷一起義，荷人撲殺約六千名反抗漢人。沈光文被颱風吹來台灣，開始教授傳統詩文。
1658	荷蘭東印度公司大規模推廣種植甘蔗，台灣年砂糖產量達一萬七千石。
1659	鄭成功率軍北伐南京大敗，退回金門、廈門兩島。
1661	鄭成功從鹿耳門登陸，圍困安平，逼降荷軍，建立「明鄭王朝」。
1662	鄭芝龍在北京被斬首。鄭成功病逝，享年 39 歲；鄭經繼位。
1666	鄭經接受陳永華建議，建孔廟，全台興學。
1674	鄭經展開反攻大陸，歷時六年，慘敗，明鄭元氣大傷。
1681	鄭經歿，權臣擁立 12 歲的鄭克塽繼位。
1683	施琅率清軍攻台，鄭克塽投降，結束 22 年明鄭時期。

從荷蘭人到鄭成功，可以說，佔領台灣的不同政權，都以「經濟效益」的考量做為管理人民的行政基礎，致力於空間遙遠、時間永遠擺在未來的「帝國發展」或「反清復明，轉進大陸」，很少著眼於「此時此地」人民的安身立命；即使如此，仍然有許多不同的經營策略，促成台灣歷史發展的質變。

荷蘭人以「東印度公司」在台灣建熱蘭遮城（即今安平古堡），成為第一個系統經營台灣的政權，形成特殊而深刻的影響。為了傳教，荷蘭傳教士學習平埔族語言，了解平埔族習俗，融入原住民社會，以羅馬字拼註新港語翻譯《聖經》，留下「新港文書」，成為平埔族的文字資產；為了增加經濟效益，荷蘭人輸入牛隻改進農耕技術，推廣甘蔗栽植規模，提高產能，發展出台灣熱帶風情。

驅離荷蘭人的鄭成功，為了鼓勵大陸移民來台參加抗清，獎賞開墾，每有移民一人，即「贈金三兩、牛一頭」，移民生活日漸豐庶，促使閩粵移民日增；陳永華全台興學，又把流離來台、汲汲謀生的台灣移民，從具體的生理溫飽提升到抽象的精神追尋，確立台灣「以漢人思維為主體」的文化模式。

有一種「在一無所有中開天闢地」的文化活力，不斷匯入台灣，讓越來越多的台灣住民相信，我們可以在這個純樸自然的美麗荒野中，構築幸福家園。

二、清廷的禁制與開放

短短的二十二年後，1683 年，明鄭覆亡，這個在安定幸福中構築出來的「反清復明，轉進大陸」的信仰，重新面臨拆解。一向以「天朝」自居閉關鎖國的清廷，既沒有「帝國發展」的野心，也沒有「反清復明」的目標，治台近兩百年，先是不許移民攜眷，後又禁止「番」漢通婚，建設停頓，島民生活不安，匪亂、械鬥、漢番對立……，朱一貴、林爽文和戴萬年，相續起義抗爭，無論閩粵移民或原住民，都陷入賦稅日增、勞役無所節制的煎熬，生活艱難成為常態：

西元	清治時期台灣歷史兩百年
1684	台灣府正式納入清朝版圖，隸屬福建省，下設台灣、鳳山、諸羅三縣；串連一個又一個平埔番社建立縱貫道。清朝取消海禁，但頒渡海禁令，不許移民攜眷。
1696	施琅去世，惠州、潮州解禁，客家人開始大量移民來台。
1697	郁永河抵台灣西部探險，赴北投採硫磺，完成《稗海紀遊》。
1709	「陳賴章」墾號開墾台北，漢人自此大規模拓殖台北。

西元	清治時期台灣歷史兩百年
1721	清廷下令，文武官職，不准攜眷渡台。朱一貴自號「中興王」，以「復明」口號抗清，改元永和，僅七日，成為台灣抗爭史上唯一佔有全台的武裝對立。
1722	清廷豎石為界，防漢人入侵原住民土地。
1731	中部大甲西社等 8 社平埔族原住民，不堪勞役繁重起而叛反，圍攻彰化縣治（1931－1932），掀起清代最大規模的抗官事件。清廷准許人民攜眷渡台。
1737	清廷嚴禁「番」漢通婚。
1752	清令「弛禁累番」，廢除平埔族過度的勞役。
1758	清令平埔族原住民習漢俗，從漢姓。
1776	台灣文武官職獲准攜眷上任。
1786	台灣天地會首領林爽文率眾反清，歷時十六個月後被福康安平定。
1796	漳州人吳沙招民入墾蛤仔難（宜蘭），成為「開蘭第一人」。
1820	清廷派耶穌會教士抵台丈量台灣經緯度，繪進世界地圖。
1827	英人開始到滬尾（淡水）販賣鴉片。
1841	英船紐布達號停泊雞籠口外，與當地守軍發生砲擊。
1860	英法聯軍陷北京後訂定「北京條約」，台灣開放淡水及安平港為通商口岸，基督教與近代醫學隨之入台。西螺一帶廖、李、鍾三姓大械鬥，歷時三年。
1861	英國領事館由台南移向滬尾。樟腦出口六千石，官府改樟腦為專賣，實施官辦。
1862	彰化戴潮春（字萬年）率八卦會起義，席捲中部，全島動搖，前後歷時四年。
1866	英人多德在淡水種茶，改善台茶產銷，展開台灣茶葉的輝煌史頁。

西元	清治時期台灣歷史兩百年
1871	69 名琉球人漂流誤入牡丹社，為原住民殺害。
1872	加拿大長老教會馬偕牧師到淡水傳教。日本內閣決議出兵台灣。
1874	日軍圍攻牡丹社，迫降高山族，屯田駐軍六個月，並有長期駐留計畫，是為「牡丹社事件」。清廷命沈葆楨為欽差大臣，辦理台灣等地海防。
1882	加拿大牧師馬偕在淡水創辦牛津理學院，教授新式教育。
1884	中法戰爭爆發。劉銘傳率台灣軍民分別在基隆、淡水擊敗法軍。
1885	清廷在台灣建省，劉銘傳為首任巡撫。
1887	台北城社鐵路總局，開辦台灣鐵路。
1888	開辦台灣郵政。台北設水力發電廠，為台灣電力之創始。
1891	劉銘傳去職，邵友濂繼任巡撫。胡適父親胡鐵花到台南、台東任官。
1894	中日甲午戰爭，中國潰敗，日軍佔領澎湖群島。

清廷據台後，在「鎖國自足」的意識形態制約下，不再獎賞移民開墾，而且因為施琅痛恨粵民協助鄭成功的軍隊，不准惠州、潮州客家人移台，並且頒訂「渡海禁令」：

1. 渡台人士須台廈廳證明文件，出入船舶受嚴密檢查，失察船主和地方官受罰。

2. 渡台人士不能攜帶家眷，已渡台者亦不得招來家眷。

3. 粵省是海盜之窩巢，禁止粵省人渡台。

粵籍禁令解除後，移民生活仍然極為困頓，寫盡心酸的客家山歌〈渡台悲歌〉[3]，成為清廷治台下的移民紀實。歌詩開頭就是：「勸君切莫過台灣，台灣恰似鬼門關，千個人去無人轉，知生知死都是難。」；經過兩、三百句的如泣如訴後，結尾提出勸戒：「叮嚀叔侄併親戚，切莫信人過台灣，每有子弟愛來者，打死連棍丟外邊，一紙書音句句實，併無一句是虛言。」

黃智偉在《省道台一線的故事》中指出，十七世紀原始的縱貫路線，南路平直，北路迂迴，之字形迂迴的原因是為了遷就平埔番社，當平埔番社沒落之際，同樣的地點卻有漢人街市興起（頁 37）。清代台灣百姓有兩種身分，漢人叫「民」，原住民叫「番」，民有繳稅的負擔，番則有提供勞役的義務，賦稅課徵有一定時節，常能配合農事收成，勞役卻是隨時徵調，往往抵觸農時，平埔族生計受到極大干擾（頁 44）。對於勞役繁重的平埔族人來說，送公文成為平埔少年（稱為「麻達」）的榮耀，一天跑三百公里，速度比馬還快，根據文獻描述：「麻達插雉尾於首，手繫薩豉宜（一種金屬鐲）；結草雙垂如帶，飄颻自喜。風起沙飛，薩豉宜叮噹遠聞，瞬息間已數十里。」一路還伴隨著這些敬業的麻達們生動婉轉的送公文歌，漢文意譯是：「我遞公文，須當緊到，走如飛鳥，不敢失落，若有遲誤，便為通事所罰！」（頁 124－125）

身處於勞役與剝削中的原住民，仍能唱著歌過著自得其樂的生活；而精於開墾、善於忍耐的閩粵移民，也在「三年一小叛，五年一大亂」的艱難過程中，慢慢催迫著清廷施政革新。這之間

---

[3] 渡海禁令和〈渡台悲歌〉，詳見黃榮洛著《渡台悲歌──台灣的開拓與抗爭史話》，頁 22－42。

不能忽視的，仍然是一種不斷拆解與建構的活力。1885 年台灣建省，首任巡撫劉銘傳積極改革，因為建設鐵路、郵政、發電廠……等行政費用膨脹，不得不設定稅賦改善財政，卻因為課稅過重，引起人們不滿而去職；邵友濂繼任巡撫後，建設消極緊縮，劉銘傳七年經營的成果，一時俱成泡影。

就在八國聯軍入侵中國，引發晚清在 1900 年後全面西化的救國運動之前，因為 1895 年的中日馬關條約，中國割讓台灣、澎湖給日本。台灣和中國就在這轉捩點上，各自走向不同的分歧。

三、現代化的起點

日軍通過艱難的「征台之役」後統領全台，一如過去的更迭政權，仍全力促成台灣經濟效能，做為日本「轉進太平洋戰場的中繼站」，這些積極的建設都成為台灣進入「現代化」的起點：

西元	日治時期台灣歷史五十年
1895	馬關條約，中國割讓台灣、澎湖給日本，伊能嘉矩來台進行史地民情研究，為台灣學開先路。台灣官紳成立「台灣民主國」自救，共維持 148 天，唐景崧任總統，劉永福為民主大將軍。日軍展開艱難的「征台之役」，丘逢甲為義軍統領。
1896	日軍在台灣戶口調查，廢軍政，改民政，設十一個撫墾署，負責原住民綏撫教育、荒地開墾、山林經營及樟腦製造，設台北國（日）語學校，為日治初期最高學府。
1897	各地發生「番害」（即「出草」），設隘勇線驅退原住民襲擊。
1898	新任總督兒玉源太郎到任。實施土地調查，新建北起基隆、南到打狗的鐵路，前後十年（1898－1908），命名「縱貫線」，台灣開始進入「現代化」建設。

西元	日治時期台灣歷史五十年
1899	成立總督府醫學校、台灣銀行，食鹽、樟腦實施專賣。
1900	成立「台灣慣習研究會」調查台灣風俗習慣。設立台灣製糖株式會社。
1907	蔡清琳動員北埔一帶隘勇、樟腦工人和原住民，襲殺日本軍民，是為「北埔事件」。
1909	台北開始供應自來水。設「原住民事務課」，從 1910－1914 年，配合警察、軍隊，傾全力掃蕩「兇番」，開鑿道路，前進隘勇線，實施同化治理原住民的五年計畫。
1911	東部鐵路全線通車。總督府開始調查台灣山地林野。
1915	西來庵事件，為台灣人抗日最大且最後的武力抗爭，也被稱為焦吧哖事件或余清芳事件。
1918	中央山脈橫斷公路完成。
1919	歷時八年的總督府新廈（今總統府）落成。
1920	台灣留日學生在東京創立「新民會」，林獻堂、蔡惠如為會長，推動政治改革。刊印漢、和文並用的綜合雜誌《台灣青年》，喚醒民族意識，建立「新思想、新文化」的台灣社會，成為台灣文學發韌的起點。
1921	林獻堂展開第一次台灣議會設置請願運動，共提出十五次請願，歷時十四年。「台灣文化協會」成立，從事文化啟蒙運動；蔣渭水發表〈台灣診斷書〉。連橫完成《台灣通史》。
1922	第一位台籍博士杜聰明獲京都大學醫學博士。
1923	「台灣民報」在東京創刊，有「台灣人的喉舌」之稱。總督府全面搜捕台灣議會設置請願運動有關人士，是為「治警事件」。
1925	二林事件。「台灣農民組合」成立。

西元	日治時期台灣歷史五十年
1927	台灣第一個政治團體「台灣民眾黨」成立，要求地方自治。
1928	台灣大學前身台北帝國大學設立。謝雪紅、林木順等人在上海成立「台灣民眾黨」。
1930	原住民不滿長期欺壓，在霧社爆發激烈的抗日行動，是為「霧社事件」。費時 10 年的嘉南大圳完工。
1932	楊逵發表〈送報伕〉，成為首篇獲得日本文學獎的台灣作品。
1934	日月潭水力發電廠竣工。
1935	首屆台灣地方議員選舉。
1936	台北松山機場、新公園落成。
1937	台灣進入戰時體制，台灣人軍伕奉召至大陸戰場。
1941	成立「皇民奉公會」，推動皇民化運動。
1942	第一批台灣「志願兵」入伍，並派原住民青年組成高砂義勇隊前往南洋作戰。
1945	日月潭發電廠被炸毀。吳濁流完成《亞細亞的孤兒》。日軍無條件投降，第二次世界大戰結束，聯合國成立。

呂正惠在《殖民地的傷痕──台灣文學問題》中針對「皇民化」與「現代化」的糾葛提出憂慮。為了方便理解，我們把他的辯證過程條列說明：

1. 從殖民統治的立場來看，日本，特別是東京，成為最重要的「留學」場所，日本「壟斷」台灣知識份子的「現代化」視野，使他們在無法比較的情形下，不知不覺把日本當成最現代化的國家，從而把「現代化」與「皇民化」混淆而論，由於對現代文明的懾服而產生全盤的信仰，進而，擴及到所有日本事物。

2. 這種落後國家追求現代化的「勇猛」時期，不免都有全盤否定傳統，全力進行西化的傾向，日本維新，中國的五四運動，率皆如此。不過，任何有深厚文化傳統的國家，都不可能「清洗」掉具有千年以上歷史的文化特質，已然完全現代化的日本，仍然保有鮮明的日本文化特質，歷史更為悠久的中國文明或阿拉伯文明，即使正掙扎於「現代」與「傳統」的長期拔河，可以肯定的是，現代化成功後，他們仍會保留自己文化的特質。

3. 台灣必須面對的問題是，在漢文化的區域內，由於台灣發展較晚，早期移民又以犯人和「羅漢腳」為主，文化體質較為薄弱，常把進步、強大的日本當作國家楷模來崇拜，遂有自願「皇民化」的情形發生。（詳見頁 36－39）

值得慶幸的是，台灣的文化累積，其實並不像呂正惠所憂慮的「發展較晚」、又「以犯人和羅漢腳為主」那麼薄弱。如果拆解掉「漢人主體」的意識形態，我們將欣喜發現，在每一次政權拆解的同時，不斷會有嶄新的生活模式和文化內涵，熔鑄舊有基模，建構出不能預測的創造活力。如果我們把治台兩百年仍嫌薄弱的漢文化和高壓治台五十年卻有自願「皇民化」的文化殖民現象對照檢視，其中最大的差異在，日本一面致力於鎮壓反抗，一面積極展開經濟改革、整體建設，以及更重要的是，加入更多的文化理解：

1. 日治基礎從台灣的戶口調查和土地調查開始，重視原住民綏撫教育、荒地開墾、山林經營及樟腦製造，調查台灣山地林野，確定土地所有權，使稅賦大增，食鹽、樟腦專賣，並且統一貨幣與度量衡制度，促成經濟繁榮。

2. 完成鐵路「縱貫線」、東部鐵路、中央山脈橫斷公路；供應自來水；設立台灣銀行、台灣製糖株式會社、日月潭水力發電廠；成立總督府醫學校、台北帝國大學；總督府新廈、台北松山機場、新公園相繼落成。

3. 成立「台灣慣習研究會」，調查台灣風俗習慣；設學校普及日語教育，設隘勇線驅退原住民襲擊；設「原住民事務課」，從 1910－1914 年，配合警察、軍隊，傾全力掃蕩「兇番」，開鑿道路，前進隘勇線，實施同化治理原住民的五年計畫，雖因原住民不滿長期欺壓，在霧社爆發激烈的為「霧社抗日事件」，但也善用原住民青年與大自然環境融為一體的智勇特質，組成高砂義勇隊前往南洋作戰。

日本對台灣風俗、諸多原住民的深入調查與縝密整理，和清廷治台做比較，可以從《省道台一線的故事》中「真命天子騎牛」一事看出端倪。黃智偉指出，中國「南船北馬」的俗話，在台灣完全用不上。朱一貴以「天子」的名義反抗清廷，出入騎牛代步，以傳統漢人眼光來看，多以土包子視之，傳為笑柄。其實，台灣溪湍橋陋，驢、馬、騾這些中國常見卻又敏感的動物多半不肯涉溪，用來運輸的牲畜只有牛，不過，牛只能拖曳車輛，不能當坐騎，牛車又只能承擔在地短途，很難「任重道遠」，長途旅行只能靠人的雙腿，有錢人依賴轎子，還是一步一腳印，慢慢把路走出來。敏感而容易受到驚嚇的馬，歷經千辛萬苦來到台灣，又要面臨水土不服的考驗，即使沒有暴斃，也只能龜縮在營區裡，「真命天子騎牛」，反映出台灣本地的特殊風土，當作笑談的內地人，正好暴露出他們對台灣風土的隔閡（詳見頁 139－141）。

四、多元、包容、相互依存的遊戲精神

弔詭的是，透過日治時期講究效率的「現代化物質建設」，以及高壓、懷柔並進的「皇民化精神同化」，極力促成台灣「現代化」同時，並沒有馴化台灣為典型的日本殖民地，反而催化了台灣「民主化」的趨向。

留日學生在東京創立「新民會」，推動政治改革；《台灣青年》、《台灣民報》在東京創刊；林獻堂歷時十四年展開十五次台灣議會設置請願運動，促成議員選舉，成立台灣第一個政治團體「台灣民眾黨」，要求地方自治；「台灣文化協會」成立，從事文化啟蒙運動，蔣渭水發表〈台灣診斷書〉，連橫完成《台灣通史》，楊逵發表〈送報伕〉，成為首篇獲得日本文學獎的台灣作品，吳濁流完成《亞細亞的孤兒》……，可以說，在物質經濟「現代化」的同時，台灣人的精神文化，同時也慢慢跨向「民主化」。

1945 年以後，台灣再次經歷另一個以本島的「經濟效能」做基礎，致力於空間遙遠、時間永遠擺在未來的「反攻大陸、統一中國」的政權轉進。「此時此地」的台灣人民，一如過去，在一個又一個不同政權轉移過程中，逐步摸索出「現代化」與「民主化」雙軌並進的開墾與拓展，即使速度極慢，仍然充滿著民族自覺與期盼，並且不斷匯入更繁複、更多元的文化因素，使得這塊土地上的文化演現，充滿許多原來想像不到的可能。

葉啟政在〈台灣應開啟新階段的族群關係與國族認同〉一文中，思索與中國牽涉糾纏捆綁在一起的台灣歷史際遇。在短短五十多年間歷經三個不同的統治政權、且不斷移入生長背景不一人口的台灣，確實很難沉澱、凝聚相同的國族認同，更遑論讓不同

世代間分享共同的集體情操、集體意識和集體期待。不過，當經歷高壓政權並且直接或間接經驗點點滴滴「文化差異」的「台灣主體」認同，與長期由國民黨政權官方所欽定之主張統一的「中國主體」認同產生對壘時，隨著政治民主化（尤其不時的政黨輪替）、舊世代的日漸凋零，以及新世代不斷來臨，台灣人如何認知和感受這一段新的未來歷史，如何接納愈來愈多共同的生命經驗感受與記憶，進而影響國族認同的形塑，需要更多的智慧、判斷與累積，才足以發展成一種有關社會認同之本質性定義的鬥爭，也是爭取歷史詮釋之主導權的鬥爭，更是確立當前的人與過去的人之間具有「厚重」關係之基本屬性的鬥爭（詳見《新新聞》890 期，頁 54－63，2004.3.25）。

這就是薩伊德（Edward W. Said）在《文化與帝國主義》中所強調的，文化不只是所有權的問題，也不具有絕對的負債者和債主之借貸關係，而是各種不同文化間的採用、共通經驗和相互依存的關係，絕對不是統一、單一或自主的事物，含有比它有意識排除掉的，包含更多的「外來」元素、變化和差異（頁 50）；各種各樣的族群，創造「他們」的歷史、文化和族群認同，以及無人可以否定的長期傳統、持久習性、民族語言和文化地理綿延不絕的連續性，生存的意義，就是讓許多事物聯繫在一起。所以，我們必須學會的是，多用具體的、同情的、對位的方式來為他人設想，將比只想到「我們」自己會更有報酬——當然這也更困難（頁 616－617）。最後，薩伊德強調，文化的抗拒、運作與拉鋸，不斷形成三種相互牽連影響的重大主題：

1. 堅持「整體、一致、統合的社群歷史」，將受到囚禁的民族重新恢復其自我。

2. 破除文化藩籬，以一種更遊戲人間或更強而有力的敘述風格替代人類歷史。

3. 分離主義式的民族主義通往一個更整合式的人類社群之人性解放。（詳見頁405－407）

循著薩伊德「堅持整體、一致、統合的社群歷史」、「破除文化藩籬」，以及「將分離主義式的民族主義通往更整合式的人性解放」這樣的文化理解，我們可以為台灣的歷史沿革做一個簡表，總體檢視台灣土地身世的變遷：

分期	年代	有形的建樹	目標	無形的累積
荷蘭時期	1624－1661	建熱蘭遮城，驅離西班牙人。 傳教士以羅馬字拼註新港語翻譯《聖經》，形成「新港文書」。 引進牛隻，推廣甘蔗栽植。	帝國殖民	開啟台灣歷史的文字記載，在自然原始地景裡，播下文明種子；農耕技術的改進，促成初期移民生活的豐饒。
明鄭時期	1661－1683	驅離荷蘭人，全台興學。 鼓勵移民，獎助土地拓墾。	反清復明	加速土地拓墾、人口繁衍。建立漢人儒學的主體認同。
滿清時期	1683－1895	串連平埔番社建立縱貫道。 渡海禁令，不許移民攜眷；嚴禁「番」漢通婚。		嚴禁移民攜眷，促成漢人與平埔族通婚，強化移民在地化速度，發展出人與土地的緊密聯繫。

分期	年代	有形的建樹	目標	無形的累積
日治時期	1895－1945	提高經濟產能，加強現代化建設。 成立「台灣慣習研究會」和「原住民事務課」，推動原住民同化治理與「皇民化」運動。	轉進太平洋戰場	充滿壓迫與矛盾的殖民過程，加速台灣反殖民的民族自覺。在追求「現代化」與「民主化」過程中，展現前所未有的文化活力。
國民政府	1945	強化漢人儒學意識，欽定主張統一的「中國主體」認同。 確立經濟自由與民主機制。	反攻大陸	藉由文化差異與主體認同的拉鋸、辯證，建構一個「納入多元文化考量」的新民族與新國家。

經過漫長的時空累積，台灣文化慢慢展現出薩伊德所預言的「相互依存」、「超越統一自主」、「包含更多外來元素」的多元特質。

讓所有離心的聲音，同時被聽見。這就是台灣貼身感受到的，最真實的「遊戲精神」。

第二節　台灣兒童文學的準備

一、多元文化的混血

如果我們確認，「遊戲精神」最珍貴的價值在於，讓所有離心的聲音都被聽見。那麼，認識多族群多面向的文化混血，就成為理解台灣兒童文學滋養的起點：

1. 從早期移民與平埔族同化開始

台灣早期移民以漳、泉兩地的福佬人最多，佔十分之六七；渡海禁令解除後稍晚來台的客家人佔十分之三四。根據施添福的研究，因為原鄉生活方式不同，泉州人以海維生，居於濱海平原；漳州人以農業為經濟中心，居於平原內緣；客家人擅長山區耕作技術，選擇丘陵台地。他們保留了大部分中國人文化生活模式，「祖先崇拜」是最主要的生活重心；崇信宗教，結合音樂與祭典；客家女子拋棄父權社會的「裹腳」陋習，福佬女子比客家女子在衣著上更為重視顏色及裝飾；懷抱對水牛的感恩，不吃牛肉；本島特有的嗜好是嚼檳榔，相信檳榔可以消除瘴氣、益於口腔衛生[4]。

由於「渡海禁令」禁止攜眷來台，漢系移民和平埔族女性通婚，成為一件再自然不過的事。張炎憲指出，昔日台灣史研究者、社會大眾和官方觀點，多視台灣開發為漢人努力的成果，忽視台灣原住民的心血結晶，其實，南島語系原住民比漢人早來台灣數千年，漢人移居台灣後，在海岸、平原都與平埔族密切往來，相互競爭，學習平埔族的語言，吸納平埔族文化。後因平埔族無法對抗漢人的優勢力量，逐漸隱入漢人社會[5]。

不斷出現在清代文獻中的「熟番」，即指平埔族，藉由通婚和漢裔融合，加上清廷對歸順的「熟番」提供潘、蠻……等五十姓供他們選用，遂使平埔族在短短百年間和早期移民同化、熔鑄為台灣主體文化的一部份。原來遍布台灣南北的原住民（除了部

---

4 詳見仲摩照久主編〈漢系台灣人的風俗〉《老台灣人文風情》，頁 108－132。

5 參見陳柔森主編《塑台灣平埔族圖像──日本時代平埔族資料彙編（1）》的推薦序，頁 3。

份阿美族、卑南族分布在東部海岸和平原，達悟族人住蘭嶼外）大半住在山區，1930 年霧社事件後，日本人強制遷移深山部落；1945 年以後，政府主導「山地平地化政策」，加速平埔族被同化，高山部落減少[6]。

因為漢人主體的強勢發展，讓各自具有互不相屬的語言、俗信和生活方式的不同部族原住民，長期隱形在漫長的歷史中。不過，當凝固僵化的「漢人主體」意識形態鬆綁時，這些多元、活潑的文化模式，很快又成為台灣文化組成因素中活潑而極富創意的源頭。而在 1945 年後，中國不同省籍大量移民的文化風貌不斷匯入，使得台灣的文化主體，融入更多、更豐富、更具有層次感的多元質素，醞釀著我們難以規範與想像的無限演化。

2. 高山原住民的文化活力

高山原住民對於荷蘭、明鄭、滿清、日本等各個政權的遞嬗，都抱持事不干己的態度，完全不在意漢人和平埔族在平地開發的成果；視異族入侵為不吉，極力避免與外界聯繫；文明人視為殘忍野蠻的「獵首」儀式，是崇高而神聖的祖先遺訓，藉以取得壯年資格、解決爭議、復仇、準備婚宴、除祟、炫耀……；無視於外在世界的運作節奏，光是悠悠閒閒地承繼著數千年前的文化，居住在台灣中央山脈層峰深處，過著與山林野獸共生共存的化外生活[7]。

他們以長男、長嗣及長女繼承等多元繼承制度，顛覆漢系社會凝固的父權傳統；精靈主導的體制，使得祖靈崇拜成為宗教信

---

6 詳見仲摩照久主編〈原住民居住地與生活〉《老台灣人文風情》，頁 140－185。

7 詳見鈴木質著《台灣原住民風俗》〈原住民概說〉，頁 11；〈獵首行動〉，頁 104－108。

仰的全部；雖然很多人都以為台灣原住民是狩獵之民，其實他們主要以農耕生活為主，祭祀也以播種祭和收穫祭來祈求農作物豐收，只是以「輪耕」為主，不是「定地耕」，完全不施肥，因為地廣人稀，大地得有休養生息的機會。[8]

當我們在機械性複製的現代生活裡，日漸喪失創意與樂趣的遊戲活力，高山原住民的文化刺激，成為一種嶄新的離心漩渦，充滿了自然的生趣。葉石濤在《展望台灣文學》中，以漢系作家鍾理和、鍾肇政跟原住民作家陸續完成的原住民小說作比較，指出即使鍾肇政有《高山組曲》為總題的三部曲大河小說，顯然缺乏原住民作家與作品中所展示的獨特思維和心理動向。跳脫「漢文化」的思想框限，葉石濤大膽地丟出命題，相信台灣文學的母體應該是台灣先民遺留下來的口傳文學，正如現代北歐文學源自於北歐神話（Saga），而拉丁美洲文學的母胎乃是印第安傳承一樣，假以時日，也許原住民作家所撰寫的根據於族群傳承的大河小說的出現，會替台灣文學在世界文壇中爭到一席光榮的地位（詳見頁 19－22）。

3. 民族精神的累積

早期移民與平埔族的同化，奠基為台灣文化生活與文學書寫的基礎；而後又融合荷蘭和日本田野調查的紮實工夫，漢學的溫厚，以及日本文學精緻典麗的講究；1945 年後匯入中國文學風貌；八〇年代本土文學經過論戰衝破禁忌；九〇年代後又有原住民的活力展現，為台灣文化面貌加入新鮮豐富的語言、歷史、想像思維和表現主題。

無論是土地身世的曲折、台灣文學的發展，或者是國家主體

---

8 參見劉還月著〈平埔何處尋舊社〉《尋訪台灣平埔族》，頁 19。

的認同，我們都走過一長段艱難扭曲的歲月，終於在各種新文化的匯入與開展中，擺脫政治糾葛，展現多元文化波瀾壯闊的混聲合唱。透過文學現實的反映，讓我們在拆解舊有意識形態、重新建構新民族與新國家概念時，確實體會到一種多族群、多文化的民族精神累積。柯慶明在《境界的探求》裡慎重提醒：「文學批評的初步工作，正是在適當位置上標立起一面面代表民族精神之向前開展與成長的里程碑，指陳出我們的人生開展與民族在精神上自我完成的前進方向。」（頁 3）

在台灣文化論述真正「向前開展與成長」之前，「在適當位置上確立一面面代表民族精神之里程碑」，成為台灣文學研究與文化理解最基礎的準備工作。這個「民族精神」，不只是明鄭時期全台設校推行儒學後建立起來的漢人文化主體，不只是 1945 年以後匯入台灣的大陸各地特異省籍風情，不只是全球化多元族群風起雲湧的原住民繁華競豔，不只是新近融入文化意識裡的南島風情，也不只是隨著美日歐韓風潮湧入的全球化思維……，而是尋找一種更為活潑、更能跳脫現實爭議的未來願景。

一如林瑞明所揭示的：台灣文化的形成是個長遠的過程，也是不斷文化變遷、衝突的結果，具體表現在我們的社會以及文學作品，呈現不同的特色。……環太平洋的台灣，因為海洋而吸納了不同的文化。種族與文化的多樣性本是台灣最傲人的資產，如何保有此特質，並且儘可能以開放的態度對外，吸納世界思潮並加以轉化，呈現台灣新的文化形貌（Cultural Configuration）──尊重、包容、共享的多元價值體系，是吾人須嚴肅思考的命題。[9]

---

[9] 參見林瑞明著〈台灣文化之探討與願景〉，收於《台灣的未來》，頁 340；342。

二、人與土地的綰結

記得，童年時來自台南府城的老姨婆告訴我們，古早古早時候，有一年「二九暝」(除夕夜)，大家都說地要沈了，每一個家庭的每一個成員，全都守在一起，吃團圓飯，拜天公，吃的吃，玩的玩，賭的賭……，這樣熱鬧一整個夜。直到天亮後，他們發現，地並沒有沈，人們仍好好活著，立刻歡天喜地地放鞭炮、給紅包，並且毫不掩藏地在見面時興奮地相互慶賀著：「恭喜，恭喜！」

我們都認為姨婆講錯，並且把通行版本的「年獸吃人」故事重講一遍，姨婆聽完以後不以為然的樣子，成為一幅印象鮮明的「台灣子民」記憶圖譜。一樣是關於過年的故事結構，只是「年獸吃人」的災難在台灣替換成「地要沈了」。根據季羨林的看法：「相同故事雖因各地民族風俗不同增減刪修，一定共有一個來源」[10]。先民故事從「苛政猛於虎」的中國沿海，遷徙流離到地震頻仍的台灣南部平原，把「吃人年獸」修改為「地要沈了」的情節，其實是合理的推論。

也許因為台灣年輕的地層給台灣人印下太多關於地震的恐慌和無奈，也許渡海追求安身立命的馴順台灣人，對生活的要求只剩下「土地與家人要永遠在一起」。這種人與土地的綰結，是多元文化混血後的台灣民族累積裡，最深沈的依恃，也是台灣文學的鮮明傳統，從對「土地」與「生活現實」的刻畫和省思開展出來。

---

10 詳見本書第伍章第一節〈東方文化的「非理性」傾向〉三：印度文化資產，頁 202－204。

根據《大英百科》（詳見線上版：http://wordpedia.britannica.com/）對「台灣文學」詞條的說明，我們可以條列化，層次分明地呈現台灣文學在綰結人與土地聯繫的發展進程：

1. 人類遠古時代在群體勞動下，由於溝通的需要發展出語言，使人類脫離了動物的狀態，同時也藉之發展出說故事的藝術，語言藝術就是廣義的文學。台灣文學的起源，就從台灣史前時代的原住民原始神話傳說開始。

2. 十七世紀漢人和荷蘭人帶來漢字和羅馬字，留下有關台灣社會的龐大文獻，荷蘭人的《被忽視的台灣》和《熱蘭遮城日記》，詳細記錄十七世紀殖民地台灣的現實情況。

3. 明末遺臣沈光文於 1651 年被颱風吹到台灣開始教授傳統詩文，直到 1688 年客死台灣，歷經荷、鄭、清三個殖民政權，與西拉雅族相處三十年，留下大陸故土懷鄉詩 104 首，僅有一首〈番婦〉詩提到原住民，這種無視社會民生的心態，是滿清殖民時代兩百年間文人的典型代表。

4. 日治時期台灣作家記錄他們身處的殖民地環境真實的社會面貌，一方面有助於真實歷史軌跡的保存，再則也將文學提昇為一種抵抗形式。

5. 經過西來庵事件[11]日本對台最後的彈壓、第一次世界戰後民族自決的聲浪，以及中國五四運動的刺激，台灣民眾開始避免流血抵抗，尋求另一種民族自省、自覺的途徑。在東京創辦的《台灣青年》（1920），以建立新思想、新文化的台灣社會為主

---

[11] 從 1895 年清廷割讓台灣到 1915 年西來庵事件為止的 20 年間，台灣民眾一直以武裝抗日來反抗日本統治。西來庵事件是最大、也是最後一次抗爭。

旨，暗地鼓吹台灣民眾抵抗日本殖民統治的壓迫，創刊號刊出三篇討論跟文學有關的語言問題的論文，為台灣文學的語文改革奠下重要的基礎，促成「台灣新文學運動」，成為台灣文學發軔的起點。

6. 賴和、楊雲萍……等台灣作家的白話文文學陸續出現，台灣新文學累積了具體的形式和內容，締造富有民族性格、反映台灣本土色彩的台灣文學，確立以土地、人民為中心的論述，反殖民、反對階級壓迫、爭取貧民生存、反對封建統治、爭取戀愛婚姻自由的生活事件和人物，成為台灣文學的主要內涵。

7. 八〇年代初期，台灣作家終於為台灣文學正名，公開提倡認同台灣的人，以台灣人的觀點，寫出愛台灣、關於台灣的事物之文學作品，都可以稱得上是台灣文學。日治時代賴和稱之為「世界主義下的台灣新文學」；當代作家鍾肇政說：「台灣文學是台灣本土的文學、台灣人的文學，是世界文學的一支。」

三、台灣文學的拓展

看起來，台灣文學有其脈絡承傳上的一致性，事實上，每一種民族文學的辯證與定調，都必須經歷漫長而艱難的掙扎與努力。

葉石濤在《展望台灣文學》中指出，文學缺乏自主性而墮為政治的奴婢，是反常的現象，現代文學歷史很短的日本、美國等國家，一開始文學就是整體文化中的一個重要環節，日本明治以降的現代文學，大多以保持自我獨立性為其重要內涵；而初期美國文學是某種開拓荒地冒險患難的拓疆精神為其主調，兩者皆沒涉及到政治意識的控制，唯獨台灣新文學變成文以載道的泛政治文學，並非出於作家意願，而是殖民地統治的苛酷現實所造成（頁 12）。他在《台灣文學史綱》目錄頁清楚揭露，五〇年代的官方文學充滿理想主義的挫折與頹廢，六〇年代充斥無根與放逐，七〇年代在波瀾壯闊的時代裡掀起鄉土文學論爭，直到八〇年代，才開始邁向更自由、更寬容、更多元化的途徑。

林瑞明在《台灣文學的本土觀察》中指出，經歷鄉土文學論戰後，台灣文壇展現的兩個現象，可以李喬《寒夜三部曲》試圖回歸本土文化的歷史脈絡，以探討台灣的將來；和陳映真的《華盛頓大樓》系列作品，站在第三世界的一環，抵抗新帝國主義的經濟侵略為代表，雖各呈現不同的風格，其實內在都具有強烈的本土自主性格，值得新生代作家從各種不同角度加以研討，以為創作台灣新文學的滋養（頁 85）；廈門大學台灣研究所從「歷史背景」、「政治背景」和「文化背景」三方面，考察整理台灣新文學的特點與分期，提出二〇年代到四〇年代的鄉土文學，五〇年代的戰鬥文學，六〇年代以後言情、武俠、現代文學的醞釀與開展，終於到七、八〇年代以後才發展出新生代文學的多種風貌[12]；彭瑞金在《台灣新文學運動 40 年》中急切呼籲，無論作為一個民族，或是作為一個國家，台灣絕對不能沒有自己的主體文化，並且還應該優先被建構起來（頁 5）。

陳萬益先在《于無聲處聽雷──台灣文學論集》中指出，台灣文學就是發生於台灣島嶼的文學，隨著歷史的進程，不同族群先後移民入台，不同的文化和不同的語言相激相盪，文學的表現因階段性的進展而有多元的面貌，包括「原住民的神話、傳說與

[12] 詳見黃重添、莊明萱、闕豐齡、徐學、朱雙一合著《台灣新文學概觀》，頁 1－15。

漢語文學」、「台灣民間文學」、「傳統詩文」、「日據時代的台灣新文學」和「戰後台灣文學」五大範疇（頁 210－212）。並且對台灣文學的主體發展提出新的努力方向[13]：

1. 就台灣文學的根源性來說，過去一百年的統治者刻意抹消台灣歷史，剝離人民與土地的關係，台灣的語言、文學、文化被置換，喪失源遠流長的活水。九〇年代以來，台灣文學史料的蒐集與整理，包括民間文學與作家文學，古典文學與現代文學，彌補了歷史的斷層，提供創作者傳承的血脈。

2. 從文學教育的發展來看，大學階段的台灣文學已然取得獨立的學術地位，中學課本在開放民間編輯後，台灣作家作品日漸受到重視，鼓舞土地認同，形塑互動的文學生態，豐富台灣文學的主體。

3. 台灣文學史的建構，成為九〇年代以後的焦點議題。史觀或有不同，書寫徑路容有差異，性別、族群、認同等當代議題即使爭議不斷，卻也透露多元面向與學術深化，為新階段台灣文學主體性的建構與開展，帶來生機與期待。

同時，對台灣文學主權的復歸與文學主體性的建構，陳萬益也提出不能避免的問題：

1. 政治現實與國家認同。雖然對國家的符號象徵存在不同看法，卻都認同台灣是一個主權獨立的國家，「台灣優先」是所

13 陳萬益對台灣文學主體發展的努力方向與問題討論，詳見張德麟主編《台灣漢文化之本土性》，陳萬益著〈論台灣文學的主體性〉，頁 250－254。

有人的共識。政治現實不是文學工作者的著力點，但是文學總是走在歷史前面，這是歷史賦予台灣新文學運動的使命。

2. 族群現實與重構。歷史的解釋與評價，需要所有族群坦然面對，以「多音交響，多族共榮」的理念，共同迎向未來。

3. 台灣文學與中國文學的定位、交流與合作。兩者的關係並非一成不變，也沒有主從、對立的問題，確認兩者有分有合、也有藕斷絲連的不同時期，找出雙贏的可能。

四、生命禮俗的涵育

為了具體探討台灣兒童文學的準備與發展，以及確定台灣「此時此地」的特殊性，我們從土地身世的演變，理解台灣人的民族精神累積；繼而回到文化領地，融入台灣文學的整體思辨體系，重新理解成人主流文學中的多元文化與土地聯繫；接下來，我們必須藉由生命禮俗的認識與了解，體察台灣人的兒童概念。

劉還月表示，生命歷程原是一種複雜的體驗，有生的喜悅、養的擔憂、婚的責任、病的苦痛，死的傷悲與圓滿，才成就生命的豐厚；因為有生命禮俗的存在，才讓人們的生命更為完整。禮俗反映了常民文化的實貌，透過儀式呈現最生活化的歷程，讓人深刻感受到不同階段的感動和喜悅，當我們仔細觀察每一場生命禮俗，自然會看見生活的形貌；每一道生命禮俗所拼湊的是生命存在的脈絡，在這些過於繁縟的儀式或是帶有迷信的禁忌背後，往往蘊含著濃濃的情感意義，祝福、期望，或者是歡愉[14]。

不同族群藉由不同的生養禮俗，透露出兒童概念的差異。根

[14] 詳見劉還月、陳阿昭、陳靜芳著《台灣島民的生命禮俗》，頁3－5。

據劉還月在《台灣島民的生命禮俗》中〈原住民禮俗〉（頁 52－73）和〈漢系禮俗〉（頁 109－155）的調查、研究和整理，我們可以從台灣生命禮俗中發現，因為地理環境的變遷，生活條件需要更多的艱難奮鬥，台灣人的兒童概念，在漢系的嚴格期待和原住民的自由訓練中相互滲透影響，從中原古國「祖先崇拜」、「老者為先」和「父為子綱」的兒童觀中慢慢蛻變，「父為子綱」的權威鬆綁為給予兒童的「人生祝福」，「老者為先」的秩序則因應奮鬥轉化成「生活訓練」，只有「祖先崇拜」的精神牢牢發展成「生命延續」的力量：

1. 人生祝福

原住民嬰兒的命名純粹代表祝福，沒有漢系的姓氏觀念，不同族群各自有其辨識家族血統的命名方式，大致可區分為「親子聯名制」（大部分族群，包括平埔族）、「親從子制」（如達悟族）和「姓名制」（如賽夏族，用姓代表社會分工）；漢人則認為，水有陰陽，沒處理過的冷水是陰水，只有遭遇不吉之事才使用，煮沸過的水是陽水，生產，一定要用煮沸的熱水。漢系兒童的生命禮俗，在初生這一年中，報喜，三朝洗浴禮，取意二十四孝在出生第二十四天剃頭，做滿月禮，做四月日收涎，排命盤造命，命名，最後，做度晬承認孩子成為一個獨立的個體，不僅慶賀生命誕生，還代表對嬰兒延續終身的祝福與祈禱，藉由拜床母，祈求嬰兒守護神的照顧，拜契為孩子和神訂定收驚與解厄的長期契約，而後才相信孩子在簡單的醫療和生活環境下，可以平安長大。

2. 生活訓練

原住民的新生兒必須熬過溪水洗浴，將來才有辦法在惡劣的環境下生存，所以小孩一出生就要到溪中沐浴；私生兒、雙胞胎、畸形兒被視為不祥；布農族會在每年七、八、九月的月圓之日舉行嬰兒祭，以家庭做單位，祈求嬰兒平安長大；因為生活環境惡劣，特別重視謀生技能的訓練，男孩的教養以成為「勇士」為目標，女孩教以織布技術和部族禁忌，不論男女，都必須通過成年禮。漢人則在童年時有換工或養女的習俗，直到十六歲做「成年禮」後，成為得以領全薪的正式工人，這是兒童養成的終結點。

3. 生命延續

劉還月表示，生命禮俗彰顯生命中的喜悅、負擔與成就，讓每一個人從出生就進入儀式的榮感，然後進入這樣的社會公式：出生時由父母替自己舉行儀式；成年結婚後為自己的孩子舉行儀式；等到年老實又變成孩子來替自己過，如此建立出一個完整的社會秩序，隨著每一代不斷的繁衍不斷被遵守，並成為大家共同遵守的法則。顯現先民因應台灣土地生活相對形成的生命禮俗，在面對艱困的物質生活同時，生命仍然必須在豐美幸福的精神滿足中延續，成為其中最重要的意義：

（1）早期農業社會需要大量人力，加上醫療、資訊不發達，導致孩子夭亡的機率很高，人們因為找不出孩子夭亡的原因，唯一能做的就是小心翼翼完成生命禮俗中的每一個環節，期望藉由這樣的方式降低孩子夭折的機會。

（2）在儀式進行過程，釋放對孩子、對每一個家人與人際網絡無限關愛的心情。

（3）農業社會本身是一個自給自足的社會，人們終其一生都在奉獻體力辛勞工作，幾乎沒有什麼獲得賞賜的機會，唯有進行生命禮俗的時候，才能成為主角而得到被誇獎和讚賞的榮耀。[15]

五、民間文學的滋養

1. 從民俗研究到口傳文學

台灣是個多族群多移民的寶島，歷來在這塊土地上的民間文學作品豐富多樣，傳統文人卻始終不曾針對台灣民間文學進行大規模的科學採錄，形成「先天資源豐沛，後天保存失血」的狀態。陳益源指出，傳說中的明鄭時期歌謠傳說，其實都沒有文獻證明，只能存疑；清治時期著名文獻只有黃淑璥《台海使槎錄》（1722）卷五到卷七的〈番俗六考〉，忠實記錄已被漢族同化的平埔族最早、最珍貴的記錄，還有地方方志和文集筆記，留下豐富的民間傳說、歌謠和諺語可以相互佐證，準確掌握年代，判別材料真偽，挖掘更多昔日素材，這是重建清治時期台灣民間文學最重要的努力方向；嚴謹的台灣民間故事採錄、整理與研究，從日治時期才看到具體的成績；目前的搶救之道，在於推動科學化的全面普查，同時發掘、研究台灣民間故事家，讓台灣民間文學的「重點採錄」與「全面普查」相輔相成[16]。

彭衍綸在〈淺論台灣民間故事發展概況〉（《國立中央圖書館台灣分館刊》第五卷第二期，頁 109－121，1998.12）中，對日治時期和光復以後的民間文學採集整理，做出精簡的綜合整理：

---

15 詳見劉還月、陳阿昭、陳靜芳著《台灣島民的生命禮俗》，頁 29－31。

16 陳益源的意見，參考陳益源著《台灣民間文學採錄》，頁 19；〈明清時期的台灣民間文學〉《民間文化圖像──台灣民間文學論集》，頁 1－24，整理改寫。

（1）日治時期統治階層為了方便、有效地推行殖民政策與管理，著手調查台灣風俗習慣，一併採錄民間故事[17]；另一方面，同時亦有人開始對台灣民間故事展開專門的輯錄與整理[18]；台籍人士主導的台灣民間文學調查，有台灣文藝協會郭秋生、黃得時、朱點人、廖毓文等人創辦《第一線》(1934，原名《先發部隊》)，推出「台灣民間故事特輯」；李獻璋、朱鋒、楊守愚、王錦江等人以《第一線》為基礎，分「歌謠篇」與「故事篇」兩大部分，編輯《台灣民間文學集》(1936)，每一首歌謠和每一篇故事，都能表現早期移民的民情風俗，呈現三百年來台灣社會的側面史。

（2）光復之後，台灣民間故事的研究不曾進行過大規模、集體性的計畫。除了中央研究院歷史語言研究所、民族學研究所，省市文獻會，中國民俗學會，台灣大學人類學系時有相關性研究外，民間故事的採錄或研究多半以個人為主。隨著大批外省新住民遷居來臺，台灣民間故事研究同時吸引了婁子匡、朱介凡、阮

---

17 發行七卷《台灣慣習記事》(1901－1907)，收錄清代以來的制度沿革、法律、契約、碑文，以及食、衣、住、行等瑣碎習俗；個人整理專著有平澤平七《台灣俚諺集覽》、片岡巖《台灣風俗誌》、伊能嘉矩《台灣文化志》、鈴木清一郎《台灣舊慣冠婚葬祭與年中行事》、池田敏雄《台灣家庭生活》；以及金關丈夫、國分直一、池田敏雄、陳紹馨先生、黃得時先生等人所創辦的《民俗台灣》(1941—1945，共43期)……等。

18 這些豐碩的成果包括宇井英《台灣昔話》(1915)、川合真永《台灣笑話集》(1915)、平澤平七《台灣歌謠名著物語》(1917)、入江曉風《神話台灣生蕃人物語》(1920)、佐山融吉/大西吉壽《生蕃傳說集》(1923)、澤壽三郎《台灣童話五十篇》(1926)、西岡英雄《朝鮮、台灣童話集》(1929)、瀨野尾寧/鈴木質《蕃人童話傳說選集》(1930)，中村亮平《朝鮮台灣支那神話傳說》(1934)、臺北帝國大學言語學研究室《台灣高砂族傳說集》、黃鳳姿《七爺八爺》(1940)、西川滿/池田敏雄《華麗島民話集》(1942)、黃啓木/江肖梅《台灣地方傳說集》。

昌銳等人熱心投入[19]；之後，台灣建設以工商發展為首要目標，民俗研究不受重視，僅餘陳國鈞、吳瀛濤、周青樺、何廷瑞、林衡道、施翠峰[20]幾位熱心人士繼續努力。

（3）由於台灣社會、經濟日趨穩定繁榮，十餘年來的本土民俗文化，再度受到重視[21]。1993 年開始，由行政院國家科學委員會贊助，胡萬川對漢族民間文學進行客觀科學的採錄整理後，陸續完成石岡鄉、東勢鎮、沙鹿鎮、彰化縣、大甲鎮等一系列民間文學整理與出版。

最後，彭衍綸提出兩個省思：其一，由於歷史背景、政治環境與人口比率因素，客家族群顯得較為薄弱，與台灣開發有莫大關係的平埔族也幾乎被漢化；其二，截至目前為止，仍以故事採錄整理為主，屬於理論性質的則較少，因為資料不夠豐富、全面，理論也只停留在初步概論，需要深入開發。

2. 民間文學是通往兒童文學的臍帶

根據陳益源的整理與介紹[22]，我們可以條列出，通過歲月累

---

19 其中較重要有江肖梅《台灣故事》三冊、涂麗生/洪桂己《台灣民間故事》，婁子匡/齊鐵恨《台灣民間故事》、賴燕聲《麗島搜異》等。

20 施翠峰努力在民俗民譚中賦予現代意義，著有影響深遠的《台灣昔話》、《思古幽情集》、《台灣民間文學研究》。

21 其間較重要有：鍾鳳娣《雅美文化故事》（1986）、陳慶浩/王秋桂《中國民間故事全集》（1989）、金榮華《台東卑南族口傳文學選》（1989）、多奧．尤給海/阿棟．尤帕斯《泰雅爾族神話傳說》（1991）、王秋桂《民族與民俗》（1994）。以及相關期刊《台灣風物》、《台灣文獻》、《台北文物》、《台南文化》、《高雄文獻》、《民俗曲藝》、《大陸雜誌》、《漢學研究》、《國文天地》、《台灣新生報》、《中國時報》、《聯合報》、《自立晚報》等。

22 陳慶浩和王秋桂的整理，參考陳益源著《常言道》，頁 4；陳益源著《民

積後，台灣學者在民間文學研究上的具體成果：

1. 陳慶浩認為，民間文學呈現有情世界。山川大地、風雨雷電，乃至飛禽走獸、一花一草，都有自己的故事；人世間的風俗習慣、人物和事件，乃至俗話諺語，都有他們的歷史。凡此種種，都是民族心靈集體創造出的世界和傳統，在「集體創作」與「口頭流傳」的特徵下，具有「變易性」和「傳承性」，無獨立創作者，因人因地而異，呈現出多采多姿的面貌，並且為了便於口耳相傳時的記憶思考，發展出一套穩定的模式，目前民間文學已有分明的學術架構，分成「故事、歌謠、諺語」三大類。

2. 從台大外文系系主任轉向清大中語系推動民間文學研究的王秋桂（劍橋大學博士），與陳慶浩合編《中國民間故事全集》（1989，遠流出版公司），費時五年，蒐羅上千種民間文學期刊、專著，從中精選中國各省各族民間故事佳構，彙成四十鉅冊，第一冊即為《台灣民間故事》，內容分成「漢族民間故事」與「高山族民間故事」兩部分，藉此為人文社會科學研究者提供研究資料，並讓青少年重享父祖輩幼時豐富多采的民間文學滋潤和陶冶，回到民間，引發一般民眾搜集與整理的欲望。

3. 邱坤良主持「宜蘭縣口傳文學」的採集計畫，發掘民間故事說唱家。

4. 李豐楙說明民間文學與宗教思想、生活慣習、勞動生產息息相關，具有多種功能。包括廣泛的社會教育、簡易的知識傳遞和庶民生活的表達。

俗文化與民間文學》，頁 127－131、164、193 改寫。其他民間學者的努力，參考陳益源著《民俗文化與民間文學》，頁 89；頁 167－199，整理改寫。

5. 林明德歸納民間文學的功能與價值：豐富民眾的想像，給予多樣的情趣，紓解民間忍受苦難的情結，鼓勵庶民生命精神的上揚，提供寫作的素材，學術界一方面要走向田野，挖掘民間文學的新礦；一方面也應致力於舊有文化遺產的尋檢。

6. 胡萬川強調，當人文發展到一定境地，就會有感情的訴求，我們要懷著「讓山水有情，讓人生有義」的態度推廣民間文學，從「以鄉鎮為基礎單位」、「挖掘資料」、「建立背景資料」到「科學性的整理」，認真做到客觀的普查，因為民間文學最重要的意義是，作為「資料」產地的那一群人「可供一再傳承的傳統」。

7. 陳益源指出，許多看似帶有迷信、功利色彩的民間俗信、儀式活動，卻有它形成的特定背景和廣泛的群眾基礎，既可達到傳授知識、娛樂生活的教化意義，又能發揮滿足信仰需求，增強凝聚力，進而安定人心的社會功能。

通過長期以來官方資源、專業學者與民間說唱故事家的共同努力，我們可以發現，台灣民間文學嶄露出來的幾個特性：「豐富奔放的想像力」、「淺白具體的講述性」和「兼具美學語感和地方特性的人文與地景」，已然醞釀成建構兒童文學的臍帶聯繫。

從多元文化、土地聯繫和台灣文學的認識與了解出發，經歷生命儀禮和慣習風俗的體悟，最後過渡到民間文學的重建與整理，這就是台灣兒童文學的源頭活水。

第三節　台灣兒童文學的建構與演化

一、台灣兒童文學分期探討

即使我們從台灣土地與政權的遞移與累積過程，具體展現台灣兒童文學「萌芽階段」多元文化、台灣文學、生命禮俗與民間文學的長期準備。當我們把審視角度重新聚焦在台灣兒童文學初步建構的歷史回顧，還是得承認，過去的研究模式，面對 1945 年以前現代化的兒童概念與兒童文學如何在台灣萌芽與發展，多半存而不論，只是延續西方文學框架，尋找一種接近凝固的範疇限定，把中國兒童文學從大陸移殖來台的 1945 年，做為討論台灣兒童文學的起點。

本文根據林文寶的整理[23]，表列不同學者在不同發表年提出對台灣兒童文學的分期理解，最後再並列林文寶的分期，藉以延

[23] 詳見《兒童文學學刊第五期》，林文寶著〈台灣兒童文學的建構與分期〉，頁 6－42。林文寶詳列涉及分期且較為重要的論述為：林良著〈從種子長為樹──兒童節談我國兒童文學的發展〉（《書與人》412 期，頁 4－6，1980.4）、〈七十年來我國的兒童文學〉（《華文世界》25 期，頁 17－23，1981.11）、〈台灣地區四十五年來的兒童文學發展（1945－1990）〉（洪文瓊編《華文兒童文學小史 1945－1990》，頁 1－4，1991.5）；邱各容著〈四十年來台灣地區兒童文學發展概況〉（《文學界》28 期，頁 151－196，1989.2；《兒童文學史料初稿 1945—1989》，頁 17－75，1990.8）、〈四十年來台灣地區兒童讀物出版概況〉（《幼兒讀物研究》9 期，頁 45－63，1989.6；《兒童文學史料初稿 1945－1989》，頁 79－106，1990.8）；陳木城著〈台灣兒童文學發展簡史〉（《大陸兒童文學研究會會刊》3 期，頁 1－5，1989.5）；洪文瓊著〈1945－1999 兒童文學發展歷史分期〉（《台灣兒童文學手冊》，頁 49－66，1999.8）。

伸討論：

<table>
<tr><th>林良 1981</th><th>邱各容 1989.2</th><th>陳木城 1989.8</th><th>洪文瓊 1999.8</th><th>林文寶 2001.5</th></tr>
<tr><td rowspan="2">1945
日本轉口輸入
→大陸懷舊
→再播種的
改寫時期
1961</td><td>1945：萌芽時期
1949：東方出版社成立</td><td rowspan="3">1945.10.25
以台灣光復為「出發點」
1963</td><td rowspan="3">1945：台灣光復
停滯期
1963</td><td rowspan="3">1945：台灣光復
萌芽期
1963</td></tr>
<tr><td rowspan="2">1950
發展時期
1963</td></tr>
<tr><td rowspan="3">1962
再吸收的
翻譯時期
1971</td></tr>
<tr><td rowspan="4">1964：經濟起飛
茁壯時期
1974</td><td rowspan="3">1964.6
以教育廳兒童讀物編輯讀物為「躍昇點」
1973</td><td>1964：經濟起飛
萌芽期
1970</td><td rowspan="5">1964：經濟起飛
成長期
1979：各縣市籌建文化中心</td></tr>
<tr><td rowspan="4">1971：兒童讀物寫作班
成長期
1979</td></tr>
<tr><td rowspan="4">1972
再生長的
創作時期</td></tr>
<tr><td rowspan="3">1974.4.4
洪建全兒童文學獎為「轉捩點」
1983</td></tr>
<tr><td rowspan="2">1975
蓬勃時期</td></tr>
<tr><td>1980：高雄市兒童文學寫作</td><td>1980：高雄市兒童文學寫作</td></tr>
</table>

		1984.12 中華民國兒童文學學會的成立為「**最高點**」	學會成立 **爭鳴期** 1987	學會成立 **發展期** 1987：解嚴，開放大陸探親
			1988：全面開放 **崢嶸期**	1988：報禁解除 **多元共生期**

林良用「再播種」、「再吸收」與「再成長」的觀點，理解台灣兒童文學從日譯、中國懷鄉到歐美文學借鑑的分期轉型；邱各容以「東方出版社成立（1949）」、「經濟起飛（1964）」和「出版社蓬勃成立（1975）」做為分期依據；陳木城從「台灣光復（1945）」、「教育廳兒童讀物編輯讀物（1964）」、「洪建全兒童文學獎（1974）」到「中華民國兒童文學學會成立（1984）」，演現兒童文學進程；洪文瓊以「經濟起飛（1964）」、「台灣省教育廳國校教師研習會開辦兒童讀物寫作班（1971）」、「高雄市兒童文學寫作學會正式成立（1980）」標示台灣兒童文學各階段的躍昇；林文寶綜合各家論述，以洪文瓊的初步分期為基礎，結合「發現台灣」的後殖民觀點，以「經濟起飛（1964）」、「各縣市籌建文化中心（1979）/高雄市兒童文學寫作學會成立（1980）」、「解嚴，開放大陸探親（1987）/解除報禁（1988）」做分期依據，並且拔高文化視野，強調台灣兒童文學必須納入台灣文學的歷史分期做整體思考。

如果我們從「遊戲性」思維出發，相信文化是一場不斷拆解與建構的遊戲，任何的創意融入這個充滿演現趣味的「文化劇場」裡，都會形成活力、發生影響。那麼，對照兒童文學傳統分期討論，可能會有不同的思考方向：

1. 台灣兒童文學的萌芽溯源

林文寶綜合各家研究提出結論，1945 年以前的台灣兒童文學，仍屬有待開發的處女地帶。邱各容卻進一步把凝視焦點往前推，在〈日治時期台灣兒童文學勾微〉(《全國新書資訊月刊》，2003.12，頁 22－32）中具體整理台灣對日治時期兒童文學研究，起於柳文哲〈光復前台灣兒童文學初探〉[24]，經過李雀美〈光復前的台灣兒童期刊〉、游佩芸《殖民地台灣的兒童文化》、林文茜「日據時期台灣兒童文學發展研究」的種種努力，接續到邱各容對日治時期在台日籍兒童文學家、台籍兒童文學家、在台刊行兒童文學作品的介紹，彌補台灣兒童文學研究的缺口，讓兒童文學的關切與想像，沿著時間軸向上位移，提醒我們重新思考，生活在台灣不同時空中全部的生命內涵，無論是中心或邊緣，無論來自於多元文化、土地聯繫、台灣文學、生命禮俗或民間文學的孕養，都必須納入台灣兒童文學領地，成為不可或缺的營養。

如果我們有機會重建台灣兒童文學的分期，應該把萌芽階段上推到 1945 年以前。

2. 台灣兒童文學發展的近期轉型

目前兒童文學的建構與分期，多半以 1988 年台灣全面解禁做為最後的分期依據。事實上，九〇年代，台灣面臨前所未有的變化與激盪，兒童文學因應政治、經濟、社會、文化……的全面變遷，以一種舊社會難以想像的新速率在轉型，我們在越靠近

---

[24] 柳文哲即趙天儀，〈光復前台灣兒童文學初探〉發表於《海洋兒童文學研究》第 10 期，1986.4。

「此時此地」的文化座標裡，越需要縮短世代切割。從 1988 年跨到二十一世紀，另行提出一個新的分期，其實是大勢所趨，利於我們對差異與變遷的探究與理解。

3. 文學分期的滲透性與普遍性

當我們在界定兒童文學分期依據的最初，無論是「兒童專業出版社出現」、「經濟起飛」、「兒童讀物編輯小組」、「兒童文學獎」或「學會成立」……，都具有專業、精確的內在意涵，雖有益於凝聚共識，確認兒童文學的意義、特性與價值，但也同時出現一些值得商榷的問題：

（1）文學環境的遞變，透過滲透式、漸進式的曲線狀態，在時代氛圍、政經體質，以及社會的集體變遷中慢慢位移，許多重大改變，彼此具有相互不能切割的滲透與回應，很難以一個指標人物或事件來替代。

（2）舊有的分期依據，放進熱鬧而其實庸俗化的大眾社會，難免形成「專業隔閡」。當專業學門發展到一定程度，必然會轉成社會的公共資產，只要兒童文學的發展不斷分化、增生，無論是研究或創作都不能忽視，納入「普遍性」考量的重要性。

當兒童文學在內容不斷複雜化、內在寓涵豐富化同時，更應該簡化形式判準，納入社會集體經驗，成為台灣文學的一部份。從 1945 年到 1997 年，我們可以「1960」、「1980」做分期依據，接受一種具有時代滲透性的集體制約，這是面對兒童文學分期依據時，一種「拆解舊觀念、重建新可能」的思考方向。

二、萌芽階段的台灣主體性（1945 以前）

遊戲既是一種「拆解與建構的活力，創意與樂趣的演現」，那麼，在拆解長期沿襲的兒童文學分期同時，串連「台灣漫長歷史」和「近期社會劇變」，重新建構新的分期，不只是兒童文學的遊戲理解，也是本文進一步論述台灣兒童文學建構與演化之前，最重要的基礎：

<table>
<tr><th></th><th>分界</th><th>分期</th><th>年代</th><th>意義與思考</th></tr>
<tr><td>1</td><td></td><td>萌芽階段</td><td>1945 以前</td><td>回溯一向「存而不論」的 1945 年以前。</td></tr>
<tr><td>2</td><td>1945</td><td>建立階段</td><td>從 1945 到 1959</td><td rowspan="3">因應時代滲透性，以及學門普遍性，橫跨前後五十年，以討論式的「階段」替代確定的「期」，呈現仍然在形塑修正的「論述對話」模式。</td></tr>
<tr><td>3</td><td>1960</td><td>成長階段</td><td>從 1960 到 1979</td></tr>
<tr><td>4</td><td>1980</td><td>發展階段</td><td>從 1980 到 1996</td></tr>
<tr><td>5</td><td>1997</td><td>蛻變階段</td><td>1997 迄今</td><td>透視還沒有「凝固」為論述框架的 1997 年以後。</td></tr>
</table>

接下來，我們把重建後的台灣兒童文學分期表列整理，和陳芳明的「台灣新文學分期」、林文寶的「兒童文學分期」對照、比較，藉以顯現一個更寬闊、更全面的「台灣文學」視野：

<table>
<tr><th>歷史分期</th><th>陳芳明台灣新文學分期</th><th>林文寶兒童文學分期</th><th>台灣兒童文學分期重建</th></tr>
<tr><td rowspan="2">日據：殖民時期</td><td>1921－1931：啟蒙實驗期</td><td rowspan="2"></td><td rowspan="2">1945 以前：萌芽階段</td></tr>
<tr><td>1932－1937：聯合陣線期</td></tr>
</table>

	1937－1945：皇民運動期		
戰後：再殖民時期	1945－1949：歷史過渡期	1945－1963：萌芽期	1945－1960：建立階段
	1949－1960：反共文學期		
	1960－1970：現代主義期	1964－1979：成長期	1960－1980：成長階段
	1970－1979：鄉土文學期		
	1979－1987：思想解放期	1980－1987：發展期	1980－1997：發展階段
解嚴：後殖民時期	1987 迄今：多元蓬勃期	1988 迄今：多元共生期	
			1997 迄今：蛻變階段

根據這個表格，我們很容易誤判，台灣主體性在兒童文學萌芽階段已然醞蓄成形。談到這裡，更需要跳出框限重新思考：我們是以 2004 年的觀點，回溯舊有論述並不觸及的 1945 年以前，當時的台灣兒童文學營養，也許自然存在，但從不曾被清楚察覺，此時此地奠基於「台灣意識」與「殖民反省」的討論，只能當作一種回顧與省思的「方法」，絕不可能是「歷史的還原」。

回顧世界兒童文學發展，從中世紀的歌謠、故事和圖畫中萌芽，直到兒童概念確立，又從兒童性、教育性、文學性與遊戲性的有機建構中分化出兒童文學，一方面從成人主流文學開展文化視野，一方面又把兒童文學的成果匯入成人主流文學的文化厚度。

可見，培育民族精神、深化文化價值的兒童文學，一定得與文學界與思想界主流保持密切關係。無論是英國路易斯・卡羅爾（Lewis Carroll）在《愛麗絲夢遊仙境》中，把邏輯思考融入奇幻想像，結合純粹的兒童歡愉，使得幽默與自由成為英國精神的一部份；美國華盛頓・歐文（Washington Irving）在〈李伯大夢〉中改寫德國民間故事，從古荷蘭人，旅店招牌上的英國國王畫像，到華盛頓將軍的照片，具體呈現一部詼諧怪誕的美國建國史……；或者是在英、法成為殖民強權同時，語言學家格林兄弟在佈滿分裂諸侯與黝暗黑森林的積弱貧窮中，將德國民間童話蒐集、整理、再創作，促成民族共識的凝聚，超越國界成為全世界共有的智慧財產。

從事台灣兒童文學研究，必須先有同樣的自覺。以一種寬容與同情的態度，還原土地與政權的演變，理解民族精神的累積，以及最重要的，真實察覺文化與土地的聯繫，融入台灣文學的整體思考，慢慢發展出兒童概念的內在意涵，與具有現代意識的兒童文學。確認「台灣意識」，和台灣文學所有的努力與掙扎並軌同步，讓「多元文化」、「土地綰結」、「台灣文學」、「生命禮俗」和「民間文學」的諸多探索，確實成為 1945 年以前，台灣兒童文學「萌芽階段」中的多面滋養。

接下來的每一小節，我們仍循著運用表列整理[25]的論述模

---

[25] 台灣兒童文學歷史發展的表格整理，參考楊碧川《台灣現代史年表一九四五年八月—一九九四年八月》；洪文瓊〈一九四五—一九九〇年台灣地區兒童文學發展之觀察〉《華文兒童文學小史》；邱各容〈四十年來台灣地區兒童文學發展概況〉《兒童文學史料 1945－1989 初稿》、林文寶〈論述書目〉《彩繪兒童又十年—台灣 1945－1998 兒童文學書目》及國立台東師範學院兒童文學所《兒童文學學刊》，增刪整編完成增刪整編

式，條列台灣兒童文學發展過程中重要的參考指標事件，從「建立階段」、「成長階段」、「發展階段」到「蛻變階段」，具體展示台灣兒童文學建構與演化的歷史脈絡。

三、建立階段的教育性（1945－1959）

台灣兒童文學史的認識、分期與理解，在洪文瓊、邱各容和林文寶的相續努力下，耙梳出清楚的方向。洪文瓊[26]從台灣歷史大環境中觀察兒童文學發展，長期關注政經、教育體制等社會環境；關切作家、插畫家、編輯、理論研究者等兒童文學工作者的素質；尤其最主要的因素是，重視圖書、期刊出版量、國民所得、文化消費指數、圖書館普及率、版權保護程度……等市場成熟度，條列整理影響台灣近半世紀兒童文學發展的十五樁大事。邱各容[27]專注在兒童文學史料的收集，相信單一個體或事件，是貫穿兒童文學發展的重要因素，史料的蒐集整理與研究，是學術生根之必須。林文寶[28]指出，台灣脫離日本統治，改隸中國國民黨政府統治，由於大陸局勢逆轉，1949 年 12 月 7 日國民黨政府由廣州遷抵台北，雖然政治局勢不穩定，卻靠著出版社、委員會、各種團體的努力和報章雜誌的創設，建立起台灣兒童文學的

完成。

26 詳見洪文瓊著《台灣兒童文學史》〈1945－1993 年台灣兒童文學發展走向〉，頁 1－22；〈影響台灣近半世紀兒童文學發展的十五樁大事〉，頁 23－34。

27 參見邱各容著《兒童文學史料初稿 1945—1989》〈青史留鴻爪──代序〉，頁 5。

28 林文寶的台灣兒童文學討論，詳見林文寶、林淑貞、林素玟、周慶華、張堂錡、陳信元合著《台灣文學》林文寶著〈台灣的兒童文學〉，頁 263－302。

發展基礎。

檢視 1945 年後最初這十五年間，從二二八事件（1947）的悲愴動盪，到經歷金門八二三砲戰（1958）台海局勢穩定，兒童文學在難以預料的各種政治、經濟、社會的混亂情勢中，仍然逐步開展：

西元	政經文化環境	兒童文學的耕耘、創作與出版
1945	日本無條件投降，結束在台 51 年殖民統治。	何容主持「國語推行委員會」，設國語講習班輔導華語教育。民間第一家兒童讀物出版社「東方出版社」成立。
1946	「中華日報」創刊，光復週年，日文版停刊。	「國語普及委員會」成立。「台灣省國語推行委員會」在新生報第六版創刊「國語」週刊。
1947	二二八事件。「更生報」「自立晚報」創刊。	
1948	楊逵主編《台灣文學》叢刊創刊。	「台灣省教育會」成立，理事長游彌堅；編選《兒童劇選》4 本。第一次兒童劇公演。國語日報「兒童版」創刊。
1949	國民政府遷台，發行「新台幣」，土地改革，通過《懲治叛亂條例》，戒嚴。《自由中國》創刊；台灣新生報南部版創刊。	「台灣省教育會」編選第一本民間故事：《台灣鄉土故事》。國語日報「少年版」創刊。台中市教育局創辦台灣第一份兒童刊物《台灣兒童月刊》。中央日報闢「兒童週刊」。

西元	政經文化環境	兒童文學的耕耘、創作與出版
1950	「徵信新聞報」創刊。中華文藝獎金委員會、中國文藝協會成立。美國第七艦隊協防台灣。	
1951	「全民日報」、「民族報」、「經濟時報」併為「聯合報」。美國金援。	省教育廳中高年級適讀的《小學生》半月刊創刊。《兒童生活》半月刊創刊。
1952	公佈《修正出版法》。《文壇》創刊。	第一本寓言：魏廉、魏訥《兒童寓言版畫集》。
1953	《現代詩》季刊創刊。	第一本論述出版：劉昌博《中國兒歌的研究》。台灣省文化協進會成立「兒童文學藝術委員會」。《學友》月刊創刊，總編輯彭震球。省教育廳低幼半月刊《小學生畫刊》創刊。「台灣省教育會」編選幼兒叢書「愛兒文庫」。第一次出版社數量統計，共 128 家。中華兒童教育社主編《新中國兒童文庫》，分低中高，共 100 冊。
1954	《皇冠雜誌》、《幼獅文藝》、《創世紀》創刊；「藍星詩社」創社。詩人楊喚車禍去世。	第一本兒童散文：謝冰瑩《我的少年時代》。東方出版社為慶況開幕八週年而創辦《東方少年》。當時《小學生》、《學友》、《東方少年》雜誌，影響力極大。

西元	政經文化環境	兒童文學的耕耘、創作與出版
1955	蘇雪林發起「台灣省婦女寫作協會」，1969 年改名「中國婦女寫作協會」。	彭震球除主編《學友》外，再主編《新學友》及《大眾學友》。《自由少年》半月刊創刊。「自由中國兒童作品總目錄」出版，供日本平凡社編印「世界兒童文學全集」資料。
1956	夏濟安創辦《現代雜誌》。	中華日報闢「兒童版」。《良友》月刊創刊。第一本童話合集：陳相因等《小野貓》。
1957		第一本圖畫故事書：林良著/林顯模繪《舅舅照相》；第一本童話專著：嚴友梅《湖中王子》。第一份書目：《中華民國兒童圖書目錄》。《兒童之友》半月刊創刊。《學友世界》月刊創刊。教育部設「優良兒童讀物獎」。國立中央圖書館舉辦首次「兒童讀物展覽」。寶島出版社出版創作性兒童文學作品「寶島文庫」12 冊；正中書局出版創作性作品 11 冊。
1958	金門八二三砲戰，台海局勢穩定。立法院通過《修正出版法》。	
1959		大華晚報闢「新少年版」。正聲廣播公司《正聲兒童》創刊。

建立階段的原始出發點，不是因為現代兒童觀與兒童文學的

內在因素成熟，而是基於外在環境的需要，從「國語推行委員會」開始，輔導華語教育，用寓言和民間故事增進道德勸化，促成「國語」的訓練、「教育」的推廣，藉著團體、報章雜誌和文學分類分化，一點一滴形塑著台灣兒童文學發展模式，慢慢才累積出更多可能：

1. 團體（含出版社、委員會等）興起，集體推動兒童文學的基礎準備。國語推行委員會（1945）、東方出版社（1945）、台灣省教育會（1948）、中華兒童教育社主編《新中國兒童文庫》分低中高三輯共一百冊（1953）。

2. 報章雜誌相繼創刊，促成兒童文學的創作與閱讀。計有《國語日報》(1948)、《台灣兒童月刊》(1949)、中央日報《兒童週刊》(1949)、《小學生雜誌》(1951)、《小學生畫刊》(1953)、《學友》(1953)、《東方少年》(1954)。

3. 兒童文學活動與出版慢慢開展。第一次兒童劇公演；第一本《兒童劇選》、第一本民間故事、第一本寓言、第一本論述、第一本兒童散文、第一本童話合集、第一本童話專著、第一本圖畫故事書出版，除了少年小說，大部分的兒童文學文類已然分化成熟。

四、成長階段的文學性（1960－1979）

台灣兒童文學從戲劇、寓言、民間故事、童話、兒歌、童詩……，一路分化發展，有一些超越原來計畫的新質素與新活力，不斷促成台灣兒童文學的自省與內化。「建立階段」的教育性，藉由熱愛兒童的教師與作家各種不同的創作嘗試與理論建構，終於走向「成長階段」文學性的提昇與深化：

西元	政經文化環境	兒童文學的耕耘、創作與出版
1960	雷震組黨失敗，軍法審判，《自由中國》停刊。頒佈「獎勵投資條例」。《文星》、《現代文學》創刊。	三年制師範陸續改為五年制師專，兒童文學列為語文組必選修科目。新生報的《新生兒童》創刊。
1961	台灣新生報南部版改組為「台灣新聞報」。《藍星》季刊創刊。	第一本故事集：慈莊等《佛教故事大全》。
1962	台灣電視公司開播，開啟電視時代。鍾肇政出版小說《魯冰花》。	《童年雜誌》月刊創刊。第一齣兒童電視劇「民族幼苗」，由「娃娃劇團」演出。
1963	「文星叢刊」出版。	民族晚報婦女版闢「方媽媽講故事」專欄。
1964	經濟起飛。彭明敏、謝聰敏、魏廷朝發表〈台灣人民自救宣言〉涉嫌叛亂被捕。吳濁流《台灣文藝》創刊。《笠》詩刊創刊。「東方日報」改名「台灣日報」遷至台中。	第一本兒歌：王玉川《大白貓》。省教育廳設立「兒童讀物編輯小組」。國語日報翻譯的「世界兒童文學名著」。美國兒童文學工作者海倫・史德萊（Helen R Sattley）和孟羅・李夫（Monro leaf）來台介紹兒童文學與兒童讀物插畫。省立台北圖書館召開全台第一次「兒童讀物問題座談會」。
1965	美援停止。《劇場》季刊創刊。	中華兒童叢書開始陸續出版。第一本少年小說：林鍾隆《阿輝的心》。

西元	政經文化環境	兒童文學的耕耘、創作與出版
1966	公佈修正《動員戡亂時期臨時條款》。教育部開始審核連環圖書出版。	《王子》半月刊創刊。
1967	第一份專業報「經濟日報」創刊。林海音主編《純文學》月刊創刊。	《幼年》半月刊創刊。國立編譯館接審連環圖書出版。
1968	九年義務教育正式實施。「徵信新聞報」改名「中國時報」。	國立中央圖書館編輯出版《中華民國兒童圖書總目》。《兒童雜誌》創刊。北市教育局和中國戲劇藝術中心聯合舉辦國中、國小兒童戲劇研習會。
1969	增額立委、國代選舉,「黨外」民主運動崛起。「吳濁流文學獎」成立。	「兒童戲劇推行委員會」成立。
1970	現代詩論戰(延續至1974)。	中華幼兒叢書出版。屏東黃基博開始指導兒童寫詩——開啟台灣兒童詩的創作風氣。
1971	保釣運動。國府退出聯合國——引發本土化呼聲。《笠詩刊》開闢〈兒童詩園〉。	省教育廳國小教師研習會開辦「兒童讀物寫作班」,持續到1983 年為止,共十一期;省教育廳於省訓團開設「戲劇編導班」。中國戲劇藝術中心設立「兒童教育劇團」。
1972	增額立委、國代選舉,省議員、縣市長改選。日本與中	國語日報闢第一份理論性刊物「兒童文學周刊」。留美學生支持

西元	政經文化環境	兒童文學的耕耘、創作與出版
	華民國斷交。台大外文系《中外文學》創刊。《書評書目》創刊。	的《兒童月刊》創刊。張任飛創辦《小讀者》。《兒童月刊》、《小讀者》與《王子》為影響最大的兒童雜誌。
1973	十大建設開始進行。美國停止軍援台灣，但仍持續售予武器。	第一家「兒童書城」開幕。
1974	國立中央圖書館台灣分館兒童閱覽室成立；教育部頒佈「國中、國小兒童劇實施要點」。	「台北市兒童文學研究班」設立。台灣第一個兒童文學創作獎「洪建全兒童文學獎」設立。
1975	蔣介石逝世。洪建全視聽圖書館開幕，這是全國第一座私人創辦的視聽圖書館。「國家文藝獎」成立。《文學評論》創刊。	教育部文藝創作獎設少年小說、詩歌兩項兒童文學獎。陳梅生領導台灣省國民學校教師研習會舉辦「兒童讀物寫作班」、「兒童文學寫作研討會」，成立「兒童讀物研究中心」。
1976	《仙人掌》雜誌企劃「鄉土與現實」專輯，引發鄉土文學論戰（延續至 1978）。林懷民「雲門舞集」成立。「聯合報文學獎」成立。	新聞局設立圖書出版金鼎獎（包括兒童圖書、雜誌出版獎）。將軍出版社「新一代益智兒童叢書」40 冊出版──台灣第一套獲金鼎獎兒童圖書；中國青年反共救國團支持《幼獅少年》創刊；中華兒童百科全書開始纂編；《紅蘋果》幼兒月刊創刊。
1977	中壢事件。長老教會發表	林鍾隆詩刊《月光光》創刊。

西元	政經文化環境	兒童文學的耕耘、創作與出版
	〈人權宣言〉。鄉土文學論戰（1977－1978）。胡德夫、楊弦等演唱「這一代的歌」。	
1978	台美斷交。民生報、第二家專業經濟報「工商時報」創刊，象徵台灣多元消費需求漸趨成熟。「中國時報文學獎」、「吳三連文藝獎基金會」成立。	
1979	中美建交。《美麗島》雜誌創刊。《自立晚報》開始主辦「鹽分地帶文藝營」。美麗島事件。	中華文化復興委員會北市分會舉辦「兒童文學研究班」；各縣市開始籌建文化中心（大部分均附設有兒童圖書室）。

從 1960 年到 1979 年這二十年間，從《自由中國》停刊（1960）、台視開播（1962）、經濟起飛（1964）、美援停止（1965）、九年義務教育（1968）、增額立委國代選舉（1969）、退出聯合國（1971）、十大建設（1973）、蔣介石逝世（1975）、鄉土文學論戰（1976）、中壢事件（1977）、台美斷交（1978）到美麗島事件發生（1979），剛好可以看到台灣轉型過程的關鍵變化。

可以說，台灣所有的文化生活都處在這個巨大變動的大環境裡，不斷掙扎、努力，尋找各種出路。兒童文學的耕耘、創作與出版，也在這二十年間出現驚人的成長與變動。其中表現出許多「成長階段」的特殊意義：

1. 文學孕養

1960 年師專改制，改列兒童文學為必選課程，對於兒童的引導啟蒙，除了教育約束之外，加入更多文學期待；而後省教育廳「兒童讀物寫作班」領航形成「教師作家團隊」；並且從 1970 年黃基博開始嘗試指導兒童寫詩後，開始形成兒童詩創作風潮，一直到現在，台灣兒童文學史上最具開創性與特殊性的成果累積，仍然是七〇年代開展的兒童詩。

2. 理論拓展

兒童文學的論述研究，也出現轉型關鍵。從閱讀、寫作、講故事這些實用性技術引導；轉為對兒童文學的本質、特性和發展可能的整體思索；最後分化為文類研究、說故事探討、圖畫書譯著與討論、兒童讀物調查分析，以及閱讀、創作、戲劇、教學……等多面論述。檢附在附錄五的〈台灣兒童文學出版與理論研究年表簡編〉，從每一年的書目列表中，統計出兒童文學創作出版文類與數量的變化，我們可以清楚觀察到創作出版的發展速率，以及論述出版數量與研究重心的位移。

3. 文風活絡

教育廳兒童讀物編輯小組在推出第一批《中華兒童叢書》12 冊；美國兒童文學家相繼來華訪問；國立編譯館接審連環圖書出版；兒童戲劇活動推廣；兒童文學教材編寫；兒童文學獎與兒童讀物寫作班的設立；國語日報「兒童文學周刊」創刊……。

「成長階段」全面性的兒童文學開展，呈現出遠遠超越「建立階段」的提昇與跳躍。

五、發展階段的兒童性（1980－1996）

從新竹科學園區成立，加速台灣產業升級（1980）；文建會成立，文化深耕（1981）；經歷解嚴，開放大陸探親（1987）；解除報禁，台灣社會全面開放（1988）。直到1996年，政治上的總統直選，讓民主進程跨一大步；兒童文學上也同時在童話牧笛獎成立，文學獎多元分化，和林文寶在兒童文學界定中納入「遊戲性」考量，展現批評理論的深度中，把兒童文學的蓬勃開展，從「官方引導」轉向「民間自覺」，嶄露出「發展階段」充滿鮮活兒童性的生命力：

西元	政經文化環境	兒童文學的耕耘、創作與出版
1980	葉石濤獲第一屆「巫永福評論獎」。新竹科學園區成立。	陳梅生倡導成立「高雄市兒童文學寫作學會」成立。童詩刊《大雨》、《風箏》創刊。《布穀鳥兒童詩學季刊》創刊，並設立「布穀鳥紀念楊喚兒童詩獎」。
1981	行政院文化建設委員會成立。恒春歌手陳達去世。張之傑《科幻文學》創刊，一期即停刊。	《小袋鼠》幼兒期刊創刊。布穀鳥詩社所舉辦的「第一屆紀念楊喚兒童詩獎」，由林鍾隆獲得。第一份民營理論性刊物《兒童圖書與教育雜誌》創刊，洪文瓊主編。中華文化復興委員會成立「兒童文學工作者聯誼會」。佛教團體支持的「慈恩兒童文學研習會」成立。
1982	《文學界》創刊。	「高雄市兒童文學寫作學會」設立「兒童文學創作柔蘭獎」。
1983	《文訊》月刊、《大自然》季刊創刊。「鍾理和紀念館」開館。	《海洋兒童文學季刊》創刊，發行人兼社長為林文寶。洪建全文教基金會書評書目出版社，推出精裝兒童套書《中國智慧的薪傳》、《兒童文學之旅》各六冊。
1984	實施「勞動基準法」。《聯合文學》創刊。	「中華民國兒童文學學會」成立。英文漢聲出版公司開始推出「精選世界最佳兒童圖畫書」。

西元	政經文化環境	兒童文學的耕耘、創作與出版
1985	著作權法由註冊保護修改為創作保護。楊逵去世。《文學家》、《人間》雜誌創刊。	台灣電視公司創刊《智慧兒童雜誌》。「水芹菜兒童劇團」成立。台灣時報副刊闢「兒童樂園」版面。
1986	民主進步黨成立。	《民生兒童天地週刊》創刊。「魔奇兒童劇團」成立。
1987	宣佈解除戒嚴，實施國安法。開放前往大陸探親。「台灣筆會」成立。	師專改制為師院，兒童文學列為各系必修。「信誼幼兒文學獎」、「東方少年小說獎」設立。《滿天星兒童詩刊》創刊。「鞋子兒童實驗劇團」、「九歌兒童劇團」、「一元布偶劇團」成立。「台北市兒童文學教育學會」成立。
1988	解除報禁。蔣經國逝世，李登輝接任總統。520事件。	光復書局創辦「兒童日報」。財團法人鄭彥棻文教基金會設立「中華兒童文學獎」、「年度優良兒童圖書金龍獎」。第十五屆洪建全兒童文學獎改由民生報主辦。
1989	鄭南榕自焚，爭取百分之百言論自由。	「台灣省兒童文學協會」成立。省教育廳主辦，中華民國兒童文學會與魔奇兒童劇團承辦「兒童戲劇研習營」。日本福武書店創刊中文版《巧連智》幼兒月刊。光復書局出版由中國大陸畫家畫的《漫畫中國歷史》。
1990		牛頓出版社《小小牛頓》幼兒科學雜誌和取材大陸的《故事大王》、《童話大王》創刊。《親親自然》幼兒月刊創刊。
1991	廢止《動員戡亂時期臨時條款》、《懲治叛亂條例》。《文學台灣》創刊。	《兒童文學家季刊》創刊。民生報社首次出版大陸作家童話：張秋生《小巴掌童話》、周銳《特別通行證》。中國海峽兩岸兒童文學研究會成立。

西元	政經文化環境	兒童文學的耕耘、創作與出版
1992	修正〈刑法 100 條〉，裁撤警備總部。	行政院農委會委由中華民國四健會編印出版幼兒圖畫套書。九歌文教基金會創辦「現代兒童文學創作獎」。
1993		「陳國政兒童文學獎」、「師院生兒童文學創作獎」創設。
1995		好書大家讀評鑑活動，選出二十六本年度最佳好書。國語日報第一屆兒童文學牧笛獎徵文比賽。
1996	總統直選。	

這個活力四射的「發展階段」，在很短的時間內促成台灣兒童文學的多元演化。洪文瓊[29]標舉出「高雄市兒童文學寫作學會」成立、《小袋鼠》幼兒期刊創刊、「慈恩兒童文學研習會」創辦「文學營」、中華民國兒童文學學會成立、師專改制為師院列兒童文學為各系必修、日本福武書店創刊中文版《巧連智》幼兒月刊……這些重要的指標事件。認為八〇年代迄今，是現代兒童文學的爭鳴期，也是幼兒文學的活絡時代，展現出「兒童文學社團紛紛成立」；「大企業介入兒童圖書出版市場」；「幼兒文學發展特別蓬勃」；「民間專業兒童劇團開始萌芽」；「台灣海峽兩岸兒童文學開始交流」，以及「新的電子媒介在九〇年代逐漸展現影響力」等前所未有的特色。

林文寶以內容類型、出版媒介類型、文體類型、刊物類型和稿源類型的「多元化」，涵攝這個多元共生、眾聲喧譁的文學現

---

[29] 洪文瓊對兒童文學「發展階段」的討論，詳見洪文瓊著《台灣兒童文學史》，頁 17；頁 23－34。

實，界定兒童文學「多元共生期」的指標事件[30]有：

1. 光復書局創辦《兒童日報》。第一家真正為兒童創辦的報紙。

2. 日本福武書店創刊中文版《巧連智》幼兒月刊。促使從《小袋鼠》創刊後揭開序幕的台灣幼兒讀物出版進入戰國時代，九〇年代成為台灣幼兒讀物最蓬勃的年代。

3. 兩岸兒童文學交流。以「中國海峽兩岸兒童文學研究會」和《民生報》為主導，在長期隔閡後重新建構從出版到文化價值體系的認識與交流。

4. 九〇年代幼兒文學以圖畫書最為耀眼。並且以鮮明的本土色彩多次入選國際童書插畫原作展：

得獎者	時間	獎　　項	作　　品	文　字	出版社／年
徐素霞	1989	義大利波隆那國際兒童圖書插畫展	水牛與稻草人	許漢章	教育廳編輯小組/1986.12
陳志賢	1991	義大利波隆那國際兒童圖書插畫展	長不大的小樟樹	蔣家語	格林/1990.4
王家珠	1991	亞洲插畫雙年展首獎	懶人變猴子	李昂	遠流/1989.6

30 林文寶對兒童文學「發展階段」的討論，詳見林文寶主編，林文寶、林淑貞、林素玟、周慶華、張堂錡、陳信元合著《台灣文學》中的林文寶〈台灣的兒童文學〉，頁 293－300。

得獎者	時間	獎　項	作　品	文　字	出版社／年
	1992	義大利波隆那國際兒童圖書插畫展 西班牙加泰隆尼亞國際插畫展	七兄弟	郝廣才	遠流/1992.5
	1993	西班牙加泰隆尼亞國際插畫展 入選布拉迪插畫雙年展	巨人和春天	郝廣才	格林/1993.8
	1994	義大利波隆那國際兒童圖書插畫展	新天糖樂園	郝廣才	格林/1994.2
段匀之	1992	義大利波隆那國際兒童圖書插畫展	小桃子（MoMo）		
劉宗慧	1992	西班牙加泰隆尼亞國際插畫展	老鼠娶新娘	張玲玲	遠流/1992.10
	1994	義大利 Sarmede 國際插畫巡迴展	元元的發財夢	曾陽晴	信誼/1994.3
	1995	義大利波隆那國際兒童圖書插畫展			

得獎者	時間	獎　　項	作　　品	文　字	出版社／年
楊翠玉	1996	義大利波隆那國際兒童圖書插畫展 西班牙加泰隆尼亞國際插畫展	兒子的大玩偶	黃春明	格林/1995.11

六、蛻變階段的遊戲性（1997 迄今）

1997 年，當東南亞金融風暴觸發第一次全球化金融危機同時，台灣文化的民族再生與主體覺醒，卻不受動搖地一路堅決開展：

1997	香港回歸中國。東南亞金融風暴。私立真理大學台灣文學系招生，台灣文學研究進入學院體制。台東師院兒童文學研究所正式招收碩士研究生。
1998	台灣完成精省改革。
1999	台灣總統李登輝提出「特殊兩國關係論」。
2000	民進黨總統陳水扁就任，確立兩黨民主雛形。國立成功大學成立台灣文學研究所。
2003	「國立台灣文學館」開館，成為台灣文學研究、典藏、展覽重鎮。台東師院改制大學，兒童文學研究所招收博士生，設「台東大學兒童文學獎」。
2004	民進黨總統陳水扁連任，台灣主體定調。

如果說，台灣在六〇－七〇年代走過最艱困的關鍵轉折，這種政治衝擊促成兒童文學「成長階段」的自我覺醒與民族再生。那麼，八〇－九〇年代專業兒童報紙創刊、因應經濟高度發展蓬勃興盛的幼兒讀物、兩岸文學交流和圖畫書走向國際，促使兒童文學「發展階段」在確立台灣主體性的尊榮與自信，以一種充滿本土情味的取材表現，勇敢地走向國際，展示創作能量。

不過，創作的激情火花必須在理論批評的觀察、分析、與判斷中，深化為一個時代的集體共識，文學論述的力量也必須建立在豐富而具有創造力的作家作品基礎上。

一向極為薄弱的台灣兒童文學理論建構與研究，經過七〇年代洪建全教育文化基金會的專題講座與研習，八〇年代兒童文學社團（尤其是「中華民國兒童文學學會」）和師院改制後連續舉行的兒童文學學術研討會，促成台灣兒童文學研究社群的形成，以及研究風氣的激發。洪文瓊在《台灣兒童文學手冊》〈影響台灣近半世紀兒童文學發展的十五樁大事〉一文中，標示出東師兒童文學設所的劃時代意義，證明兒童文學學術化的需求在台灣趨於成熟，兒童文學理論建構與解釋權回歸學術單位，走上理論與創作正式分工的道路，象徵台灣兒童文學新典範已在形成，如果近一二十年間沒有第二家兒文研究所的成立，則東師兒文所將主導台灣兒文理論的建構與詮釋，因而東師兒文所成立，不但涉及新典範的建立，也涉及未來新典範主導權的爭奪（頁 82）。

而後，台東師院兒童文學研究所逐年舉辦兒童文學學術研討會；靜宜大學文學院舉辦第一屆兒童文學國際會議（1998）後，連年舉辦全國兒童文學與兒童語言學術研討會；台灣兒童文學論述出版數量隨之蓬勃成長（見附錄五，頁 428），從 27 本（1997）、37 本（1998）、51 本（1999）、43 本（2000）、53 本

（2001）到 70 本（2002）……。台灣兒童文學的發展規律在創作與理論的並軌努力中迅急地同步拓展，並且在 1997 年以後，以一種越來越快、越來越不能預測掌握的變化速率往前滾去。

隨著工業革命帶來的生活便利和影像媒介提供的氾濫資訊，制度性壓抑痛苦在無形中解除。詹明信（Fredric Jameson）把資本主義社會文化發展分成「現實主義」、「現代主義」和「後現代主義」三個階段，並且對後現代發展提出兩個最基本的文化批判：

1. 空間現實轉換成大眾化、平凡化、充滿意識形態的影像。
2.「時間」消失，碎化為「一堆堆支離破碎」的當下片斷。[31]

整個社會處在「影像失真」和「時間碎化」的失序漩渦裡，人們用視聽圖像替代文字閱讀，用聲光幻象代替真實現世，講究創意，講究樂趣，講究物質滿足與自由想像的極至，導向社會集體遊戲化的繁複與空洞，形成「遊戲化社會」。意義喪失，基礎消融，從政治、經濟、文學、文化到社會，再沒有波瀾壯闊的英雄事業，也缺乏眾所矚目的明星，生命的選擇越來越多，也越來越失去目標和方向，只能認同平凡偶像，試著在其中尋找個人特質，渴望為自己「對焦定位」。那些我們用來安身立命的文學厚度隨之稀釋、瓦解，擠進更多的雜語實驗、技法翻新、閱讀視角與取材碎片多元而混亂……。兒童文學同樣也在「形式試驗益形繁複，內在意義日漸喪失」的社會制約下，以一種不能預測、無

[31] 參考朱剛著《詹明信》第 4 章第 4 節〈詹明信的後現代主義文化批判〉，頁 143－161。

從框限的遊戲活力，在很短的時間裡，拆解舊有的規則與判準，輻射出各種各樣充滿創意與樂趣的嘗試。

讓人憂慮、同時也讓人期待的是，這個遊戲世代，將為台灣兒童文學的建構與演化，注入什麼樣的文化質素，創造出什麼可能呢？

第四節　從遊戲性尋找台灣兒童文學出口

一、全球化、現代性與遊戲新秩序

從亞當·史密斯（Adam Smith）開始，「競爭」便成為實現自由市場、促進經濟成長的主要機制。競爭的結果，造成自然資源過度消耗，貧富差距拉大，完全違背自由競爭原則的寡頭壟斷，軍事競賽牽動毀滅戰爭；競爭推到極限，顯現生態系統維繫生命能力之脆弱、政治民主化的困境、科學與工技潛在威力之不受控制、社會正義不張，以及不同文化間之缺乏對話與相互包容……[32]。

經過二十世紀中葉已然出現的全球意識（如「地球村」）概念滲透，以及近三十年交通網絡與資訊科技的穿越與瓦解，進入二十一世紀的「此時此刻」，民族與國家的疆界失去意義，經濟、政治、社會、文化……等領域，開始出現全球化「共象」。所以，李健鴻在《快感消費文化》裡語重心長地憂慮著，今天對我們進行「殖民化」文化經營的發動者，已不再是「國家」，而是跨國文化工業；同時，新的文化殖民型態也不再是強力灌輸控

---

32 詳見里斯本集團（Lisbon）著《競爭的極限》，頁 8－12；頁212。

制，而是柔性的「去差異化」策略，將台灣在國際間的差異特色，及台灣內部的差異性「溫柔地」擦拭掉，從而將台灣編排進入整體的國際均質化文化分工體系內（頁 192）。

這絕對不只是台灣獨自面對的問題，而是整個世界在全球一體化的相互關聯模式中積極開展後，不得不面對的共同成果與災難。金耀基在〈全球化、現代性與世界秩序〉（《二十一世紀》雜誌第 51 期，頁 4－7，1999.2）中指出，1997 年東南亞金融風暴，如骨牌效應般觸發其他亞洲國家的金融危機，迅速蔓延到俄羅斯、南美，波及中東、南北非、歐美，這是全世界第一次深層地揭露三個獨立而又相互關聯的問題，即「全球化問題」、「現代性問題」與「世界秩序問題」。循著這三個議題，本文試著條列整理出金耀基論述中的重要討論：

1. 不對稱的全球資本主義體系成形

由於新科技興起，所謂資訊化社會、後工業化社會，促成全球化出現一個不對稱的資本主義體系，橫跨經濟、政治、文化各領域，以美國為霸主，充滿無節制的貪婪、投機、不確定與不公平。這種全球化現象，與所謂「第三世界的現代化」息息相關，二次大戰後，特別是過去四分之一個世紀，亞洲、南非洲及非洲的國家，都自願與不自願地進入現代化的歷史進程，出現「全球現代化」（global modernization）現象。

2. 全球化與現代化

從根源上說，現代化是從西歐十八世紀啟蒙時代理性基底的「啟蒙方案」發展而來，啟蒙方案即「現代性方案」（project of modernity），通過馬克思的社會主義與歐美的資本主義兩條不同的現代化模式展開競賽，直到社會主義現代化模式失去光彩，以美國為首的資本主義現代化模式獨領風騷。馮勞（Theodore H. von Laue）在《西化的世界革命》（*The World Revolution of Westernization*）一書中指出，西方進入非西方世界前產生的急速的社會變遷，對於非西方社會有創傷性的結果。非西方社會一方面對西方的許多東西產生欲望，一方面又深刻厭恨西方所造成對傳統秩序的破壞，從而形成「反西方的西化」（anti-Western Westernization），顯示出在全球化，特別是文化全球化過程中「文化衝突」的潛在能量。

「全球現代化」過程促進全球化，並看到一個越來越有「共相」的現代性的湧現，表現在經濟的市場資本主義，政治上的民主體制，以及職業結構、教育結構、城市結構。不過，再深一層看，全球化在西方激起重新發現特殊性、地方性與差異性的反應，反省西方現代性的限制，產生「後現代主義」，使得全球化所呈現的，不是愈來愈有同質性的世界，反而是一個更顯示文化「差異性」與「多元性」的世界。

3. 世界秩序必須建立於多元文化間的真正對話

美國或西方之所以在二十世紀居於全球的先導地位，實由於西方現代性之巨大成就，但也就在二十世紀，西方現代性所產生的「黑暗面」與「病態」長期引起西方不安與不滿，失去成為世界文明新秩序的普世性典範的正當性與可能性。

西歐與美國發展出後現代主義，攻擊現代性，宣布「現代之終結」，不但拒斥啟蒙的普世主義觀，並且在其「差異性」的理論架構中，揚棄不同文化的階層性；而在後殖民主義的論述中，更意識到必須有一個「去西方中心」或超越西方本位的全球觀點。不過，在非西方社會，現代化還是一個方興未艾的運動，只是這個現代化運動已有意識地與西化保持距離，要現代化，不要西化，日漸增強對本土文化的承諾。

無論是西方社會或非西方社會，在面對世界文化多元性同時，都在努力尋找文化間的真正對話，建構一個全球的新秩序，脫出共同觀點，讓所有的需要與分歧都能真正發聲，讓所有的聲音都被聽見。一如邁克・費瑟斯通（Mike Featherstone）在《消費文化與後現代主義》中所揭示的，用地方主義代替普遍主義，讓語言遊戲的多樣性，代替宏大敘述性的知識（頁5）。

只有當不同地方、不同種族、不同文化的真實生活，成為多層次的文化源頭，我們才能真正接納「差異」，享受「樂趣」，欣賞「多元創意」，隨機而有效地把全球化的「影像資訊」和「時間片段」拼貼起來，重組世界秩序。以一種隨時更新的遊戲活力，通過不斷的拆解與建構，裎露生機盎然的無限可能，進而對事物產生「何妨多面嘗試」的遊戲心理，吸收從「遊戲」中滿溢出來的生命力，真實賦予「此時此地」存活著的生命意義。

二、教育性的省思與累積

當我們以「遊戲」視角重新檢視台灣，可以清楚發現，台灣內在的文化組成，具有多族群的多元殊相，仍然是不安定的，不斷地拆解、建構，不斷地融匯、整合……，加上外在環境「資本經濟」與「民主政體」的雙向激盪，無論是政治認同、經濟發展、社群構築、文化期待，或者是無從節制的遊戲自由，都在不同的生活背景和意識形態影響下，出現一種亟待處理的「生」的混亂分歧。

和大陸兒童文學發展相對照，從新中國建國後吸收陝北民間文藝營養，經歷階級革命和共產主義的思想指導，強化教育的合理性，社會的集體認同與期待，具有一定的同質性，尤其是五〇年代以後大量譯介的蘇聯文學創作與理論，使得文學趨向描寫社會寫實和嚮往崇高理想，繼而經歷文革破壞與新時期的革新，慢慢累積出一種深沈的「熟」的幽默美學。

兩岸迥異的遊戲面貌，裎顯彼此在建構與發展過程中存有的莫大差異。我們可以把兩岸兒童文學的分期發展，做一個簡單的整理與比較：

台灣兒童文學分期			中國兒童文學分期		
萌芽階段	1945以前	多元文化、土地絹結、台灣文學、生命禮俗和民間文學的多面滋養。	建立時期	1900－1949	和「五四」文學主流同步的兒童文學理論建設。
建立階段	1945－1959	因應「國語訓練」和「教育需求」，兒童文學正式出現。	黃金時期	1950－1956	「十六年」的創作高峰，形塑中國兒童文學特色。
成長階段	1960－1979	兒童文學從師專必修到理論拓展，形成跳躍性的成長。	鬥爭時期	1957－1965	大躍進，反右傾，少兒創作路線與文學理論激烈鬥爭。
發展階段	1980－1996	文學獎項分化，批評理論完足，兒童文學多元發展。	停頓時期	1966－1979	文革十年及後文革期因應運動需要，幫八股、三突出的倒退。

台灣兒童文學分期			中國兒童文學分期		
蛻變階段	1997迄今	兒童文學研究所成立，聚焦於創作現象的觀察、時代風格的捕捉和理論研究的推深推廣。	蛻變時期	1980迄今	成立「中國兒童文學委員會」，重建第二次全國少兒文藝創作獎，兒童文學復甦、蛻變。

可以說，兩岸兒童文學發展，在起點即已各自通往分歧的方向。台灣因應「國語訓練」和「教育需求」倉促建立的兒童文學，一方面必須上溯悠遠的政權更迭和多元文化，一方面又在交通與資訊的急劇進步中，不斷注入新的異質刺激，始終處在變動與整合中；比較起來，中國兒童文學具有較高的一致性，根據王泉根觀察：「承續著江西蘇區紅色兒歌的革命傳統，在延安土地裡，直接得到毛澤東文藝思想的指導與陝北民間文藝的浸潤，從一開始就體現出昂揚的生命活力與奮發向上的精神面貌。[33]」

不過，建構過迥異的兩岸兒童文學，卻有一個強烈的共同點，那就是「教育性的過度講究」。談到兒童所需要的文學，兩岸都在「祖先崇拜」、「老者為先」和「父為子綱」的漢族文化心理制約下，以「教育」為重心，忽視對兒童的尊重與理解，這是華文世界兒童文學的特殊性。

林良在《淺語的藝術》裡宣告，好的文學作品往往，甚至是必然的，含著對「善」的追求，我們應該尋覓掌握的，是「文學的力量」，儘管我們隱藏著一個「教育」的目的（頁 51）。對

[33] 詳見王泉根著《現代中國兒童文學主潮》〈戰爭年代兒童文學的時代規範與救亡主題〉，頁 87。

「善」的追求，隱藏「教育」的目的，就是長期以來兩岸兒童文學發展的框架，林鍾隆以第一本少年小說《阿輝的心》開展出台灣少年小說文類分化，卻仍然固守在人格教育、道德教育為表現主題。

這種「剛冒出一點點文學根苗，就得和長期以來無所不在的教育精神」辛苦纏鬥的文學進程，和中國的葉聖陶、冰心，幾乎是一樣的。朱自強在《中國兒童文學與現代化進程》中指出，葉聖陶的《稻草人》和冰心的《寄小讀者》，具有的是文學史的意義，立足於社會現實，著眼於成人悲哀，否定黑暗社會，追尋人間光明，內裡的願望無疑是渴求與呼喚真正兒童時代的來臨，如果仍將它們奉為兒童文學藝術典範，顯然是某種程度的誤讀（頁33）。

2003 年 6 月，遠流出版公司集結向陽、孫大川、吳念真、路寒袖、利格拉樂·阿鄔和簡媜這些頗負盛名的傑出作家投入號稱「名家首次繪本創作、最值得珍藏的童年往事」的《台灣真少年》系列六本圖畫書，兒童文學評論者柯倩華在〈童書，不是借孩子的口說大人的話〉（2003.8.10 時報開卷版）一文中還是憂慮：「成人以為只要我們講的故事主角是小孩，就會引起他們的興趣，其實，小孩想看的是好故事，而不是自言自語的日記。《故事地圖》在敘述上切割斷裂，忽略文學的真實與生活的真實之間的差別；《記得茶香滿山野》顯露作者普遍忽視了圖畫書和文字書有不同的書寫方式；《跟阿嬤去賣掃帚》完全棄守圖畫書文圖合作、同步閱讀的原則。不論創作者多麼優秀用心，如果他們不知道，或沒有人告訴他們跨入文類有何特點和標準，讀者看到的，只剩下文本以外的考量，如主題正確、鄉土教育功能、包裝精美等。」

即使是在進入「蛻變階段」的遊戲世代，文學性與教育性「因應教育需要破壞文學質素」的辯證與拉鋸，仍然是兒童文學發展過程中糾纏不清的難題。

事實上，我們必須在不斷切換、流失的「失真影像」和「破碎時間」中承認，「被動的注入式教育」已然被拆解，現代社會沒有教室殿堂、沒有神聖導師，沒有考古題聖經，年輕孩子也不可能重新回到那個被過度美化的「文字世代」，只有接受「影像世代」降臨的事實，讓教育開放出更大的空間，適應「主動的表演式遊戲」，善用影像優勢，接受更多的合作與冒險，挑戰規範，挑戰常模，挑戰秩序與界域，確認教育是遊戲和文學協調發展的結果。

三、文學性的危機與轉機

當遊戲成為文學與教育融匯合作的樞紐時，不僅傳統的教育性注入遊戲的創意與樂趣；需要深沈醞釀的文學性，也因為遊戲世代的影像與速度，被驅趕到一個我們原來並不確知的邊陲，迫切面臨前所未有的危機：

1. 文學質感的破壞，作者與文本的淺化

高小康在《狂歡世紀——娛樂文化與現代生活方式》中指出，野蠻人生活在物質實在中；理性的人生活在觀念與形式中；當代人沒有實在，也不相信理性，只能生活在幻覺中，當代文化中的娛樂活動越來越走向高度逼真的模仿，就是為了滿足當代大眾越來越沈迷於其中的幻覺需要（頁 36）。當高度的幻覺需要不斷侵入文字的接收與運用，兒童文學的暗示性、創造性與自主性，替換成「趣味」、「戲謔」與「互動顛覆」，在「去人性化」的實驗複製中，作者與文本很容易在熱鬧中被淺化。

2. 文學體會的破壞，讀者的麻木與退化

影像媒介超越文字媒介的豐富進展，形成「幻象」超過「實體」的魅惑力。看電視電影、上網、打電動、點歌、逛街、郵購、角色扮演、讀者投書、鑽研娛樂消息、打交友或猜謎電話……，這些遊戲性社會裡的「遊戲」，幾乎都在「一個人完成」的疏離孤立裡，意識或無意識地剝奪了人與人之間的互動需要，以及個人時間與空間的投資配置。加藤俊秀在《餘暇社會學》裡提出警告，看電視這種行為，或看報紙、漫畫書的行為，雖然是在消費資訊，可是卻沒有庫存化，只是一種善變的流程，通過我們的頭腦而已，這也意味著資訊的消費，明顯地成為邁向破壞或消滅的中間過程，我們只是生活在瞬間的幻想中，其他什麼都沒有（頁 216）。我們在喧譁紛雜的大眾文化裡，接收大量資訊，還來不及做任何思考與判斷，新的聲音和影像又擠進來，讓我們進退失據地夾纏在理不清的各種矛盾裡。長期下來，不但行動力衰退，面對越來越多的信息紊流也日漸麻木，漏接大部分重要訊息，至於更深一層的文學意義與暗示，根本無從接收與體會。

3. 文學深度的破壞，時空厚度與生命沈澱的缺席

王德勝在《文化的嬉戲與承諾》中指出，所有曾經深沈的對時間的訴說、對滄桑人事的訴說和對一切幼稚與成熟、浪漫與艱辛的訴說，全被捏塑為各種各樣的感性消費，過去的經驗成為一種具體而形象化的集體情緒，人們不再恐懼、驚慌、厭惡、憐惜，無視於生命與歷史遭受的深重災難，只剩下「懷舊」的往事和美麗，化作當下對形象的欣賞與趣味，遊戲娛樂的擴張性在其中全面封殺了生活反思的理性昇華（頁 119－120）。生命的深度消失了，反省與思考的深度消失了，當然，文學的深度也跟著消

失了。

然而，「文學危機」絕對不可能是遊戲的終點。

星野克美在《新消費文化剖析》中直陳，人類在成長、呈垂直擴大時，必會產生獨特的符號表現，在「現在與過去的對話」中，有規則地呈現出具有某種結構的表象，從希臘時代到現代文明，許多相似的思想和文學從來不會隨著時間而消失。以現代的世界觀、科學觀、政治、經濟、消費形態的各種變動來看，一如巴洛可時期人們在認識論方面產生結構性的轉變，進入一個豐饒而富裕的「轉型時代」，充滿影像、裝飾、社交這種「外表超過內涵」的現代巴洛可式文化特徵，侵入現代社會，尤其，在年輕人身上最為明顯，因為年輕人的精神就代表著時代的精神（詳見頁 70－73）。

我們必須相信，在終將轉型安定於「下一個世代」之前，我們還有很多不同的選擇。一如加藤俊秀在《餘暇社會學》中對物質富裕後對均質化大眾社會提出深刻反省，我們最大的問題在於：第一，生存意義的喪失，青年們忽然發現自己沒有什麼能做的事；第二，無理由的反抗，用無秩序狀態（Anomie）做為對無從著力的社會憤怒的反抗（詳見頁 200－208）。所以，我們不能失去對新事物的好奇心；並且必須由已經起跑的好奇心中，創造出肯定自己的感覺（詳見頁 222－226）。

在遊戲化社會中，保持好奇，創造出肯定自己的可能，這是我們必須為自己找出來的生存意義，也是重新建構「文學轉機」的遊戲活力：

1. 搜尋樂趣，深刻閱讀與學習

在讓人日漸麻木的氾濫影像與時間碎片中，學會以一種「介入我們原來不知道」的新鮮和好奇，以驚奇為基點，「主動搜尋」，深入而周全地閱讀和學習。當我們在這種好奇中發現自我肯定的喜悅，其實也就碰觸到遊戲的最根本特質，「樂趣」，那是促成我們願意繼續努力、願意付出更多時間和心力的最基本動力。

2. 珍惜日常幸福，體會生命累積

王德勝在《文化的嬉戲與承諾》中承認，人們在日常經驗的直接性受到瓦解的同時，便滋生了一種文化上不自覺的被動性：涉獵不精或精神慵懶，以及注意力、記憶力和表達力的衰退（頁156－157）。因應這種慵懶與衰退，他提出「平凡」的美學價值，說明「崇高」的失落或失敗，讓人們進入日常性生存狀態的現實活動，對「活著」本身的基本情感，流露出對「精神解放」的失望和對當下生活的實際努力，竭力從日常生活的自我享受中尋找現世幸福的直觀意義（頁23－24）。

傳播學者邁克．費瑟斯通在《消費文化與後現代主義》中揭示，遵循享樂主義，追逐眼前的快感，培養自我表現的生活方式，發展自戀和自私的人格類型，這一切，都是消費文化所強調的內容（頁 114）；消費文化的大眾普及性暗示著，無論是何種年齡、何種階級出身，人們都有自我提高、自我表達的權利，這就是所有芸芸眾生的世界，追求新的、最切近的聯繫和體驗，敢於探索生活的各種選擇機會以追求完善，他們都意識到生命只有一次，因此必須努力去享受、體驗並加以表達（頁 126）。

享受生命經驗的各種累積，其實就是一種純真遊戲。當我們確實能夠主動搜尋樂趣，深刻閱讀與學習，正視日常美感，釋放遊戲趣味同時，有一種確定可以「幸福、努力地活下去」的力量，不但可以避免讓兒童文學在遊戲化的繁複試驗中空洞化，而且可以創造出一個充滿創意和樂趣的遊戲年代，讓每一個孩子，無論是在學習、工作或生活，都可以生機無限地走向未來。

四、兒童性的理解、尊重與珍惜

1. 美學的有機增生

遊戲性的基礎理解，除了哲學層次的本質認識，更重要的是，從美學層次聯繫遊戲本質與外在世界的審美意識。

華文世界的美學探討，從孔子「詩教」和莊子「樂以道和」開始，經過《文心雕龍》，歷代詩話、詞話，到王國維、朱光潛……，隨著產業經濟形態的轉變，人們的歡愉、痛苦，或者是夢想期待、壓力挫折，都和漫長的過往歷史形成極大的落差。具有現代意識的遊戲美學，開始受到矚目。古典價值瓦解，生命的莊嚴、對遙不可及的「神性」的孺慕與追崇，日漸被生活的重複疲憊，以及對「人性」立即滿足的需要與追逐取代。藝術性必須與社會性拉鋸相抗，美學能量影響歷史進化和真理探求，「遊戲化」的鬆綁、試驗與顛覆，成為一種啟蒙與救贖，開展出一個全新的生命態度、認知模式與文化視野。

姚一葦在《美的範疇論》中，對普通感性之愉悅的「狹義美」之外，另行包納嚴肅、恐懼、怪誕、滑稽、痛苦、荒謬、醜……等「廣義美」，設定人人皆能產生純淨直接快感的「美的基準」與需要通過思索、複雜艱澀的「非美的基準」；在傳統的「美的基準」中以「量的變化」做基點，觀察到從小的美與大的美分別開展的「秀美」與「崇高」，也在通過沈思淨化的「非美的基準」中，從「質的變化」發展出「由悲壯到滑稽」與「由怪誕到抽象」的美學體驗，並且專章把極具現代意識的「滑稽」和「怪誕」之美，與傳統的「秀美」、「崇高」、「悲壯」、「抽象」之美並立（詳見頁6－11）：

美的基準			非美的基準		
量的變化	小的美	秀美	質的變化	悲壯到滑稽	面對不可見的宇宙及生存環境時的人格價值。
	大的美	崇高		怪誕到抽象	面對可見世界透露的願望、渴求……等精神狀態。

美感的有機增生，慢慢趨向滑稽、怪誕、嘲諷、戲謔……，自然會盎現出完全不具有功利意義的遊戲活力。透過這種遊戲活力建構出來的藝術世界，有助於我們對兒童性的理解與尊重，發現兒童在遊戲中建構出來的一種「現實以外的現實」。一如劉曉東在《兒童精神哲學》中所示，兒童不讓主體服從現實，而是試著把現實同化於自己，藉由遊戲，以夢想方式在自己心中建構外部世界，解決一切衝突，成為現實性與超現實性的統一、嚴肅性與非嚴肅性的統一，為夢想與日常現實架起橋樑，聯繫起內在主觀世界與外部客觀世界的巧妙平衡，尊重兒童遊戲，其實就是尊重兒童的本能（詳見頁 255－265）。

2. 狂歡、遊戲與自由

具有現代意識的遊戲美學，在日漸重複的疲憊生活中，以「遊戲化」的釋放與顛覆，和日漸不安不滿的現代社會相抗。當這種集體遊戲化的社會意識擴張到一定程度之後，所有生活準則都必須重新面臨檢驗，其中，又以文學藝術的世俗化影響最大，全面改變了讀者的閱讀版圖與生活模式。

約翰．菲斯克（John Fiske）在《解讀大眾文化》裡指出，大眾文化經常集中於身體及其知覺，而不是頭腦及其意識，因為身體的快樂，提供了狂歡式、規避性、冒犯性的解放與實踐，顛覆了社會規範，也暫時瓦解了他們的權力（頁 6－9）。隨著狂歡式、規避性與冒犯性的解放與實踐日漸普及，社會的整體運作與人們的行為價值不斷修正、改變，就這樣一點一滴顯現出每一個「此時此地」都和「已然發生的時空」不一樣，當然，也一定和「即將發生的時空」不一樣。

當狂歡侵入日常取得正當性以後，舊有的秩序面臨挑戰，「為天地立心，為生民立命，為往聖繼絕學，為萬世開太平」的規範與理想，被「錢多事少離家近，睡覺睡到自然醒；位高權重責任輕、老闆說話不用聽」的「去規範、無理想」所拆解；風靡一時、充滿忠烈典範的「史豔文」[34]，很快被鮮豔決絕、正邪界限模糊的「素還真」[35]替代覆蓋；文化漩渦的變化速率越轉越快……。

安定和喜悅隨著崇高典範一起消失，倫理價值需要重估，日以繼夜的競爭卻停不下腳步地越演越激烈。彼得．杜拉克（Peter F. Drucker）指出，新社會是知識社會，知識成為主要資源，知識工作者成為主要的勞動力。知識工作者具有「沒有疆界」、「力爭上游」和「成功和失敗可能性相同」的三種特質，糾纏在經濟市場形成激烈競爭，有贏家就一定有輸家，在過去的社

---

[34] 《雲州大儒俠－史豔文》一劇，是五洲園掌中劇團的黃海岱年輕時根據十八世紀中葉的中國小說《野叟曝言》所改編的布袋戲演出本，1970 年 3 月隨著第二代主人黃俊雄在螢光幕上一舉成名，以「布袋戲偶」身分成爲全國最出名的明星。七〇年代中期，國民黨以「妨害農工正常作息」禁播。1994 年，民進黨與國民黨重新檢視禁播原由，史豔文重新走入通俗文化舞台，繼而轉製爲流行歌曲、信用卡……等。

[35] 素還真，1988 年「霹靂國際多媒體」霹靂系列中的「霹靂金光」，以素還真一角作為主線衍生發展的江湖恩怨故事，由黃強華編劇、黃文擇口白，從「霹靂金光」、「霹靂眼」、「霹靂至尊」一路鋪陳，已播出千餘集，每齣劇名皆有「霹靂」二字，以 1984 年「霹靂城」為最初創始，深入資料詳見霹靂網：http://www.pili.com.tw/。

會裡，沒有土地的勞動者的兒子變成沒有土地的勞動者，並不是失敗，然而在知識社會裡，卻成為失敗者。這種力爭上游的代價高昂，瘋狂的競爭造成心理壓力和情緒創傷，越來越多極為成功的知識工作者到了四十歲就陷入「停滯」，他們知道自己已經達到事業巔峰了，如果工作是他們的一切，他們就麻煩了。因此，知識工作者最好在年輕時候就發展出另一種非競爭性的活動和屬於自己的社區，以及其他興趣，讓他們有機會奉獻，創造個人成就[36]。

看起來社會的內在價值和外在競爭，越來越讓人害怕。其實，社會趨勢的流動都是一種歷史的必然，不必譴責，也無須抗拒，因為，千百年前的古人也曾感慨，世風日下，人心不「古」，說明了沒有任何不變的「古」可以一直延續下來，每一個「今」都很快會成為下一個階段的「古」。只要我們能夠，掙脫權威束縛、打破典範框架，在「人與人」、「人與社會」和「人與大自然」的互動鏈中，重新檢視、調整，以一種「超脫日常、無關功利」的心情，超越競爭、創造個人意義，迎接一個遊戲時代的來臨。

這個遊戲時代帶給我們最珍貴的資產是，約翰．米可思維特（John Micklethwait）和艾德萊恩．伍爾得禮奇（Adrian Wooldridge）在管理學綜論《完美大未來──全球化機遇與挑戰》裡所提出來的動人結論：「在發揮我們的才能背後的是最根本的自由：決定我們自己的身分的自由（頁484）。」

秉持著遊戲精神，自由地選擇我們自己的身分，閱讀我們想

---

36 詳見彼得．杜拉克（Peter F. Drucker）著《下一個社會》，頁 243－244；頁 266－267。

閱讀的，書寫我們想書寫的，做我們想做的，不僅可以給予兒童更多的的理解與尊重，更重要的是，我們每一個人，都有機會，擁有「像一個孩子」般的自由，回歸純真遊戲，在拆解與建構中，漾生出永無止盡的創意與樂趣。

第五節 小 結

台灣兒童文學的開展，以一種相互依存、滲透，並且不斷拆解與建構的遊戲精神，在土地與政權的漫長演變中，用多元文化、土地聯繫、台灣文學、生命禮俗與民間文學為兒童文學準備了豐富的滋養，經歷「萌芽階段」、「建立階段」、「成長階段」、「發展階段」與「蛻變階段」的辛苦掙扎，台灣主體性的耙梳、衝突與定調，成為台灣兒童文學發展過程中最不可忽視的力量。

林文寶[37]強調，「發現台灣」的議題在九〇年代初確定，既言「發現」，顯然台灣過去一直處在被遺忘的狀態，所謂發現，即是發現台灣被殖民的歷史，而「台灣意識」即是被殖民的事實標記。沒有歷史、沒有記憶，是所有被殖民社會的歷史，而重建、重新發現被消音的歷史，則是被殖民社會步入後殖民時代，從事「抵殖民」文化建設工作的第一步。而後深入地反省被殖民經驗，拒絕殖民勢力的主宰，並抵制以殖民者為中心的論述觀點，當有人把解嚴後的台灣兒童文學多元化現象解釋為國際化或後現代狀況，我們更須辨明，後殖民強調主體性，國際化或後現代主義傾向於主體性的解構。

---

[37] 林文寶的後殖民觀點，以及關於台灣兒童文學建構與分期的思考與討論，詳見《兒童文學學刊第五期》〈台灣兒童文學的建構與分期〉，頁 6－42。

透過林文寶的後殖民觀點來展望台灣兒童文學，當我們進入「蛻變階段」後多元共生與眾聲喧譁的「文化劇場」時，台灣迫切需要的，不是國際化的繁複演現，也不是後現代的自由解構，更重要的是，記憶與歷史的照見。

我們必須在文化拆解過程中，付出更多的努力去建構，這就是「文化遊戲」的意義與價值，而後才有可能，尋找一種全球化與現代化過程中不能或缺的遊戲新秩序，藉由遊戲性的拆解與建構，創意與樂趣，省思教育性的框限，促成文學性的再生，珍惜兒童性的生機，尋找台灣兒童文學出口。最後，從「文化對立」轉為「平等對待」，站在台灣主體性和自主性的基礎上，建立一個充滿自信與尊榮的「後殖民社會」，從本土融匯國際，從兒童文學聯繫到成人主流文學，共有一個「接受彼此文化差異」的文化展演世界。

第柒章

結　論

本文在充滿「不確定」與「無限可能」的有機演化中，把兒童觀的演變與兒童文學的建構，納入人類文化生活的一部份做整體探索，確定「人文發展軌跡的有機性」。繼而奠基於台灣學術框架，從兒童文學特性中抽取「遊戲性」做為檢視向度，以秩序化的規則，察覺一種超越秩序的建構活力，而後建立不同文化模式間滲透與對話的可能，作為創作與研究的發展依據，從而開展出台灣兒童文學建構與演現的整體論述。

可以說，這是一場美麗的台灣兒童文學初旅，穿走在透過「遊戲性」視角層層相扣的螺旋式辯證中，得到這些結論：從「人文發展的有機理解」開始，循著「遊戲性的理解與展望」、「兒童文學的認識與拓展」、「拆解西方中心，還原東方主體」、到「拆解中國迷思，確立台灣主體」，最後，接受「遊戲化社會的樂趣與幸福」，以及「遊戲開展出精湛深邃的研究論述」的更多可能。

一、人文發展的有機理解

1. 人類文明開展，綜合人性必然和歷史偶然的「不確定性」，雖然人類文化史上不斷歧出各種不同的整理與詮釋，最後還是從機械理性走向一種「不斷移動、結合與分歧」的有機思考，無論是童年概念、兒童文學的建構與分化、兒童文學特性的形成與掌握，都是一種有機存在。

2. 因為文明的累積是一種有機存在，隨著時代的改變、視角的改變、生活方式的改變，經歷理性與非理性交織的混亂與整理，無論是古典典範，文化生活，文明建構，或者是文學的創作、欣賞與研究，無論是個人和社會總體文化，國家與國家，族群與族群，自然世界和文化世界，都在不斷地移動與修正，無止盡地相互承擔與回應。

3. 所以，大部分的研究，都應該是有機性的「暫存體」，不太有可能出現凝固僵化的確定結論，總是在不斷建構，不斷分享，同時也不斷地結合、分歧與變易中，等待無窮種類的新機會和新可能。

4. 西方文學史裡並沒有「教育性」、「兒童性」、「文學性」和「遊戲性」這些特性界定，未來趨勢也許還會繁衍出更多新的可能。不過，此時此地的兒童文學特性，還是「暫存」在教育性、兒童性、文學性和遊戲性的討論。

5. 即使本文耗費二十一萬字，辛苦跋涉在台灣兒童文學建構與演現的論述長途裡，可以確定的是，這些結論，絕對不是終點，仍然繼續經歷不斷的檢視、修正與推衍，並且必須接受，隨時可能在下一個論述裡分化、更新、拆解，甚至被推翻。

二、「遊戲性」的理解與展望

1. 時空條件的轉變，對於遊戲的建構與釐清，具有決定性的影響。這種經由人類文化思索建立出來的遊戲理論開展過程，涉及許多歧出的細節，並且每一個偶然的發現都可能指向一個更新、更大的研究範疇。

2. 從古典到現代的遊戲理論討論，讓我們掌握遊戲理論的本質與發展；西方的「遊戲」觀點一直擺盪在理性實證與非理性直覺間，隨著時空移動，人們的「遊戲」視野也從動物學角度的生物本能，轉為心理意識、認知發展與文化社會的檢查與比較，甚至具體落實為教育論述；華文觀點因為一直具有「群體重於個人」的文化常模，賦予「遊戲」更為積極的社會意義。

3. 懷金格強調人類文化源於遊戲；維根斯坦的「家族相似性」；阿多諾關於「形象自身」的遊戲化；傅科的權力遊戲，德希達的延異，利奧塔的「公正遊戲」和巴赫金的「對話與狂歡」……。從現代到後現代的遊戲理論討論，趨近兒童文學遊戲性討論的核心意義與價值，讓我們真正理解具有現代意識的兒童文學，並且尋找出更多可能性。

4. 兒童文學的「遊戲性」(Playfulness)，是一種「建構與拆解的活力」，同時也是「創意與樂趣的演現」。這是截至目前為止，最慢被察覺的兒童文學特性之一，卻在後現代的時代節奏裡，越來越顯出重要性。

三、兒童文學的認識與拓展

1. 理解遊戲理論的建構與發展，增益我們對兒童文學的觀注與整理。所謂兒童文學的「遊戲性」觀點，強調的不只是對於文學趣味的挖掘、掌握與判斷，更重要的是，從古典的唯一標準，到現代的對立與拉鋸，以至於後現代的並置與歡愉中，標示出兒童文學在「建構與拆解」、「創意與樂趣」的演現過程，顯露出一種充滿特殊性的文化動力。在因襲重複的舊秩序裡，發現新的創意、新的樂趣，相信「遊戲就是文化」，理解文化的創造與更新，其實是一場在「非凝固」狀態中的「不可測遊戲」。

2. 從中世紀歐洲開始，藉由英國和北歐、歐洲和北美、西方和東方、俄羅斯和日本兩兩對立、卻又不斷推進的理解模式，確立「歐洲中心」後消解「歐洲中心」，證明「英語兒童文學中心」後又推翻「英語兒童文學中心」。我們原來預設的以英語世界為中心的兒童文學建構「單元取向」，隨著不同文化不斷匯入而拆解；「二元對立」的絕對標準，也因為越來越多相互對立又不斷推進的假設，受到質疑與挑戰。在建構又拆解的每一種文學判斷和時代歸納，都成為一種不斷辯證、拆解的遊戲過程。

3. 不同文化模式呈現出來的各種兒童文學建構特色，慢慢顯示出廣大地域間各種出乎意料的聯繫。異國異族的題材、人物、風情和傳說，以一種多元、離心、開放的後現代模式，切入文化視野，拉高地平線，跳脫文化「能見度」的侷限，從歐洲遊走到美洲又回到東方，在時空交錯中綜觀各國兒童文學的總體表現，通過與他者交流、溝通與回應的價值交換，形成向心力量與離心力量同時共存、互為主體，並且相互作用的「建構」與「拆解」。

四、拆解西方中心，還原東方主體

1. 經歷「帝國殖民」、「文化霸權」和「經濟全球化」的諸多壓抑與不安後，深切省視埃及、西亞、希伯來、印度……等東方文化主體，以一種駁雜而不確定的活力，超越詮釋框架，講究真實本質，顯現出無從侷限的非理性傾向。

2. 西方觀點拆解長期因襲的東方概念後，在非理性的感性、知覺、情感和欲望中獲得重大啟示；東方世界同時學會融匯東方精神與西方架構，東西方不同的文化模式學會精確歡愉的糾纏在一起，掙脫華文侷限，尋找嶄新的論述可能；重新看見「世界」，尋找人與社會、與自然間如母子相依般親密而和諧的關係。

3. 具體觀察中國兒童文學的開創與拓展，擺盪在理性與非理性兩端，叛離封建傳統的內在制約、抵抗殖民強權的外在壓迫，不斷透過創作與論述的同步努力，「發現」兒童，正視「遊戲精神」，確立現代兒童觀與兒童文學發展的侷限與可能。

4. 深刻認識中國的遊戲理論與實踐，發展出一種不在乎「教育」需要的、純粹的兒童趣味，積澱出更多一點哲理、更多一點詩意，然後深化為中國集體擁有的「幽默美學」，結合「講究語感的民族符碼」與「中華文化的深邃自覺」，成為中國兒童文學最特殊、最珍貴，也是和台灣兒童文學最不一樣的地方。

五、拆解中國迷思，確立台灣主體

1. 確認台灣兒童文學的創作與研究，在面對「台灣」、「兒童」與「文學」三種面向的弱勢體質下，必須堅持在薩依德所強調的，充滿自己的歷史、文化、族群認同，以及融和長期傳統、持久習性、民族語言和文化地理表現出來的「攤在陽光下彼此競爭」的文化演現中，面臨全球化的「文化競演」，透過發展與蛻變，展現創意與樂趣，建構未來的遠景。

2. 台灣兒童文學的開展，以一種相互依存、滲透，並且不斷拆解與建構的遊戲精神，在土地與政權的漫長演變中，用多元文化、土地聯繫、台灣文學、生命禮俗與民間文學為兒童文學準備了豐富的滋養。執著於台灣主體性的耙梳、衝突與定調，填補台灣文學研究領地不可或缺的「兒童文學」區塊，成為台灣文學與台灣兒童文學發展過程中，相互不能忽視的力量。

3. 提出「遊戲性」的嶄新視角，納入土地與歷史變遷的思考，因應政治、經濟和社會轉型，開展前所未有的台灣兒童文學建構與分期：

萌芽階段	1945 以前	多元文化、土地締結、台灣文學、生命禮俗和民間文學的多面滋養。
建立階段	1945－1959	因應「國語訓練」和「教育需求」，兒童文學正式出現。
成長階段	1960－1979	兒童文學從師專必修到理論拓展，形成跳躍性的成長。
發展階段	1980－1996	文學獎項分化，批評理論完足，兒童文學多元發展。
蛻變階段	1997 迄今	多元共生、眾聲喧譁的「文化劇場」。在文化拆解過程中，付出更多努力去建構，這就是「文化遊戲」的意義與價值。

4. 從「文化對立」轉為「平等對待」，站在台灣主體性和自主性的基礎上，從本土融匯國際，從兒童文學聯繫到成人主流文學，共有一個「接受彼此文化差異」的文化展演世界，照見記憶與歷史，建立一個充滿自信與尊榮的「後殖民社會」。強調主體性的後殖民工程，而不是傾向於「主體性解構」的國際化或後現代狀況，辨明解嚴後的台灣兒童文學多元化現象，實為從被殖民社會步入後殖民時代，重建、重新發現被消音的歷史，深入地反省被殖民經驗，並抵制以殖民者為中心的論述觀點。

5. 藉由遊戲性的拆解與建構，理解不同文學體系的參考、鑑照，尋思台灣兒童文學出口，從而享有無限自由的遊戲活力。

6. 藉由遊戲性開展出來的創意與樂趣，勢必結合具體相關的作家、文本與文學現象進行討論，牽涉更豐富、更細膩的舉證、分析和判斷，永遠是佈滿挑戰與可能的「未來進行式」。至於本文，旨在提出遊戲視角做「兒童文學能見度」的全面拔高與重構，省思教育框限，促成文學再生，珍惜兒童生機，希冀建立一種全球化與現代化過程中不能或缺的遊戲新秩序，文本的舉證與討論，只能是每一位專注於兒童文學論述者「下一個階段」的計畫與努力。

六、遊戲化社會的樂趣與幸福

1. 崇高典範與倫理價值一起消失，社會的內在價值和外在競爭，造成愈演愈烈的心理壓力和情緒創傷，然而，同時也提供新的機會，掙脫權威束縛，打破典範框架，重整「人與人」、「人與社會」和「人與大自然」的互動鏈，以一種「超脫日常、無關功利」的心情，超越競爭、創造個人意義，迎接一個遊戲時代的來臨。

2. 發現一種天真本能，詼諧滑稽與自由頑皮慢慢都深化為藝術理解，享受創意與樂趣，接納富有想像力和虛構力的真實思想，這就是我們反覆渴望觸及的「遊戲」精神。

3. 享受生命經驗的各種累積，主動搜尋樂趣，深刻閱讀與學習，正視日常美感，釋放遊戲趣味，確定「在當下每一時刻，幸福、努力活下去」的力量，創造充滿創意和樂趣的遊戲年代，讓每一個人，無論是在學習、工作或生活，都可以生機無限地走向未來。

七、遊戲開展出精湛深邃的研究論述

1. 遊戲的內在動能，由「建構與拆解」與「創意與樂趣」

共同形成，促成研究與論述精湛深邃、並且永無止境的躍升。

2. 人類每一次小小的拆解，都有可能通往巨大的建構。諸如阿多諾從「單元取向」、「二元對立」的傳統價值中，爭取到允許「並置與碎片」的空間，即使沒有提出結論。但爭取到用以承載各種還沒找到結論的多元價值觀，就是莫大的進展；巴赫金的「外位性」思考轉化為「騙子、小丑、傻瓜」這些和世界上所有人相對的「他人」，否定現存的世界秩序和人物形象，也是一種驚人的轉向……。

3. 超越功利的創意與樂趣，把人類不能侷限的自由想像，帶往我們不能確知的不可測世界。李澤厚在《美學四講》中述及科學與藝術之美時，曾引用愛因斯坦的話：「真正的發明，既不是歸納，也不是演繹，而是一種自由的想像（頁 120）。」Christopher N. Candlin 在約翰．史帝芬斯《兒童小說中的語言與意識形態》一書的推薦序中提及：「這本書對兒童文學研究最大的貢獻來自於想像（innovative）與創意（original）。」（1992, John Stephens, "General Editor's Preface" ,*Language and Ideology in Children's Fiction*）

霍爾本（Paul Halpern）在《科學家的預言簡史》中有一段動人的結論：「在歷史上，人類大多自認在宇宙中佔據特殊地位。當哥白尼重新排列天體圖，把地球從中央位置移開，才開啟人類在宇宙中定位的重新思考。之後數百年，無數的發現顯示宇宙是如此的廣袤浩瀚，與之相較，我們地球是多麼的渺小，因而確證如下的論點：『人類不過是一個位於宇宙中平凡位置之平凡世界的生物。』」（頁 295）

只要一想到，「人類不過是一個位於宇宙中平凡位置之平凡世界的生物」這個簡單的事實，尚且經歷數百年無數的發現才能證實，真覺得，只有「建構與拆解」與「創意與樂趣」共同形成的遊戲過程，才能引領著我們，走向真理的海邊。

從「遊戲性」探討台灣兒童文學的建構與演現，不過是其中一枚不起眼的小石子。不知道還有多少精湛深邃的研究與論述，化成千千萬萬的珠玉寶石，等在真理海邊，呼喚著我們，善用遊戲活力，在下一個轉彎處就能彎身拾起。

參考書目

壹、遊戲、趨勢、現代性與全球化

一、華文專著

1. 王岳川著。後現代主義文化研究。台北。淑馨出版社。1993.2
2. 王德勝著。文化的嬉戲與承諾。鄭州市。河南人民出版社。1998.10
3. 朱剛著。詹明信。台北。生智出版社。1995.10
4. 宋國誠著。後殖民論述——從法農到薩依德。台北。擎松圖書出版有限公司。2003.11
5. 李健鴻著。快感消費文化。台北。前衛出版社。1996.5
6. 李慕如著。談幽默的說說寫寫。高雄。復文圖書出版社。2001.5
7. 班馬著。遊戲精神與文化基因——班馬兒童文學文論。蘭州。甘肅少年兒童出版社。1994.10
8. 高小康著。狂歡世紀——娛樂文化與現代生活方式。鄭州市。河南人民出版社。1998.10
9. 張國清著。中心與邊緣。北京。中國社會科學出版社。1998.2
10. 陳嘉明等著。現代性與後現代性。北京。人民出版社。2001.12
11. 陸揚著。後現代性的文本闡釋——福柯與德里達。上海。上

海三聯書店。2000.12
12. 陸揚著。德里達・解構之維。武昌。華中師範大學出版社。1996.7
13. 董蟲草著。藝術與遊戲。北京。人民出版社。2004.7
14. 詹宏志編著。趨勢報告。台北。遠流出版事業股份有限公司。1988.10
15. 廖炳惠著。回顧現代：後現代與後殖民論文集。台北。麥田出版有限公司。1994.9
16. 趙世瑜著。狂歡與日常——明清以來的廟會與民間社會。北京。生活・讀書・新知三聯書店。2002.4

二、譯著

1. Arthur Asa Berger 著／姚媛譯。通俗文化、媒介與日常生活中的敘事。南京。南京大學出版社。2000.1
2. James E Johnson＆James F Christie＆Thomas D Yawkey 著／吳幸玲、郭靜晃譯。兒童遊戲——遊戲發展的理論與實務（第二版）。台北。揚智文化事業股份有限公司。2003.9
3. Richard Appignanesi 著／黃訓慶譯／吳潛誠校訂。後現代主義。台北。立緒文化事業有限公司。2001.2
4. 大衛・雷・格里芬編／王成兵譯。後現代精神。北京。中央編譯出版社。1998.1
5. 加藤秀俊著／彭德中譯。餘暇社會學。台北。遠流出版事業股份有限公司。1989.11
6. 平島廉久著／黃美卿譯。創、遊、美、人。台北。遠流出版事業股份有限公司。1990.2
7. 安・陀・西尼亞夫斯基著／薛君智等譯。笑話裡的笑話。北京。中國文聯出版社。2001.3

8. 安吉拉·默克羅比（Angela Mcrobbie）著／田曉菲譯。後現代主義與大眾文化。北京。中央編譯出版社。2001.1
9. 米哈里·契克森米哈賴（Mihaly Csiksentmihalyi）著／杜明城譯。創造力。台北。時報文化出版有限公司。1999.4
10. 利奧塔（Lyotard）著／談瀛洲譯。利奧塔訪談、書信錄——後現代性與公正遊戲。上海。上海人民出版社。1997.1
11. 里斯本集團（Lisbon）著／薛絢譯。競爭的極限。台北。正中書局股份有限公司。2001.10
12. 彼得·杜拉克（Peter F. Drucker）著／劉真如譯。下一個社會。台北。商周出版。2002.12
13. 星野克美等著／黃恆正譯。符號社會的消費。台北 遠流出版事業股份有限公司。1988.9
14. 星野克美著／彭德中譯。新消費文化剖析。台北。遠流出版事業股份有限公司。1992.5
15. 約翰·米可思維特（John Micklethwait）、艾德萊恩·伍爾得禮奇（Adrian Wooldridge）著／高仁君譯。完美大未來——全球化機遇與挑戰。台北。商周出版／城邦文化事業股份有限公司。2002.3
16. 約翰·凱利（John Kelly）著／趙冉譯。走向自由——休閒社會學新論。昆明。雲南人民出版社。2000.8
17. 約翰·費斯克（John Fiske）著／王曉玨·宋偉杰譯。理解大眾文化。北京。中央編譯出版社。2001.9
18. 約翰·費斯克（John Fiske）著／楊全強譯。解讀大眾文化。南京。南京大學出版社。2001.11
19. 約翰·赫伊津哈（Johan Huizinga）著／多人譯。遊戲的人。杭州。中國美術學院出版社。1996.10

20. 高田公理著／李永清譯。遊戲化社會。台北。遠流出版事業股份有限公司。1990.5
21. 費絲．波普康（Faith Popcorn）、Lys Marigold 著／莊安祺譯。新爆米花報告。台北。時報文化出版有限公司。1996.8
22. 詹姆遜著／王逢振等譯。快感：文化與政治。北京。中國社會科學出版社。1998.3
23. 維特根斯坦著／唐少杰等譯。遊戲規則。西安。陝西師範大學出版社。2003.4
24. 賽義得等著／羅鋼．劉象愚主編／陳永國等譯。後殖民主義文化理論。北京。中國社會科學出版社。1999.4
25. 邁克．費瑟斯通（Mike Featherstone）著／劉精明譯。消費文化與後現代主義。南京。譯林出版社。2000.5
26. 簡．布雷默／赫爾曼．茹登伯格編。搞笑——幽默文化史（A Cultural History of Humor）。北塔等譯。北京。社會科學文獻出版社。2001.11
27. 薩依德（Edward W. Said）著／單德興譯。知識份子論。台北。麥田出版有限公司。1993.1
28. 薩依德（Edward W. Said）著／彭淮棟譯。鄉關何處。台北。立緒文化事業有限公司。2001.1
29. 薩依德（Edward W. Said）著／蔡源林譯。文化與帝國主義。台北。立緒文化事業有限公司。2001.1

三、英文專著

1. Ellen Handler Spitz, *Art and Psyche*: A Study in Psychoanalysis and Aesthetics, Yale University Press, July/1/1986
2. James E. Johnson & James F. Christie & Thomas D. Yawkey, *Play and Early Childhood Development*, 2nd ed., New Jersey: Allyn &

Bacon, June/10/1999

3. Robert J.Banks & R. Paul Stevens, *The Complete Book of Everyday Christianity: An A-To-Z Guide to Following Christ in Every Aspect of Life*, Inter Varsity Press, August/01/1997

貳、文化綜論

一、華文專著

1. 朱光潛著。悲劇心理學——各種悲劇快感理論的批判研究。板橋。蒲公英出版社。1986
2. 朱光潛著。談美。台北。台灣開明書店。1958.8
3. 朱狄著。藝術的起源。北京。中國青年出版社。1999.4
4. 李西建著。重塑人性——大眾審美中的人性嬗變。武漢。湖北人民出版社。1998.9
5. 李新燦著。女性主義觀照下的他者世界。北京。中國社會科學出版社。2001.12
6. 李澤厚著。美學四講。天津。天津社會科學院出版社。2001.11
7. 姚一葦著。美的範疇論。台北。台灣開明書店。1978.9
8. 班馬著。前藝術思想——中國當代少年文學藝術論。莆田。福建少年兒童出版社。1996.10
9. 張奇編著。兒童審美心理發展與教育。北京。北京師範大學出版社。2000.11
10. 張倩儀著。另一種童年的告別——消失的人文世界最後回眸。北京。商務印書館。2001.5
11. 陳瑞文著。阿多諾美學論：評論、模擬與非同一性。台北。左岸文化。2004.2

12. 馮友蘭著。中國哲學史。（翻印本，無出版社及出版年月日）
13. 廖炳惠編著。關鍵詞 200——文學與批評研究的通用辭彙編。台北。麥田出版股份有限公司。2000.9
14. 熊秉真著。童年憶往——中國孩子的歷史。台北。麥田出版股份有限公司。2000.3
15. 劉曉東著。兒童精神哲學。南京。南京師範大學出版社。1999.12
16. 樊美筠著。兒童的審美發展。台北。愛的世界出版社。1990.8
17. 謝臥龍主編。性別：解讀與跨越。台北。五南圖書出版股份有限公司。2002.2

二、譯著

1. 卡爾·榮格（Carl G. Jung）主編／龔卓軍譯。人及其象徵——榮格思想精華的總結。台北。遠流出版事業股份有限公司。1999.5
2. 卡蘿·皮爾森（Carol S. Pearson）著／徐慎恕·朱侃如·龔卓軍譯。內在英雄。台北。立緒文化事業有限公司。2000.7
3. 史諾（C. P. Snow）著／林志成·劉藍玉譯。兩種文化。台北。貓頭鷹出版事業部。2000.5
4. 尼爾·波茲曼（Neil Postman）著／蕭昭君譯。童年的消逝（*The Disappearance of Childhood*）。遠流出版事業股份有限公司。1998.12
5. 西格蒙德·弗洛伊德（Sigmund Freud）著／常宏、徐偉譯。詼諧及其與無意識的關係。北京。國際文化出版公司。2001.2
6. 坎伯（Joseph Campbell）、Bill Moyers 著／朱侃如譯。神話。

台北。立緒文化事業有限公司。1996.10

7. 坎伯（Joseph Campbell）著／李子寧譯。千面英雄。台北。立緒文化事業有限公司。1997.7
8. 坎伯（Joseph Campbell）著／李子寧譯。神話的智慧。台北。立緒文化事業有限公司。1996.12
9. 彼得・杜拉克（Peter F. Drucker）著／廖月娟譯。旁觀者。台北。聯經出版事業公司。1996.11
10. 彼得・金斯利（Peter Kingsley）著／梁永安譯。在智慧暗處——一個被遺忘的西方文明之旅（Parmenides——In the Dark Places of Wisdom）。台北。立緒文化事業有限公司。2003.2
11. 河合隼雄著／羅珮甄譯。如影隨形——影子現象學。台北。揚智文化事業股份有限公司。2000.4
12. 阿多諾（T.W.Adoeno）著／王柯平譯。美學理論。成都。四川人民出版社。1998.10
13. 柯林・黑伍德（Colin Heywood）著／黃煜文譯。孩子的歷史（*A History of Childhood*）。台北。麥田出版股份有限公司。2004.1
14. 約翰・希頓（John Heaton）著／茱蒂・格羅弗絲（Judy Groves）畫／朱侃如譯。維根斯坦。台北。立緒文化事業有限公司。1998.2
15. 莫瑞・史坦（Murray Stein）著／朱侃如譯。榮格心靈地圖。台北。立緒文化事業有限公司。1999.8
16. 麥克爾・艾森克（Michael Eysenck）主編／閻鞏固譯。心理學——一條整合的途徑（上・下）。上海。華東師範大學出版社。2000.12

17. 葛羅莉亞・史坦能（Gloria Steinem）著。內在革命——一本關於自尊的書。正中書局。1992.8
18. 瑪格麗特・唐納生（Margaret Donaldson）著／漢菊德・陳正乾譯。兒童心智。台北。遠流出版事業股份有限公司。1996.9
19. 潘乃德（R. Benedict）著／黃道琳譯。文化模式。台北。巨流圖書公司。1976.8
20. 潘乃德（R. Benedict）著／黃道琳譯。菊花與劍。台北。桂冠圖書有限公司。1974.4
21. 盧梭（J.J.Rousseau）著／李平漚譯。愛彌兒。台北。五南圖書出版有限公司。1989.12
22. 霍斯特・伍德瑪・江森（Horst Woldemar Jason）著／唐文娉譯。美術之旅——人類美術發展史。台北。桂冠圖書有限公司。1989.8
23. 霍爾本（Paul Halpern）著／王原賢譯。科學家的預言簡史。台北。貓頭鷹出版事業部。2002.9
24. 羅伯特・霍普克（Robert H. Hopcke）著／蔣韜譯。導讀榮格。台北。立緒文化事業有限公司。1997.1
25. 蘇珊・恩傑（Susan Engel）著／黃孟嬌譯。孩子說的故事——了解童年的敘事。台北。財團法人成長文教基金會。1998.12

參、文藝理論與文學批評

一、華文專著

1. 朱剛著。20 世紀西方文藝文化與批評理論。台北。揚智文化事業股份有限公司。2002.7
2. 呂正惠主編。文學的後設思考——當代文學理論家。台北。

正中書局。1991.9

3. 李琛著。阿拉伯現代文學與神祕主義。北京。社會科學文獻出版社。2000.6
4. 季羨林著。比較文學與民間文學。北京。北京大學出版社。1991.8
5. 柯慶明著。境界的探求。台北。聯經出版事業公司。1977.6
6. 張秉真・章安祺・楊慧林著。西方文藝理論史。北京。中國人民大學出版社。1994.5
7. 張舜徽著。中國文獻學。台北。木鐸出版社。1983.7
8. 華世編輯部。中國歷史大事年表。台北。華世出版社。1986.3
9. 華諾文學編譯組。文學理論資料彙編上・中・下。台北。華諾文化事業有限公司。1985.10
10. 葉嘉瑩著。王國維及其文學批評。台北。源流文化事業有限公司。1982.4
11. 詹宏志著。兩種文學心靈。台北。皇冠出版社。1986.1
12. 劉康著。對話的喧聲──巴赫汀文化理論述評。台北。麥田出版股份有限公司。1995.5
13. 劉勰著。文心雕龍注。台北。台灣開明書店。1958.4
14. 龔鵬程著。文學與美學。台北。業強出版社。1986.4
15. 鬱龍余・孟昭毅主編。東方文學史。北京。北京大學出版社。2001.8

二、譯著

1. 巴赫金（Mikhail Bakhtin）著。小說理論。石家庄。河北教育出版社。1998.6
2. 巴赫金（Mikhail Bakhtin）著。文本、對話與人文。石家

庄。河北教育出版社。1998.6

3. 巴赫金（Mikhail Bakhtin）著。拉伯雷研究。石家庄。河北教育出版社。1998.6
4. 北風誠司著／魏炫譯。巴赫金——對話與狂歡。石家庄。河北教育出版社。2002.1
5. 卡勒爾著／方謙譯。羅蘭．巴特。台北。久大文化股份有限公司。1991.10
6. 伊恩．P．瓦特著／高原．董紅鈞譯。小說的興起。北京。生活．讀書．新知三聯書店。1992.6
7. 托多洛夫著／王東亮、王晨陽譯。批評的批評。台北。桂冠圖書股份有限公司。1990.1
8. 米哈里．契克森米哈賴（Mihaly Csiksentmihalyi）著／杜明城譯。創造力。台北。時報文化出版有限公司。1999.4
9. 艾布拉姆斯（M.H. Abrams）著／酈稚牛．張照進．童慶生譯。鏡與燈——浪漫主義文論及批評傳統。北京。北京大學出版社。1989.12
10. 季羨林譯。五卷書。北京。人民文學出版社。2001.8
11. 侯伯．埃斯卡皮（Robert Escarpit）著／葉淑燕譯。文學社會學。台北。遠流出版事業股份有限公司。1990.12
12. 韋勒克、華倫著／王夢鷗、許國衡譯。文學論——文學研究方法論。台北。志文出版社。1976.10
13. 埃爾曼．捷姆金編寫／董友忱、黃志坤編譯。印度神話傳說。上海。譯文出版社。2002.6
14. 路易-讓．卡爾韋著／車槿山譯。結構與符號——羅蘭．巴特傳。北京。北京大學出版社。1997.10
15. 鈴村和成著／臧印平．黃衛東譯。巴特——文本的愉悅。石

家庄。河北教育出版社。2001.11
16. 邁可・侯威（Michael J.A.Howe）著／林熒譯。天才的奧祕。台北。貓頭鷹出版。2001.9
17. 羅勃・赫魯伯（Robert C.Holub）著／董之林譯。接受美學理論。台北。駱駝出版社。1994.6
18. 羅蘭・巴特（Roland Barthes）著／李幼蒸譯。寫作的零度——結構主義文學理論文選。台北。時報文化出版企業有限公司。1991.2
19. 羅蘭・巴特（Roland Barthes）著／洪顯勝譯。符號學要義。台北。南方叢書出版社。1988.4
20. 羅蘭・巴特著／懷宇譯。羅蘭・巴特自述。天津。百花文藝出版社。2002.4

肆、兒童文學研究

一、華文專著

1. 方衛平著。中國兒童文學理論批評史。江蘇。江蘇少年兒童出版社。1993.8
2. 方衛平著。兒童文學的當代思考。濟南。明天出版社。1995.7
3. 方衛平著。法國兒童文學導論。長沙。湖南少年兒童出版社。1999.4
4. 方衛平著。逃逸與守望——論九十年代兒童文學及其他。北京。作家出版社。1999.5
5. 王泉根著。中國兒童文學現象研究。長沙。湖南少年兒童出版社。1992.10
6. 王泉根著。現代中國兒童文學主潮。重慶。重慶出版社。

2000.12

7. 朱自強著。中國兒童文學與現代化進程。杭州。浙江少年兒童出版社。2000.12
8. 吳其南。德國兒童文學縱橫。長沙。湖南少年兒童出版社。1996.3
9. 吳鼎編著。兒童文學研究。台北。台灣教育輔導月刊社。1965.3
10. 宋麗玲著。西班牙兒童文學導讀。台北。中央圖書出版社。2002.1
11. 李漢偉著。兒童文學講話。台南。供學出版社。1988.2
12. 李慕如著。兒童文學綜論。高雄。復文圖書出版社。1983.9
13. 林文寶・徐守濤・陳正治・蔡尚志合著。兒童文學。台北。五南圖書出版有限公司。1996.9
14. 林文寶著。兒童文學故事體寫作論。台北。財團法人毛毛蟲兒童哲學基金會。1994.1
15. 林守為著。兒童文學。台北。五南圖書出版有限公司。1988.7
16. 林良著。淺語的藝術。台北。國語日報社。1976.7
17. 林政華著。台灣兒童少年文學。台北。世一文化事業股份有限公司。2003.3
18. 邱各容。兒童文學史料初稿 1945—1989。台北。富春文化事業股份有限公司。1990.8
19. 金燕玉著。美國兒童文學初探。長沙。湖南少年兒童出版社。1996.9
20. 洪文瓊著。世界華文兒童文學小史。台北。中華民國兒童文學學會。1991.5

21. 洪文瓊著。台灣兒童文學史。台北。傳文文化事業有限公司。1994.6
22. 洪文瓊編著。台灣兒童文學手冊。台北。傳文文化事業有限公司。1999.8
23. 韋葦主編。兒童文學基礎知識卷。重慶。重慶出版社。2000.12
24. 韋葦著。世界童話史。台北。天衛文化圖書有限公司。1995.1
25. 韋葦著。俄羅斯兒童文學論譚。長沙。湖南少年兒童出版社。1994.5
26. 孫建江著。意大利兒童文學概述。長沙。湖南少年兒童出版社。1999.4
27. 浦漫汀主編／浦漫汀、梅沙、張美妮編寫。兒童文學教程。濟南。山東文藝出版社。1991.5
28. 班馬著。中國兒童文學理論批評與構想。湖北少年兒童出版社。1990.2
29. 祝士媛著。兒童文學。台北。新學識文教出版中心。1989.10
30. 馬景賢主編／張子樟等著。認識少年小說。台北。天衛文化圖書有限公司。1996.11
31. 張子樟著。少年小說大家讀。台北。天衛文化圖書有限公司。1999.8
32. 張子樟著。回顧中的省思──少年小說論述及其他。馬公。澎湖縣文化局。2002.11
33. 張之偉著。中國現代兒童文學史稿。上海。華東師範大學出版社。1993.6
34. 張美妮著。英國兒童文學概略。長沙。湖南少年兒童出版

社。1999.4
35. 張清榮著。少年小說研究。台北。萬卷樓圖書有限公司。2002.12
36. 張清榮著。兒童文學創作論。台北。富春文化事業股份有限公司。1991.9
37. 張錫昌、朱自強主編。日本兒童文學面面觀。長沙。湖南少年兒童出版社。1994.5
38. 梅子涵等著。兒童文學 5 人談。天津。新蕾出版社。2001.9
39. 許建崑主編／林文寶等著。認識童話。台北。天衛文化圖書有限公司。1998.12
40. 許義宗著。兒童文學論。台北。中華色研出版社。1988.7 九版
41. 傅林統著。兒童文學的思想與技巧。台北。富春文化事業股份有限公司。1990.7
42. 彭懿著。世界幻想兒童文學導論。台北。天衛文化圖書有限公司。1998.12
43. 湯銳著。北歐兒童文學述略。長沙。湖南少年兒童出版社。1999.4
44. 湯銳著。現代兒童文學本體論。南京。江蘇少年兒童出版社。1995.8
45. 黃雲生主編。兒童文學教程。杭州。杭州大學出版社。1996.12
46. 葉詠琍著。西洋兒童文學史。台北。東大圖書公司。1982.12
47. 葉詠琍著。兒童文學。台北。東大圖書股份有限公司。1986.5
48. 葛琳著。師專兒童文學研究下。台北。中華出版社。1973.5

49. 葛琳著。師專兒童文學研究上。台北。中華出版社。1973.1
50. 雷僑雲著。中國兒童文學研究。台北。台灣學生書局。1988.9
51. 劉錫蘭編著。兒童文學研究。台中。台灣省立師範專科學校。1963.10
52. 蔣風、韓進著。中國兒童文學史。合肥。安徽教育出版社。1998.10
53. 蔣風主編。兒童文學教程。太原。希望出版社。1998.6
54. 蔡尚志著。兒童故事寫作研究。台北。五南圖書出版有限公司。1992.9
55. 蔡尚志著。探索兒童文學。嘉義。嘉義市立文化中心。1999.11
56. 蔡尚志著。童話創作的原理與技巧。台北。五南圖書出版有限公司。1996.6
57. 鄭光中主編。幼兒文學教程。成都。四川民族出版社。1998.8
58. 譚元亨著。外國兒童教育思想史論。北京。北京燕山出版社。1994.8

二、譯著

1. 丹妮斯·埃斯卡皮（Denise Escarpit）著／黃雪霞譯。歐洲青少年文學暨兒童文學。台北。遠流出版事業股份有限公司。1989.9
2. 布魯諾·貝特漢（Bruno Bettelheim）著／舒偉·樊高月·丁素萍譯。永恆的魅力——童話世界與童心世界。重慶。西南師範大學出版社。1991.12
3. 李利安·史密斯（Lillian H. Smith）著／傅林統編譯。歡欣

歲月。台北。富春文化事業股份有限公司。1999.11
4. 保羅・亞哲爾（Paul Hazard）著／傅林統譯。書・兒童・成人。台北。富春文化事業股份有限公司。1998.5
5. 約翰・洛威・湯森（John Rowe Townsend）著／謝瑤玲譯。英語兒童文學史綱。台北。天衛文化圖書有限公司。2003.1
6. 埃爾曼・捷姆金編寫／董友忱・黃志坤編譯。印度神話傳說。上海。上海世紀出版集團譯文出版社。2002.6
7. 宮川健郎著／黃家琦譯。日本現代兒童文學。台北。三民書局股份有限公司。2001.4
8. 培利・諾得曼（Perry Noldeman）著／劉鳳芯譯。閱讀兒童文學的樂趣。台北。天衛文化圖書有限公司。2000.1
9. 森田吉米著／劉滌昭譯。英國妖精與傳說之旅。台北。馬可孛羅文化。2001.12

三、英文專著

1. Bruno Bettelheim, *The Uses of Enchantment: The Meaning and Importance of Fairy Tales*, Vintage Books USA, Reissue edition, April/1/1989
2. Carl Jung, *Memories, Dreams, Reflections*, Vintage Books USA, Reissue edition, June/1/1989
3. Ellen Handler Spitz, *Inside Picture Books*, Yale University Press, May/1/1999
4. John Stephens, *Language and Ideology in Children's Fiction*, Longman Publishing Group, July/1/1992
5. Sigmund Freud, *The Interpretation of Dreams*, Avon Books, Reissue edition, July/1/1983

伍、台灣文化綜論

一、華文專著

1. 李永熾、李喬、莊萬壽、郭玉生編撰。台灣主體性的建構。台北。財團法人群策會李登輝學校。2004.5
2. 李喬著。台灣文化造型。台北。前衛出版社。1992.12
3. 李筱峰著。台灣史 100 件大事下：戰後篇。台北。玉山社出版事業股份有限公司。1999.10
4. 李筱峰著。台灣史 100 件大事上：戰前篇。台北。玉山社出版事業股份有限公司。1999.10
5. 杜正勝著。新史學之路。台北。三民書局股份有限公司。2004.5
6. 施懿琳、中島利郎、下村作次郎、黃英哲、黃武忠、應鳳凰、彭瑞金合著。台灣文學百年顯影。台北。玉山社出版事業股份有限公司。2003.10
7. 莊萬壽著。台灣文化論——主體性之建構。台北。玉山社出版事業股份有限公司。2003.11
8. 黃智偉著。省道台一線的故事。台北。貓頭鷹出版社。2002.4
9. 黃榮洛著。渡台悲歌——台灣的開拓與抗爭史話。台北。臺原出版社。1989.7
10. 楊碧川著。台灣現代史年表——一九四五年－一九九四年。台北。一橋出版社。1996.4
11. 劉還月．陳阿昭．陳靜芳著。台灣島民的生命禮俗。台北。常民文化事業有限公司。2003.8
12. 劉還月著。台灣土地傳。台北。常民文化事業有限公司。

1997.2
13. 劉還月著。尋訪台灣平埔族。台北。常民文化事業有限公司。1995.12
14. 盧漢超主編。台灣的現代化與文化認同。台北。八方文化企業公司。2001.7
15. 蕭錦綿、周慧菁編。發現台灣（上）、（下）。台北。天下雜誌。1992.2

二、譯著

16. 仲摩照久主編／葉婉奇譯／陳阿昭、陳靜芳編述。老台灣人文風情。台北。原民文化事業有限公司。2002.7
17. 仲摩照久主編／葉婉奇譯／陳阿昭、陳靜芳編述。美麗島身世之謎。台北。原民文化事業有限公司。2002.9
18. 陳柔森主編／葉婉奇譯／李易蓉導讀。重塑台灣平埔族圖像——日本時代平埔族資料彙編（1）。台北。原民文化事業有限公司。1999.1
19. 鈴木質著／陳柔森主編／王美晶譯／李易蓉導讀。台灣原住民風俗。台北。原民文化事業有限公司。1999.7

陸、台灣文學論述

1. 呂正惠著。小說與社會。台北。聯經出版事業公司。1988.5
2. 呂正惠著。殖民地的傷痕——台灣文學問題。台北。人間出版社。2002.6
3. 李喬著。台灣文學造型。高雄。派色文化出版社。1992.7
4. 林文寶、林淑貞、林素玟、周慶華、張堂錡、陳信元著。台灣文學。台北。萬卷樓圖書有限公司。2001.8
5. 林政華著。台灣文學汲探。台北。文史哲出版社。2002.3

6. 林政華著。台灣文學教育耕穫集。台北。文史哲出版社。2002.3
7. 林瑞明著。台灣文學的本土觀察。台北。允晨文化實業股份有限公司。1996.7
8. 許琇禎著。台灣當代小說綜論──解嚴前後（1977－1997）。台北。五南圖書出版股份有限公司。2001.5
9. 陳玉玲著。台灣文學的國度──女性、本土、反殖民論述。台北。博揚文化事業有限公司。2000.7
10. 陳萬益著。于無聲處聽雷──台灣文學論集。台南。台南市立文化中心。1996.5
11. 彭瑞金著。台灣新文學運動 40 年。高雄。春暉出版社。1997.8
12. 彭瑞金著。葉石濤評傳。高雄。春暉出版社。1999.1
13. 黃重添·莊明萱·闕豐齡·徐學·朱雙一合著。台灣新文學概觀。台北。稻禾出版社。1992.3
14. 楊碧川著。台灣現代史年表一九四五年──一九九四年。台北。一橋出版社。1996.4
15. 葉石濤著。一個台灣老朽作家的五〇年代。台北。前衛出版社。1991.9
16. 葉石濤著。台灣文學史綱。高雄。春暉出版社。1987.2
17. 葉石濤著。展望台灣文學。台北。九歌出版社。1994.8
18. 鄭明俐主編。當代台灣女性文學論。台北。時報文化出版企業有限公司。1993.5
19. 鄭清文著。台灣文學的基點。高雄。派色文化出版社。1992.7
20. 鍾肇政著。鍾肇政回憶錄（一）徬徨與掙扎。台北。前衛出

版社。1998.4

21. 鍾肇政著。鍾肇政回憶錄（二）文壇交遊錄。台北。前衛出版社。1998.4

柒、台灣民間文學探討

1. 巴蘇亞・博伊哲努（浦忠成）著。台灣原住民的口傳文學。台北。常民文化事業有限公司。1996.5
2. 周錦宏、羅肇錦合編。苗栗縣客語諺謠集。苗栗。苗栗縣文化局。2003.12
3. 林文龍著。台灣掌故與傳說。台北。臺原出版社。1992.7
4. 胡萬川、陳益源合編。雲林縣閩南語故事集 1－4。斗六。雲林縣文化局。1999.12—2001.12
5. 胡萬川、陳益源合編。雲林縣閩南語歌謠集 1－4。斗六。雲林縣文化局。1999.12－2001.12
6. 胡萬川編。苗栗縣閩南語歌謠集。苗栗。苗栗縣立文化中心。1998.6
7. 胡萬川編。苗栗縣閩南語諺語、謎語集（一）。苗栗。苗栗縣文化局。2000.10
8. 夏本奇伯愛雅（周宗經）著。雅美族的古謠與文化。台北。常民文化事業有限公司。1996.9
9. 陳千武著。台灣原住民的母語傳說。台北。臺原出版社。1991.2
10. 陳益源、潘是輝合編。雲林縣閩南語故事集（五）。斗六。雲林縣文化局。2003.5
11. 陳益源、潘是輝合編。雲林縣閩南語歌謠集（五）。斗六。雲林縣文化局。2003.5

12. 陳益源主持。彰化縣民間文學集 19──員林大村埔心地區。彰化。彰化縣文化局。2003.5
13. 陳益源主持。彰化縣民間文學集 20──北斗田尾社頭地區。彰化。彰化縣文化局。2003.5
14. 陳益源著。台灣民間文學採錄。台北。里仁書局。1999.9
15. 陳益源著。民俗文化與民間文學。台北。里仁書局。1997.10
16. 陳益源著。民間文化圖像──台灣民間文學論集。南寧。廣西民族出版社。2001.12
17. 陳益源著。石頭開講。台北。富春文化事業股份有限公司。1998.6
18. 陳益源著。俗話說。台北。富春文化事業股份有限公司。1998.12
19. 陳益源著。故事與民俗。台北。富春文化事業股份有限公司。1999.10
20. 陳益源著。原來如此。台北。台灣新生報出版部。1992.10
21. 陳益源著。剪燈新話故事集。台北。台灣新生報出版部。1992.11
22. 陳益源著。常言道。台北。台灣新生報出版部。1990.10
23. 羅肇錦、胡萬川合編。苗栗縣客語故事集。苗栗。苗栗縣立文化中心。1998.6

捌、單篇論述與學位論文

1. John Stephen “Children’s Literature and Cultural Studies”，〈兒童文學與文化研究〉。《兒童文學學刊》第九期，頁 49－77。台北。萬卷樓圖書股份有限公司。2003.5
2. 宋澤萊著〈文學十日談〉。《台灣文藝》雜誌革新第 20 號，第

73 期，頁 223－255。台北。1981.7

3. 邱各容著〈日治時期台灣兒童文學勾微〉。《全國新書資訊月刊》，頁 22－32。台北。國家圖書館。2003.12
4. 金耀基著〈全球化、現代性與世界秩序〉。《二十一世紀》雜誌第 51 期，頁 4－7。香港。1999.2
5. 柯倩華著〈童書，不是借孩子的口說大人的話〉。中國時報開卷版。台北。2003.8.10
6. 張衛華。兒童文學遊戲性的文本解析。浙江師範大學碩士學位論文。2004.5
7. 陳萬益著〈論臺灣文學的主體性〉。張德麟主編《台灣漢文化之本土性》，頁 250－254。台北。前衛出版社。2003.9
8. 彭衍綸著〈淺論臺灣民間故事發展概況〉。《國立中央圖書館台灣分館刊》第五卷第二期，頁 109－121。台北。1998.12.31
9. 葉啟政著〈台灣應開啟新階段的族群關係與國族認同〉。《新新聞》第 890 期，頁 54－63。台北。2004.3.25

附錄一

OLED 簡介

（全文討論詳見頁 32，理解有機發展）

一、什麼是 OLED？

有機發光二極體顯示面板（Organic Light-Emitting Diode, OLED），又稱為有機電激發光顯示器（Organic Electroluminesence, OEL），擁有其他平面顯示器技術不易達到之新一代技術——更明亮且清晰的全彩影像與更敏捷的反應速度。

二、OLED 原理與結構

有機發光二極體的技術依其所使用的有機薄膜材料的不同，大致可分為二類，小分子有機發光二極體被稱為 SMOLED，高分子發光二極體則被稱為 Polymer OLED。

SMOLED / Polymer OLED 的發光原理類似發光二極體，同樣是利用材料的特性，將電子傳輸層（Electron Transport Layer, ETL）、電洞傳輸層（Hole Transport Layer, HTL）和發光材料層（Emitting Material Layer , EML）結合，而將電子激發的形式降回基態，將多餘的能量以光波的形式釋出，因而達到不同波長的發光元件的產生。

三、OLED 與 LCD 基本結構比較如下：

OLED與LCD結構比較

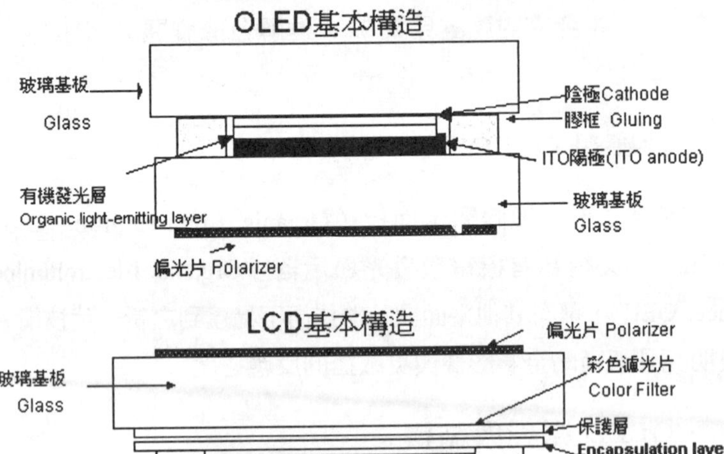

四、OLED 的發光原理？

OLED 的基本結構是由一薄而透明半導體性質的銦錫氧化物（ITO）為正極與金屬陰極如同三明治般將有機材料層包夾其中，有機材料層包括電洞傳輸層（HTL）、發光層（EL）、與電子傳輸層（ETL）。當電池提供適當的電壓（低伏特數的特性），注入正極的電洞與陰極來的電荷在發光層結合時，即可激發有機材料產生光亮（electroluminesence），有機層的架構與正負極的選擇設計是讓 OLED 裝置充分發揮發光功效的關鍵。

五、OLED 的驅動方式

被動式	主動式
瞬間高亮度發光（動態驅動／有選擇性）	連續發光（穩態驅動）
面皮外附加 IC 晶片	TFT 驅動電路設計／內藏薄膜型驅動 IC
線逐步式掃描	線逐步式抹寫資料
階調控制容易	在 TFT 基板上形成有機 EL 畫像素
低成本／高電壓驅動	低電壓驅動／低耗電能／高成本
設計變更容易、交貨期短（製程簡單）簡單式矩陣驅動＋OLED	發光元件壽命長（製程複雜）LTPS TFT+OLED

六、OLED 的特點

1. 自發光，不需要背光模組
2. 低電壓驅動（＜10 Volts）且省電
3. 高能量效率（16 lm/W）
4. 高亮度（可達 100,000 cd / m^2 以上）
5. 響應時間短（<2 μ s）
6. 高對比
7. 廣視角（接近 180°）
8. 重量輕、厚度薄
9. 構造簡單，低成本
10. 可撓性（塑膠基底）

11. 可全彩化

七、OLED 的優點

1. 省電
2. 超薄厚度：Total 1.75mm（含偏光板）
3. 重量輕
4. 視角寬：＞160 度，無視角限制
5. 反應時間快：By μ second
6. 高對比：100:1
7. 高輝度效率
8. 高亮度：＞100CD / m^2（不含偏光板）
9. 多色及彩色（RGB）元件皆可製作
10. 使用溫度範圍度：－30° C ~ 80° C

八、OLED 的運用

OLED 的運用範圍很廣泛，在顯示器或是照明設備都非常有市場潛力。如：行動電話、遊戲機、音響面板、數位照相機、個人數位助理機（PDA）、汽車導航系統、電子書、資訊家電、筆記型電腦、監視器、電視……等。

附錄二

威廉・布萊克《天真之歌》詩選譯文

（全文討論詳見頁34，童年概念的有機建構）

黃秋芳　譯

〈嬰兒的快樂〉

沒有名字的我；生下才兩天
該叫你什麼呢？
我真的很快樂，快樂是我的名字
祝你得到快樂！
美麗的快樂
才兩天的快樂
我叫你快樂
你笑了笑
我唱著歌
祝你得到快樂！

〈牧童〉

牧童的命運多美！
閒蕩著，從早到晚
終日跟隨著羊群
嘴巴裡充滿讚賞
耳朵裡洋溢著羔羊們天真的呼喚，

聽見母羊溫柔回應
他很小心，他們安分，
他們知道牧童就在身後

〈掃煙囪孩子〉

母親死的時候，我還很小很小
父親不得不賣了我
在還喊不清楚「掃呀，掃呀！」的年歲
我就開始掃煙囪，夜夜裹著煤屑睡

有個小托姆，鬈鬈髮像極了一隻小羊
在頭髮被剃光時哭到心碎
小托姆，不要緊
光著腦瓜，煤屑就不會糟蹋白頭髮

托姆沉睡了，夜的神奇靜靜發生
千千萬萬的掃煙囪小孩
這個那個，全都鎖在黑棺材
直到天使用金鑰匙打開
放出孩子
他們跳躍，嘻笑，奔馳過草坪原野
到河裡洗澡，讓太陽親吻得亮晶晶的
光耀，潔白，掃煙囪的工作袋落了一地
升上雲端，在風裡遊戲
只要你做個好孩子
天使對托姆說，上帝會做你的父親，你將永遠快樂！

托姆醒了，屋裡比以前更黑更黑
工作是一天的開始，袋子和掃帚是最重要的裝備
清晨如冰，托姆的心裡生起火
在天使照顧的國度裡，盡了本分
就不怕磨難

附錄三

遊戲理論建構總表

（全文討論詳見頁 124，遊戲性的理解與探討小結）

研究學者	遊戲理論發展
柏拉圖（Plato，西元前 428－347）	兒童應在遊戲中學習。
亞里斯多德（Aristotle，西元前 384－322）	遊戲是發洩情感的工具。
德國／康德（Immanuel Kant，1724－1804）	藝術是自由的遊戲，遊戲是藝術的起源。藝術和遊戲具有非功利、整合、生理基礎和超現實的相似性。
德國／席勒（Schiller，1759－1805）	推演康德學說，強調「遊戲衝動」彌合「感性衝動」與「理性衝動」的分裂，以一種生命自主自足的活力，和寬闊的自由的世界聯繫起來。
德國／顧茲姆斯（Gutsmuths，1759－1839）	從體操訓練中，強調遊戲的休養功能。
德國／福祿貝爾（Friedrich Froebel，1782－1852）	遊戲是兒童本能，企圖表現內在本質和潛在於兒童中神的本源意向，因此教育應謹慎地追隨於本能之後。
德國／叔本華（Arthur Schopenhauer，1788－1860）	通過意志實現得到解放，打破自我對個性的束縛。
英國／史賓塞（Herbert	精力過剩說（Theory of Excess En-

研究學者	遊戲理論發展
Spencer，1820－1903）	ergy）：精力過剩產生遊戲衝動，藉遊戲發洩過剩精力如水沸蒸汽發散。
德國／拉茲入斯（Moritz Lazarus，1824－1903）	休養說（Theory of Recreation）：遊戲讓人獲得愉快，充分休養。強調心理研究必須考慮社會整體，開創「比較心理學」。
美國／霍爾（G. Stanley Hall， 1844－1924）	行為複演說（Theory of Recapitulation）：遊戲是人類進化現象的複演，展現人類先祖活動的各階段，被視為是「兒童心理學」和「教育心理學」的奠基人。
德國／尼采（Friedrich Nietzsche，1844－1900）	正視放縱與激情，遊戲是人存在的一種基本形態，同時也是面向生活的一種態度。
奧地利／弗洛依德（Sigmund Freud，1856－1939）	遊戲是無意識欲望和情感的暴露，促使兒童發洩抑鬱，擺脫焦慮，補償現實生活中不能實現的各種願望。
法國／柏格森（Henri Bergson，1859－1941）	生命躍動裡有一種自由的創造活力，表現為藝術、哲學及基督教徒的直覺經驗。
美國／包爾溫（James Mark Baldwin，1861－1934）	自我表現說（Theory of Self-Expression）：生命的表現即是自我表現，有生命就有動機與需要，遊戲活動即為生命基本所需。
瑞士／卡爾．谷魯士（Karl	生活準備說（本能練習說，

研究學者	遊戲理論發展
Groos， 1861－1946）	Preparation Theory or Instinct Practice Theory）：遊戲為未來生活做無意識準備。女孩玩娃娃準備將來作妻子母親養育子女；男孩玩打獵捕魚準備成年時養家謀生。
俄國／高爾基（Maksim Gorky，1868－1936）	遊戲是兒童認識世界的途徑。
奧地利／阿德勒（Alfred Adler，1870－1937）	發洩情感說（Theory of Catharisis）：遊戲是一種補償工具。
荷蘭／懷金格（Johann Huizinga，1872－1945，亦譯赫伊津哈）	人類文化源於遊戲，遊戲的根本特質在於樂趣；重拯人類文明危機，有賴純真遊戲精神（《遊戲的人》，1938，*Homo Ludens*）。
奧裔英國／維根斯坦（Ludwig Wittgenstein，1889.4.26－1951）	遊戲具有「家族相似性」，並非所有遊戲都有共同特徵,，而是一種相似網絡。
德國／海德格（Martin Heidegger，1889.9.26－1976）	憂慮或恐懼揭示真實存在，存在則與「光明」和「歡樂」相聯繫。人有自我選擇和控制的自由。
阿浦利頓（L. E.Appleton，1892－1965）	生長需要說（Theory of Growth）：遊戲在滿足身體成長所需，當生理機體生長成熟時，遊戲欲望隨之降低。
俄國／巴赫金（Bakhtin，1895－1975）	從「肉體狂歡儀式」的遊戲釋放到「狂歡化」文化轉型，呈現離心力和向心力的緊張對立、中心與邊緣力量

研究學者	遊戲理論發展
	的衝突。
奧地利／安娜・弗洛依德（Anna Freud，1895－1982）	遊戲是兒童適應現實的手段，但不一定能揭示自己意識不到的衝突，精神分析對兒童具有教育意義，成為兒童精神分析創始人。
瑞士／皮亞傑（Jean Piaget，1896－1980）	兒童通過遊戲練習，將簡單概念集合成較高水準概念完成智力發展的各個階段，創造對現實形成的模式。
德國／加達默爾（Hans-Georg Gadamer，1900－2002）	遊戲的主體在於遊戲本身，存在方式在於自我表現，由遊戲者與觀賞者共同組成。
德國／阿多諾（Theodor W.Adorno，1903－1969）	現代藝術在本質上呈現自治性與社會性的拉鋸相抗，並且激盪出「形象自身」遊戲化的啟蒙與救贖。
法國／羅傑・凱窪（Roger Caillois，1913－1978）	從結構主義方法分析遊戲現象，解剖遊戲特質、範疇和連續特質，關注大眾化遊戲（《遊戲、比賽與人》，1958，*Man，Play and Gamers*）。
法國／利奧塔（F. Lyotard，1924－）	語言遊戲存在自己的規則，想像力和創造力又不斷改變了語言規則。傾聽那些「力爭被說出來的東西」，賦予那些沒有發言權但在努力的人實際的發言權，即為生機無限的「公正遊戲」。
法國／傅科（Michel	權力是通過各種關係的促生與抵制，

研究學者	遊戲理論發展
Foucault，1926－1984）	從而變換不定的一種遊戲。
美國／約翰·奈許（John Nash，1928－）	建立數學上的「遊戲理論」（Game Theory）分析混合利益競爭者間的對抗形勢，稱為奈許平衡。
法國／德希達（Jacques Derrida，1930－）	延異是一種永無止境的「系統遊戲」，無法在二元對立的基礎上被認知的結構與運動，只能並置各種差異與延宕的軌跡。
帕騰（M.B.Parten，1932）	兒童遊戲社會化的發展有六階段：1.無目的活動 2.單獨遊戲 3.旁觀行為 4.平行遊戲 5.聯合遊戲 6.協同遊戲
貝特森（Bateson，1955）	兒童在遊戲中學會辨識「遊戲框架」，因應框架裡外的自由嬉戲與現實人生；遊戲發生時周遭事物的影響會形成「遊戲腳本」的背景。
史帝芬「大眾傳播遊戲理論」（Stephenson，1967）	遊戲是一種假裝（pretend），自願的而不是工作或道德義務，暫時離開真實世界的義務與責任，具有隔離特性，使人完全沈浸其中得到滿足。
斯米蘭斯基（Smilansky，1968）	兒童遊戲等級：1.機能遊戲 2.建築遊戲 3.表演遊戲 4 規則遊戲。
布魯納（Bruner，1972）	遊戲增加行為模式的可選數量，促進兒童的可塑性發展，強調遊戲本身的意義比它所帶來的結果更重要，遊戲與智力的敘述性模式有關鍵性的聯

研究學者	遊戲理論發展
	繫。
辛格（Jerome Singer，1973）	想像遊戲是情感與認知的聯結，促成兒童展開幻想的能力。
艾利斯（Ellis，1973）	修正波爾林（Berlyne，1960）的「覺醒—調節理論」:遊戲產生於中樞神經系統對「覺醒狀態」的需要或欲望，如果沒有足夠的刺激，我們就會厭倦，直到遊戲出現，重新建構尋求刺激的「覺醒狀態」，形成調節。
維高斯基（L. S. Vygotsky，1976）	象徵遊戲促成兒童的抽象思維，遊戲、情感和社會性相互關聯。
薩頓-史密斯（Sutton-Smith，1976）	假想遊戲中的象徵轉換，打破常規聯結，培養創造性思考，刺激兒童頭腦的靈活，提高社會適應能力。
加爾維（Garvey，1977）	從遊戲框架，探討遊戲、制定遊戲術語、還原現實生活過程。
施瓦茲曼（Schwartzman，1978）	觀察孩子們的社會地位如何影響他們的遊戲。
沃爾夫＆格羅曼（Wolf & Grollman）	隨著兒童年齡增長，他們創造的遊戲腳本會更完整，也更複雜。
日本／加藤秀俊（1930－）	基於遊戲本能，創造生存意義，積極面對「餘暇是人類如何生存下去」的哲學思考（《餘暇社會學》，1988，中譯 1989）。
日本／高田公理（1944－）	遊戲是資訊的生產與消費，可以吸收

研究學者	遊戲理論發展
	及淨化滿溢出來的生命力，重新賦予生命意義與秩序（《遊戲化社會》，1988，中譯 1990）。
美國／約翰・凱利（John Kelly）	遊戲是休閒的外在行動（1987，《走向自由——休閒社會學新論》，*Freedom to Be:a New Sociology of Leisure*，中譯 2000）。
柏屈克（G.T.W. Patrick）	放鬆說（Theory of Relaxation）：現代人的生活狀況、日常職業等多為小肌肉活動，易於疲勞，須藉野外活動恢復精神。

附錄四

世界兒童文學參考指標年表簡編

（全文討論詳見頁 192，世界兒童文學建構小結）

說明：1. 本年表儘可能參照《大英百科》線上版 http://wordpedia.britannica.com/ 與《大美百科》為第一次出現的作家，標示出國家、原名與年代；第二次出現的作家作品，隨即省略原名與年代的標示。

2. 不同參考書目中討論的作家及作品，如有年代乖違或翻譯誤差者，多半以《大英百科》為主；如有通行譯名或華文繁體字譯本，擇用最普及譯名。

3. 同一欄格裡的作家作品說明，以「；」代表同一國家裡的不同作家，以「。」代表陳述另一個國度的作家作品。

西元年	政經文化背景	兒童文學出版記事
12 世紀	芬蘭從 12 世紀到 19 世紀初，一直被瑞典統治。瑞典從 1397－1523 與丹麥結為一體。	北歐神話最初文字記錄在《埃達》（Edda）和《薩迦》（Saga）。最早的古法語史詩《羅蘭之歌》（The Song of Roland）(1100)。西班牙傳奇詩〈歐利諾斯伯爵之歌〉，深受兒童歡迎。
13 世紀		義大利《古代故事百篇》（1281－1300）。西班牙盧利歐（Raimundo Lulio）《動物之書》。

西元年	政經文化背景	兒童文學出版記事
14 世紀	冰島從 14 世紀到 20 世紀被丹麥控制。挪威在 1380－1814 被丹麥統治，1814－1905 又從屬於瑞典。	12－14 世紀，法國長篇故事詩《狐狸雷納德》逐漸成形流傳，成為古典文學瑰寶。德語文學聚焦於民間史詩整編，重要的有〈尼伯龍根之歌〉〈谷蘭德之歌〉。
14－16 世紀	13 世紀義大利為城市國家，形成共和國典型，貴族與平民爭鬥激烈；14 世紀轉為個人獨裁，城市間競爭激烈。歐洲文藝復興時期，被視為西方文明史「中世紀」與「近代」的分界。	1321，義大利詩人但丁(Dante，1265－1321)《神曲》；1348，人文主義先驅薄伽丘（Giovanni Boccaccio，13i3－1375）《十日談》（1348－1353）；1351，佩脫拉克（Petrarch，1304－1374）開始創作詩歌，為全歐洲的抒情詩提供共同的形式與語言。1335，西班牙《路卡諾伯爵》包含 50 則寓言。14－16 世紀，歐洲騎士文學盛行。
1484		英國卡克斯頓（William Caxton）刊印附生動版畫的成人版《伊索寓言》。
1532		法國拉伯雷（Francois Rabelais，1494－1553？）改寫自民間故事的《巨人傳》陸續出版，直到他死後 11 年的 1564

西元年	政經文化背景	兒童文學出版記事
		出版第五卷，充滿童話意味和傳奇色彩。德國民間故事書盛行於 16 世紀。
1541		義大利菲倫佐拉（Agnolo Firenzuolo，1493－1543）根據《五卷書》改寫《動物談話的最初表現形式》。
1550		義大利斯特拉帕羅拉（Gianfrancesco Straparola，1480－1557）收集民間故事《快樂之夜》。
1558－1603	英國伊莉莎白一世（Elizabeth I，1533-1603）即位。	英國莎士比亞（William Shakespeare，1564－1616）引領文學風華。
1620	英國新教徒搭乘五月花號越大西洋抵達美國。	
1634		義大利巴西萊（Giambattista Basile，1575－1632）《故事中的故事》（即《五日談》）；1846 譯成德文；1848 譯成英文。
1636	義大利伽利略提出「地球繞著太陽轉」學說，抵觸教會「地球是宇宙中心」說法而繫獄。	

西元年	政經文化背景	兒童文學出版記事
1637	中國宋應星《天工開物》，收錄各種生產技術。	捷克教育家夸美紐斯（Johann Amos Comenius，1592－1670）編寫《世界圖解》，1658 英譯。
1643	法王路易十四(1638－1715)即位，提倡「君權神授說」，法國生活方式、城鎮結構和山河面貌形成多面變化。	
1648	三十年戰爭結束，神聖羅馬帝國瓦解，德國分裂成一百個以上小國家。瑞士、荷蘭獨立。	
1652	英荷爆發長達二十年戰爭，英國獲勝，取得海上霸權。	
1668		法國夏爾·貝洛爾（Charles Perrault，1628－1703）在法蘭西學院誦詩〈路易大帝的世紀〉，引發今古文學之爭，貝洛在推崇新文學同時，把注意力轉往民間文化土壤；拉封登《寓言詩》陸續出版（1668－1694，12 卷）。
1678		英國約翰·班揚（John Bunyan，1628－1688）《天路歷

西元年	政經文化背景	兒童文學出版記事
		程》。
1687	英國牛頓「萬有引力」定律。	
1689	英發佈「權利法案」，從此邁入以議會為中心的政黨政治。	
1693		英國約翰・洛克（John Locke 1632－1704）出版《教育之我見》，把兒童當作待填補的白紙，推薦閱讀《伊索寓言》、《狐狸雷納德》。
1697		法國貝洛民間童話集《鵝媽媽的故事》；多爾諾瓦夫人《童話故事集》。
1698		法國多爾諾瓦夫人《新故事》，其中〈青鳥〉〈金髮美人〉流傳至今。
1704	俄彼得大帝遷都聖彼得堡，開始西化。中國統一度量衡。	
1712	日本第一本百科全書問世。	
1715		英國瓦特（I. Watts）《兒童聖歌及道德歌》。
1719		英國丹尼爾・狄福（Daniel Defoe，1660－1731）《魯賓遜

西元年	政經文化背景	兒童文學出版記事
		漂流記》。
1720	日本德川吉宗開始編撰法典。	《魯賓遜漂流記》法譯後，風靡法國。
1724	中國雍正皇帝禁基督教傳教。	
1726		愛爾蘭強納森·史威夫特（Jonathan Swift，1667－1745）《格列佛遊記》。
1742	日本幕府完成民刑法法典。	
1744	1740 年代，新興思潮與中產階級興起。	英國書商約翰·紐伯瑞（John Newbery，1713－1767）出版「美麗小書」，標示出以「娛樂」為目的；古柏（Mary Cooper）《拇指湯姆之歌》。
1751		瑞典宮廷教師卡爾·格斯塔夫·泰森（1695－1770）《講給年幼王子聽的古代智者每日自省的故事》。
1756	七年戰爭（普魯士+英國 vs. 法國）爆發，直到 1763 年。	
1757		法國博蒙夫人童話結集，收入名著〈美女與野獸〉。
1759		德國萊辛（Lessing，1729－1781）發表三卷散文寓言，充

西元年	政經文化背景	兒童文學出版記事
		滿社會批判。
1762		法國思想家盧梭（Jean-Jacques Rousseau，1712－1778）出版《愛彌兒》視兒童為完美自然人。
1765		紐伯瑞出版高德史密（Oliver Goldsmith）《好二鞋》，第一本專為兒童寫的小說故事。
1766		瑞典第一份兒童報《兒童教育與娛樂週報》創刊。
1769	瓦特（James Watt）改良蒸氣引擎，機器取代人力，形成「產業革命」。	
1775		德國拉斯佩（Raspe，1737—1794）在英國用英語整編德國故事集《閔希豪生男爵的冒險》。
1776	美國獨立。蘇格蘭亞當斯密發表第一本「自由放任主義」經濟學《國富論》。	
1780		瑞士教育改革者裴斯塔洛齊（Pestalozzi，1746－1827）《一位隱士的夜晚時刻》，縱述「順乎自然」的教育理論。
1781		英國紐伯瑞出版《鵝媽媽歌

西元年	政經文化背景	兒童文學出版記事
		謠・搖籃詩》。
1782		法國第一份兒童月刊《兒童之友》創刊。
1783	美國獨立戰爭（1775－1783）結束，英美簽署「巴黎條約」。	
1785		瑞典第一份純兒童文學雜誌《瑞典少年週報》創刊。法國集 17－18 世紀世界童話大成的《仙女寶庫》陸續出版（1785－1789，41 卷）。
1786		德國詩人畢爾格（G. A. Burger，1747—1794）把拉斯佩的英語《閔希豪生男爵的冒險》翻譯還原回德文，並增補篇幅。
1788	英國法令通過規定掃煙囪童工必須至少年滿 8 歲。	南斯拉夫奥伯拉多維契（D.Obradovie）《寓言》。
1789	巴士底獄淪陷，法國大革命，發表人權宣言，開啟歐洲資本主義新時代。	英國浪漫派詩人威廉・布萊克（William Blake，1757－1827）《天真之歌》。法國大革命後，瑞士裴斯塔洛齊為戰後孤兒創設世界最早的幼兒園。
1793	英至中國要求乾隆通商被拒。	

西元年	政經文化背景	兒童文學出版記事
1794	十八世紀末到十九世紀初，英國產業革命帶來社會變革，物質主義異化自然與人性發展。	英國威廉・布萊克《經驗之歌》。
1797		德國耶拿浪漫派領袖蒂克(Tieck，1773－1853)《民間童話集》，收錄〈藍鬍子〉、〈穿皮靴的貓〉和〈金髮的艾克貝爾特〉。瑞士斯泰洛齊哲學論文《我對人類發展中自然進程的探討》。
1798	英國金納發明牛痘接種法。	
1804	拿破崙登基法皇，完成《拿破崙法典》，為法國民法基礎。	英國姊妹詩人安・泰勒（1782－1866）和簡・泰勒（1783－1824）《幼兒啟蒙詩集》。
1805	中國禁止洋人刻書、傳教、設立學校。	德國浪漫主義第二階段海德堡浪漫派，著重德國民間文學和歷史整理，創辦人布倫坦諾（Brentano，1778－1842）與阿爾尼姆（Arnim，1781－1831）合編民歌集《少年魔角》（1805－1808），表現庶民精神，對 19 世紀德國詩歌產生深刻影響。
1806		英國泰勒姊妹《童謠集》。

西元年	政經文化背景	兒童文學出版記事
1807	半島戰爭爆發，西班牙、英國、義大利對抗法國、波蘭。	英國瑪麗・安妮・蘭姆（1764－1847）和查爾斯・蘭姆（1775－1834）姐弟改寫《莎士比亞故事集》。
1808		丹麥教育家格龍維甚《神話》，記錄荒古原人奇文異事。
1809	芬蘭脫離瑞典統治，和俄羅斯締結合約，要求更多自治。	俄羅斯克雷洛夫（Ivan Andreyevich Krylov，1768－1844）第一本寓言詩集，1825年譯為法文。
1810		英國泰勒姊妹《幼兒贊歌集》。
1812	英美戰爭爆發。	德國雅科布・格林（Jacob Grimm，1785－1863）和威廉・格林（Wilhelm Grimm，1786－1859）將民間口頭流傳的200個故事編為《兒童與家庭童話集》（1812－1822），習慣稱為「格林童話」，繼而又編選《德國傳說集》與《德國英雄傳說》。
1814	半島戰爭結束，拿破崙滑鐵盧慘敗，遜位放逐；英國史帝文生改良蒸汽火車頭，開	德國藝術童話作家霍夫曼(Hoffmann，1776－1822)《金罐──一篇新時代的童話》；沙

西元年	政經文化背景	兒童文學出版記事
	啟交通革命。	米索（Chamisso，1781－1838）《彼得・施萊米爾的奇妙故事》。
1815	英美戰爭結束。瑞士取得國際公認永久中立國。	德國霍夫曼《魔鬼的萬靈藥》。
1816	英國採取金本位制，倫敦成為世界金融中心。	德國福祿貝爾（Friedrich Froebel，1782－1852）在圖林根開辦一所幼稚園。
1812		瑞士民俗學者維斯（J. R. Wyss，1782 –1830）續寫整編父親原稿《瑞士家庭羅賓遜》(海角一樂園，1812－1827)，1814 年英譯。
1818		英國浪漫派小說家瑪麗・雪萊(Mary Shelley，1797 －1851)《科學怪人》。西班牙歐拉斯沃（Horacio Quiroga，1878－1937）《森林的故事》。
1819		美國華盛頓・歐文（Washington Irving，1783－1859）發表《見聞札記》中著名的〈睡谷傳奇〉和〈李伯大夢〉。德國霍夫曼《謝拉皮翁兄弟》(1819－1821)。
1820		德國霍夫曼《公貓摩爾的人生

西元年	政經文化背景	兒童文學出版記事
		觀，附樂隊指揮約翰・克賴斯勒的傳記片斷》（1820－1822）。
1823		英國律師埃德加・泰勒英譯格林童話。德國貝希施泰因《圖林根民間童話》。
1825		英國古董收藏家 T.C.克羅克（1798－1854）整編《愛爾蘭南部地區的神話與傳說》（1825—1828）。德國貝希施泰因《德國童話》。
1826	美國第一本兒童雜誌《少年雜誌》創刊。	德國福祿貝爾論文《人的教育》；藝術童話作家豪夫（Hauff，1802—1827）《童話故事集》。
1827		英國瓦特・史考特（1771－1832）為兒童創作《祖父的故事》，其他成人作品仍深受兒童喜愛。
1830	法國七月革命。	德國雅科布・格林撰寫《德國神話》，影響深遠。丹麥克里斯欽・溫莎《飛向美國》。
1831		俄羅斯普希金（Aleksandr Pushkin，1799 –1837）童話詩《沙皇薩爾達的故事》。

西元年	政經文化背景	兒童文學出版記事
1832	美國傳教士在廣州創「澳門月報」（Chinese Repository）。	俄羅斯普希金童話詩《神父和他的長工巴爾達的故事》。
1833		俄羅斯普希金童話詩《漁夫和金魚的故事》、《死公主和七勇士的故事》。
1834		瑞典學者阿道爾夫・伊沃・阿維森（1791－1858）《瑞典早期民謠》（1834－1842）。俄羅斯彼得・帕甫洛維奇・葉爾肖夫童話詩《小駝馬》。
1835		丹麥安徒生（Hans Christian Andersen，1805－1703）第一本童話集《講給孩子們聽的故事集》。芬蘭語言學者埃利阿斯・蘭羅特(Elias Lonnrot)據古芬蘭民謠、抒情詩歌，以及芬蘭口頭傳說中的咒語彙編成中世紀民族史詩《卡勒瓦拉》。
1837	維多利亞女王（Victoria，1819－1901）即位，開啟維多利亞時期的繁華（1837－1901）。	美國愛默生（Emerson，1803－1882）向哈佛知識界發表演說「論美國學者」，宣告美國文學已脫離英國文學而獨立，被視為「美國精神上的獨立宣

西元年	政經文化背景	兒童文學出版記事
		言」。挪威作家阿斯邊森和大主教莫爾合編《挪威民間童話集》(1837－1844)。
1838	中國林則徐查禁鴉片。	美國朗費羅（Henry Wadsworth Longfellow，1807－1882)《人生頌》，被喻為美國良心的悸動。英國作家E.W.藍恩（Lane）改寫《一千零一夜》。德國布倫坦諾《哥克爾和亨克爾的童話》。
1840	中英鴉片戰爭爆發。	
1841		英國藝評家約翰．魯斯金(John Ruskin，1819－1900)完成《金河王》，十年後出版。
1842	中英「南京條約」，中國割讓香港，開放五口通商。	瑞士戈特赫爾夫（Gotthelf，1797－1854)《黑蜘蛛》。
1843	華茲華斯(William Wordsworth，1770－1850) 被封為桂冠詩人。	英國狄更斯（Charles Dickens，1812—1870）系列聖誕故事《聖誕頌歌》、《鐘聲》、《爐邊蟋蟀》(1843－1845)。丹麥安徒生《童話集二》。俄羅斯克雷洛夫整編寓言詩集，共9冊。
1844		瑞典甘納．沃爾夫．海爾頓-

西元年	政經文化背景	兒童文學出版記事
		卡夫柳斯和英國語言學家喬治・史蒂芬合編《瑞典民間童話故事與傳說》(1844-1849),後來由教育家弗雷德特夫・堡格(1851－1916)改寫,於 1899/1903 出版兩卷兒童版。丹麥倫比(J.Th.Lundbye)《兒童寓言》。
1845	英國到中國上海設租界。	
1846		英國愛德華・里爾(Edward Lear,1812－1888)《胡言集》;瑪莉・霍特英譯《安徒生童話》。芬蘭兒童文學之父托佩柳斯(Zacharias Topelius,1818－1898)第一部童話集《兒童讀物》(1846－1896,共 8 卷)。
1847		丹麥安徒生《童話集三》。
1848	「1948 革命」,封建政治沒落。德國馬克斯、恩格斯發表「共產主義宣言」。	
1850	美國霍桑(Hawthorne,1804 －1864)《紅字》。中國「太平天國」(1850－	英國狄更斯自傳體小說《塊肉餘生記》(David Copperfield,1849—1850),控訴 19 世紀英

西元年	政經文化背景	兒童文學出版記事
	1864）起義。	國兒童所遭受的虐待和剝削。
1851	英法間鋪設世界最早的海底電纜。	俄羅斯列夫．托爾斯泰（Leo Tolstoy，1828 –1910）自傳三部曲:《童年》《少年》《青年》(1851－1857)。
1852		美國霍桑《奇妙書》改寫希臘傳奇故事；史托夫人（Stowe，1811－1896)《湯姆叔叔的小屋》。丹麥安徒生《童話集四》。加拿大第一本重要童書：凱瑟琳．帕爾．雀兒（Catharine Parr Trill)《加拿大魯賓遜》。
1853	克里米亞戰爭爆發，俄羅斯對抗英、法、土耳其。美國脅迫日本定神奈川條約，開港通商，結束兩百年的鎖國政策。	霍桑為兒童寫《迷林故事》。
1855	日本設立洋學所，研究西學，翻譯西書。	英國薩克萊（William Makepeace Thackeray，1811－1863)《玫瑰與指環》。瑞士德語作家凱勒（Gottfried Keller，1819－1890）長篇自傳體小說《綠衣亨利》。
1856		德國貝希施泰因《新童話》。

西元年	政經文化背景	兒童文學出版記事
1858		丹麥安徒生《新童話和歷史》(1858－1872)。
1859	達爾文提出「物競天擇，適者生存」。	俄羅斯托爾斯泰關注教育，為低幼兒童創作 496 件（1859－1875），少年文學讀物《高加索的俘虜》。
1860	義大利王國宣告成立。英法聯軍到中國，訂「北京條約」。	法國賽居爾夫人長篇童話《驢子的回憶》；保爾·謬塞中篇童話《風先生和雨太太》。
1861	美國南北戰爭爆發。中國慈禧宮廷政變，立同治為帝，開始垂簾聽政。	英國愛德華·里爾增訂《胡言詩集》。俄羅斯教育家康斯坦丁·德米特里耶維奇·烏申斯基（1824－1870）教科書《兒童世界》。
1862	中國設第一所新式學校同文館於北京，教授外語、科學。	俄羅斯教育家符·沃陀伏佐夫《俄羅斯歷史故事》。
1863	美國總統林肯發表解放黑奴宣言。中國李鴻章創辦上海廣方言館。	英國牧師金斯萊（Charles Kingsley，1819－1875）《水孩兒》。法國科幻作家凡爾納(Jules Verne，1828－1905) 在 15 次退稿後被出版家埃特塞勒（Jules Hetzel）發現，出版《氣球上的五星期》，繼而以系列小說『奇異的航行』描繪神

西元年	政經文化背景	兒童文學出版記事
		奇嚴謹的科學幻想奇蹟，共 63 部小說，18 篇中短篇故事。
1864	國際紅十字會成立。	埃特塞勒創辦 19 世紀法國最重要的兒童刊物《教育與娛樂雜誌》（1864－1906），被譽為「真正的兒童百科全書」。俄羅斯烏申斯基教科書《祖國語文》。
1865	美國南北戰爭結束。中國李鴻章在上海創辦江南機器製造總局，設翻譯館。	英國數學教授路易・卡羅爾（Lewis Carroll，1832－1898）《愛麗思夢遊仙境》。芬蘭托佩柳斯《芬蘭民間故事集》。俄羅斯歷史學家尼・柯斯托馬羅夫《市民會議制》。
1866	普奧戰爭，普魯士戰勝奧地利。福澤諭吉《西洋事情》記錄歐美見聞。中國左宗棠福州船政局設鐵廠、船廠、學堂。	俄羅斯歷史學家謝・索洛維耶夫《俄羅斯史篇》；尼・柯斯托馬羅夫《第一個冒名頂替人物》。
1867	日本明治天皇即位，結束 260 年江戶幕府，進入維新時代。	
1868		美國露意莎・梅・阿爾科特（Louisa May Alcott，1832－

西元年	政經文化背景	兒童文學出版記事
		1888）《小婦人》。
1869	中國船政局自製輪船。	法國凡爾納《海底兩萬里》。
1870	普法戰爭，普魯士戰勝法國。義大利統一，君主立憲，資本主義迅速發展。	瑞典愛米麗．南儂（1812－1905）翻譯《愛麗思夢遊仙境》，深刻影響瑞典作品裡的兒童幻想。
1871	普魯士完成德國統一（僅僅43 年後，發動第一次世界大戰）。	英國喬治．麥克唐納（George McDonald，1824－1905）《北風的背後》。瑞典詩人維克多．里德堡取材北歐神話《小毛鴨歷險記》。
1872	日本明治 5 年，完成第一條鐵路；實施全民教育。中國李鴻章在上海設輪船招商局；首批官派留學生，30 名幼童赴美。	英國麥克唐納《公主與妖魔》。
1873	日本改陰曆為陽曆。	法國喬治桑（George Sand，1804 –1876）童話集《老祖母的故事》；都德（Alphonse Daudet，1840 –1897）《月曜日的故事》，收錄有名的〈最後一課〉；凡爾納《環遊地球八十天》。
1874	泰國朱拉薩功推行現代化。	義大利喬萬尼奧里（Raffaello Giovagnoli，1838－1915）《斯

西元年	政經文化背景	兒童文學出版記事
		巴達克思》，強烈的英雄主義和曲折情節，吸引少兒讀者。
1876	蘇格蘭出生的美國聽覺學家貝爾（Bell，1847－1922）發明電話。英國商人在中國建淞滬鐵路，旋被拆毀。	美國作家馬克吐溫（Mark Twain，1835－1910）《湯姆歷險記》。
1877	美國愛迪生（Edison，1847－1931）發明留聲機。	日本第一份兒童雜誌《穎才新志》創刊。
1878	愛迪生發明電燈。	法國埃克托・馬洛《苦兒流浪記》。
1879		法國昆蟲學家法布爾（Jean Henri Fabre，1823－1915）《昆蟲記》（1979－1901，共十卷）。
1880		瑞士作家施皮里（Johanna Spyri，1829－1901）《海蒂》，即描寫阿爾卑斯山少女卡通「小蓮的故事」。
1882	德國普萊爾《兒童心理》。	法國阿納托爾・法朗士中篇童話《蜜蜂公主》。
1883	中法戰爭爆發。	英國史蒂文生（Stevenson，1850-1894）《金銀島》；凱特・葛林那威（Kate Greenaway，1846－1901）《凱特・格林那威年鑑》（1883

西元年	政經文化背景	兒童文學出版記事
		－1897，1896 暫停一年）。美國插畫小說家派爾（Pyle，1853－1911）《羅賓漢奇遇記》；馬克吐溫《密西西比河上》。義大利科洛迪(C.Collodi，1826－1890)《木偶奇遇記》。
1884		美國馬克吐溫《哈克歷險記》。丹麥斯凡德．格蘭威整編《丹麥民間故事集》。
1885	日本內閣成立，伊藤博文首任總理。中法停戰，中國承認法國對越南的保護權；設最早的陸軍新式學校天津武備學堂。	英國賴德．赫加（Rider Haggard，1856　－1925）《所羅門王的寶藏》；史蒂文生詩集《一個孩子的詩園》。俄羅斯柯羅連科（Vladimir Galaktionovich Korolenko，1853－1921）《馬卡爾的夢》。
1886		義大利亞米契斯（Edmondo De Amicis，1846－1908）《愛的教育》。美國布內特（Frances Hodgson Burnett，1849—1924）《小公子》。瑞典民俗學家約翰．諾德蘭德（1853－1934）《瑞典兒童歌謠》。俄羅斯柯羅連科《地窖

西元年	政經文化背景	兒童文學出版記事
		裡的孩子們》。
1887	葡萄牙正式吞併澳門。	俄羅斯符塞沃洛德・米哈依洛維奇・加爾申（1855－1888）《青蛙旅行家》。
1888	中國北洋海軍成立。	愛爾蘭才子王爾德（Oscar Wilde，1854－1900）《快樂王子》。美國派爾《銀手奧托》。
1889	日本公佈「帝國憲法」。	安德魯・蘭格（Andrew Lang，1844－1912）出版《藍色童話》等「世界童話全集」共12冊（1889－1891）。
1890	日本首次選舉，成立國會，開始議會政治。	日本第一本兒童文學創作故事：三輪弘忠《少年之王》。
1891	日本明治24年，兒童文學起始年。明治時代《少年世界》總編岩谷小波整編《日本新編民間故事》24冊、《日本御伽新》24冊、《世界御伽新》100冊、《世界故事文庫》50冊。	英國柯南・道爾（Conan Doyle，1859－1930）開始連載福爾摩斯探案；王爾德《石榴之家》。德國劇作家魏德金德（Wedekind，1864－1918）《青春覺醒》。日本兒童文學誕生里程:岩谷小波《黃金船》；若松賤子翻譯美國布內特《小公子》、《小公主》。
1892		俄羅斯加林-米哈依洛夫斯基（1852－1906）《焦馬的童年》。

西元年	政經文化背景	兒童文學出版記事
1894	中日甲午戰爭爆發，中國北洋艦隊覆沒。	英國吉卜林（Rudyard Kipling，1865－1936，獲1907 諾貝爾文學獎）《叢林奇談》。德國霍普特曼（Hauptmann，1862－1946，獲1912 諾貝爾文學獎）《漢尼爾升天》。
1895	中日「馬關條約」，中國割讓台、澎。	英國威爾斯（H. G.Wells，1866-1946）《時間機器》；吉卜林《叢林奇談》續篇。
1896	第一屆奧林匹克運動大會在英國揭幕。	
1897	中國創設通商銀行，銀行肇始。	瑞典海倫娜．尼布倫（1843－1926）《強盜的傳說》；安娜．瓦倫堡（1858－1933）《小不點兒童話》。
1898	法國物理學家居禮夫婦發現鐳元素。中國光緒變法維新，百餘日即被推翻。	
1899	美國哲學教育家杜威（John Dewey，1859－1952）《學校與社會》。瑞典系列《兒童圖書館故事集》開始出版。中國義和團引發八國聯軍入侵。	英國作家 E.內斯比特（Nesbit，1858－1924）《尋寶奇謀》，而後從 1901 的《淘氣鬼行善記》到 1908《埃登之屋》，深受小讀者喜愛；吉卜林的校園故事《史多基》。十

西元年	政經文化背景	兒童文學出版記事
		八世紀末、十九世紀初，發現義大利文藝復興巨匠達文西（Da Vinci，1452－1519）110篇寓言整編為《達文西寓言集》和《幻想動物》。
1900	俄國西伯利亞鐵路完成。瑞典評論家愛倫・凱（Ellen Key，1894－1926）《兒童的世紀》。	英國波特（Beatrix Potter，1866—1943）《兔子彼得》。美國鮑姆（L. Frank Baum，1856 －1919）《綠野仙蹤》，開創神奇童話與擬人童話新紀元；傑克倫敦（Jack London，1876－1916）《荒野之狼》。日本押川春浪科學冒險小說《海底軍艦》。
1901	中國「辛丑條約」鉅額賠款；廢科舉。	
1902	中國推行新學制，梁啟超在日本橫濱創「新民叢報」。	美國杜威《孩子與課程》。英國吉卜林《原來如此的故事》。
1903		美國傑克倫敦《野性的呼喚》。魯迅譯凡爾納《月界旅行》、《地底旅行》（1906）。
1904	日俄戰爭在中國東北爆發。	英國巴利（J. M. Barrie，1860－1937）發表童話劇《彼得・潘》。德國赫塞（Hermann

西元年	政經文化背景	兒童文學出版記事
		Hesse，1877－1962，獲 1946 年諾貝爾文學獎）《鄉愁》。俄羅斯庫普林（Aleksandr Ivanovich Kuprin，1870－1938）《白毛獅子狗》。
1905	瑞典與挪威聯盟解體。日俄戰爭俄國敗戰，日本躍為強國。	美國布內特《小公主》。
1906		美國傑克倫敦《白牙》。德國赫塞《車輪下》。瑞典塞爾瑪·拉格洛孚（Selma Lagerlof，1858－1940，1909 年獲諾貝爾文學獎）《騎鵝旅行記》2 卷（1906－1907，《尼爾斯·豪爾耶松歷險記》）。
1907		瑞典勞拉·菲丁霍芙（Laura Fitinghoff，1848－1908）《冰雪荒原的孩子》。
1908		英國作家葛拉罕（Kenneth Grahame，1859－1932）《柳林中的風聲》。加拿大作家蒙哥馬利（Lucy Maud Montgomery，1874－1942）《清秀佳人》。
1909		義大利教育家蒙特梭利

西元年	政經文化背景	兒童文學出版記事
		(Maria Montessori，1870－1952)《蒙特梭利科學教學法》。
1910	日本併吞韓國，改稱朝鮮。	美國布內特《祕密花園》。日本小川未明第一本童話集《赤船》，近代兒童文學的起點。
1911	瑞典第一家兒童圖書館在斯德哥爾摩建立。中華民國成立。俄國策動外蒙獨立。	瑞典塞爾瑪．拉格洛孚《騎鵝旅行記續集》。
1912	日俄協定，劃分內蒙勢力。明治天皇歿，大正天皇即位。	
1913	連接大西洋和太平洋的巴拿馬運河鑿通。福特汽車開創裝配線生產法。印度詩人泰戈爾獲諾貝爾文學獎。	俄羅斯勃洛克（Aleksandr Aleksandrovich Blok，1880－1921）幼兒詩集《一年四季》、兒童詩集《童話》。冰島喬恩．斯文森（J'on Sveinsson，1857－1944）《諾尼——一個年輕冰島人的經歷》。日本最早的兒童文學研究:蘆谷蘆村《童話研究》。
1914	第一次世界大戰爆發。	西班牙詩人希梅內斯（Juan Ramon Jimenez，1881－1958，獲 1956 年諾貝爾文學獎）《小灰驢與我》。

西元年	政經文化背景	兒童文學出版記事
1915	愛因斯坦發表「相對論」，推翻牛頓的引力觀念。中國胡適提倡白話文,，產生文學革命。	
1916		美國蔻內莉雅．麥格（Cornelia Meigs）《西蒙先生的花園》，新文學的先鋒。日本二瓶一次《童話研究》；高木敏雄《童話研究》。
1917	俄國爆發「十月革命」，激進的共黨份子取得政權。芬蘭脫離俄羅斯獨立。	義大利蒙特梭利《蒙特梭利高級教學法》。
1918	第一次世界大戰結束。冰島成為丹麥國王統治下的一個單獨國家，僅外交仍由丹麥控制。日本出兵西伯利亞。	第一部澳洲著名幻想作品:諾曼．林季（Norman Lindsay，1879－1969）《魔法布丁》。日本小說家鈴木三重吉創編《赤鳥》雜誌，開啟童話與童謠的黃金時代，崇尚「童心主義」。
1919	中國「五四運動」。	德國赫塞《徬徨少年時》。
1920		美國休．羅夫汀（Hugh Lofting，1886－1947）系列《杜立德醫生的故事》開始出版，直到 1948 年死後出版的《杜立德醫生和神祕湖》。德國和

西元年	政經文化背景	兒童文學出版記事
		斯·法拉達（1893－1947）《少年格德海爾》。日本有島武郎《一串葡萄》；宮澤賢治（1896－1933）《要求繁多的餐館》。
1921	世界第一條高速公路在德國通車。	日本有島武郎《溺水的兄妹》。
1922	蘇聯成立世界第一個社會主義國家。日本共產黨成立；《童話研究》雜誌創刊。	德國赫塞《流浪者之歌》。美國圖書館協會第一屆紐伯瑞文學獎頒給羅夫汀的《杜立德醫生航海記》。
1923	日本關東大地震，約十萬人死亡。	奧地利札爾滕（Felix Salten，1869－1945）《小鹿斑比》。
1924		俄羅斯大自然作家維塔利·華連丁諾維奇·比安基（1894－1959）《林中小屋》。日本濱田廣介《廣介童話讀本》。
1925	英國首度出現電視。日本早大兒童藝術研究會成立。	美國杜威《經驗與自然》。俄羅斯大自然作家米哈伊爾·米哈伊洛維奇·普里什文（1873－1954）《土豆裡的村姑木偶》；比安基《木爾楚克》。日本千葉省三《阿虎的日記》。
1926	日本大正 15 年，早大兒童藝術研究會童話部、童謠	瑞士兒童心裡學家皮亞傑（Jean Piaget，1896 －1980）

西元年	政經文化背景	兒童文學出版記事
	部、兒童劇部獨立；進入昭和元年。	《兒童的語言和思維》。英國米爾恩（A.A.Milne，1882－1956）《小熊維尼》。
1927		俄羅斯比安基《小老鼠比克》、《黑鷹》；普里什文《深谷》。
1928	蘇聯進行第一期五年計畫，一躍成為世界第二位工業國。	瑞士皮亞傑《兒童的判斷與推理》。英國米爾恩《維尼角落之屋》。美國汪達．加格（1893－1946）《一百萬隻貓》，開創圖畫書第一個里程碑。俄羅斯班台萊耶夫（1908－1987）《表》；比安基《森林報》，號稱森林百科全書；普里什文《刺蝟》、《風頭麥雞》。
1929	美國紐約股市暴跌，世界經濟恐慌開始。	德國凱斯特納（Erich Kastner，1899－1974，獲1961年國際安徒生獎）《埃米爾捕盜記》。
1930	中國實施關稅自主制度。	德國凱斯特納《小圓點和安東》。俄羅斯蓋達爾（1904－）《學校》。西班牙艾蓮娜．傅爾敦（Elena Fortun，1886－1952）《賽莉亞說》，開啟賽

西元年	政經文化背景	兒童文學出版記事
		莉亞故事系列。
1931	日軍攻佔中國東北。	德國凱斯特納《5月35日》。
1932	法國出現電視；1936 年起，定時撥送電視節目。俄羅斯創辦《兒童文學》學術刊物。日本迎宣統在中國東北成立「滿州國」。	法國保羅·亞哲爾（Paul Hazard）兒童文學理論《書·兒童·成人》。英國書評家哈維·達頓（Harvey Darton）《英國的童書》，成為維多利亞時期權威評論。俄羅斯傳記作家康斯坦丁·蓋奧爾基耶維奇·帕烏斯托夫斯基（1892－1968）《卡臘·布迦茲海灣》。
1933	美羅斯福總統實施新政。德國開始希特勒政權。俄羅斯成立國立兒童文學讀物出版局。	德國凱斯特納《飛翔的教室》。
1934	法國設立少年文學獎。	美國傑佛瑞·崔斯（Geoffrey Trease）《正義之弓》開創新風格歷史小說。法國馬塞爾·埃梅《捉貓貓遊戲童話集》；喬治·西默農系列偵探小說《麥格雷》。俄羅斯帕烏斯托夫斯基《柯爾希達》。澳州出生移居英國的帕梅拉·林登·特拉弗斯（1906－？）《瑪麗·包萍》。

西元年	政經文化背景	兒童文學出版記事
1935	日本早大童話會會刊《童苑》創刊。	俄羅斯柯爾奈・伊凡諾維奇・楚科夫斯基改寫美國《杜立德醫生》為《哎唷疼大夫》；阿・托爾斯泰改寫義大利《木偶奇遇記》為道地俄國情味的《金鑰匙》；蓋達爾《軍事祕密》。日本坪田讓治《妖怪的世界》；《宮澤賢治全集》共 3 卷。
1936		美國娜亞・史崔費德（Noel Sreatfeild，1895－1986）《芭蕾舞鞋》開創專業小說；穆洛・李夫（Munro Leaf）《斐迪南的故事》。義大利蒙特梭利《兒童時期的奧祕》。俄羅斯蓋達爾《天藍色杯子》；巴維爾・彼得羅維奇・巴若夫（1879－1950）改寫烏拉爾民間傳說為工人故事《孔雀石箱》（1936－1950）。
1937	中日戰爭爆發，日軍在南京屠殺近四十萬中國人。	英國作家托爾金（Tolkien，1892－1973）《哈比人》。美國創設圖畫書凱迪克獎。俄羅斯比安基《獨生子》。
1938		美國小說家約翰・史坦貝克

西元年	政經文化背景	兒童文學出版記事
		（John Steinbeck，1902－1968，1962 獲諾貝爾文學獎）青少年小說〈紅馬駒〉收於《長長的峽谷》；休斯博士（1904－）《500 頂帽子》；勞玲絲（Rawlings）《鹿苑長春》。德國法拉達《穆爾克萊國的故事》。俄羅斯卡維林（1902－？）《船長和大尉》。
1939	第二次世界大戰爆發。凱迪克獎出現多元文化刺激《美麗的新年》（Mei Li）。	俄羅斯蓋達爾《鼓手的命運》、《丘克和蓋克》。西班牙艾蓮娜·傅爾敦《賽莉亞小母親》。日本濱田廣介《平假名童話集》。
1940		美國愛瑞克·奈特（Eric Knight）《靈犬萊西》。
1941	日軍偷襲珍珠港，太平洋戰爭爆發。	美國圖畫作家羅勃·麥克羅斯基《讓路給小鴨子》，獲 1942 年凱迪克獎。俄羅斯班台萊耶夫《在小渡船上》。日本濱田廣介《龍的眼淚》。
1942	美國成功控制原子分裂連鎖反應，人類從此進入原子能、原子彈時代。	
1943	英國經濟學家凱因斯提倡國	法國飛行員聖·埃克蘇佩利

西元年	政經文化背景	兒童文學出版記事
	際貨幣，促進自由貿易。中美英發表「開羅宣言」。	（？－1944）《小王子》在美國出版。美國圖畫書作家維吉妮亞·李·伯頓（1909－1968）《小房子》獲凱迪克獎。挪威托比揚·埃格納（Thorbj'o'rn Egner）《瓦果的舊屋》。俄羅斯伏隆科娃（1906－1976）《從城裡來的小姑娘》；普里什文《列寧格勒的孩子們》。
1944	冰島獨立。	
1945	美軍在廣島、長崎投下原子彈，德、日投降，第二次世界大戰結束。聯合國成立。	瑞典阿斯特麗德·林格倫（Astrid Lindgren，1907－2003）《長襪子皮皮》。挪威埃格納《勞蘭的舊屋》。芬蘭托芙·揚松（Tove Jansson，1914－）《侏儒姆米和大洪水》。俄羅斯卡塔耶夫（1897－1986）《團的兒子》；尼古拉·諾索夫（1908－1976）《篤－篤－篤》、《階梯》（1946）、《快活故事》（1947）、《小無知三部曲》（1954－2965）、《幻想家》（1957）。
1946	義大利廢君主制，成立共和	義大利蒙特梭利《新世界教

西元年	政經文化背景	兒童文學出版記事
	國。聯合國兒童基金會創立。	育》。美國作家 E.B. 懷特（E.B.White，1899－1985）《小老鼠斯圖亞特》。瑞典林格倫《超級偵探布魯姆克維斯特》。芬蘭揚松《侏儒姆米的彗星》。俄羅斯阿·托爾斯泰《俄羅斯童話故事集》；尼·諾索夫《階梯》。
1947		荷籍猶太少女安妮·弗蘭克（Anne Frank）《安妮的日記》。俄羅斯尼·諾索夫《快活故事》。日本石井桃子《信兒在雲端》。
1948	義大利設立「科洛迪兒童文學獎」。	義大利蒙特梭利《開發人的潛力》。芬蘭揚松《魔法師的帽子》。俄羅斯阿·巴布什金娜《俄羅斯兒童文學史》。日本竹山道雄《緬甸的豎琴》。
1949	德國分裂為東、西德。丹麥設立「文化大臣獎」，發展兒童文化事業。國際兒童節創立。	義大利蒙特梭利《有吸引力的心》。德國凱斯特納《動物會議》。瑞典林格倫《小飛人卡爾松》。丹麥埃貢·馬蒂生《藍眼睛的小妹妹》。
1950		美國科幻大師艾西莫夫（Isaac Asimov，1920－1992）

西元年	政經文化背景	兒童文學出版記事
		《蒼穹一粟》、《我，機器人》。英國路易斯（C. S. Lewis，1898－1963）《納尼亞王國奇遇記》系列，共七部（1950－1956）。法國勒內・吉約《象王子薩馬》獲少年文學獎。瑞典林格倫獲霍爾耶松(Nils Holgersson)名譽獎章。日本長崎源之助戰爭文學《彥次》。
1951	國際兒童少年圖書協會（IBBY）籌備會議在聯邦德國召開。	美國小說家塞林格《麥田捕手》，觸及禁忌與陰暗，開啟「新現實小說」新頁；艾西莫夫《基地》、《基地與帝國》、《第二基地》三部曲（1951－1953），描述未來宇宙帝國崩潰，獲雨果科幻小說獎。義大利羅大里（Gianni Rodari，1920－1980，獲 1970 年安徒生文學獎）《洋蔥頭歷險記》，標示義大利當代兒童文學走向繁榮。
1952	IBBY 在瑞士蘇黎士正式成立。	瑞士皮亞傑《兒童智能的起源》。美國 E.B.懷特《夏綠蒂的網》。英國瑪莉・諾頓（Mary Norto，1903－）《小矮

西元年	政經文化背景	兒童文學出版記事
		人》系列，共五部（1952－1982）。俄羅斯尼古拉・伊凡偌維奇・杜博夫（1910－1983）《河上燈火》。日本壺井榮《二十四隻眼睛》。
1953	加拿大李利安・史密斯（Lillian H. Smith）《歡欣歲月》。日本鳥越信、古田足日領導早稻田大學童話會發出宣言「集結在少年文學的旗幟下」，主張用現實主義描寫社會現實；《岩波兒童圖書》問世。	法國設立「幼兒文學獎」；貝阿特麗絲・貝克童話集《給幸運兒講的故事》。西班牙荷西・瑪利亞・桑傑斯・希爾瓦（獲 1968 年安徒生獎）《馬賽黎諾麵包與酒》（中譯《耶穌，你餓了嗎？》）。挪威埃格納《樅樹林歷險記》，獲國家教育獎。俄羅斯帕烏斯托夫斯基《一籃子樅果》（描寫挪威作曲家愛德華・格里格，1843－1907）。
1954	IBBY 以「安徒生」為名設立國際兒童文學獎。	英國托爾金《魔戒》三部曲（1954－1955）；鮑士登（L.M. Bowston，1892－1990）《綠諾伊》系列，共七部（1892－1976）。法國作家勒內・戈西尼與畫家讓・雅克・尚貝合作系列《小尼古拉和他的夥伴們》。俄羅斯尼・諾索夫《小

西元年	政經文化背景	兒童文學出版記事
		無知三部曲》（1954－2965）。挪威阿爾夫．普寥申（Aif Pr'o'yson，1914－1970）《會數十個數的小山羊》。
1955	英國格林納威圖畫書獎成立。	挪威埃格納《豆蔻鎮的居民和強盜》，獲國家教育獎。東德劇作家愛爾文．斯特里馬特《丁柯》。俄羅斯杜博夫《孤兒》。
1956	日本福音館《兒童之友》創刊，每一期都是一本創作圖畫書。	義大利卡爾維諾（Italo Calvino，1923 –1985）整編《義大利童話》，獲義大利「巴古塔文學獎」。美國多蒂．史密斯（Dodie Smith）《一〇一忠狗》。法國亨利．博斯《孩子與河流》。德國奧德利特．普雷斯列（1923－）《小水妖》。
1957	日本古田足日等「少年文學宣言」派《現代兒童文學論》。	法國莫里斯．德呂翁中篇童話《綠手指》；皮埃爾．加馬拉長篇小說《羽蛇的故事》。德國普雷斯列《小魔女》。挪威普寥申《變成茶匙的老太太》。俄羅斯尼．諾索夫《幻想家》。日本乾富子《長長的長長的企鵝的故事》。

西元年	政經文化背景	兒童文學出版記事
1958	法國設立由孩子們評選的「最喜愛的書獎」。瑞典設立「艾爾薩·貝斯柯（Elsa Beskow，1874－1953）金匾獎」，和美國「凱迪克獎」、英國「格林納威獎」，並稱世界三大兒童圖畫書獎。	英國菲莉帕·皮亞斯（Philippa Pearce，1920－）《湯姆的午夜花園》。美國羅勃·麥克羅斯基《奇異時光》，獲凱迪克獎。瑞典林格倫獲安徒生獎；貢奈爾·林德（Gunnel Linde，1924－）《無形的大棒和雞窩船》；漢斯-埃里克·海爾堡（Hans-Eric Hellberg，1927－）《詹當了一回爸爸》。
1959	日本古田足日第一本評論集:《現代兒童文學論》。	義大利羅大里《假話國歷險記》。瑞典林德《煙囪小巷》。日本乾富子《樹蔭之家的小人們》，開啟日本現代兒童文學；佐籐曉《沒有人知道的小國家》，小國家系列共 5 部（1959－1983）；寺村輝夫圖畫書《會說話的煎蛋》。
1960	法國歷史學家菲利普·亞利斯出版《兒童的誕生》。石井桃子、乾富子、鈴木晉一、瀨田貞二、松居直、渡邊茂男六人合著《兒童和文學》，主張兒童文學必須有	英國愛倫·加納（Alan Garner）《卜萊辛戈曼的怪石》、《甘拉茲之月》（1963）、《艾里得》（1965）、《貓頭鷹恩仇錄》（1967）、《紅色轉移》（1973）。德國兒童文學作家麥

西元年	政經文化背景	兒童文學出版記事
	趣、淺顯。	克・安迪（Michael Ende，1929 －1995）《火車頭大冒險》。日本松谷美代子《龍子太郎》；今江祥智《山的那一頭是藍色的大海》；戰爭文學今西佑行《一棵赤楊樹的故事》；山中恆《紅毛小狗》。
1961	法國設立「連環畫俱樂部」。	美國作家史考特・奧・台爾（1903－）《藍色的海豚島》，追溯印第安歷史，展現「人與自然」的關係，獲紐伯瑞獎。英國羅德・達爾（Roald Dahl，1916－1990）《仙桃歷險記》、《查理和巧克力工廠》（1964）、《魔指》（1966）、《神奇狐狸》（1970）、《世界冠軍丹尼》（1975）、《吹夢巨人》（1982）、《女巫》（1983）、《瑪迪達》（1988）。瑞典瑪麗亞・格萊普（Maria Gripe，1923－）《約瑟芬》。日本古田足日《被偷走的小鎮》；早船千代《有煉鐵爐的街》；神澤利子《小卡姆歷險記》；寺村輝夫《我是國王》。

西元年	政經文化背景	兒童文學出版記事
1962		美國作家馬德琳·恩格爾科幻小說《時間縐褶》，獲1963紐伯瑞獎。德國普雷斯列《大盜霍金普洛茲》。日本木暮正夫《灰色的街》；中川李枝子《不不園》。
1963		德國凱斯特納《小人》、《兩個小路特》。瑞典林格倫《朗內貝加的埃米爾》。日本圖畫書松野正子《奇異的竹筍》、中川李枝子《古里和古拉》。
1964		美國作家羅德·達爾（Roald Dahl，1916－1900）《查理和巧克力工廠》。法國勒內·吉約獲「安徒生文學獎」。義大利羅大里《藍箭號列車歷險記》。瑞典格萊普《玻璃匠的孩子們》；林德《白石頭》。日本乙骨淑子《筆架山》。
1965		瑞典格萊普《鐘聲裡的故事》。日本小澤正《醒醒吧，虎五郎》；大石真校園文學《巧克力戰爭》；今西祐行《肥後的石工》。
1966	安徒生國際兒童文學獎設	猶太裔美籍作家以撒·辛格

西元年	政經文化背景	兒童文學出版記事
	「美術獎」。	（1904，1978 獲諾貝爾文學獎）將《山羊茲拉特》獻給孩子。芬蘭揚松獲國際安徒生獎。日本古田足日《代做功課有限公司》。
1967		非裔美籍作家維吉妮亞·漢彌頓（1936－）《賽莉》獲紐伯瑞獎。法國米歇爾·圖尼埃《星期五或太平洋上的虛無飄渺之境》獲法蘭西學院文學獎，後來改寫成少年小說《星期五或原始生活》。丹麥賽茜·伯德凱爾（Ceci Bdker，1927－）《西拉斯和黑馬》獲第一屆丹麥文學院獎，又獲 1971 德國兒童讀物獎，西拉斯故事系列共 6 部（1967－1983）。日本前川康南《小楊》；加古里子圖畫書《小達磨和小天狗》。
1968		美國作家娥蘇拉·勒瑰恩（Ursula Le Guin）《地海巫師》；維吉妮亞·漢彌頓《戴斯·德利爾之屋》獲艾倫坡文學獎。英國詩人泰德·休斯

西元年	政經文化背景	兒童文學出版記事
		（Ted Hughes）《鐵巨人》。日本古田足日《土撥鼠空地的夥伴們》；安野光雅圖畫書《奇妙的畫》。
1969		瑞典海爾堡《瑪麗亞的爺爺》。日本神澤利子《小熊烏夫》；西卷茅子圖畫書《我的連衣裙》；大石真校園文學《205教室》。
1970		美國作家史考特．歐戴爾《唱下來月亮》獲紐伯瑞文學獎；E.B.懷特《啞巴天鵝的故事》。瑞典海爾堡《瑪麗亞和馬丁》。日本古田足日《一年級大個子和二年級小個子》；齋藤惇夫《古禮古的冒險》；西內三波圖畫書《小象胖胖的幼兒園》。
1971		美國娥蘇拉．勒瑰恩《地海古墓》。瑞典林格倫獲瑞典文學院大獎，海爾堡《我是瑪麗亞》。
1972		美國娥蘇拉．勒瑰恩《地海彼岸》。義大利馬萊巴（Luigi Malerba，1927－）《1000 年

西元年	政經文化背景	兒童文學出版記事
		的故事》。日本古田足日《我們是火車頭太陽號》。
1973		瑞典林格倫《獅心兄弟》。
1974		德國麥克・安迪《默默》。美國維吉妮亞・漢彌頓《大人物M.C.希金斯》獲紐伯瑞獎。瑞典格萊普連續五部約瑟芬的故事，獲安徒生獎。日本《佐籐曉全集》12 卷；中江嘉男圖畫書《老鼠的毛背心》。
1975		華裔美籍作家葉翔天《龍翼》。義大利馬萊巴《煙頭歷險記》。挪威托莫德・豪根（Jormod Haugen，1945－）《黑鳥》。日本那須正幹《閣樓裡的遠行》。
1976		美國以薩克・艾西莫夫《迎接200 週年的男人》獲雨果獎和星雲獎。法國瑪麗勒納・格勒芒整編《普羅旺斯童話集》。瑞典林德《媽媽爸爸故事》。日本高士與市《水怪出沒的地方》；林明子圖畫書《第一次幫媽媽買東西》。
1977		美國凱瑟琳・佩特森（1940

西元年	政經文化背景	兒童文學出版記事
		－)《通往泰雷比莎之橋》，獲1978 年紐伯瑞獎。義大利馬萊巴《小故事集》。俄羅斯華萊里·符拉吉米羅維奇·梅德維杰夫（1923－)《巴藍肯，願你好好做人！》。日本大石真《街上的小紅帽們》。
1978		美國凱瑟琳·佩特森《吉莉的選擇》，獲 1979 年紐伯瑞獎。日本那須正幹《活寶三人組大進擊》商品化的娛樂性；國松俊英《奇怪的星期五》禁忌破除，代表現代兒童文學變質的起點。
1979		德國麥克·安迪《說不完的故事》。挪威豪根《黑鳥續篇》。日本後藤龍二《故鄉》。
1980		美國凱瑟琳·佩特森《孿生姊妹》，獲 1981 年紐伯瑞獎。日本松谷美代子《兩個意達》，獲安徒生獎；那須正幹《我們駛向大海》；矢玉四郎《晴天有時下豬》。
1981		日本乙骨淑子《金字塔的帽子，再見！》。

西元年	政經文化背景	兒童文學出版記事
1982	美國傳播學者 Neil Postman 出版《童年的消逝》。	義大利莫拉維亞（Alberto Moravia，1907－1990）寓言故事集《史前的故事》。日本安藤美紀夫《風的十字路口》；後藤龍二《少年們》。
1984	法國設立「大拇指湯姆獎」、專門授予女作家的「阿麗絲文學獎」。	義大利馬萊巴《疊印字母曝光了》。日本那須正幹《第六年的班會》。
1985	奧裔心理學家布魯諾·貝特漢（Bruno Bettelheim，1903－ 1990）《魔法的種種用途》。	義大利瑪拉依妮（Dacia Maraini，1936－）《小女孩和機器人》。
1986		日本灰谷健次郎《我利馬的出航》；川崎洋《敏雄的船》。
1987		日本皿海達哉《海裡的目高魚》；岩瀨成子《來找我啊！》。
1989		華裔美籍圖畫作家艾德·楊（Ed. Young，1932－）《狼婆婆》獲 1990 凱迪克獎。日本江國香織《寒冷的夜裡》。
1990	兩德統一。	美國娥蘇拉·勒瑰恩《地海孤雛》。
1991		日本江國香織《一閃一閃亮晶晶》；伊東寬《猴子的一天》。

西元年	政經文化背景	兒童文學出版記事
1992		西班牙璜·賽瑞貝拉（Juan Cervera）《兒童文學理論》。
1995		菲力普·普曼（Philip Pullman，1946－）《黑暗元素》三部曲（1995／1997／2000）。
1997		羅琳（J. K. Rowling，1967－）《哈利波特》系列，預計七部。

參考書目：

丹妮斯·埃斯卡皮（Denise Escarpit）著／黃雪霞譯。歐洲青少年文學暨兒童文學。台北。遠流出版公司。1989.9

方衛平。法國兒童文學導論。長沙。湖南少年兒童出版社。1999.4

吳其南。德國兒童文學縱橫。長沙。湖南少年兒童出版社。1996.3

宋麗玲著。西班牙兒童文學導讀。台北。中央圖書出版社。2002.1

金燕玉著。美國兒童文學初探。長沙。湖南少年兒童出版社。1996.9

約翰·洛威·湯森（John Rowe Townsend）著／謝瑤玲譯。英語兒童文學史綱。台北。天衛文化圖書有限公司。2003.1

韋葦著。俄羅斯兒童文學論譚。長沙。湖南少年兒童出版社。

1994.5

孫建江著。意大利兒童文學概述。長沙。湖南少年兒童出版社。1999.4

宮川健郎著／黃家琦譯。日本現代兒童文學。台北。三民書局股份有限公司。2001.4

張美妮著。英國兒童文學概略。長沙。湖南少年兒童出版社。1999.4

張錫昌、朱自強主編。日本兒童文學面面觀。長沙。湖南少年兒童出版社。1994.5

湯銳著。北歐兒童文學述略。長沙。湖南少年兒童出版社。1999.4

葉詠琍著。西洋兒童文學史。台北。東大圖書公司。1982.12

蕭錦綿、周慧菁編。發現台灣（上）、（下）。台北。天下雜誌。1992.2

附錄五

台灣兒童文學出版與理論研究年表簡編

（全文討論詳見頁 316，蛻變階段的遊戲性）

說明：1. 本文書目數量統計，參——考林文寶〈論述書目〉《彩繪兒童又十年——台灣 1945－1998 兒童文學書目》（台北:幼獅文化事業股份有限公司，1989.7）及國立台東師範學院兒童文學所《兒童文學學刊》增刪整編。

2. 理論研究欄位中特別列舉的專書，選擇標準有三：a. 作者或作品具有較大影響力；b. 表現嶄新論述場域；c. 標示出不同文類的代表性研究。

西元	創作與出版	理論研究
1960	出版民間故事 1 本。	
1961	出版童話 2 本。	論述出版 1 本:王玉川編《怎樣講故事》。
1962	出版童話 3 本。	
1963	出版故事 1 本；童話 3 本。	論述出版 3 本。劉錫蘭《兒童文學研究》；婁子匡、朱介凡《五十年來的中國俗文學》；王逢吉《兒童閱讀及寫作指導》。
1964		論述出版 1 本。林守為《兒童文學》。
1965	創作出版 12 本。散文 1 本；故事 5 本；民間故事 1 本；童	論述出版 2 本。吳鼎《兒童文學研究》;《兒童讀物研究第一

西元	創作與出版	理論研究
	話 3 本；圖畫故事書 1 本；兒童戲劇 1 本。	輯》。
1966	創作出版 21 本。民間故事 1 本；童話 12 本；圖畫故事書 3 本；少年小說 4 本；兒童戲劇 1 本。	論述出版 2 本。《兒童讀物研究第二輯:童話研究》；瞿述祖編《國語及兒童文學研究》。
1967	創作出版 16 本。兒童詩 2 本；故事 2 本；童話 10 本；少年小說 2 本。	
1968	創作出版 21 本。兒童詩 1 本；兒童散文 1 本；故事 6 本；民間故事 1 本；寓言 1 本；童話 7 本；圖畫故事書 1 本；少年小說 1 本；兒童戲劇 2 本。	
1969	創作出版 12 本。兒童散文 1 本；故事 2 本；民間故事 1 本；寓言 1 本；童話 5 本；圖畫故事書 1 本；兒童戲劇 1 本。	論述出版 3 本。鄭蕤《談兒童文學》；陳思培編《國民小學圖書館管理與閱讀指導》；林守為《兒童讀物的寫作》。
1970	創作出版 12 本。兒歌 1 本；兒童散文 1 本；故事 3 本；民間故事 1 本；童話 2 本；圖畫故事書 1 本；少年小說 1 本；兒童戲劇 2 本。	論述出版 1 本。林守為《童話研究》。
1971	創作出版 26 本。兒歌 1 本；	

西元	創作與出版	理論研究
	兒童詩1本；兒童散文2本；故事1本；民間故事3本；童話11本；圖畫故事書4本；少年小說3本。	
1972	創作出版5本。兒童詩1本；民間故事1本；童話1本；兒童戲劇2本。	論述出版3本。藍祥雲等《「世界兒童文學名著」欣賞》；黃基博《怎樣指導兒童寫詩》；文致出版社編《兒童文學》。
1973	創作出版34本。兒童詩2本；故事1本；民間故事6本；童話12本；圖畫故事書7本；少年小說1本；兒童戲劇5本。	論述出版2種3本。葛琳《師專兒童文學研究》上.下；曾信雄《兒童文學創作選評》。
1974	創作出版33本。兒歌3本；兒童詩1本；兒童散文1本；故事12本；民間故事2本；童話7本；圖畫故事書1本；少年小說4本；兒童戲劇2本。	論述出版3本。祝振華《怎樣講故事說笑話》；謝冰瑩等《兒童文學研究（第一集）》；葉楚生等《兒童文學研究（第二集）》。
1975	創作出版37本。兒歌1本；兒童詩3本；兒童散文5本；民間故事4本；寓言2本；童話13本；圖畫故事書1本；少年小說8本。	論述出版3本。曾信雄《兒童文學散論》；馬景賢《兒童文學論著索引》；王天福、王光彥《兒童詩歌欣賞與指導》。

西元	創作與出版	理論研究
1976	創作出版 37 本。兒童詩 8 本；兒童散文 7 本；故事 2 本；民間故事 2 本；童話 13 本；圖畫故事書 1 本；少年小說 4 本。	論述出版 2 本。林良《淺語的藝術》;許義宗《我國兒童文學的演進與展望》。
1977	創作出版 12 本。兒童詩 2 本；兒童散文 1 本；故事 1 本；民間故事 1 本；童話 3 本；少年小說 3 本；兒童戲劇 1 本。	論述出版 11 本。許義宗《兒童文學論》；詩歌研究 3 本；閱讀、寫作、戲劇等應用文學教育論述共 7 本。
1978	創作出版 34 本。兒童詩 2 本；故事 1 本；童話 10 本；圖畫故事書 2 本；少年小說 9 本；兒童戲劇 10 本。	論述出版 5 本。許義宗《西洋兒童文學史》；另有童話、童詩研究各 2 本。
1979	創作出版 50 本。兒歌 4 本；兒童詩 7 本；兒童散文 1 本；故事 2 本；民間故事 4 本；童話 17 本；圖畫故事書 8 本；少年小說 7 本。	論述出版 6 本。詩歌研究有徐守濤《兒童詩論》、許義宗《兒童詩的理論與發展》。楊孝濚《我國兒童讀物市場之調查分析》。圖畫書譯著 3 本。
1980	創作出版 34 本。兒歌 1 本；兒童詩 4 本；兒童散文 3 本；故事 1 本；民間故事 4 本；童話 12 本；圖畫故事書 2 本；少年小說 5 本；兒童戲劇 2 本。	論述出版 7 本。總論 1 本；詩歌研究有廖漢臣《台灣兒歌》等共 4 本；文學賞析有葛琳《兒童文學——創作與欣賞》等共 2 本。

西元	創作與出版	理論研究
1981	創作出版 58 本。兒歌 7 本；兒童詩 7 本；兒童散文 1 本；故事 12 本；民間故事 5 本；寓言 1 本；童話 17 本；圖畫故事書 6 本；少年小說 2 本。	論述出版 7 本。詩歌研究共 3 本；戲劇 1 本；圖書分析有余淑姬《三十年來我國兒童讀物出版量的分析》、高錦雪《兒童文學與兒童圖書館》等共 3 本。
1982	創作出版 51 本。兒歌 1 本；兒童詩 6 本；兒童散文 2 本；故事 5 本；民間故事 3 本；童話 11 本；圖畫故事書 15 本；少年小說 6 本；兒童戲劇 2 本。	論述出版 23 本。詩歌研究有馮輝岳《童謠探討與賞析》等共 15 本；譚達先《中國民間童話研究》等民間文學研究共 3 本；教育與評論有葉詠琍《西洋兒童文學史》等 5 本。
1983	創作出版 40 本。兒童詩 9 本；兒童散文 3 本；故事 4 本；民間故事 6 本；童話 12 本；圖畫故事書 3 本；少年小說 2 本；兒童戲劇 1 本。	論述出版 12 種 14 本。有李慕如《兒童文學綜論》、北市教育局《如何指導兒童文學創作》、司琦《兒童讀物研究》等 4 本；詩歌研究有陳木城、凌俊嫻《童詩開門》三冊；林仙龍《快樂的童詩教室》等 8 本。戲劇 2 本。
1984	創作出版 50 本。兒歌 1 本；兒童詩 4 本；兒童散文 4 本；故事 3 本；民間故事 6 本；童話 24 本；圖畫故事書 3 本；少年小說 4 本；兒童戲劇 1	論述出版 11 本。綜論有洪文珍《改寫本西遊記研究》等 5 本；詩歌研究有陳正治《中國兒歌研究》等 6 本。

西元	創作與出版	理論研究
	本。	
1985	創作出版 47 本。兒歌 7 本；兒童詩 4 本；兒童散文 5 本；民間故事 9 本；童話 8 本；圖畫故事書 6 本；少年小說 5 本；兒童戲劇 3 本。	論述出版 11 本。綜論有《慈恩兒童文學論叢》、雷僑雲《敦煌兒童文學》等 4 本；詩歌研究共 4 本；兒童閱讀與寫作引導有洪中周《兒童的文學創作》、華霞菱《幼稚園兒童讀物精選》等共 3 本。
1986	創作出版 62 本。兒歌 7 本；兒童詩 5 本；兒童散文 10 本；故事 3 本；民間故事 6 本；寓言 1 本；童話 7 本；圖畫故事書 16 本；少年小說 5 本；兒童戲劇 2 本。	論述出版 19 本。綜論 2 本；詩歌研究有宋筱蕙《兒童詩歌的原理與教學》等 9 本；閱讀與賞析有邱各容《我國兒童讀物發展初探》等 3 本；戲劇研究 3 本。少年小說論述有吳英長《從發展觀點論少年小說的適切性與教學應用》和馬景賢編《認識少年小說》。
1987	創作出版 57 本。兒歌 3 本；兒童詩 8 本；兒童散文 3 本；故事 7 本；民間故事 4 本；寓言 2 本；童話 11 本；圖畫故事書 7 本；少年小說 9 本；兒童戲劇 3 本。	論述出版 14 本。綜論 4 本；詩歌研究有杜榮琛《拜訪童詩花園》等 3 本；故事及童話研究有林文寶《兒童文學故事體寫作論》等 4 本。閱讀研究有《兒童讀物研究目錄》、馬景賢編《認識兒童讀物插畫》等 3 本。

西元	創作與出版	理論研究
1988	創作出版 101 本。兒歌 4 本；兒童詩 5 本；兒童散文 5 本；故事 10 本；民間故事 8 本；寓言 2 本；童話 11 本；圖畫故事書 39 本；少年小說 11 本；兒童戲劇 6 本。	論述出版 23 本。綜論有李漢偉《兒童文學講話》等 8 本；詩歌研究有陳正治《童話理論與作品賞析》、林文寶《兒童詩歌研究》等 3 本；故事及童話研究蔡尚志《兒童故事原理研究》等 5 本；閱讀與創作教育 4 本；戲劇有鄭明進編《認識兒童戲劇》等 3 本。
1989	創作出版 95 本。兒歌 10 本；兒童詩 5 本；兒童散文 3 本；故事 4 本；民間故事 2 本；寓言 4 本；童話 8 本；圖畫書 43 本；少年小說 15 本；兒童戲劇 1 本。	論述出版 28 本。綜論共 5 本；詩歌研究共 11 本；故事及童話研究共 3 本；閱讀與創作教育共 7 本；低幼兒童文學研究共 2 本。
1990	創作出版 110 本。兒歌 4 本；兒童詩 3 本；兒童散文 6 本；故事 3 本；民間故事 2 本；寓言 2 本；童話 10 本；圖畫書 70 本；少年小說 6 本；兒童戲劇 4 本。	論述出版 31 本。綜論共 5 本；詩歌研究共 11 本；故事及童話研究共 3 本；閱讀與創作教育共 3 本；戲劇共 4 本；低幼兒童文學研究共 3 本；史料整理共 2 本。
1991	創作出版 73 本。兒歌 7 本；兒童詩 2 本；兒童散文 4 本；故事 1 本；民間故事 4 本；寓言 1 本；童話 16 本；圖畫故	論述出版 18 本。綜論共 6 本；詩歌研究共 6 本；故事及童話研究共 1 本；閱讀與創作教育共 3 本；史料整理共 2

西元	創作與出版	理論研究
	事書 11 本；少年小說 21 本；兒童戲劇 6 本。	本。
1992	創作出版 72 本。兒歌 6 本；兒童詩 4 本；兒童散文 9 本；故事 4 本；民間故事 4 本；寓言 1 本；童話 11 本；圖畫故事書 16 本；少年小說 13 本；兒童戲劇 4 本。	論述出版 24 本。綜論 3 本；詩歌研究 8 本；故事及童話研究 10 本；閱讀與創作教育 1 本；少年小說 1 本；史料整理 1 本。
1993	創作出版 135 本。兒歌 1 本；兒童詩 5 本；兒童散文 10 本；故事 14 本；寓言 1 本；童話 35 本；圖畫故事書 36 本；少年小說 21 本；兒童戲劇 12 本。	論述出版 28 本。綜論共 7 本；詩歌研究共 7 本；故事及童話研究共 3 本；閱讀與創作教育共 6 本；少年小說 2 本；圖畫書 1 本；史料整理 2 本。
1994	創作出版 150 本。兒歌 3 本；兒童詩 9 本；兒童散文 13 本；故事 8 本；童話 19 本；圖畫故事書 73 本；少年小說 20 本；兒童戲劇 5 本。	論述出版 24 本。綜論 8 本；詩歌研究 4 本；故事及童話研究 4 本；閱讀與創作教育 3 本；戲劇 1 本；少年小說 1 本；圖畫書 1 本；比較文學 2 本。
1995	創作出版 106 本。兒歌 8 本；兒童詩 9 本；兒童散文 9 本；故事 1 本；民間故事 4 本；寓言 2 本；童話 26 本；圖畫書 23 本；少年小說 22 本；兒童	論述出版 36 本。綜論共 5 本；詩歌研究共 13 本；故事及童話研究共 8 本；閱讀與創作教育共 3 本；戲劇 1 本；少年小說 2 本；低幼兒童文學研

西元	創作與出版	理論研究
	戲劇 2 本。	究共 4 本。
1996	創作出版 136 本。兒歌 11 本；兒童詩 6 本；兒童散文 8 本；故事 6 本；民間故事 3 本；童話 17 本；圖畫故事書 70 本；少年小說 15 本。	論述出版 35 本。綜論有林文寶《兒童文學》等 4 本；詩歌研究 9 本；故事及童話研究 13 本；閱讀與創作教育 4 本；戲劇 1 本；少年小說共 1 本；低幼兒童文學研究 3 本。
1997	創作出版 98 本。兒歌 5 本；兒童詩 13 本；兒童散文 4 本；故事 13 本；民間故事 2 本；童話 16 本；圖畫故事書 23 本；少年小說 18 本；兒童戲劇 4 本。	論述出版 28 本。綜論 7 本；詩歌研究 2 本；故事及童話研究共 12 本；戲劇 1 本；少年小說 3 本；低幼兒童文學研究 3 本。
1998	創作出版 105 本。兒歌 9 本；兒童詩 7 本；兒童散文 7 本；故事 6 本；民間故事 5 本；寓言 1 本；童話 21 本；圖畫書 25 本；少年小說 21 本；兒童戲劇 3 本。	論述出版 37 本。綜論 8 本；詩歌研究 11 本；故事及童話研究 10 本；閱讀與創作教育 5 本；少年小說 2 本；圖畫書研究 1 本。
1999	創作出版 163 本。兒童詩 6 本；兒童散文 18 本；故事 25 本；寓言 1 本；民間故事 3 本；童話 31 本；圖畫故事書 40 本；少年小說 38 本；兒童戲劇 1 本。	論述出版 51 本。綜論 14 本；詩歌研究 5 本；故事及童話研究共 8 本；閱讀與創作教育共 13 本；戲劇 2 本；少年小說 3 本；視覺美感教育與圖畫書研究 6 本。

西元	創作與出版	理論研究
2000	創作出版 181 本。兒歌 8 本；兒童詩 13 本；兒童散文 25 本；故事 16 本；民間故事 2 本；寓言 2 本；童話 25 本；圖畫故事書 50 本；少年小說 39 本；兒童戲劇 1 本。	論述出版 43 本。綜論 14 本；詩歌研究 3 本；故事及童話研究 5 本；閱讀與創作教育 13 本；戲劇 2 本；少年小說 1 本；視覺美感教育與圖畫書研究 5 本。
2001	創作出版 218 本。兒歌 23 本；兒童詩 5 本；兒童散文 29 本；故事 21 本；民間故事 3 本；寓言 4 本；童話 28 本；圖畫故事書 63 本；少年小說 38 本；兒童戲劇 4 本。	論述出版 53 本。綜論 6 本；詩歌研究 3 本；故事及童話研究 13 本；閱讀與創作教育 20 本；戲劇 5 本；少年小說 1 本；視覺美感教育與圖畫書研究 5 本。
2002	創作出版 185 本。兒歌 2 本；兒童詩 4 本；兒童散文 19 本；故事 47 本；民間故事 6 本；寓言 6 本；童話 19 本；圖畫書 30 本；少年小說 49 本；合集 3 本。	論述出版 70 本。綜論 8 本；故事及童話研究 27 本；閱讀與創作教育 16 本；戲劇 5 本；少年小說 4 本；視覺美感教育與圖畫書研究 10 本。

國家圖書館出版品預行編目資料

兒童文學的遊戲性：台灣兒童文學初旅／黃秋芳著. -- 初版. -- 臺北市：萬卷樓, 2005[民 94]

面；　　公分

參考書目：面

ISBN 957－739－513－9 (平裝)

1. 兒童文學－論文，講詞等

815.907　　　　93022379

兒童文學的遊戲性

—台灣兒童文學初旅

著　　者：黃秋芳
發 行 人：許素真
出 版 者：萬卷樓圖書股份有限公司
臺北市羅斯福路二段 41 號 6 樓之 3
電話(02)23216565・23952992
傳真(02)23944113
劃撥帳號 15624015
出版登記證：新聞局局版臺業字第 5655 號
網　　址：http://www.wanjuan.com.tw
E－mail　：wanjuan@tpts5.seed.net.tw
承印廠商：晟齊實業有限公司
定　　價：420 元
出版日期：2005 年 1 月初版

ISBN 957－739－513－9